Wiedźmin
猎魔人

火之洗礼 | 卷五 修订本

[波兰]安杰伊·萨普科夫斯基 著
乌兰 小龙 译

CHRZEST OGNIA
BY ANDRZEJ SAPKOWSKI

CHRZEST OGNIA

Copyright © 1996 by Andrzej Sapkowski
Published in agreement with Andrzej Sapkowski c/o Patricia Pasqualini Literary Agency, through The Grayhawk Agency Ltd.
Simplified Chinese translation copyright © 2020 by Chongqing Publishing House Co.,Ltd.
All rights reserved.

版贸核渝字（2020）第25号

图书在版编目（CIP）数据

猎魔人. 卷五, 火之洗礼 / (波) 安杰伊·萨普科夫斯基著；乌兰, 小龙译. —修订本. —重庆：重庆出版社, 2020.8
书名原文：Chrzest ognia
ISBN 978-7-229-15145-4

Ⅰ. ①猎… Ⅱ. ①安… ②乌… ③小… Ⅲ. ①长篇小说-波兰-现代 Ⅳ. ①I513.45

中国版本图书馆CIP数据核字（2020）第118995号

猎魔人 卷五：火之洗礼（修订本）
LIEMOREN JUANWU：HUO ZHI XILI（XIUDINGBEN）

[波兰] 安杰伊·萨普科夫斯基 著 乌兰 小龙 译

联合统筹：重庆史诗图书信息咨询有限责任公司
责任编辑：邹 禾 方 媛
责任校对：陈 琨
封面绘画：陈越林
封面设计：谢颖设计工作室

重庆出版集团 出版
重庆出版社

重庆市南岸区南滨路162号1幢 邮政编码：400061 http://www.cqph.com
重庆出版社艺术设计有限公司 制版
成都国图广告印务有限公司 印刷
重庆出版集团图书发行有限责任公司 发行
E-mail:fxchu@cqph.com 邮购电话：023-61520646
全国新华书店经销

开本：890mm×1230mm 1/32 印张：12.5 字数：270千
2020年8月第1版 2020年8月第1次印刷
ISBN：978-7-229-15145-4
定价：90.80元

如有印装问题，请向本集团图书发行有限公司调换：023-61520678

版权所有 侵权必究

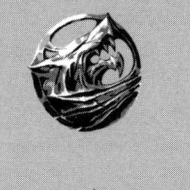

Chrzest ognia
火之洗礼

目录 Spis treści

第一章	....	1
第二章	....	52
第三章	....	116
第四章	....	160
第五章	....	205
第六章	....	264
第七章	....	320

那占卜者随即对猎魔人道："我要给你一条忠告：穿上铁靴，拿起铁杖。穿着你的铁靴走向世界尽头，用铁杖轻叩前路，让泪水落下。穿过火与水，切莫停步，切勿回头。待你的靴底磨穿，待你的铁杖磨短，待狂风与烈日令你双眼干涸，再也流不出一滴泪水，直到那时，也许你才能找到自己寻觅之物，在世界的尽头找到你所爱之物。但只是也许……"

于是猎魔人穿过火与水，一次也没有回头。但他既没穿铁靴，也没带铁杖。他只带着他的猎魔人之剑。

他没有听信那个占卜者的话。他理当如此，因她是个糟糕的预言者。

——《童话与民间故事》
佛罗伦斯·德兰诺伊　著

第一章

树丛间传来鸟儿清脆的啁啾。

溪谷的山坡上,浓密缠结的黑莓丛和伏牛花四处蔓生,真是筑巢和觅食的绝佳场所,难怪这里到处都是鸟儿。金翅雀高声啭鸣,朱顶雀和白喉莺叽叽喳喳,苍头燕雀不时发出悦耳的吱喳声。苍头燕雀的鸣叫代表雨水即将来临,米尔瓦一边想,一边抬头看向天空。天上一片云都没有。但苍头燕雀的叫声向来是雨水的先兆。我们也不介意来点儿小雨。

正对溪谷入口的位置是理想的狩猎场所,打到猎物的概率相当可观——尤其是在猎物充足的布洛克莱昂森林。控制大部分森林的树精很少打猎,敢踏足此地的人类更是少之又少。在这里,渴望兽肉与毛皮的猎人反而会沦为猎物。布洛克莱昂森林的树精对入侵者毫不留情。米尔瓦有过亲身体会。

的确,布洛克莱昂并不缺少猎物,但米尔瓦已在这片树丛等待了两个多钟头,视野里却没出现任何活物。她在移动时没办法打猎:干旱已持续一月有余,林间地面铺满了干枯的灌木和树叶,每走一步都会发出沙沙和噼啪声。在这种情况下，只有站定不动并隐匿行踪，才有可能打到猎物。

一只蛱蝶落在弓弧上。米尔瓦没有赶走它，而是看着它的翅膀一开一合。她也看着弓身——自从不久前弄到这张弓，她就对它爱不释手。她是个天生的弓手，也热爱做工出色的弓箭，而她如今握着的，正是把万里挑一的好弓。

米尔瓦用过许多弓。初学射箭时，她用一把桦木和紫杉木做的弓，但很快就换成了精灵和树精常用的复合反曲弓。相比之下，精灵弓短小轻便，更易上手，层压结构的弓身和动物肌腱制成的弓弦令它比紫杉木弓"快"上许多。用精灵弓射出的箭速度更快，抛物线弧度更小，大大减少了被风吹偏的可能。而在所有弓里，最优秀的是泽法尔弓，它的弓身有四重弯曲——泽法尔是精灵语，来源于与其弓身形状相同的符文字母。有把泽法尔弓陪伴了米尔瓦好多年，她相信，不可能再有其他弓比它更出色。

但她终究还是遇到了一把。不用说，它也出现在希达里斯的海滨集市上。那个集市以货物古怪、稀有且种类繁多而闻名。为集市提供货源的水手来自世界各个角落，也就是轻帆船和大型横帆船能到达的所有地方。只要有时间，米尔瓦就会去那集市搜罗异国弓箭。正是在那儿，她买下了那张泽法尔良弓——此弓产自泽瑞坎，弓身用羚羊角加固，简直完美无缺。她本认为它会陪伴自己更长时间，但这想法只维持了一年。一年之后，在同一位商人的同一间摊位，她又发现了一位世间少有的美人儿。

那张弓来自极北地区，长六十二寸，用桃花心木制成，弓把的重量极其匀称。制作者用胶水将细纹木、煮过的肌腱和鲸骨交替黏合，组成了平坦的层压式弓臂。它的构造与其他复合弓截然不同，当然价格也很醒目——最初吸引米尔瓦的正是它的价码。但等她拿起弓，试着拉开弓弦后，便立刻毫不犹豫地付了钱。四百诺维格瑞克朗啊。当然，她不可能随身带着这么一笔巨款，于是她拿出了之前的泽瑞坎泽法尔弓、一捆黑貂皮、一枚精灵打造的精致小徽章，还有一条串着淡水珍珠、垂饰是个珊瑚浮雕的项链，以作交换。

但她不后悔。一点儿也不。这弓轻巧得难以置信，所以理所应当地格外精准。尽管弓身不长，层压薄木和肌腱制成的弓臂却有惊人的后坐力。丝与麻编成的弓弦在弧度完美的弓臂间伸展，仅仅二十四寸的拉伸便能产生五十五磅的力道。的确，有些弓能达到八十磅，但米尔瓦觉得，那么大的力道纯属浪费。她用这张弓射出的箭，仅在一次心跳间便能飞过两百尺的距离，力道足能贯穿百步开外的雄鹿，或是没穿铠甲的人。而米尔瓦很少猎杀比鹿更大的动物，更别提身穿厚甲的人类了。

蝴蝶飞走了，苍头燕雀仍在树丛间叽叽喳喳，而她的视野内还是没有任何猎物。米尔瓦靠向一棵松树，开始回忆，纯粹是为打发时间。

她初遇那个猎魔人是在七月时分，大概在仙尼德岛事件和多尔·安格拉地区爆发战争的两周后。米尔瓦外出几天后回到了布洛克莱昂。她带着一支在泰莫利亚战败的松鼠党突击队，穿过了饱受战火摧残的亚甸王国。那些松鼠党本想加入多尔·布雷坦纳精灵煽动的叛乱，却以失败告终——要不是米尔瓦，他们多半已经死了。但他们遇见了她，于是来到布洛克莱昂森林寻求庇护。

她刚踏入布洛克莱昂森林,就听说艾格莱丝要她尽快赶去科尔·瑟莱。米尔瓦有些吃惊。艾格莱丝是布洛克莱昂医师的领袖,而深邃的科尔·瑟莱山谷内有不少温泉和洞窟,她们通常在那儿为别人进行治疗。

她听从了召唤。她本以为接受治疗的是个精灵,那人需要自己帮忙与所属的突击队取得联系。但等看到受伤的猎魔人,明白他想干什么之后,她简直怒不可遏。她跑出洞窟,长发在身后飘扬。她将所有愤怒都倾泻到艾格莱丝身上。

"他看到我了!他看到我的脸了!你知道这会给我带来多大危险吗?"

"不,我不知道。"医师冷冷地回答,"那是猎魔人格温布雷德,布洛克莱昂树精的朋友。他于十四天前的新月之夜来到这里,还要一段时间才能起身自由行动。他渴求外界的消息——他所爱之人的消息。只有你才能帮他。"

"外界的消息?你疯了吗,树精?你知道在这宁静的森林之外,整个世界都发生了什么?战火还在亚甸燃烧!布鲁格、泰莫利亚和瑞达尼亚陷入动乱,无数人遭到屠杀!那些煽动仙尼德岛叛乱的人——无论高低贵贱——都遭到追捕!到处都是密探和 an'givare——告密者。哪怕说错一个字,你都会被关进地牢,面对烧红的烙铁!而你却叫我四处打探,收集信息?你让我冒生命危险?为了谁?就为一个半死不活的猎魔人?你说他是我朋友?可我根本不认识他!他对我有什么重要的,值得我拿自己的性命冒险?你可真疯得够可以了,艾格莱丝!"

"如果你非要大喊大叫,"树精平静地说,"我们就去林子深处吧。

他需要安静。"

米尔瓦不禁回过头，看向受伤的猎魔人所在的洞穴。英俊的高个子，她心想，体格瘦削却结实……他发色雪白，腹部像年轻人一样平坦；说明陪伴他的不是熏肉和啤酒，而是艰辛的时光……

"他当时在仙尼德岛上。"米尔瓦说。这不是问句。"他也是反叛者之一。"

"这我可不知道。"艾格莱丝耸耸肩，"我只知道他受了伤，需要帮助。此外的事我并不关心。"

米尔瓦很恼火。医师艾格莱丝向来以沉默寡言著称，但米尔瓦已经听过布洛克莱昂东部边界那些树精兴奋的描述，知道了十四天前那些事的细节——一阵魔法弧光闪过，一个红发女术士出现在布洛克莱昂森林，还带来一个伤者，后者断了一条胳膊和一条腿。那人正是洞穴里的猎魔人，树精们称他"格温布雷德"，意思是"白狼"。

按照树精的说法，起初所有人都不知所措。身负重伤的猎魔人不时尖叫着醒来，又在尖叫中晕厥过去。艾格莱丝为他草草包扎一番，女术士咒骂着哭了起来。但米尔瓦根本不信这些：有谁真见女术士哭过？然后杜恩·卡纳尔来了命令，由银色双眸的艾思娜——布洛克莱昂森林的女主人——直接下达。送走女术士，树精森林的统治者说，照料猎魔人。

她们果然是这么做的。米尔瓦亲眼看到他躺在洞里，那洞窟流淌着布洛克莱昂的神奇泉水。他受伤的肢体用木条固定，做了牵引，缠着厚厚一层羊皮和柯尼海拉藤——一种具有治疗功效的攀援植物——并敷上了织骨草的草皮。他的头发白得像牛奶。不寻常之处在于，他是清醒的；而缠着柯尼海拉藤的人通常只能躺在原地，让流经体内的魔力借着自己的嘴胡言乱语……

"好了吗?"医师的声音不带丝毫感情,打破了她的沉思,"你怎么打算的?想让我怎么告诉他?"

"叫他下地狱去。"米尔瓦厉声说道,正了正自己的腰带——那上面挂着沉重的钱袋和猎刀,"你也可以跟去,艾格莱丝。"

"随你。我又不能强迫你。"

"说得对。你不能。"

她头也不回地走进森林,穿过稀疏的松树。她很生气。

米尔瓦知道七月第一个新月之夜发生在仙尼德岛的事件,因为松鼠党一直在谈论这事。巫师集会期间,岛上发生叛乱,巫师死伤惨重。接着,仿佛收到信号一般,尼弗迦德军队开始进攻亚甸和莱里亚,战火随之点燃。而在泰莫利亚、瑞达尼亚和科德温,松鼠党成了众矢之的。先是据说有支松鼠党突击队协助了仙尼德岛上的反叛巫师,然后又据说有个精灵——也可能是半精灵——用刀子捅死了瑞达尼亚国王维兹米尔。于是狂怒的人类开始追捕松鼠党,意欲复仇。冲突全面展开,精灵血流成河……

哈,米尔瓦心想,也许牧师们没说错,世界末日和审判日真的近在眼前了!世界已化作火海,猎捕人类的除了精灵,还有其他人类。同类相争,手足相残……猎魔人也开始插手政治……还加入了叛党一方。猎魔人本该游历世界,杀死意图伤害人类的怪物才对!古往今来,没有哪个猎魔人会放任自己卷入政治阴谋与战争。对了,记得有个故事里讲一位蠢国王，说他用筛子打水，让野兔送信，还封了猎魔人作伯爵。可这儿真有位猎魔人参与了对抗诸王的叛乱，又来到布洛克莱昂森林逃避惩罚。也许世界末日真的来了！

"你好啊，玛利亚。"

她吃了一惊。倚着松木的娇小树精有着银色的眸子和头发。在杂乱斑驳的林墙映衬下，落日的余晖给她的头镶上了一道光环。米尔瓦单膝跪地，深深低下头。

"向您致意，艾思娜女士。"

布洛克莱昂的统治者将一把小巧的新月状匕首插回树皮腰带。

"起来吧，"她说，"陪我走走。我想跟你谈谈。"

她们在阴暗的森林里走了很久——银发的娇小树精，亚麻色头发的高个子女孩，她们一直保持着沉默。

"你好久没来杜恩·卡纳尔了，玛利亚。"

"我没时间，艾思娜女士。从缎带河到杜恩·卡纳尔有很长一段路，而且我……您明白的。"

"我明白。你累了吗？"

"精灵需要我的帮助。说到底，帮助他们可是您的命令。"

"是我的请求。"

"没错。是您的请求。"

"我还有一个请求。"

"和我想的一样。是不是跟那个猎魔人有关？"

"帮帮他。"

米尔瓦停下脚步，转过身，动作利落地折下高处的一枝金银花，在指间转了一圈，扔在地上。

"半年时间里,"她看着树精的银色双眸,轻声道,"我冒着生命危险带领精灵残存的部队来到布洛克莱昂森林……等他们恢复精力、伤势痊愈后,再带他们离开……这些还不够吗?我做得还不够多吗?每个新月之夜,我都会趁着夜色踏上林间小径。我开始害怕阳光,就像蝙蝠或猫头鹰……"

"没人比你更熟悉这些林间小径。"

"可我在森林里什么都打听不到。我听说那个猎魔人希望我去人类聚居的地方打探消息。而他是个叛徒,光是提到他的名字都会吸引an'givare的耳目。我必须在城市里隐匿行踪。万一有人认出我怎么办?记忆仍在,鲜血未干……而且是那么多血,艾思娜女士。"

"的确如此,"古老树精银色的双眸怪异而冰冷,眼神令人费解,"那么多血。"

"一旦他们认出我,会把我钉死在尖桩上。"

"你很谨慎。细心又警惕。"

"为了收集猎魔人要求的信息,我必须抛开警惕。我必须找人打听。而如今,好奇心是很危险的。如果他们抓住我……"

"你有你的门路。"

"他们会将我拷打至死,或把我关进德拉肯伯格的地牢……"

"可你欠我的。"

米尔瓦转过头,咬住嘴唇。

"我的确欠你的,"她苦涩地说,"我没忘。"

米尔瓦眯起眼睛,同时紧咬牙关,表情开始扭曲。记忆在脑海中浮现,她又看到了那个夜晚的惨白月光。她想起脚踝的痛楚,想起套住自己脚踝的绳圈,还有扭伤的关节。她又听到那棵树突然伸直时,树叶发出的飒飒声……还有自己的尖叫和呻吟；她想起自己绝望、疯狂而又惊恐的挣扎，以及意识到自己无法挣脱时那阵传遍全身的恐惧……叫喊，恐惧，绳索的嘎吱声，摇曳的影子；颠倒的大地，颠倒的天空，颠倒的树木，一切都摇晃不止。痛楚。血液冲击着额角……

黎明到来时，树精们在旁边围成一圈……银铃般的笑声仿佛从远处传来……提线木偶！摇啊，摇啊，小木偶，脑袋朝下脚朝天……还有她上气不接下气的呼喊。然后是一片黑暗。

"的确，我欠你的。"她透过齿缝吐出几个字，"的确，我这条命是你给的。看来只要我还活一天，就永远还不清这笔债。"

"每个人都欠着类似的债。"艾思娜答道，"这就是人生，玛利亚·巴林。债务，责任，感激，报答……为某个人做某件事。或许，其实是为我们自己？因为事实上，我们还债的对象归根结底是自己，不是别人。每当我们欠下什么，就必须向自己还清。我们同时是债务人和债权人，重要的是我们内心那笔账能否算清。自从来到这个世界，我们就被赋予了生命，从那时起，我们偿付债务的行为就没能停止。向我们自己。为我们自己。为了那笔账能最终算清。"

"艾思娜女士，你很重视那个人类吗？我是说……那个猎魔人？"

"对，尽管他并不知情。回到科尔·瑟莱去吧，玛利亚·巴林。回到他身边。满足他的要求。"

溪谷里的灌木丛发出嘎吱的响声，一根小树枝折断了。一只喜鹊发出愤怒而吵闹的喳喳声，几只苍头燕雀飞了起来，亮出白色的翅膀

和尾羽。米尔瓦屏住呼吸。终于来了。

"喳喳——喳喳。"喜鹊叫道,"喳喳——喳喳——喳喳。"又断了一根小树枝。

米尔瓦正了正左前臂上那条陈旧但光滑的皮革护腕,从绑在大腿上的扁平箭袋里抽出一支箭。她习惯性地检查了一番箭头和箭翎。箭杆是她在那集市上买来的——基本上,每十二根里只有一根能入她的法眼——箭翎则是她亲手装的。市面上的成品箭支,箭翎往往太短,且直接贴在箭杆两侧。但米尔瓦只用箭翎呈螺旋状排列的箭,而且箭翎本身从来不会短于五寸。

她搭箭上弦,面对溪谷入口,盯着林木间结满红色果实的绿色伏牛花丛。

那些苍头燕雀没飞多远,鸣啭声再次响起。*来吧,小家伙*,米尔瓦一边想着,一边抬起弓身,挽开弓弦。*来吧。我准备好了。*

但那矮鹿却沿着溪谷一路前进,走向与流入缎带河的小溪相连的沼泽与泉水。另一头小公鹿走出溪谷。它的体格相当不错,重量——据她估算——将近四石。它抬起头,竖起耳朵,转身走向灌木丛,小口吃起了树叶。

它背对着她,想要射中简直轻而易举。要不是有根树干遮蔽了一部分目标,米尔瓦早就不假思索地放箭了。即便她瞄准它的腹部,箭尖也能刺穿心脏、肝脏或肺部。要是射中它的臀部,也能切断某根动脉,让那头鹿很快倒下。她等待着,弓弦没有丝毫放松。

公鹿再次抬起头,从树干后方走出,却又突然转过身。米尔瓦保持挽弓的姿势,低声咒骂一句。角度很不理想,她的箭可能无法射中公鹿的肺,而是刺进胃部。她屏住呼吸,等待着。弓弦贴在嘴角,她尝到了微微的咸味。这是她的弓最重要,也最有价值的优点之一:如果这张弓再重些,或是做工更差些,她光是长时间保持挽弓的姿势就很费力了,射出的箭多半也会失准。

幸运的是,公鹿垂下头,开始吃苔藓间伸出的几株青草,身体也侧了过来。米尔瓦平静地呼出一口气,瞄准它的胸口,缓缓放开捏着弓弦的手指。

但她没能听到预期的肋骨折断声。因为公鹿骤然跃起,甩开蹄子,逃之夭夭,身后留下一阵干树枝折断的噼啪声和树叶掀起的沙沙声。

米尔瓦呆立了好几个心跳的时间,身子一动不动,活像一尊森林女神的大理石雕像。直到所有响声都渐渐平息,她才挪开举在脸旁的手,垂下弓。她暗暗记下那头野兽逃跑的路线,然后平静地坐下,背靠树干。她是个经验丰富的猎手,自小就在领主的森林里偷猎。她十一岁就打到第一头鹿,十四岁生日那天还猎到一头十四分叉的公鹿①——这真是个令人惊喜的巧合。根据过去的经验,她知道自己不该去追中箭的猎物。如果她射得够准,那头公鹿不出两百步就会倒下;假如她的箭偏离了目标——虽然她并没真正考虑过这种可能性——匆忙追赶只会雪上加霜。在最初的狂奔过后,受了重伤但并不惊慌的野兽会放慢脚步;但遭到惊吓和追赶的猎物却会以惊人的速度狂奔,翻山越岭,直到逃出足够远才会停下。

也就是说,她至少有半个钟头的时间。她拔下一片草叶,咬在牙齿之间,再次陷入沉思,记忆也随之再次浮现。

---

① 狩猎术语,指公鹿的双角上共有十四个分叉。

十二天后,她回到布洛克莱昂森林,猎魔人已能起身走动了。他步履蹒跚,走路时略微拖着一条腿,但的确能走路了。米尔瓦并不吃惊——她相信这片森林的泉水和柯尼海拉藤的神奇疗效。她相信艾格莱丝的医术,还曾数次见证受伤的树精以惊人的速度康复。至于猎魔人拥有超凡抵抗力与忍耐力的传闻,显然也并非完全的虚构。

回到布洛克莱昂森林,她却没直接去科尔·瑟莱,尽管树精们暗示她,格温布雷德已经等得不耐烦了。她余怒未消,所以故意拖延时间,希望借此理清自己的思路。她护送松鼠党返回了营地。她事无巨细地讲述路上的事,并提醒树精们,人类打算封锁缎带河方向的森林边境。直到她们第三次催促,米尔瓦才洗了澡,换身衣服,去了猎魔人那里。

他在林间空地边缘的几棵雪松下等她。他来回踱步,不时蹲下身子,然后猛然跃起。艾格莱丝显然嘱咐过他,要他多加锻炼。

"有什么消息?"打过招呼后,猎魔人立刻问道。他语气冰冷,但这骗不了她。

"战争似乎要结束了,"她耸耸肩,"听说尼弗迦德人已经摧毁了莱里亚和亚甸的军队。维登已经投降,泰莫利亚国王也和尼弗迦德皇帝达成了协议。百花之谷的精灵建立了自己的王国,但泰莫利亚和瑞达尼亚的松鼠党并没有加入他们。他们还在战斗……"

"我想问的不是这些。"

"是吗?"她装出吃惊的样子,"哦,我懂了。好吧,按你的要求,我顺道去了趟多里安,虽然这样我得绕很远的路,而现在每条大路都很危险……"

她顿了顿,伸了个懒腰。这次他没开口催促。

"那位柯德林格,"她再次开口道,"你要我拜访的人,是你朋友?"

猎魔人的表情毫无变化,但米尔瓦知道,他已经明白了。

"不。不是。"

"那就好,"她轻松地续道,"因为他已经不在人世了。他跟他的房子一起被烧成了灰,残存下来的只有烟囱和半堵正墙。多里安城里谣言四起:有人说柯德林格沾染了黑魔法,跟魔鬼立下契约,于是魔鬼用火焰吞噬了他。还有人说他像平时一样,插手了不该插手的事,结果惹恼了某些人,因此被杀,对方为消灭证据,把屋子烧了个精光。你的看法呢?"

她没得到回答,也没在猎魔人苍白的脸上看到任何表情。于是她继续说下去,语气仍旧恶毒而傲慢。

"有趣的是,那场大火发生在七月的第一个新月之夜,与仙尼德岛骚乱恰好是同一晚。就像是有人猜到柯德林格知道某些内情,希望他彻底闭嘴。你怎么看?哦,我知道,你什么都不会说。你想保持沉默,那就让我告诉你吧:你的做法很危险,这些打探和询问也一样。也许有人希望除柯德林格之外的人也能永远闭嘴。这就是我的看法。"

"你说得对。"过了一会儿,他才答道,"请原谅我。我让你身处险境了。这么危险的工作不适合……"

"你是说,不适合女人?"她说着,猛地转过头去,将尚未干透的长发从肩头甩开,"这就是你想说的?突然又开始扮演绅士了?我也许是没法站着撒尿,但我外套的衬里是狼皮,不是兔毛!你根本不了解我,所以别以为我是胆小鬼!"

"我了解你,"他用镇定的语气轻声回答,对她愤怒的语调和抬高的嗓门全无反应,"你是米尔瓦。你带领松鼠党来布洛克莱昂避难,让他们免于被俘。我欣赏你的勇气。但我鲁莽又自私地让你为我涉险……"

"你真是个傻瓜!"她语气尖锐地打断他,"与其担心我,倒不如担心你自己。担心担心那个小女孩吧!"

她轻蔑地笑了笑。因为这一次,他的脸色变了。她故意沉默下来,等待他的追问。

"你都知道些什么?"他终于开口,"又是从谁口中听说的?"

"你有你的柯德林格,"她哼了一声,骄傲地抬起头,"我也有我的联络人。都是耳聪目明之人。"

"告诉我吧,米尔瓦。拜托。"

"仙尼德岛事件过后,"停顿片刻,她开始讲述,"动乱四起。他们开始追捕叛徒,尤其是支持尼弗迦德人的巫师。有些人被捕,另一些消失得无影无踪。再蠢的人也能猜出他们逃去了哪儿,又躲藏在谁的羽翼之下。但他们追捕的不只是巫师和叛徒。著名的法欧提亚纳率领一支松鼠党突击队,协助了仙尼德岛上那些叛变的巫师,所以他也遭到通缉。国王们颁布命令,要求拷打并审问每个俘获的精灵,以找出法欧提亚纳的突击队的下落。"

"谁是法欧提亚纳?"

"一个精灵,松鼠党的一员。他是少有的几个让人类恨之入骨的精灵。他们拿出重金悬赏他的脑袋。他们还在找另一个人——当时在仙尼德岛上的某个尼弗迦德骑士。还有……"

"继续说。"

"告密者在打听一个猎魔人,名号是'利维亚的杰洛特',还有个名叫希瑞菈的女孩。这两人必须活捉。若有人捉到你们当中的任何一个,绝不能伤害你们一根头发,女孩的裙子也不能少一颗纽扣,否则以死论处。哦!他们这么关心你的健康,肯定是很重视你……"

看到他的表情,她立刻闭了嘴:他那不寻常的镇定消失了。她这才明白,这番话终于让他开始担心了——但他担心的并非自己的性命。她莫名地有些羞愧。

"好吧,他们的追捕是徒劳的。"她放低声音,嘴角的笑容只带着些微讽刺,"你安然无恙地待在布洛克莱昂,他们也没能活捉那女孩。他们在仙尼德岛的乱石堆,也就是坍塌的魔法高塔里寻找时……嘿,你怎么回事?"

猎魔人的身体摇晃几下,背靠一棵雪松,重重地坐了下来。米尔瓦后退几步。他本就苍白的脸上又泛起一阵惨白,叫她吓了一跳。

"艾格莱丝!茜尔莎!法芙!快过来!该死的,他要晕过去了!喂,你!"

"别叫她们……我没事。继续说吧。我想知道……"

米尔瓦突然明白了。

"他们在废墟里什么都没找到!"她大声说道,只觉自己也开始脸色发白,"什么都没有!虽然他们检查了每一块石头,还施展了咒语,可还是找不到……"

她擦了擦额头的汗水,挥手示意树精们不用过来。她抓住猎魔人的双肩,朝他俯下身,长发落在他苍白的脸上。

"你误会了。"她匆忙又语无伦次地说着,在混乱的脑海里费力地寻找合适的字句,"我的意思是——你误解了我的话。因为我……我怎么知道她是那么……不……我不是故意的。我只想说,那个女孩……他们没能找到她,因为她消失得无影无踪,就像那个巫师一样。原谅我。"

他没有答话,只是转过头去。米尔瓦咬住嘴唇,攥紧拳头。

"三天后,我将离开布洛克莱昂。"长得可怕的沉默过后,她轻声说,"我得等月亏再持续几天,夜色再暗一些。我会在十天内回来,也许更快。应该就在八月的最初几天,收获节结束后不久。不用担心,我会谨慎行事,但也会查清一切。只要有人知道那女孩的事,我就能打听到。"

"谢谢你,米尔瓦。"

"我们十天内会再见面……格温布雷德。"

"叫我杰洛特吧。"他伸出一只手,而她不假思索地握紧了它。

"我叫玛利亚·巴林。"

他点点头,脸上浮出一丝笑容,以示由衷的感谢。她知道,他很感激她。

"千万小心。问问题时,当心别问错了人。"

"不用替我操心。"

"你的联络人……你信任他们吗?"

"我不信任任何人。"

"猎魔人在布洛克莱昂森林,和树精在一起。"

"跟我想的一样。"迪杰斯特拉将双臂交叠在胸前,"不过,能确认一下总是好的。"

他沉默下来。伦内普舔舔嘴唇,耐心等待。

"是啊,能确认一下总是好的。"瑞达尼亚王国情报机构的首脑思忖着说,语气像在自言自语,"能确认当然是好的。如果叶妮芙也跟他一起就好了……伦内普,他身边没跟着女术士吧?"

"您说什么?"密探吃了一惊,"没有,大人。没有女术士。您的命令是?如果您希望活捉他,我就把他引出布洛克莱昂。如果您更想要他的命……"

"伦内普,"迪杰斯特拉用冰冷的淡蓝色双眼看向手下的密探,"别热心过头了。干我们这一行,献殷勤不会有什么好结果,反而容易引起疑心。"

"阁下,"伦内普的脸色有些发白,"我只是……"

"我知道。你只想问我有什么命令。好吧,听着:别管那个猎魔人了。"

"遵命,阁下。那……米尔瓦呢?"

"也不用管她。暂时不用。"

"遵命,阁下。我可以告退了吗?"

"可以了。"

密探轻手轻脚走出房间,小心翼翼地关上橡木门。迪杰斯特拉沉默了好一会儿,看着面前堆积如山的地图、信函、告发文件、审讯报告,以及死刑判决书。

"奥里!"

他的秘书抬起头,清了清嗓子,但什么也没说。

"猎魔人在布洛克莱昂。"

奥里·鲁文又清清嗓子,不由自主地瞥向桌下,看着密探头子的双腿。迪杰斯特拉察觉到他的目光。

"没错。我不会就这么放过他。"他恶狠狠地说,"他让我整整两个星期没法走路。他让我在菲丽芭面前丢人现眼,让我像狗一样呜呜叫着哀求她施法,以免我变成瘸子。我只恨自己低估了他。更可恨的是,我不能亲手剥了那个猎魔人的皮!我没这个时间。而我又不能叫手下人去解决我的私人恩怨!奥里,我没说错吧?"

"咳……"

"别嘟嘟囔囔的。我知道。唉,真他妈见鬼,权力太能诱惑人了!它总在哄骗你,诱使你去利用它!拥有权力时,忘记原则简直太容易了!但你忘记一次,就会有下一次……菲丽芭·艾哈特还在蒙特卡沃吗?"

"还在。"

"快拿羽毛笔和墨水,我要口述一封信给她。这就开始……见鬼,我没法集中精神。那吵吵闹闹的是怎么回事,奥里?广场上在搞什么?"

"一群学生正往尼弗迦德使节的住处丢石块。是我们掏钱让他们这么干的,咳咳,如果我没记错的话。"

"哦,好吧。把窗户关上。明天你再叫那帮小子往矮人吉安卡迪的银行丢石头。他拒绝向我透露某些账户的细节。"

"吉安卡迪,咳咳,给军用基金捐了一大笔钱。"

"哈。那就让他们往没捐款的银行丢石头。"

"可是,所有银行都捐了。"

"嗐,你怎么这么扫兴,奥里。我说,你写。'心爱的菲,我心中的太阳……'该死,我总忘。换张新信纸。准备好没?"

"好了,咳咳。"

"'亲爱的菲丽芭。特莉丝·梅利葛德女士肯定在为她从仙尼德岛送到布洛克莱昂的猎魔人担忧。她对此守口如瓶,连我也不肯相告,这让我十分伤心。不过请她放心:猎魔人目前状况良好。他甚至从布洛克莱昂派出一位女性使者,让她寻找希瑞菈公主的下落——也就是你很感兴趣的那位年轻女孩。我们的好朋友杰洛特显然还不知道,希瑞菈眼下正在尼弗迦德,为她和恩希尔皇帝的婚礼做准备。猎魔人在布洛克莱昂森林一定心急如焚,所以我会竭尽所能,确保这消息传到他耳中。'你都写下来了?"

"咳咳……'传到他耳中'。"

"另起一段!'令我困惑的是……'奥里,擦干净你那该死的笔!这信是写给菲丽芭的,不是写给王家议会的。信纸必须整洁!另起一段。'令我困惑的是,那位猎魔人为什么不联系叶妮芙呢?我不相信他的热情——他那近乎痴迷的热情——会突然消失,无论他是否了解叶妮芙的政治倾向。另一方面,把希瑞菈交给恩希尔的人真是叶妮芙吗?如果有证据能证明这一点,我会很乐意转告给猎魔人的。这样问题就解决了,那位背信弃义的黑发美人必将终日坐立不安。猎魔人不喜欢任何人碰那小女孩,阿尔托·特拉诺瓦在仙尼德岛的遭遇证明了这一点。菲，我很乐意相信你没有任何叶妮芙背叛的证据，也不知道她藏在哪儿。如果我发现这是你向我隐瞒的又一个秘密，我会非常非常伤心的，因为我从不向你隐瞒什么……'奥里，你在偷笑个啥？"

"啊？咳咳，我没笑。"

"接着写！'我从不向你隐瞒什么，菲，而且我期待能得到同样的回报。致以最深的敬意。'把信拿给我，我来签名。"

奥里·鲁文将细沙撒在信纸上。迪杰斯特拉靠向椅背，双手交扣放在大肚子上，摆弄着自己的大拇指。

"那个米尔瓦，猎魔人的间谍，"他问，"关于她，你都知道些什么？"

"她最近一直，咳咳，"秘书咳嗽着说，"护送被泰莫利亚军击败的残余松鼠党逃去布洛克莱昂森林。她帮精灵摆脱追捕，避开陷阱，让他们休养生息，重组突击队……"

"这些事人人都知道，不用你再废话了。"迪杰斯特拉插嘴道，"我很清楚米尔瓦都做了些什么，并且总有一天会加以利用，不然我早把她的事透露给泰莫利亚人了。关于米尔瓦——我是说她这个人——你有什么能告诉我的？"

"她来自上索登某个偏僻的村庄，真名叫玛利亚·巴林，如果我没记错的话。米尔瓦是树精给她的昵称。在上古语里，意思是……"

"红赤鸢。"迪杰斯特拉打断他，"我知道。"

"她家祖祖辈辈都是猎人，是林地居民，在森林里如鱼得水。她哥哥在她小时就被一头麋鹿踩死了，她的打猎技巧是她父亲老巴林亲手教的。老巴林过世之后，她妈改嫁了。咳咳……玛利亚跟继父相处不来，于是离家出走。我没记错的话，当时她十六岁。她去了北方，以打猎为生，不过领主们的猎场看守人也没让她好过，他们把她当作合法的猎物，不断追捕她。所以她才会去布洛克莱昂森林偷猎，也正是在那儿，咳咳，树精们抓住了她。"

"但她们没杀她，反而接纳了她。"迪杰斯特拉喃喃道，"或者说，收养了她……而她也回报了她们的好意。她跟布洛克莱昂的老巫婆——银眼艾思娜——联手。玛利亚·巴林已死，取而代之的是米尔瓦……维登和凯拉克联合组建的人类远征队已经失败几次来着？三次？"

"咳咳……如果我没记错的话，是四次……"奥里·鲁文总是希望自己没记错，事实上，他的记忆从不出错。"总数大约一百人，我是指疯狂猎捕树精的人。他们花了很长时间才发觉事有蹊跷，因为米尔瓦时不时会救下某人的命，而获救的人都对她的勇气赞不绝口。如果我没记错的话，直到维登发起第四次远征，才有人明白过来。'为什么？'那人突然喊道，咳咳，'那个帮助人类对付树精的向导，为什么每次战斗都毫发无伤？'于是真相大白。那位向导的确会给他们带路。只不过是带他们走向陷阱，走向树精的埋伏圈……"

迪杰斯特拉把一份审讯报告推向桌角，因为那张羊皮纸依然散发着拷问室的臭味。

"于是，"他总结道，"米尔瓦躲进布洛克莱昂森林，像晨雾一样消失不见。直到现在，维登都很难再找到自愿讨伐树精的人。老艾思娜与年轻红赤鸢的手段相当奏效。她们还好意思抱怨，说什么肮脏的手段都是我们人类发明的。换句话说……"

"咳咳。"奥里·鲁文咳嗽起来，迪杰斯特拉的欲言又止让他很吃惊。

"换句话说，她们也开始跟我们学习了。"密探头子冷冷地说，低头看向那些告发文件、审讯报告和死刑判决书。

　　在那头公鹿中箭的位置附近，米尔瓦没找到任何血迹，不由开始担心。她突然想到，就在她射出箭矢的一刹那，鹿跳了起来。无论它的蹄子有没有离开地面，结果都一样。它的身子移动了，所以箭很可能射中了它的肚子。米尔瓦咒骂起来。射中猎物的肚子是猎手的耻辱！哦，光是想到这种可能性，她就满心沮丧。

　　她飞快地跑向山坡，在黑刺莓丛、苔藓和蕨类植物间仔细搜寻。她在寻找她的箭。箭头有四道刃，锋利得足能刮掉胳膊上的汗毛。从五十步开外射出的箭，肯定穿透了那只野兽的身体。

　　她终于找到了箭，于是松了口气，并朝地上吐了三口唾沫以祛除厄运。没必要担心了：情况比她想象的好得多。箭上沾的并非胃里那种黏稠而恶臭的食物残渣，也非肺里带着泡沫的亮粉色血液。覆盖箭杆的是暗红色的黏稠鲜血。这支箭穿透了心脏。这下米尔瓦不用再放轻脚步，也不必长途跋涉了。那头鹿肯定正躺在距这林间空地不到一百步的某片树丛里，鲜血会标出它的位置。由于被射穿了心脏，它走不出几步就会开始流血，而她的眼睛不会漏掉这些。

　　刚走了十几步，她便跟上了血迹，同时再次陷入自己的思绪当中。

　　她遵守了对猎魔人的承诺。收获节后第五天——也就是新月后第

五天——她回到了布洛克莱昂。对人类而言,收获节意味着八月的开始,而对精灵来说,那一天是一年里第七个,也是倒数第二个神圣之日。

破晓时分,她带着五个精灵横渡缎带河。她带领的突击队原先有九名骑手,但来自布鲁格的士兵从始至终尾随在后。距河边还有三弗隆时,追兵依然穷追不舍,不过等他们到达缎带河边,布洛克莱昂森林在对岸的晨雾中若隐若现,士兵们便停下了脚步。人类害怕布洛克莱昂森林,这一点救了突击队的命。尽管疲惫不堪又伤痕累累,他们还是成功地过了河。只是并非每个人都有如此好运。

她为猎魔人带来了消息,却又以为他仍留在科尔·瑟莱。她本打算好好睡一觉,等到中午再去见他,所以看到猎魔人像幽灵一样钻出迷雾时,她吃了一惊。他一言不发地坐到她身旁,看着她把毛毯铺到一堆树枝上,做成一张临时床铺。

"你可真心急啊,猎魔人。"她嘲笑道,"我正准备睡觉呢。我骑了一天一夜的马,屁股都没知觉了。我的裤子也湿透了,因为我们一大早就在湿地里赶路,活像一群野狼……"

"拜托,你打听到消息了吗?"

"打听到了。"她哼了一声,解开靴带,脱下又湿又黏的靴子,"没费多少力气,因为所有人都在谈论这事。你那小女孩原来是位大人物,你早该告诉我的!我还以为她只是你的养女,一个不知从哪儿捡来的流浪儿,一个家破人亡的孤儿。可她的真实身份呢?居然是辛特拉的公主!好吧!也许你是个隐姓埋名的王子?"

"快告诉我吧。"

"国王们抓不到她了,因为你的希瑞菈从仙尼德岛逃到了尼弗迦德：也许是叛变的巫师带她过去的。恩希尔皇帝给她搞了场盛大的欢迎礼。你知道吗？听说他正在考虑迎娶她。现在，让我休息吧。如果你想说话，可以等我醒了再谈。"

猎魔人一言不发。米尔瓦把湿透的靴子挂在一根叉状树枝上，等到太阳升起，阳光会照到那个位置。她又扯了扯自己的腰带。

"我要脱衣服了，"她语带不快，"你怎么还赖着不走？这消息再好不过了，不是吗？你现在安全了，没人打听你的事，探子对你失去了兴趣。你的小丫头也逃出了国王们的魔掌，眼看就要当上皇后……"

"你的消息可靠吗？"

"眼下什么都没准儿。"她坐在树枝床上，打了个呵欠，"只有太阳每天一定会由东向西跨过天空。不过人们确实对尼弗迦德皇帝和辛特拉公主的事津津乐道。这都成街头巷尾的首选话题了。"

"他们干吗这么感兴趣？"

"你真不知道？据说她会把属于自己的一大片土地送给恩希尔作嫁妆！不光是辛特拉，还有雅鲁加河这边的土地！哈，她会成为我的女王，因为我来自上索登，而整个上下索登都是她的采邑！所以嘛，如果我在她的森林里射死一头鹿，然后被人抓住，我会被下令送上绞架……唉，这个世界真是烂透了！见鬼，我都快睁不开眼了……"

"再回答我一个问题。他们有没有抓住哪个女术士——我是说，有没有抓住叛变那方的什么人？"

"没有。不过听说有个女术士自杀了。就在温格堡失陷、科德温军队进入亚甸后不久。毫无疑问，她不是出于自责，就是担心遭到拷问……"

"你带来的突击队有几匹无主的马，那些精灵能分一匹给我吗？"

"哦,我懂了,你很着急。"她嘟囔着,把自己裹进毛毯,"我想我知道你打算去哪儿……"

米尔瓦停了下来,吃惊地看着他的表情,陷入沉默。她这才发现,自己带来的消息并不令人愉快。她发现自己根本不明白,一点儿都不明白。突然间,她莫名地想要坐到他身边,提出一连串问题,聆听他的回答,好对他多了解一点儿,或许再给他提些建议……她忙用指节揉了揉眼角。我累坏了,她心想,死神整个晚上都和我如影随形。我必须休息。话说回来,我干吗在乎他的悲伤与担忧?他对我重要吗?那个小丫头对我重要吗?让他俩见鬼去吧!真该死,这些念头快让我睡不着了……

猎魔人站起身。

"那些精灵会分一匹马给我吗?"他重复道。

"想要哪匹就牵走吧。"过了一会儿,她才回答,"但别让他们瞧见你。我们在浅滩那边死了好几个人……别碰那匹黑马,它是我的……你还在等什么?"

"多谢你的帮助。多谢你为我做的这一切。"

她没答话。

"我欠你一份情。我该怎么报答你呢?"

"你说报答?赶紧滚出我的视线就是报答!"她大吼着,用一边手肘支起身子,用力扯了扯毛毯,"我……我得睡了!牵一匹马……然后走吧……去尼弗迦德,去地狱,见你的鬼去吧。对我来说没什么分别!快滚,别再烦我了!"

"我会偿还这笔债的。"他轻声说,"我不会忘记。也许有一天,你会需要帮助,需要支持,或者可以倚靠的肩膀。到那时,在夜里呼唤我的名字吧。我会来的。"

公鹿倒在山坡边缘蔓生的蕨类植物间，扭曲的脖子贴着被泉水浸软的泥土，呆滞的眼睛注视着天空。米尔瓦看到，几只硕大的虱子正在淡棕色的鹿腹上吸血。

"你们这些害虫，去别处吸血吧，"她嘟囔着卷起袖子，抽出一把刀，"因为这血要变冷了。"她老练而迅速地切开从胸骨到肛门的鹿皮，再将刀刃沿生殖器灵巧地转了一圈。她小心翼翼地分开脂肪层，手肘沾上了飞溅的鲜血。她切断食道，扯出内脏，然后切开胃、胆和膀胱，寻找胃石。她并不相信胃石所谓的神奇功效，但这世上有的是傻瓜相信，而且他们愿意为此付出一大笔钱。

她抬起死鹿，放到附近的一根原木上，让剖开的肚腹对着地面，以便清空血液。她用一丛蕨类植物擦了擦双手，在猎物旁边坐下。

"你这着魔又犯傻的猎魔人，"她轻声说道，目光转向高逾百尺的松墙树冠，"居然要去尼弗迦德接你的小丫头，要去熊熊燃烧的世界尽头，却没想过带上吃的。我知道你是为她而活，可你自己首先总得活下去吧。"

松林不予置评，更没打断她的独白。

"要我说，"米尔瓦用刀子刮走指甲缝里的血迹，"想接回那个小女孩，你连一丁点儿机会都没有。你连雅鲁加河都到不了，更别提尼弗迦德了。我甚至觉得你都到不了索登。我说你死定了。这命运就写在你凶狠的表情上，也写在你可怕的眼神里。死亡会追上你，疯狂的猎魔人，早晚会追上你。不过多亏这头小鹿，至少你不会死于饥饿。也许它的肉不算多，但聊胜于无嘛。这就是我的看法。"

看到尼弗迦德使节走进觐见室，迪杰斯特拉暗自叹了口气。希拉德·费兹-奥耶斯泰兰，恩希尔·瓦·恩瑞斯皇帝的大使，惯以书面语言进行对话，爱用浮夸而又生僻、只有外交官和学者才能理解的辞藻点缀自己的词句。迪杰斯特拉曾在牛堡学院就读，尽管没获得文学硕士学位，但他对那些华而不实的学术黑话也算略知一二。只是他不愿意使用那种词汇，因为他痛恨炫耀和任何形式的矫揉造作。

"你好啊，大使阁下。"

"迪杰斯特拉大人。"希拉德·费兹-奥耶斯泰兰郑重其事地鞠了一躬，"哦，请原谅。也许我该说公爵阁下？或者摄政王殿下？还是国务大臣阁下？说实话，如今这些头衔就像冰雹一样纷纷落在您身上，我真不知该如何称呼您才不会违反外交礼节。"

"何不叫我'国王陛下'？"迪杰斯特拉用谦逊的语气回答，"看来您也是明白人，大使阁下，知道谁掌握了宫廷谁就是国王。大概您也晓得，只要我喊声：'跳！'整个崔托格宫廷都会问：'跳多高？'"

大使知道，虽然迪杰斯特拉有些夸大其词，但也不算夸张得过分。拉多维德王子年纪还小，海德薇格王后因丈夫的惨死而心烦意乱，贵族们则出于恐惧、震惊和想法上的分歧，分成了不同派系。瑞达尼亚实际上的统治者正是迪杰斯特拉。他可以毫不费力地得到他想要的任何头衔，但他显然无意这么做。

"大人，您越过外务大臣，"过了一会儿，大使说道，"亲自召见我。在下何德何能，竟有如此荣幸？"

"外务大臣，"迪杰斯特拉看着天花板说，"由于身体欠佳，已经递交了辞呈。"

大使严肃地点点头。他很清楚，外务大臣正在地牢里受苦。见识了审讯中展示的种种刑具之后，懦弱又愚蠢的外务大臣肯定早就坦白了自己与尼弗迦德情报机构串通的一切。他知道，瓦提尔·德·李道克斯——帝国情报机构的首脑——在这国家建立的关系网已被捣毁，而此时此刻，那张网的每根线都捏在迪杰斯特拉手中。大使也知道，这些线都指向他本人。但他有豁免权和外交礼仪的保护，所以可以把这场戏演到底。具体来说，他必须遵循瓦提尔和帝国特殊部队负责人史提芬·史凯伦发来的那些内容古怪的加密指令。

"由于他的继任者尚未指定，"迪杰斯特拉续道，"这件苦差事只能由我来做了：我要通知您，瑞达尼亚王国已经认定您为'不受欢迎者'。"

大使鞠了一躬。

"我要遗憾地声明，"大使道，"导致你我两国陷入不信任的这些事件，究其根源，其实与瑞达尼亚王国及尼弗迦德帝国没有丝毫关系。帝国并没有采取任何针对瑞达尼亚的敌对行为。"

"所以，在雅鲁加河口和史凯利格群岛封锁我们的船和货物只是意外？为松鼠党提供武器和支持同样也是意外喽？"

"您这就是含沙射影了。"

"那在维登和辛特拉集结的帝国军队呢？武装匪帮对索登和布鲁格的洗劫呢？阁下，索登和布鲁格在泰莫利亚保护之下，而泰莫利亚是我们的盟友,也就是说,攻击泰莫利亚就是攻击我们。除此之外,还有些事与瑞达尼亚有直接关系——我是指仙尼德岛的叛乱和刺杀维兹米尔王的罪恶行径。尼弗迦德帝国在这些事件中扮演的角色值得质疑。"

"关于仙尼德岛事件,"大使伸开双臂,"我无权发表意见。恩希尔·瓦·恩瑞斯皇帝陛下对巫师间的内讧毫不知情。我要遗憾地表示,由于某些敌对性的传闻,我们的抗议始终得不到应有的重视。而且我敢说,这些传闻是在瑞达尼亚王国当权者的支持下散播的。"

"您的抗议简直令我震惊。"迪杰斯特拉微微一笑,"说起来,自打你们在仙尼德岛绑架了辛特拉公主,皇帝陛下就对她身在尼弗迦德宫廷的事实毫无掩饰之意。"

"是辛特拉的'女王'希瑞拉。"希拉德·费兹-奥耶斯泰兰纠正他的用词,"而且她并非遭到绑架,她是去帝国寻求庇护的。这事和仙尼德岛事件毫无关联。"

"真的?"

"仙尼德岛事件,"大使神情严肃地续道,"令皇帝陛下十分震惊。维兹米尔国王遭受疯汉谋杀的惨剧也令他由衷地愤怒。然而,在普罗大众间散播的恶毒流言更加令人愤慨,甚至有谣言说,这些罪行的背后不乏帝国的煽动。"

"依我看,只要逮捕煽动者,"迪杰斯特拉慢吞吞地说,"流言就会不攻自破,而他们落网并接受正义的制裁也只是时间问题。"

"正义乃王国之根基,"希拉德·费兹-奥耶斯泰兰严肃地附和道,"而恶行必将遭到惩戒。我相信,这也是皇帝陛下的意愿。"

"皇帝陛下有能力实现这个意愿。"迪杰斯特拉双手抱胸,漫不经心地指出,"反叛者的领袖之一,女术士艾妮德·安·葛丽娜,又名法兰茜丝卡·芬达贝,如今正在多尔·布雷坦纳扮演精灵傀儡国的女王角色,而你们的皇帝居然支持她。"

"即便是皇帝陛下,"大使动作僵硬地鞠了一躬,"也无权干涉多尔·布雷坦纳的事务:因为周边王国都已承认,它是个独立的王国。"

"但瑞达尼亚除外。对瑞达尼亚而言,多尔·布雷坦纳仍是亚甸王国的一部分。你们和精灵以及科德温联手瓜分了亚甸,莱里亚更是连一块石头都没剩下。你们将这些王国从世界地图上迅速抹去,动作还真是够快啊,大使阁下。不过眼下的时间和场合不适合讨论这些。就让法兰茜丝卡·芬达贝暂且扮演女王吧——她会得到应有的惩罚的。可其他反叛者,尤其是谋害维兹米尔王的刺客呢?洛格伊文的威戈佛特兹和温格堡的叶妮芙呢?我们有理由相信,仙尼德岛叛乱以失败告终之后,他们都逃去了尼弗迦德。"

"我向你保证,事实并非如此。"大使抬起头,"即使果真如此,他们也无法逃脱惩罚。"

"他们损害的并非你们的利益,因此是否惩罚他们也不该由你们决定。只要把这些罪犯交给我们,恩希尔皇帝就能证明他的正义——毕竟,正义乃王国之根基。"

"没人能否认这个要求的合理性。"希拉德·费兹-奥耶斯泰兰装出一脸尴尬的笑容承认道,"但是首先,这些人并不在帝国境内。其次,就算他们真的踏入帝国的领土,也还有另一重麻烦存在。引渡的执行应以法律判断为基准,而是否引渡则要由帝国议会决定。请记住,大人,提出断交代表着敌意,会让议会在投票时更倾向于寻求庇护的个人,而非怀有敌意的王国。在这种情况下,还想让议会同意引渡,那可是史无前例的事……除非……"

"除非什么?"

"除非有先例。"

"我没听懂。"

"如果瑞达尼亚王国愿意将一名被逮捕的普通罪犯——同时他也是帝国的臣民——交给皇帝陛下,那么皇帝陛下和他的议会就有理由报答贵国的善意之举了。"

迪杰斯特拉沉默良久,表情既像在思考,又像是在打瞌睡。

"你们想要谁?"

"那个罪犯的名字是……"大使装出一副努力回忆的样子。最后,他打开山羊革公文包,寻找着文件。"请原谅,记忆是靠不住的。在这儿。他的名字是卡西尔·莫瓦·迪弗林·爱普·契拉克。他有重罪在身。罪名包括谋杀、擅离职守、强奸、盗窃和伪造文件。为了躲避皇帝的怒火,他逃到了国外。"

"逃到瑞达尼亚?挑的地方真够远的。"

"大人,"希拉德·费兹-奥耶斯泰兰微笑着说,"说到底,您的目光也不会局限在瑞达尼亚王国内嘛。我毫不怀疑,一旦那个罪犯在您的某个同盟国落网,您立刻会从您为数众多的……朋友那里得知相关的信息。"

"你说那个恶棍叫什么来着?"

"卡西尔·莫瓦·迪弗林·爱普·契拉克。"

迪杰斯特拉再度沉默,装作在记忆中搜寻的样子。

"没有。"过了好一会儿,他才说,"被捕的罪犯里没人叫这个名字。"

"真的?"

"很遗憾,我在这方面的记忆向来靠得住,大使阁下。"

"的确令人遗憾,"希拉德·费兹-奥耶斯泰兰冷冷地回答,"尤其是在这样的情况下。这一来,相互引渡罪犯就成了不可能的事。我就不再叨扰大人您了。愿您身体康健,鸿运当头。"

"您也一样。再会了,大使阁下。"

大使又行了几次繁复而正式的鞠躬礼,转身离开。

"吻我的屁股去吧,你这狡猾的老魔鬼。"迪杰斯特拉交叠双臂,嘀咕道,"奥里!"

秘书从门帘后钻了出来,他强忍着咳嗽,脸色憋得通红。

"菲丽芭还在蒙特卡沃吗?"

"是的,咳咳。劳克斯-安蒂列女士、梅利葛德女士和梅兹女士也跟她在一起。"

"战争一两天内就会爆发,雅鲁加河边境很快就会化作火海,她们却还藏在那个鸟不拉屎的城堡里!拿支笔来,开始写。'我心爱的菲……'哦,见鬼!"

"我写的是,'亲爱的菲丽芭'。"

"很好。继续。'你们或许想知道,那个戴着羽翼头盔,在仙尼德岛神秘出现又神秘消失的怪人,名叫卡西尔·莫瓦·迪弗林,是帝国皇室总管契拉克的儿子。现在看来,要找那怪人的不光是我们,还有瓦提尔·德·李道克斯的情报机构,以及那个狗娘养的……'"

"菲丽芭女士,咳咳,不喜欢这类用词。我写的是'那个无赖'。"

"就这么写吧,'以及那个无赖史提芬·史凯伦。你和我同样清楚,亲爱的菲,能让帝国情报机构如此疲于奔命的,只可能是当真惹火了恩希尔的密探和使节——他们没能执行皇帝的命令，或者干脆背叛了他。但这一来，情况就有些蹊跷了，因为我们相当确信，那个卡西尔接受的命令应该是抓捕希瑞菈公主，并将她送去尼弗迦德帝国。'

"另起一段。'我当初有些猜想，如今已经得到充分的证据支撑。由此我还得出了一些惊人却又合理的推论。这些我很想跟你当面谈谈。致以我最深的敬意。'"

米尔瓦骑着马，跟随鸦群向南行进，先是沿着缎带河的河岸经过焦树桩，过河后又穿过峡谷。峡谷地面泥泞松软，长满了柔软的亮绿色苔藓。她觉得，猎魔人不如她了解周边地形，也就不会冒险踏上人类控制的对面河岸。她选择在河道转向布洛克莱昂森林的位置就近渡河，因此有希望在希恩·特雷斯瀑布区域追上他。假如她一刻不停地赶路，甚至有可能比他先到。

苍头燕雀鸣叫的征兆果然应验了。南方的天空乌云密布，空气变得沉重起来，蚊子和马蝇更是格外恼人。

骑马进入湿地时——这里长着浓密的榛树，树上结着青色的榛子，还有没有叶片、略带黑色的鼠李丛——她感觉到其他人的存在。她不是听到，而是感觉到的。因此对方肯定是精灵。

她勒住马，好让藏在树丛间的弓手看清她的脸。她屏住呼吸，暗自希望不要碰上几个急性子精灵。

一只苍蝇嗡嗡叫，盘旋在搭在马背的死鹿上方。

一阵沙沙声，然后是轻柔的呼哨。她回以一声呼哨。直到松鼠觉无声无息地钻出树丛，米尔瓦才松了口气。她认识这些精灵。他们属于柯因内克·达·瑞奥的突击队。

"Hael，"她翻身下马，"Que'ss va？"

"Ne'ss，"一个她不记得名字的精灵冷冷地回答，"Cáemm。"

其他精灵正在附近的空地扎营，至少三十人，远远超过柯因内克突击队原本的人数。这让米尔瓦吃了一惊，因为在眼下，突击队的规模想不缩水都难，更别提扩张了。别的突击队往往是群伤痕累累、紧张兮兮的流浪汉，几乎连马背都坐不稳，但这支明显不一样。

"Ceád，柯因内克。"她向走来的突击队指挥官打个招呼。

"Ceádmil，sor'ca。"

Sor'ca的意思是"小妹妹"。与她关系友好，又希望表达敬意和好感的精灵都这么称呼她，而且他们的确比她年长许多。起初，精灵称她为Dh'oine，也就是"人类"。自从她开始定期帮助精灵，他们就改称她为Aen Woedbeanna，"林中女子"。对她的了解再加深些，他们开始效仿树精，称她为米尔瓦，或者"红赤鸢"。米尔瓦会把真名透露给最亲近的人，并会得到类似的回应，但这一点对精灵不适用——他们会把玛利亚念成"米尔亚"，同时皱着眉头，好像在他们的语言里，这几个音节带有负面含意似的，然后他们又会把称呼换回Sor'ca。

"你们要去哪儿？"米尔瓦进一步仔细地四下打量，却没发现任何受伤或生病的精灵，"去第八里？还是布洛克莱昂？"

"都不去。"

她忍住了，没再继续追问。她太了解他们了。光是看到他们那严肃的表情，看到他们准备武器与护具时那夸张的镇定，看到他们无底深渊般的眼睛，就已经足够了。她知道，他们又要上战场了。

南方的天空阴云密布，昏暗无光。

"Sor'ca，你又要去哪儿呢？"柯因内克瞥了眼搭在她马背上的公鹿，微微一笑。

"南边，"她冷冷地回答，"德瑞斯科特。"

精灵的笑容消失了。

"你打算沿人类那边的河岸过去？"

"至少到希恩·特雷斯瀑布为止。"她耸耸肩，"到了瀑布区域，我肯定会回布洛克莱昂那边，因为……"

她听到马儿的鼻息声，于是转过身。又有一批松鼠党汇入这支早已异常庞大的突击队。米尔瓦更熟悉那几个新来的精灵。

"席朗！"她低呼一声，毫不掩饰自己的震惊，"托露薇尔！你们怎么来了？我刚把你们送到布洛克莱昂，而且你们……"

"Ess'creasa, sor'ca，"席朗·爱普·迪尔巴严肃地说。缠在他头上的绷带还在往外渗血。

"我们别无选择。"托露薇尔用人类的语言重复道。她单手扶鞍，小心翼翼地下了马，尽量避免碰到用绷带吊起的另一条胳膊。"有消息来了。现在人手奇缺，我们不能再留在布洛克莱昂。"

"早知道这样，"米尔瓦噘着嘴说，"我干吗还费那么多力气。我就不该在浅滩那儿拿自己的性命冒险。"

"消息是昨晚传来的。"托露薇尔平静地解释道，"我们不能……在这种时候，我们不能弃战友于不顾。我们办不到。请理解我们，sor'ca。"

天色更暗了。这一次，米尔瓦听到了远方响亮的雷鸣。

"别去南边，sor'ca，"柯因内克·达·瑞奥恳求道，"风暴就要来了。"

"风暴跟我有什么……"她停了口，越发仔细地看着他，"哦！这么说，传来的是那种消息，对吧？是尼弗迦德人？他们要在索登横渡雅鲁加河？他们要攻打布鲁格了？所以你们才要出征？"

对方没答话。

"没错，就像在多尔·安格拉一样。"她注视着他黑色的双眼，"尼弗迦德皇帝要你们再次前往人类后方，用火与剑散播混乱。然后他会跟国王们讲和，而国王们会杀光你们。你们点燃的火只会烧到你们自己。"

"火焰会净化你，让你更加坚定。这是必经的过程。Aenyell'hael, ell'ea, sor'ca？用你们的话讲，也就是'火之洗礼'。"

"我更喜欢另一种火，"米尔瓦解开捆扎公鹿的绳索，把它丢到精灵们的脚下，"会在烤肉叉下劈啪作响的那种。带上它吧，免得你们行军时因饥饿倒下。它对我已经没用了。"

"你不是要去南边吗？"

"是啊。"

我要去南边，她心想，而且要快。我必须警告那个愚蠢的猎魔人。我必须警告他，混乱即将到来。我必须让他回头。

"别去，sor'ca。"

"别管我了，柯因内克。"

"风暴正从南方袭来，"精灵说，"大风暴就要来了，还有大火。待在布洛克莱昂吧，sor'ca，别去南边。你为我们做得够多了，不需要再多做什么。你没必要到南边去，而我们非去不可。Ess'tedd, esse creasa！我们该出发了。别了。"

周围的空气变得格外沉重。

◆━━━━▌┃▐━━━━◆

心灵投影法术非常复杂——她们必须手牵手,将思绪联合起来,同时施法。即便如此,耗费的精力也大得惊人。因为距离同样惊人。

菲丽芭·艾哈特紧闭的眼皮突突狂跳。特莉丝·梅利葛德气喘吁吁。凯拉·梅兹宽阔的额头满是汗珠。只有玛格丽塔·劳克斯-安蒂列的脸上看不出丝毫疲惫的迹象。

昏暗的房间突然无比明亮,色彩缤纷的闪光在黑木墙板上舞动。一颗散发着乳白色光芒的球体悬浮在圆桌上空。菲丽芭·艾哈特念完最后一段咒语,光球飞到桌边十二张座椅之一的上方。光球内出现了模糊的影子。那身影闪烁着微光,投影显然尚未完全稳定,但它很快变得清晰起来。

"活见鬼了,"凯拉擦了擦额头,嘟囔道,"尼弗迦德的女术士就没听说过魅力灵膏或美容咒吗?"

"看来是没有。"特莉丝从嘴角挤出一句,"她们好像也不懂什么叫'时髦'。"

"还有化妆。"菲丽芭轻声道,"不过现在,都别说话了。也别盯着她看。我们必须稳定投影,然后欢迎我们的客人。帮我一把,丽塔。"

玛格丽塔·劳克斯-安蒂列重新念诵咒语,又重复一遍菲丽芭的动作。那个身影又闪烁几下,失去了模糊而不自然的光芒,轮廓和色彩变得更加鲜明。女术士们能看清桌子对面的人影了。特莉丝咬住嘴唇，冲凯拉意味深长地眨眨眼。

投影里的女子面孔苍白，气色不佳，双眼迟钝而呆板，嘴唇纤薄呈淡蓝色，鼻子略带钩状。她戴着一顶古怪的圆锥形帽子，皱巴巴的，缺乏光泽的黑发自柔软的帽檐垂下。她的黑色长袍十分臃肿，简直不像样，肩部的银丝刺绣磨损严重——这更印证了她们对她"缺乏魅力"与"无精打采"的第一印象。刺绣的图案是星辰围绕下的一轮半月，这是尼弗迦德女术士身上仅有的装饰。

菲丽芭·艾哈特站起身，尽量低调地展示着自己的首饰、蕾丝花边和乳沟。

"艾希蕾女士，"她说，"欢迎来到蒙特卡沃。你愿意接受我们的邀请，令我们受宠若惊。"

"我只是出于好奇。"尼弗迦德女术士用格外愉快而悦耳的嗓音说道，还不由自主正了正帽子。她的手很纤细，上面点缀着黄色的斑点。她的指甲残缺不齐，显然是用牙齿咬出来的。

"只是出于好奇，"她重复道，"但对我来说，后果很可能是场灾难。我希望你们能作出解释。"

"我很快就会解释。"菲丽芭点点头，朝其他女术士打个手势，"不过首先，请允许我召唤其他与会者的投影并做个介绍。请你暂且耐心等待。"

女术士们再度手拉手，一同念诵咒语。房间里的空气发出嗡鸣，仿佛一根绷紧的铁丝，这时，一团发光的雾气自天花板飘落，让房间充斥着闪烁的阴影。脉动的光球悬浮在三张空椅上方，轮廓和形体逐渐清晰。首先出现的是萨宾娜·葛丽维希格，她身穿青绿色衣裙，低胸领口充满挑逗意味，硕大的花边立领衬托着她的发型和钻石头冠。

在萨宾娜身旁，席儿·德·坦沙维耶在投影的模糊光芒中现出身形，她身穿镶有珍珠的黑绒长裙，系一条银狐皮围脖。尼弗迦德女术士紧张地舔了舔纤薄的嘴唇。

瞧好吧，你这黑老鼠，特莉丝心想。等见到法兰茜丝卡，你的眼珠子都会掉出来。

法兰茜丝卡·芬达贝果然没让人失望。她穿着华丽的鲜红色衣裙，发型透出庄严与高贵，戴着红宝石项链，天真无邪的双眼周围尽是精灵式的挑逗妆容。

"各位女士，"菲丽芭说，"欢迎来到蒙特卡沃城堡。我邀请诸位来到这里，是为商讨几个相当重要的问题。遗憾的是，这次会面只能以投影的方式进行，因为无论时间、距离还是时局，都不允许我们进行面对面的谈话。我是菲丽芭·艾哈特，这座城堡的女主人。作为此次会面的发起人与东道主，我将负责为诸位做个介绍。我右手这位是玛格丽塔·劳克斯-安蒂列，艾瑞图萨学院的校长。我左手边是马里波的特莉丝·梅利葛德，以及卡瑞亚斯的凯拉·梅兹。接下来这位是阿德·卡莱的萨宾娜·葛丽维希格。来自柯维尔王国克雷伊登的席儿·德·坦沙维耶。法兰茜丝卡·芬达贝，又名艾妮德·安·葛丽娜，百花之谷目前的女王。最后是来自尼弗迦德帝国维可瓦罗的艾希蕾·瓦·阿纳兴。现在……"

"现在我要说再见了！"萨宾娜·葛丽维希格用戴满戒指的手指着法兰茜丝卡，尖声说道，"你做得太过火了，菲丽芭！即使是幻象，我也不想跟这该死的精灵坐在同一张桌前！加斯唐宫墙壁和地板上的鲜血还没褪色呢！而那些血正是她的杰作！她和威戈佛特兹的杰作！"

"我请求你遵守礼仪，"菲丽芭用双手捏住桌边，"并保持冷静。

请你听好我要说的话,仅此而已。等我说完,你们可以自行决定去留。投影纯属自愿,随时可以中断。对决定离开的人,我只有一个要求——为这次会面保密。"

"我就知道!"萨宾娜猛地跳了起来,以致身体在一瞬间脱离了投影,"这是一场秘密会议!一次密会!说得直白点儿就是合谋!针对的目标也再明显不过。菲丽芭,你在嘲笑我们吗?你要我们向自己的国王和同伴——向你不肯屈尊邀请的人保密,可这儿却坐着艾妮德·芬达贝,在恩希尔·瓦·恩瑞斯的支持下统治多尔·布雷坦纳,并为尼弗迦德提供武装力量的精灵女王?更夸张的是,这儿居然还有个尼弗迦德的女术士。从什么时候开始,尼弗迦德的巫师不再盲从帝国皇帝了?你说保密?我倒要问你,有什么秘密可保的?她能来这儿,肯定得到了恩希尔的允许!她是奉他的命令来充当耳目的!"

"我要否定你的说法。"艾希蕾·瓦·阿纳兴平静地说,"没人知道我出席了这次会面。发起人要求我保密,而我确实是这么做的。这既是为你们,也是为我自己。因为这事一旦见光,我就没法再活下去了。这就是你所谓的盲从:我们只有服从和上断头台这两种选择,而我现在正是在冒险。我不是作为密探来的。证明这事的方法只有一种——我的命。如果有人不能像东道主呼吁的那样保守秘密,我的下场只有一死。只要我们会面的消息传过这几堵墙,我就会丢掉性命。"

"泄密对我也不是好事。"法兰茜丝卡露出迷人的笑容,"这可是你绝佳的复仇机会,萨宾娜。"

"我会用别的方式复仇的,精灵。"萨宾娜的黑眼睛闪烁着凶狠的光,"即使秘密见光,也不会是因为我的疏忽或过错。绝不可能!"

"你在暗示什么?"

"当然，"菲丽芭·艾哈特插嘴道，"萨宾娜当然是在暗示。她在巧妙地提醒各位，我跟西吉斯蒙德·迪杰斯特拉有合作关系。说得好像她自己跟亨赛特王的密探毫无瓜葛似的！"

"那可不一样！"萨宾娜吼道，"我又没当过亨赛特王整整三年的情人！更别提跟他的密探鬼混了！"

"够了！安静！"

"我同意。"席儿·德·坦沙维耶大声说道，"安静，萨宾娜。关于仙尼德岛、密探和私通的话题已经说得够多了。我来这儿不是为了吵架，也不是听你们翻旧账的。我也没兴趣当你们的调停人。如果你们邀请我是出于这种目的，那我表示，你们打错算盘了。的确，我也担心这次会面目的不明且毫无意义，反而浪费了本该用来钻研学术的时间，但我没打算随便假设什么。我建议把发言权先交给菲丽芭·艾哈特，让我们搞清这次集会的目的，也让我们明白自己需要扮演什么角色。然后，我们才能抛开不必要的情绪，做出决定——是继续表演呢，还是让帷幕落下。保密的要求适用于我们所有人。除此之外，我还要声明一句：谁敢泄密，我，席儿·德·坦沙维耶，将会亲手对付她。"

女术士们沉默下来。特莉丝毫不怀疑席儿那句警告的真实性。这位隐居在柯维尔的女术士从不虚言恫吓。

"我们把发言权交给你，菲丽芭。同时，我请求各位可敬的与会者保持安静，直到她发言完毕。"

菲丽芭·艾哈特站起身，衣裙沙沙作响。

"尊贵的姐妹们，"她说，"我们处境堪忧。魔法正面临威胁。仙尼德岛那起不幸的事件让我时常扼腕叹息，因为它证明，花费数百年时间努力建立起来、看似和平的合作关系,只要牵涉到自私与膨胀的野心,随时都有可能毁于一旦。我们陷入分歧与混乱,彼此敌视与怀疑。眼下发生的事渐渐脱离了我们的控制。为了掌控局势,为了阻止灾难的发生,必须让强有力的手握住这艘风雨飘摇之船的船舵。劳克斯-安蒂列女士、梅利葛德女士、梅兹女士和我讨论过这问题,而且我们达成了一致。单单重建巫师会和术士评议会是不够的。不管怎么说,我们剩余的力量既不足以重建这两个组织,也无法保证它们重建后不会因同样的原因被毁。我们应当创建一个全新的秘密组织,这个组织将继续专注于魔法本身,将倾尽全力阻止灾难的发生。因为魔法一旦消失,我们的世界也将随之消亡,就像许多个世纪前发生的一样——那时的世界没有魔法,随着时代变迁,它便陷入了混沌与黑暗,淹没在鲜血和暴行之中。我们在此邀请诸位女士加入这个组织,并致力于相关的工作。我们召集诸位来此,正是为了聆听你们对这事的看法。我要说的就是这些。"

"谢谢。"席儿·德·坦沙维耶连连点头,"如果你们允许的话,女士们,我要发言了。亲爱的菲丽芭,我第一个问题是:为什么选我?为什么你们叫我来这儿?我曾多次拒绝巫师会的候选人资格,也放弃了在评议会的席位。首先,我自己的工作就让我无暇旁顾了。其次,我始终认为,在柯维尔、波维斯和亨佛斯,还有比我更合适的人选。所以我想问,为什么你们邀请的人是我,而不是卡杜因,不是艾德·金维尔的伊斯崔德,不是图格杜尔或赞格尼斯?"

"因为他们都是男人。"菲丽芭答道,"而这个组织的成员仅限女性。艾希蕾女士?"

"我收回我的问题。"尼弗迦德女术士笑道,"我要问的恰好与德

·坦沙维耶女士一样。你已经解释了我的疑惑。"

"在我听来，这就是女性沙文主义。"萨宾娜·葛丽维希格冷笑着说，"尤其是从你嘴里说出来，菲丽芭，毕竟你已经改变了……性取向。我对男人没什么不满。甚至可以说，我崇拜男人。离了他们，我没法想象人生还有什么意思。但……细想之后，我觉得……你的提议也算合理。男人在心理方面很不稳定，太容易情绪化。面临危机时，他们根本靠不住。"

"没错。"玛格丽塔·劳克斯-安蒂列平静地承认，"我经常拿艾瑞图萨新生的成绩跟班·阿德学院的男孩们做比较，结果始终是女孩占优。魔法需要耐心、细致、智慧、审慎和毅力，更别提谦卑与冷静，以及对挫折和失败的忍耐力了。野心是男人的祸根。他们总爱追求明知不可能得到的东西，却对能得到的东西视而不见。"

"够了，够了，够了。"席儿打断她的话，但毫不掩饰脸上的笑意，"最可怕的东西莫过于有理论支持的沙文主义了。你真该脸红，丽塔。只不过……是的，我也认为这个……组织，或者说协会，只有单一性别的成员很合情理。正如菲丽芭女士所言，它关注的是魔法的未来。而魔法太重要了，不能把它的命运交到男人手中。"

"诸位允许的话，"法兰茜丝卡·芬达贝悦耳的声音响起，"我希望暂时搁置这番关于性别支配地位的离题讨论，把我们的注意力转回到这个组织本身，因为我还没完全理解建立它的目的。你们选择的时机让人没法不多想。眼下战火烧得正旺。尼弗迦德帝国打垮了北方王国，正将它们一一驯服。在我听到的那几句含糊的口号背后，是否还隐藏着试图力挽狂澜的念头？打垮并制服尼弗迦德？然后剥了那些傲慢的精灵的皮？若果真如此，我亲爱的菲丽芭，我们就不可能达成共识了。"

"你们邀我来，真是出于这个理由吗?"艾希蕾·瓦·阿纳兴问，"我对政治不怎么关心，但我知道，帝国军队在这场战争中占据优势。除了法兰茜丝卡和德·坦沙维耶女士这两位中立王国的代表，其他与会者都代表了与尼弗迦德帝国敌对的王国。我该怎么理解你们说的'在魔法方面团结一致'呢?这是要鼓励我叛国吗?抱歉，恐怕我不适合这样的角色。"

说完这番话，艾希蕾身子前倾，像是摸了摸投影范围外的什么东西。特莉丝好像听到了一声猫叫。

"她甚至养了只猫。"凯拉·梅兹低声道，"我敢打赌，是只黑猫……"

"安静。"菲丽芭轻声道。她看着精灵和尼弗迦德女术士，再次开口:"我亲爱的法兰茜丝卡，还有最尊贵的艾希蕾女士，我们的组织与政治没有任何关系，这是最基本的前提。指引我们的将不是种族、王国、国王或摄政王的利益，而是魔法及其未来。"

"虽然要把魔法放在第一位，"萨宾娜·葛丽维希格露出讽刺的微笑，"但我希望，各位也别忘了女术士自身的权益。毕竟我们都知道尼弗迦德帝国是如何对待巫师的。我们可以坐在这儿，空谈些无关政治的话题，但等尼弗迦德获胜、我们也全部落入帝国的掌控时，恐怕我们都会……"

特莉丝不安地动了动身子。菲丽芭发出一声几不可闻的叹息。凯拉垂下头去。席儿假装整理她的围巾。法兰茜丝卡咬住嘴唇。艾希蕾·瓦·阿纳兴的表情没有变化，脸颊却浮现出淡淡的红晕。

"我想说的是……这对我们都不是好事。"萨宾娜赶忙纠正道，

"菲丽芭、特莉丝，还有我——我们三个都参加过索登山战役。而恩希尔希望为那次挫败、为仙尼德岛的事，还有我们所有的行动进行复仇。对这个宣称政治中立的组织，我还有别的担忧。参加这个组织，是否就意味着我们要放弃政治活动，不能再为国王们效力？还是说，我们可以继续为他们效力，同时侍奉两个主子——魔法和君王？"

"如果有人对我说，他在政治上保持中立，"法兰茜丝卡笑着说，"我一定会问他指的是哪种政治。"

"而且我想，他指的肯定不是自己参与的那种政治。"艾希蕾·瓦·阿纳兴帮她说完，然后看着菲丽芭。

"我就是政治中立的人。"玛格丽塔·劳克斯-安蒂列抬起头，插嘴道，"我的学校也保持政治中立。我指的是现存的任何一种政治类别！"

"亲爱的女士们，"沉默良久后，席儿说，"请记住，你们的性别处于支配地位，所以别像小女孩一样，见到一碟蜜饯就大吵大闹了。菲丽芭提出的原则，至少在我看来非常明确，而我没理由认为你们在智慧上比我还逊色。在这房间之外，你们可以做自己想做之人，侍奉你们想侍奉的主子，无论多么忠诚都没关系。但一旦在此碰面，我们所应关注的便只有魔法及其未来。"

"这正是我的想法。"菲丽芭·艾哈特附和道，"我知道你们有很多疑问，也抱有怀疑和不安。我们会在下次碰面时讨论这些问题，到那时，我们将全体出席——不是以投影或幻象的方式，而是亲自到场。出席与否代表着各位的善意，与是否加入无关。到那时，我们再共同决定要不要成立这样一个组织。在这件事上，我们每个人都拥有平等的权利。"

"每个人?"席儿重复道,"我看到了几张空席位。我想,它们的存在恐怕并非意外。"

"我们的组织应由十二名女术士构成。我希望在下次会议上,艾希蕾女士能为我们引荐一张空席位的候选人。尼弗迦德帝国的杰出女术士肯定不止一位。我将第二张引荐席位留给你,法兰茜丝卡,免得你作为唯一的纯血精灵感到孤单。至于第三个……"

艾妮德·安·葛丽娜抬起头。

"我想要两个席位。我有两个候选人。"

"有人反对她的要求吗?没有?我也不反对。今天是八月的第五天,也是新月后的第五天。我们会在满月后第二天再碰面,亲爱的姐妹们,十四天之后。"

"稍等一下。"席儿·德·坦沙维耶插嘴道,"还有一张席位空缺。第十二位女术士是谁?"

"这正是下次会议要解决的第一个问题。"菲丽芭露出神秘莫测的笑,"两周过后,我会告诉你们谁应当占据第十二个席位。到那时,我们再考虑怎么让那人接受吧。我的选择会让你们大吃一惊的。因为,诸位最尊贵的姐妹啊,她可不是普通人。至于她是死亡还是生命、是毁灭还是重生、是混沌还是秩序,完全取决于你们看待她的角度。"

全村人都走出自家屋子,看着经过的匪帮。图兹克也在其中。他还有活儿要干,但他按捺不住自己的好奇心。最近这段时间,耗子帮成了人人热衷的话题。甚至有传闻说他们都已落网并上了绞架,不过

这传闻显然是假的,眼下正大摇大摆、不慌不忙地从全村人面前走过的耗子帮成员就是活生生的证明。

"这群厚颜无耻的恶棍,"图兹克身后,有人用满是羡慕的语气低声说道,"就这么在大街上散步……"

"还盛装打扮,像是去参加婚礼……"

"还有那些马!就连尼弗迦德人都没有这么好的马!"

"哈,都是偷来的。在他们面前,谁的马都不安全。如今这世道,偷来的马随处都能转手。但他们会把最好的马留给自己……"

"瞧瞧最前面那个,那是吉赛尔赫……他们的头儿。"

"还有他旁边骑着栗色马的女精灵……他们叫她伊思克菈……"

一条杂种狗钻出栅栏,凶狠地吠叫,在伊思克菈的母马前蹄旁转来转去。女精灵晃了晃满头浓密的黑发,转过马头,俯下身去,一鞭子抽在狗身上。杂种狗哀嚎着在地上打了几个滚,伊思克菈朝它吐了口唾沫。图兹克从紧咬的牙关间吐出一句咒骂。

附近的人群继续窃窃私语,同时小心翼翼地指着穿村而过的耗子帮成员。图兹克侧耳聆听,因为他就是忍不住。跟其他人一样,他也听过许多故事与传闻,于是很快认出留着稻草色杂乱长发、啃着苹果的人是凯雷,另一个宽肩膀的壮汉是埃瑟,身穿绣花羊皮短上衣的家伙是瑞夫。

两个女孩走在队伍末尾。她们手牵着手,并肩前行。个子较高的骑一匹枣红马,头发剃得很短,好像不久前得过斑疹伤寒。她的外套没扣扣子,里面的白色蕾丝衬衣若隐若现,身上的项链、手镯和耳环都在闪闪发光。

"那个剃短头的是米希尔……"图兹克旁边的某人说道,"身上挂满首饰,简直像棵圣诞树。"

"据说她杀的人比她的岁数还多……"

"另一个呢?就是骑杂色马、背把剑那个?"

"他们叫她'法尔嘉'。她从夏天起就跟耗子帮一起混了。据说她也是个不好惹的角色……"

那个"不好惹的角色",图兹克心想,不比我的女儿米莱娜大多少。年轻的女匪徒戴着一顶饰有野鸡羽毛的无边软帽,银灰色头发从帽子里垂落下来。她的脖子上围条深红色方巾,还打了个颇为花哨的结。

各自站在自家小屋前的村民突然骚动起来,因为走在最前面的吉赛尔赫勒住马,将一个叮当作响的钱包漫不经心地丢在拄着拐杖的玛吉塔奶奶脚下。

"愿诸神保佑你们,仁慈的年轻人!"玛吉塔奶奶呜咽着说,"愿你们身体健康,我们的恩人啊,愿你们……"

伊思克菈哈哈大笑,盖过老妪的嘟囔声。女精灵动作灵巧地侧坐在马鞍上,手伸进钱袋,将一把钱币用力撒向人群。瑞夫和埃瑟纷纷效仿,一场名副其实的钱雨落向满是灰尘的路面。凯雷咯咯笑着,把吃剩的苹果核丢进争抢钱币的人群。

"我们的恩人!"

"勇敢的小英雄!"

"愿命运垂青你们!"

图兹克却没跑过去,更没跪在沙子和鸡屎中间争抢钱币。他站在栅栏旁,看着缓缓经过的两位女孩。

银灰色头发的年轻女孩注意到他的目光和表情。她放开短发女孩的手，踢踢马腹，径直朝他冲去，逼得他的背脊紧贴栅栏。她绿色的眼睛闪着光，令他不禁发抖。他在那对眸子里看到了满溢的恶毒与憎恨。

"放过他吧，法尔嘉！"另一个女孩多此一举地喊道。

碧眼女匪徒满意地看了看背靠栅栏的图兹克，头也不回地跟上耗子帮的队伍。

"我们的救星！"

"小英雄！"

图兹克吐了口唾沫。

当天傍晚，一群身穿黑色制服的男人来到村里。这队外貌凶狠的骑手来自芬·艾斯普拉附近的要塞。蹄声沉重，马儿嘶鸣，武器叮当作响。他们问起时，村长和其他农夫说了一通谎话，给这些追兵指了条错路。没人向图兹克打听。幸好没有。

等从牧场回来，走进自家园子时，图兹克听到了说话声。他听到赶车人扎格巴的双胞胎女儿正在叽叽喳喳，听到邻居家小孩扯着假嗓子学人讲话。还有米莱娜的声音。*他们在玩过家家吧*，他心想。等他绕过柴棚，却立刻呆住了。

"米莱娜！"

他的掌上明珠、唯一在世的女儿米莱娜将一根木棍斜挎在背后，就像背着一把剑。她放下了头发，把一根小公鸡的羽毛黏在羊毛帽上，又把她母亲的手帕系在脖子上，打了个古怪又花哨的结。

她的眼睛也是绿色的。

图兹克从没打过自己的女儿。从没动过手。

那是头一次。

闪电在地平线上闪耀,雷声轰鸣。一阵狂风吹皱了缎带河的水面。

风暴就要来了,米尔瓦心想,风暴之后就是雨水。苍头燕雀没弄错。

她催马前行。要想在风暴到来前追上猎魔人,她必须加快速度了。

我这辈子见过许多军人。我认识元帅、将军、指挥官和总督，结识过许多场战役和战斗的胜利者。我听过他们的故事和回忆。我见过他们凝视地图、在上面画出五颜六色的线条、制订计划、思考战略的样子。在纸上的战争中，一切都能正常运作，一切都清晰无误，一切都秩序井然。"这是必须的，"那些军人向我解释道，"军队的纪律和秩序高于一切。没有纪律和秩序，军队根本不可能存在。"

正因如此，我才觉得现实中的战争是那么奇怪——我曾亲眼见证过不止一场战争！——现实中的战争比着火的妓院更没纪律，更没秩序。

——《诗歌的半世纪》

丹德里恩　著

第二章

缎带河晶莹剔透的河水划过一道光滑平缓的弧线，倾泻到如缟玛瑙般漆黑的巨石之间。河水在石面上拍得粉碎，化作白色的泡沫，汇入一汪宽阔的水池。池水清澈透明，杂色斑驳的河床上，每颗鹅卵石和每根摇曳不止的翠绿水草都清晰可见。

河两岸长满浓密的蓼草。一只潜水鸟在草丛里喳喳地叫，自豪地亮出喉部的白色羽毛。在蓼草上方，云杉树下的灌木丛泛着绿色、棕色和赭色的光泽，树冠上则仿佛撒着一层银粉。

"没错，"丹德里恩叹了口气，"这儿真的很美。"

一条硕大的黑色公牛鳟企图跳上瀑布口。有一瞬间，它悬停在空中，伸展鱼鳍，甩动尾巴，然后重重摔进翻腾的泡沫。

一道叉状闪电撕裂了南方暗沉的天空，低沉的雷鸣在林墙上方响起。猎魔人的枣红色母马跳了起来，扬起脑袋，龇牙咧嘴，想要吐出嚼子。杰洛特用力拉扯缰绳，母马向后跳去，马蹄在石头上发出咔嗒的响声。

"吁！吁！丹德里恩，瞧见没？它简直是个芭蕾舞女！我真想赶紧摆脱这头该死的畜牲！我对天发誓，一定拿它换头驴子！"

"你觉得短时间内有可能吗？"诗人挠着脖子上的蚊子包，"这片山谷的原始风貌的确美不胜收，但我现在宁愿看到一间丑陋但舒适的酒馆。我这一星期看够了浪漫的自然、迷人的风景和遥远的地平线。我想念酒馆，尤其是能供应热腾腾的食物和冰爽爽的啤酒的那种。"

"恐怕你还得多想念一段时间。"猎魔人在马鞍上转过身，"说实话，我也想念文明世界，听到这个，也许你会感觉好受些。你知道的，我被困在布洛克莱昂森林整整三十六天……每个晚上，浪漫的自然都会冻僵我的屁股，爬过我的脊背，把露珠洒到我的鼻子上——吁！该死！你这匹蠢马，能不能别再闹脾气了？"

"有马蝇在叮它。风暴就要来了，虫子变得更加凶狠嗜血。南边的闪电也越来越频繁了。"

"我也看到了。"猎魔人勒住躁动不安的马，看向天空，"风吹来的方向也变了，闻起来有股海的味道。毫无疑问，要变天了。继续走吧。让你那匹肥阉马走快点儿，丹德里恩。"

"鄙人的座驾名唤珀迦索斯。"

"是啊是啊。说起来，我也该给我的精灵马想个名字了。唔……"

"干吗不叫'洛奇'？"吟游诗人讽刺地提议。

"洛奇。"猎魔人赞同道，"不错。"

"杰洛特？"

"嗯？"

"你有过不叫洛奇的马吗？"

"没有。"思索片刻后，猎魔人答道，"让你那匹去了势的珀迦索斯快走吧，丹德里恩。还有很长的路要赶呢。"

"的确,"诗人嘟囔道,"你估计……尼弗迦德帝国离这儿有多远?"

"相当远。"

"能在冬天之前赶到吗?"

"我们先去维登。到那儿以后,我们……有几件事要谈。"

"什么事?你别想让我打消念头,也别想摆脱我。我要跟你一起去!我已经下定决心了。"

"到了再说吧。我说了,我们先去维登。"

"离这儿远吗?你熟悉这一带吗?"

"熟悉。我们现在在希恩·特雷斯瀑布,前面那地方叫第七里。河对岸是夜枭山岭。"

"所以我们要去南边的下游地带?缎带河在波德洛格要塞附近汇入雅鲁加河……"

"我们是要往南去,不过是沿另一边河岸。在缎带河转向西的位置,我们要穿过森林。我要去一个叫德瑞斯科特——或叫'三角洲'——的地方。那是维登、布鲁格和布洛克莱昂森林的交界处。"

"到那儿以后呢?"

"沿雅鲁加河到河口,然后去辛特拉。"

"再然后呢?"

"到了再说吧。如果可能的话,叫你的懒鬼珀迦索斯走快点儿。"

◆—————◆—————◆

过河过到一半,暴雨突然倾盆而降。先是刮风,飓风般的力道吹起他们的头发和斗篷，将从河畔树上卷下的树叶和断枝甩到他们脸上。接着，风突然止息了，一道灰色的雨幕朝他们飘来。缎带河的河面变成白色，还翻涌着气泡，就像有人正朝河里一把一把地扔着石头。

等抵达对岸，他们已全身湿透，连忙躲进森林。浓密的树枝在他们头上仿佛一片绿色的屋顶，但这"屋顶"也没法挡住倾盆大雨。暴烈的雨点砸弯了树叶，浇在他们身上的力道和先前几乎毫无分别。

他们用斗篷裹紧身子，戴上兜帽，继续前行。林木间昏暗下来，仅有的光线来自不时划破天空的闪电。震耳欲聋的雷声随之而来。洛奇吓得后退几步，跺着马蹄，左躲右闪。珀迦索斯却岿然不动。

"杰洛特！"雷声如巨型马车般在林间穿梭往来，丹德里恩努力让喊声盖过雷鸣，"这样没法赶路啊！我们得找个避雨的地方！"

"去哪儿找？"猎魔人大喊着回答，"继续赶路吧！"

于是他们继续前进。

过了一会儿，雨势明显减弱，狂风吹得树枝沙沙作响，雷声也不再持续炸响于耳畔。他们在茂盛的赤杨林间找到一条小路，并沿路来到一片林间空地。一棵高大的山毛榉伫立在空地中央。山毛榉的枝条下，铺满厚厚的棕色树叶和山毛榉实的地面上，停着一辆拴着两头骡子的货车。一个车夫坐在驾驶座上，用一把十字弓指着他们。杰洛特咒骂一句，但他的骂声被雷鸣盖了过去。

"把十字弓放下，科尔达。"一个头戴草帽的矮个男人从山毛榉后面转了出来，一边单脚跳着，一边系紧裤腰带，"他们不是我们要等的人，但也是潜在的顾客。别吓跑顾客嘛。我们时间不多，但做买卖的时间还是有的！"

"这他妈是怎么回事？"丹德里恩在杰洛特背后嘟囔道。

"来这边，精灵先生们！"草帽男喊道，"别担心，不会有人伤害你们的。N'ess a tearth! Va, Seidhe. Ceadmil! 我们是同伴，对吧？想买东西吗？来吧，到这棵树下面，顺便避避雨！"

车夫误会了，但杰洛特并不感到惊讶。他和丹德里恩都裹着灰色的精灵斗篷。他穿着树精送给他的短上衣，上面装饰着精灵喜爱的树叶图案，胯下的坐骑也套着精灵式样的马衣，戴着装饰华丽的笼头。他的小半张脸被兜帽遮住。至于丹德里恩，他经常被错认为精灵或半精灵，尤其是在他留了齐肩长发又养成卷发的习惯之后。

"当心，"杰洛特低声说着，下了马，"你是个精灵。除非有必要，否则别开口。"

"为什么？"

"因为他们是二道贩子。"

丹德里恩倒吸一口凉气。他知道这个词的含义。

推动世界运转的是金钱，推动供给的则是需求。松鼠党徜徉于森林，常会搜罗些对他们无用但可以贩卖的战利品，同时还要面临装备与武器短缺的问题。林间贸易由此而诞生，通过这种生意维持生计的人群也随之出现。驾着货车与松鼠党做买卖的奸商悄然出现于林间小径和空地。精灵称他们为"hav'caaren"，这是个很难翻译的精灵词，其含义与"永无止境的贪婪"有关。人类则普遍称之为"二道贩子"，其寓意却比字面上险恶得多，因为这类商人本就令人惧怕。他们残忍又无情，为了利益不择手段，甚至不惜杀人。军队对二道贩子向来格杀勿论，因此他们通常不会暴露自己的身份。一旦遇见可能告发自己的人，他们也会毫不犹豫地掏出刀子和十字弓。

所以说，他们挺不走运的。幸好这两个二道贩子把他们错当成了精灵。杰洛特拉低兜帽，开始思索被这些 hav'caaren 识破会有什么后果。

"天气真糟。"小贩搓着手说，"雨下这么大，简直像天空裂了个口子！Awful tedd, ell'ea？但对做买卖来说不算糟。买卖只看钱跟货好不好，对吧？你懂我的意思吧？"

杰洛特点点头。丹德里恩低头嘟囔一句。幸好众所周知，精灵厌恶与人类对话，所以这样的反应并不令人意外。但那车夫并没有放下十字弓，这可不是个好兆头。

"你们打哪儿来？跟谁一起？谁的突击队？"像所有老练的商贩一样，这个二道贩子对顾客的沉默毫不在意，"柯因内克·达·瑞奥？还是安格斯·布里·克里？莫非是李欧丹恩？我听说李欧丹恩一周前杀了几个郡长，就在他们收完税回家的路上。而且他们收来的是钱币，不是谷子。我不收木焦油和谷子，也不收沾血的衣服，皮毛的话仅限水貂、黑貂和白鼬皮。但我最喜欢的还是通用货币、宝石和首饰！如果你有这些东西，我们就能做买卖了！我这儿都是上等货！Eveliennvara en ard scedde, ell'ea，你懂我的意思吧？我什么都有。来看看？"

小贩走到货车旁，掀开湿淋淋的油布。他们看到了剑、弓、成捆的箭矢和马鞍。二道贩子翻腾几下，抽出一根箭。箭头是锯齿状的，带着倒钩。

"你在别人那儿买不到这种箭，"他吹嘘道，"他们光是碰碰就得吓得屁滚尿流。带着这种箭被人抓到，下场是五马分尸。不过我了解你们松鼠党。顾客是第一位的，只要有利可图，做买卖担点风险也没啥。这种倒钩箭就卖你……九奥伦一打吧。Naev'de aen tvedeane, ell'ea，明白没，Seidhe？我对天发誓，我真没赚多少，以我孩子的脑袋发誓行吧？如果你一次买三打，我可以再降点儿价。这买卖很公平，我发誓……嘿，Seidhe，别碰我的货车！"

丹德里恩紧张地收回放在油布上的手，把兜帽拉得更低些。杰洛特不由暗骂压抑不住好奇心的诗人。

"Mir'me vara，"丹德里恩抬起手，做个抱歉的手势，"Squaess'me。"

"没关系。"二道贩子咧嘴笑道，"但真不能给你们看，因为车上还有别的货。那批货不是卖给精灵的，是有人特别订购的。哈哈。闲扯得够多了……给我瞧瞧你腰包里钱的成色吧。"

这下可好，杰洛特看着车夫的十字弓。他有理由相信，上面搭的方镞箭也有倒钩——就像二道贩子刚才自豪地展示给他们看的箭一样——射进腹部后，箭头会从背部三四个不同的部位钻出，让中箭者的内脏千疮百孔。

"N'ess tedd，"他努力用平淡的语气说道，"Tearde. Mireann vara, va'en vort. 我们得先回突击队那边，然后再来做买卖。Ell'ea？明白吗，Dh'oine？"

"明白，"二道贩子吐了口唾沫，"我明白你们身无分文。你们喜欢这批货，只是手头没现钱。那就走吧！暂时别回来了，因为我要跟重要的顾客在这儿碰头。安全起见，最好别让他们瞧见你们。到……"

他听到马儿的鼻息声，立刻住了口。

"见鬼！"他吼道，"太迟了！他们来了！把兜帽拉低，精灵！别乱动，也别开口！科尔达，你这白痴，快放下十字弓！"

暴雨、雷鸣和厚厚的树叶压抑了马蹄声，让骑手们可以悄无声息地接近，并在一瞬间包围了这棵山毛榉。他们不是松鼠党。松鼠党不穿铠甲，而周围那八名骑手的金属头盔、肩甲和锁子甲在雨中显得格外晃眼。

其中一位骑手让坐骑缓步走近，仿佛高山般耸立在二道贩子面前。他个子很高，还骑着一匹健壮的战马。他的肩甲上披着一块狼皮，在那顶遮蔽面孔的头盔上，宽阔而凸出的护鼻甲延伸到下唇的位置。他手里拿着一把战锤，看起来相当危险。

"李道克斯！"他用沙哑的嗓音说道。

"法欧提亚纳！"二道贩子回答，声音有些颤抖。

骑手走近些，身体前倾。钢制护鼻里的雨水径直落在护臂甲和泛着危险光泽的战锤上。

"法欧提亚纳！"二道贩子深鞠一躬，摘下帽子，雨水立刻将他稀疏的头发黏在头顶，"法欧提亚纳！我就是您要找的人。我知道口令和暗号……我是法欧提亚纳的同伴，大人……我按约定来了……"

"这些人是谁？"

"我的护卫。"二道贩子的腰弯得更低了，"您知道的，精灵……"

"囚犯呢？"

"在车上。棺材里。"

"棺材里？"雷声没能盖住骑手愤怒的咆哮，"你这下麻烦大了！德·李道克斯子爵的命令非常清楚，囚犯必须要活的！"

"他还活着。他还活着。"小贩匆忙答道，"就像命令要求的那样……我们把他装进棺材，但他还活着……棺材不是我的主意，大人。是法欧提亚纳……"

骑手用战锤轻敲马镫，发出信号。另外三名骑手下了马，从货车上扯下油布，把马鞍、毛毯和马具都丢到地上。借着闪电的亮光，杰洛特果然看到一口刚打造不久的松木棺。但他没仔细看,因为他的指尖开始微微刺痛。他知道接下来会发生什么。

"大人,您这是做什么?"二道贩子看着自己的货物散落一地,"您把我的东西全扔下来了。"

"我全买了。外加货车和骡子。"

"啊。"小贩胡须浓密的脸上露出令人作呕的谄媚笑容,"这才对嘛。那样的话……我想……如果您没意见,尊贵的大人……如果您付的是泰莫利亚货币,那就五百吧。如果用您那边的货币,就是四十五弗罗林。"

"这么便宜?"骑手哼了一声,护鼻甲后的面孔浮出诡异的笑,"过来点儿。"

"当心,丹德里恩。"猎魔人轻声说着,用难以察觉的动作解开斗篷搭扣。雷声再次响起。

二道贩子走到骑手身前,满以为做成了一辈子才有一次的大生意。从某种角度来说,这也是事实:他这笔生意算不上多好,但绝对是最后一笔。骑手踩着马鞍站起身,将战锤的尖头重重砸进二道贩子毛发稀疏的脑袋。二道贩子一声没吭,倒在地上,颤抖不止,抽搐的手臂和脚踝搅乱了地上潮湿的树叶。正在货车上乱翻的骑手丢出一根皮绳,缠住车夫的脖子,用力一拉。另一个骑手扑上前去,捅了车夫一刀。

又一名骑手将十字弓迅速举到齐肩高,瞄准了丹德里恩。但杰洛特手中已经有了武器——对方丢在地上的一把剑。他捏住剑刃中段,像投标枪一样扔了出去,击中那名十字弓手。后者翻身落马,脸上带着难以置信的表情。

"快跑,丹德里恩!"

丹德里恩跑到珀迦索斯旁边，不顾一切地跳上马鞍。这一跳有点用力过猛，诗人的骑术也算不上老练，结果他没能抓住鞍桥，反而摔到另一边的地上。但也正因如此，他捡回了一条命：有把剑劈开了珀迦索斯耳朵上方的空气。阉马吓得往后一退，撞上了攻击者的坐骑。

"他们不是精灵！"戴护鼻头盔的骑手大吼着拔出长剑，"抓活的！活的！"

听到他的命令，刚刚跳下货车的骑手犹豫了一下。但杰洛特这时已拔出了自己的剑，而且片刻都没有犹豫。看到飞溅的血花，其他人对搏斗的热情顿时减弱不少。他抓住机会，又砍倒一人。另有两人朝他冲来。他矮身避开剑刃，挡住他们的攻击，然后侧身一躲。突然，他感到右边膝盖传来一阵撕心裂肺的剧痛。他摔倒了。他没被砍到，只是先前的腿伤毫无征兆地复发了。

有个士兵本来用斧柄对准了他，这时突然呻吟一声，往前扑倒，像被人在身后重重地推了一把。在他倒地之前，猎魔人看到他身侧扎着一支翎羽很长的箭，半根箭杆已没入肉中。丹德里恩尖叫起来，但一声雷鸣马上盖过了他的叫喊。

杰洛特扶着货车的车轮试图起身。他看到一个金发女孩挽着弓跑出了赤杨林。骑手们也看到了她。他们不可能注意不到她，因为与此同时，他们中的一员在马背上向后栽倒，喉咙被利箭穿得血肉模糊。剩下三人——包括戴护鼻头盔的首领——迅速评估一下局面，立即朝那弓手奔去，同时将身体藏在马颈后面。他们以为马颈能挡住箭矢。但他们错了。

玛利亚·巴林——也就是米尔瓦——拉开弓，冷静地瞄准目标，弓弦紧贴脸颊。

冲在最前面的敌人尖叫着滑落马背。他的一只脚还卡在马镫里，被自己坐骑的铁马掌重重地踩在身上。又一支箭将第二名敌人掀下马去。这时第三人——也就是他们的首领——已经离得很近了。他踩着马镫站起身，抬起手中的剑，势欲攻击。米尔瓦纹丝不动，面无惧色地直视攻击者，随后拉开弓，在五步远处一箭射向对方的面孔。箭矢分毫不差地刺入钢制护鼻侧面的缝隙，同时她自己往侧面一跳。这一箭穿透了骑手的颅骨，也打落了头盔。战马略略放慢脚步，但继续往前飞奔。少了头盔和一大块头骨的骑手在马鞍上停留了几秒，缓缓地朝侧面栽倒，摔进一摊泥水。马匹嘶鸣一声，很快跑得不见踪影。

杰洛特拼命站起身，揉搓着自己的腿。尽管疼痛未消，但令他意外的是，这条腿似乎一切正常。他可以毫不困难地起身、走动。丹德里恩在不远处挣扎爬起，推开倒在自己身上、喉咙被箭刺穿的尸体。诗人的脸色像生石灰一样惨白。

米尔瓦走了过来，途中在某个死人身上拔出箭。

"谢谢。"猎魔人说，"丹德里恩，快道谢。这位是玛利亚·巴林，又名米尔瓦。我们能活命都是她的功劳。"

米尔瓦又从一具尸体上拔出箭杆，检查着血淋淋的箭头。丹德里恩语无伦次地嘟囔了一句什么，彬彬有礼地——只是身子有些颤抖——鞠了一躬，随即跪倒在地上，呕吐起来。

"他是谁？"米尔瓦用几片湿树叶擦擦箭头，把箭放回箭囊，"猎魔人，他是你的同伴？"

"对。他叫丹德里恩。是个诗人。"

"诗人？"米尔瓦看了看干呕不止的吟游诗人，抬起头，"这点我能理解。但我不能理解的是，为什么他会在这儿呕吐，而不是待在某个僻静的地方写诗。不过我猜,这不关我的事。"

"从某种意义上讲,关你的事。你救了他的命。还有我的。"

米尔瓦擦了擦被雨水打湿的面孔,弓弦的压痕在她脸上清晰可见。虽然她射出好几支箭,留下的压痕却只有一道:弓弦每次都贴在完全相同的位置。

"你们跟那二道贩子讲话时,我已经躲在赤杨树丛里了。"她说,"我不想让那无赖看见我,因为没这个必要。然后其他人来了,屠杀也开始了。你干掉那几个家伙的手法相当不错。我敢说,你知道怎么用剑——即便你瘸了一条腿。你应该留在布洛克莱昂养伤,而不是让伤势加重。一个不小心,说不定你这辈子都得当瘸子了。你明白吧?"

"我不介意。"

"我猜也是。我来是想警告你,并让你回去。你跑这一趟不会有结果的。南方正在打仗。尼弗迦德的军队正从德瑞斯科特朝布鲁格进军。"

"你怎么知道的?"

"看看他们吧。"女孩指了指满地的尸体和马匹,"我是说,他们是尼弗迦德人!你没看到他们头盔上的太阳图案?没看到他们鞍褥上的绣花?收拾好你们的东西,我们得赶紧离开:其他尼弗迦德人随时会赶到。这些只是侦察兵。"

"我可不觉得他们只是侦察兵。"杰洛特摇了摇头,"他们来这儿是要找一样东西。"

"纯粹出于好奇,他们要找什么?"

"那个。"猎魔人指了指货车上的松木棺。浸透雨水后,它的颜色变深了不少。雨势比刚才搏斗时小了些,雷声也停止了。风暴正朝北方进发。猎魔人在落叶间捡起自己的剑,跳上货车。他轻声骂了一句,因为膝盖的痛楚仍未消失。

"帮我打开。"

"你是要……"米尔瓦看到棺盖上凿着窟窿,"活见鬼!那个二道贩子往里面塞了个活人?"

"似乎是个囚犯。"杰洛特抬起棺盖,"二道贩子在等尼弗迦德人,打算把这人交给他们。他们还交换了口令和暗号……"

棺盖在木头碎裂声中打开,露出一个嘴巴被塞住的男人,他的双臂和双腿都被皮绳绑在棺材侧面。猎魔人俯身看了看,仔细打量一番,接着咒骂起来。

"真没想到。"他慢吞吞地说,"太令人意外了。可谁又能想到呢?"

"猎魔人,你认识他?"

"认识。"他恶狠狠地笑了,"放下刀子,米尔瓦。别割断他的绳子。恐怕这是尼弗迦德人的内部事务,咱们还是别掺和为好。把他留在这儿吧。"

"我没听错吧?"丹德里恩走了过来。他脸色苍白,但好奇心再次占了上风。"你打算把他就这样留在森林里?我猜你跟他有旧怨未了,但看在诸神的分上,他可是个囚犯!那些人袭击并差点杀死我们,而他是他们的囚犯。敌人的敌人……"

看到猎魔人从靴子里抽出一把短刀,诗人顿时停了口。米尔瓦轻咳一声。棺材里的人瞪大了原本在雨水中紧闭的双眼。杰洛特俯下身,割断了绑住囚犯左臂的皮绳。

"你瞧,丹德里恩,"他抓住囚犯的手腕,抬起那条重获自由的胳膊,"看到他手上这块伤疤没?这是希瑞留下的。就在一个月前的仙尼德岛上。他是个尼弗迦德人,去仙尼德岛正为绑架希瑞,而她在自卫时砍伤了他。"

"可这一来,"米尔瓦嘟囔道,"这事就有点说不通了。如果他帮尼弗迦德人绑架了你的希瑞,他怎么又跑到棺材里去了?为什么二道贩子要把他交给尼弗迦德人?把他嘴上的布解开,猎魔人。也许他能给我们解释一下。"

"我可不想听他说话。"杰洛特断然道,"光是看到他躺在这儿,我就想一刀扎进他的心脏。我能忍住不动手就已经不错了。如果他开口说话,我知道自己肯定忍不住。我没把当时的事全都告诉你们。"

"那就别忍了。"米尔瓦耸耸肩,"如果他真这么罪大恶极,那就扎下去。不过动作要快,因为时间不多了。正如我所说,尼弗迦德人很快就会赶来。我去牵我的马。"

杰洛特挺直脊背,放开囚犯的手。那人立刻扯下缠在嘴上的布,但什么也没说。猎魔人把短刀丢在那人的胸膛上。

"我不知道你犯了什么事,竟让他们把你关进这玩意儿,尼弗迦德人。"他说,"但我不在乎。我把刀子留给你,你自己松绑吧。至于你想留下来等你的同胞,还是逃进森林,全都取决于你自己。"

囚犯一言不发。他被绳子捆住,躺在木头棺材里,看起来比在仙尼德岛上更可怜,也更脆弱——当时的他带着伤,跪在血泊里瑟瑟发抖。而且他看起来年轻了许多。杰洛特觉得他不会超过二十五岁。

"我在岛上饶了你一命。"杰洛特说,"现在我再放你一次。但这是最后一次了。下次再见面,我会亲手宰了你,像宰一条野狗一样。如果你叫你的同伴来追我们,记得带上这口棺材。你会用得着的。走吧，丹德里恩。"

"赶快！"米尔瓦大喊着，从西边的小径疾驰而来，"别走那边！进森林，见鬼，快进森林！"

"出什么事了？"

"一大群骑兵正从缎带河那边赶来！是尼弗迦德人！你们傻瞪着我干吗？趁他们还没出现，赶紧上马！"

这场村庄争夺战已持续了一个钟头，而且不像会很快结束的样子。步兵坚守在石墙、栅栏和翻倒的货车后面，连续三次击退了从堤道发起冲锋的骑兵部队。堤道的宽度导致骑兵在正面进攻时冲力不足，却便于步兵集中防守。骑兵面对路障一筹莫展，绝望而凶狠的步兵却朝敌人射出雨点般的箭矢。面对这样的攻击，骑兵阵脚大乱，紧接着，防守方的士兵蜂拥而出，迅速发起反击，用战斧、长勾刀和连枷奋勇作战。骑兵退回池塘边，沿路留下人与马的尸体，而步兵则躲回路障后面，痛骂敌人。又过一会儿，骑兵重整部队，再次发起攻击。

然后又是一次。

"你觉得谁在跟谁打仗？"丹德里恩又问一遍，话音含混不清。他正在努力咀嚼从米尔瓦那儿讨来的硬干粮。

他们坐在山崖边，身形完全隐藏在刺柏丛中。他们能看清战场，还不用担心被人发现。事实上，他们也只能旁观而已，因为他们别无选择：前方战火炽烈，后方的森林大火也烧得正旺。

"他们的身份很容易辨别。"杰洛特不情不愿地回答丹德里恩的问题,"那是尼弗迦德骑兵。"

"步兵呢?"

"步兵不是尼弗迦德人。"

"那是维登的正规骑兵队。"直到刚才一直沉默的米尔瓦开了口,"他们的束腰外衣上绣着维登军队的棋盘徽章。村里那些是布鲁格的正规步兵队。从他们的旗帜就能看得出。"

的确,又一次击退敌军后,备受鼓舞的步兵将绿色的旗帜——上有白色的十字风车图案——高举到防卫工事上方。杰洛特一直专心观战,没注意到那面旗帜。刚开战时,步兵们可能没找到它。

"我们还要等多久?"丹德里恩问。

"哦天哪,"米尔瓦嘀咕道,"他又开始了。看看周围吧!无论你看哪一边,情况都不太妙,对吧?"

丹德里恩甚至用不着转身或四下张望。整个地平线上,烟柱随处可见。北方和西方的烟柱最密集,那边的军队正在放火烧林。南边许多地方同样能看到冲天的黑烟。他们要去的正是那个方向,但这场战斗挡住了前方的路。在他们滞留于山顶的这个钟头里,东方也开始升起烟雾。

"不过嘛,"片刻后,米尔瓦看向杰洛特,开口道,"我想知道你是怎么打算的。我们身后是尼弗迦德人和燃烧的森林,你自己也能看到前面有什么。你有什么计划?"

"我的计划没变。我会等这场斗殴结束,然后去南方。去雅鲁加河。"

"我觉得你是真疯了。"米尔瓦皱起眉头,"你还不明白状况吗?事实明摆着呢。这可不是散兵游勇在打群架,而是正规部队间的战争。

尼弗迦德人和维登人正在进攻。他们肯定跨过了南边的雅鲁加河，现在的布鲁格和索登说不定已变成一片火海……"

"我必须赶去雅鲁加河那边。"

"好极了。然后呢？"

"我会找条小艇，顺流而下，想办法去三角洲地区。然后再找艘船——我是说，见鬼，总会有船能从那儿……"

"开到尼弗迦德？"她不屑地问，"也就是说，你的计划当真没变？"

"你没必要跟着我。"

"说得对。感谢诸神，我没必要跟着你，因为我还不想死。我不怕死，但我得提醒你：自己找死可算不上光彩。"

"我知道，"他平静地回答，"这方面我深有体会。如果没有必要，我也不会往那边去，但我非去不可，所以我必须去。任何事都阻止不了我。"

"哈！"她上下打量他一番，"听听这位大英雄的话吧，他的声音就像刀剑刮过盾牌面。如果恩希尔皇帝听到你这话，他肯定会吓尿裤子。'到我身边来，卫兵们。到我身边来，我的帝国军团。我可真不幸！猎魔人正乘着小艇赶来尼弗迦德，他很快就会夺走我的王冠，取走我的小命！我已经在劫难逃了！'"

"别说了，米尔瓦。"

"不，我要说！总得有人跟你挑明事实才行！见鬼，我这辈子就没见过比你更傻的人！你想从恩希尔手里夺回那个小丫头？夺回恩希尔心目中的皇后人选？把他从仙尼德岛掳走的女孩再抢回来？恩希尔不好惹。他不可能把已经到手的东西乖乖还给你。国王们面对他都束手无策，你真觉得自己能行？"

他没答话。

"你要去尼弗迦德，"米尔瓦摇摇头，脸上挂着讽刺的同情，"你要跟皇帝对抗，夺走他的未婚妻。可你想过别的可能性吗？等你到了那儿，等你在皇宫里找到穿金戴银、身披丝绸的希瑞，你打算怎么跟她说？'跟我走，亲爱的。你要皇后的宝座有个屁用啊？我们可以住在草棚里，歉收时就啃啃树皮。'瞧瞧你自己吧，穷光蛋。你连外套和靴子都是树精给的，树精又是从某个伤重不治的精灵身上剥下来的。你知道你的小丫头看到你时会有什么反应？她会朝你的眼睛吐口水，大声骂你。她会命令皇家卫兵把你扔出去，然后放狗咬你！"

米尔瓦的嗓门越来越大，等这番演说即将结束时，她几乎是在叫喊。但她并非出于愤怒，而是为了盖过战斗的喧嚣。在他们下方，几十甚至上百个不同的声音正在咆哮。布鲁格步兵队再次迎战敌军，但这次他们要双线作战。维登骑兵身穿带有棋盘图案的灰蓝色束腰外衣，沿堤道飞驰而来；与此同时，另一支身披黑色斗篷、人数众多的骑兵队也从池塘后方冲出，攻向守军的侧翼。

"尼弗迦德人。"米尔瓦简要地说。

这一次，布鲁格步兵队毫无取胜的可能。对方的骑兵强行突破路障，用长剑撕裂了防线。十字图案的旗帜倒了下去。一部分步兵缴械投降，另一些试图逃进森林。但第三支部队涌出森林，向他们发起了进攻。那是一支没有统一服色的轻骑兵。

"松鼠党。"米尔瓦站起身，"猎魔人，现在你明白状况了吧？你也该懂了吧？尼弗迦德人、维登人和松鼠党联手了。这是一场战争。就像一个月前在亚甸时一样。"

"这只是一次洗劫，"杰洛特摇着头说，"为了掠夺战利品。只有骑兵，没有步兵……"

"步兵正在占领堡垒和要塞。你以为那些烟柱是从哪儿来的？熏肉工坊吗？"

在他们下方，松鼠党正在追赶并屠杀逃出村子的人，骇人的惨叫声不绝于耳。几座小屋的屋顶冒出烟雾和火苗。在狂风的协助下，大火迅速蔓延。

"看看那片熊熊燃烧的村子，"米尔瓦低声道，"那是上次战争后刚刚重建的。他们辛苦了两年才让村子初具规模，但烧光它只要几秒钟。真是个值得铭记的教训！"

"什么教训？"杰洛特毫不客气地问。

她没有回答。焚烧村庄的烟雾升到悬崖顶，让他们的眼睛刺痛流泪。他们听到火海中的尖叫。丹德里恩的脸色白得像纸。

士兵把俘虏赶到一起，团团包围起来。一个头盔上饰有黑色羽毛的骑士一声令下，骑手们开始砍杀手无寸铁的村民。倒下的人被马蹄踩踏，包围圈越来越小。传到山顶的尖叫已不似人声。

"你还想到南方去？"诗人用意味深长的眼神看着猎魔人，"穿过大火？到那些屠夫的故乡去？"

"在我看来，"杰洛特不情愿地答道，"我们别无选择。"

"不，我们有。"米尔瓦说，"我可以带你们穿过森林，去夜枭山岭，从那儿回到希恩·特雷斯瀑布，然后转回布洛克莱昂。"

"穿过着火的森林？再穿过像这样的战场？"

"总比往南的路安全。这儿离希恩·特雷斯还不到十四里，而且我熟悉这边的路线。"

猎魔人低下头,看着逐渐消失在烈焰中的村庄。尼弗迦德人已经解决了俘虏,骑兵队也恢复成行军队形。松鼠党的杂牌部队则沿大路朝东方前进。

"我不会回去的。"他答道,"但你可以把丹德里恩送回布洛克莱昂。"

"不!"诗人抗议,虽然他的脸上依然没有多少血色,"我要跟你一起。"

米尔瓦耸耸肩,拿起箭囊和弓,朝马匹迈出一步,紧接着突然转过身。

"天杀的!"她吼道,"我救了太多精灵,已经没办法看着别人送死了!你们这两个发疯的傻瓜,我会带你们去雅鲁加河。不过要走东边,不是南边。"

"那边的森林也着了火。"

"我能带你们穿过去。我已经习惯了。"

"你没必要带我们去的,米尔瓦。"

"说得太对了。我没必要。现在,上马!赶紧离开这儿!"

三人没能走多远。马儿在灌木丛间和杂草丛生的小径上举步维艰,但他们不敢走大路。这里到处都能听见马蹄声和金属碰撞的叮当声,暗示着武装部队的存在。等他们踏入灌木丛生的溪谷,才惊讶地发现黄昏已经到来,于是停下脚步,准备过夜。雨已经停了,天空被火光照得透亮。

他们找到一块相对干燥的地面，用斗篷和毛毯裹住身子，坐了下来。米尔瓦去周边巡视。她刚刚走开，丹德里恩就开始吐露自己心中对布洛克莱昂弓手的好奇。

"她可真是个标致的好姑娘。"他喃喃道，"你很有女人缘，杰洛特。她个子高挑，身材也好，走起路来就像跳舞一样。虽然以我的口味来说，她的屁股小了点儿，肩膀又太结实了些，但她真的很有女人味⋯⋯还有她胸前那对⋯⋯苹果，呵呵⋯⋯都快撑破衬衣了⋯⋯"

"闭嘴吧，丹德里恩。"

"刚才赶路时，我不小心撞到了她。"诗人还在滔滔不绝，"要知道，她的大腿就像大理石。依我看，你这个月肯定过得很充实⋯⋯"

米尔瓦刚刚巡逻回来，恰好听到丹德里恩夸张的耳语，也注意到两人的表情。

"诗人，你在谈论我吗？是不是我刚转过身，你就在盯着我看了？莫非有鸟屎落到我身上了？"

"你的弓箭技艺让我们吃惊。"丹德里恩咧嘴笑道，"你在弓术竞赛上肯定找不到对手。"

"是啊是啊，这话我早就听过了，还有你接下来想说的那些。"

"我读过一本书上说，"丹德里恩朝杰洛特使个眼色，"最好的弓手来自泽瑞坎的草原部落。我听说有些弓手甚至会割掉左乳，免得干扰她们射箭。据说因为乳房会阻挡弓弦。"

"这肯定是某个诗人瞎编的。"米尔瓦不屑地说，"他在夜壶里蘸蘸他的羽毛笔，写下这通胡话，然后有些蠢人就会买账。你以为我是用胸部射箭的？只要把弓弦拉到脸旁，然后侧身站好，就像这样，不会有任何东西碰到弓弦。割掉乳房纯属胡扯，肯定是某个游手好闲又满脑子女人裸体的懒汉想出来的。"

"多谢你对诗人和诗歌的友善评价,也多谢你的弓术课。弓可真是件好武器。你知道吗?我认为战争会朝这个方向发展:在未来的战争里,人们会远距离战斗。他们会发明一种射程相当长的武器,在肉眼看不到对方的情况下相互厮杀。"

"胡说八道。"米尔瓦毫不客气地说,"弓是很好,但战争的核心是人与人的对抗,是刀与剑的拼杀,是强壮一方打碎弱小一方的脑袋。过去如此,将来也是。一旦这种局面结束,战争也就结束了。至于现在,你亲眼见证过战争。你看到堤道边的村子变成了什么样子。所以闲聊到此为止吧。我要再去周围看看。马总在喷鼻子,就像附近有头正在捕猎的狼……"

"没错,真的很标致。"丹德里恩看着她的背影,"唔……话说回来,我们坐在山上看着村子时——你觉得她是不是话里有话?"

"你指什么?"

"我指……希瑞。"诗人突然有点结巴,"这位箭无虚发的美少女似乎不明白你和希瑞的关系,而在我看来,她似乎觉得你正打算把希瑞从尼弗迦德皇帝身边勾引走。她觉得这才是你前往尼弗迦德的真正动机。"

"所以在你的假设里,她大错特错了。接下来你要说:'但她也说对了一件事。'对吧?"

"冷静点儿,别激动。事实摆在你我眼前。你收养了希瑞,把自己看作她的监护人,但她不是普通女孩。她是个公主,杰洛特。我就实话实说吧:她将得到的是皇后的地位,是皇宫和后冠。我不知道恩希尔是不是最适合她的丈夫……"

"说得没错。你不知道。"

"那你就知道吗?"

猎魔人用毛毯裹紧自己。

"不用说,你已经得出结论了,"他说,"但不用劳烦告诉我了,我知道你在想什么。'这是希瑞从出生起就注定的命运,你没必要去挽救她。因为希瑞不需要挽救,她只会命令皇家卫兵把我们丢下台阶。我们还是忘了她吧。'对吧?"

丹德里恩张开嘴,但杰洛特不打算让他说下去。

"'因为归根结底,'"他用更刺耳的嗓音续道,"'绑架那女孩的并非巨龙,也非邪恶的巫师,更不是想要换取赎金的海盗。她没被关进高塔、地牢或笼子。她既没遭受拷打,也没忍饥挨饿。恰恰相反,她睡在锦缎上,用银餐具吃饭,穿的是丝绸和蕾丝,全身珠光宝气,只等着戴上后冠的那一天。简而言之,她很快乐。不幸的是,有个猎魔人却穿着从死精灵脚上剥下的破旧靴子,打算破坏、糟蹋、摧毁并踩碎她的幸福。'对吧?"

"我没这么想。"丹德里恩嘟囔道。

"他说的不是你。"米尔瓦突然自黑暗中现身,片刻迟疑后,坐到猎魔人身旁,"他说的是我。我的话让他心烦意乱。我那都是气话,没过脑子……原谅我吧,杰洛特。我知道伤口撒盐是什么感觉。好了,别担心。我不会再说那种话了。你能原谅我吗?还是说,我该用亲吻表达歉意?"

她没有等待他的回答或许可,而是一把抱住他的脖子,亲吻了他的脸颊。他用力捏了捏她的肩膀。

"靠近点儿。"他咳嗽着说,"你也是,丹德里恩。我们靠在一起取会儿暖吧。"

很长一段时间没人说话。云朵掠过火光照亮的天空，遮蔽了闪烁的星辰。

"我想告诉你们一件事，"最后，杰洛特开口，"但你们要先答应我别笑。"

"说吧。"

"我做了几个怪梦。我是说，在布洛克莱昂时。起先我以为那只是毫无根据的幻想，是我的脑袋出了问题。你们知道，我在仙尼德岛挨了一顿好打。但我总是做同一个梦。每次都一样。"

丹德里恩和米尔瓦沉默不语。

"在我的梦里，"片刻过后，他再次开口，"希瑞并没有睡在铺着锦缎的床上。她骑着一匹马，穿过一个脏兮兮的村子……村民对她指指点点。他们用某个陌生的名字称呼她。狗在吠叫。她并非独自一人，有人与她同行。有个剪短头发的女孩握住希瑞的手……希瑞对她露出微笑，但我不喜欢那种笑。我不喜欢她脸上的浓妆……而我最不喜欢的一点，是她所到之处，总有人死去。"

"可她在哪儿呢？"米尔瓦像猫一样紧紧偎着他，"不在尼弗迦德？"

"我不知道。"他艰难地吐出这几个字，"但这个梦我做了好几次。问题在于，我并不相信这个梦。"

"哦，你真是个傻瓜。我相信。"

"我不知道，"他重复道，"但我能感觉到。她的前方是火，身后则是死亡。我必须加快脚步才行。"

黎明时分,天下起了雨。与昨天的狂风暴雨不同,天空只是转为铅灰色,随后洒下雨点——细小、均匀、浇得人浑身透湿的雨点。

他们骑马东行,米尔瓦走在最前面。杰洛特指出雅鲁加河在南边,但米尔瓦咆哮着回答:她才是向导,她知道自己在干什么。自那之后,他就再没说过话。毕竟对他来说,最关键的是能继续赶路。方向并不重要。

他们忍着湿透的衣服和刺骨的寒意,弓起身子,默默骑马前行。他们悄然走过森林小径,不时横穿大路。只要听到战马的蹄子踩踏路面的声音,他们就会躲进树丛。三个人与战斗的喧嚣保持距离。他们经过被烈焰吞没的村庄,经过滚滚黑烟和发红的瓦砾,经过弥漫着雨水浸泡炭灰的刺鼻气息、早已化作焦土的村落和定居点。他们吓跑了在尸体上大快朵颐的鸦群。他们经过成群结队的农民,那些人刚刚逃离战争和大火,浑浑噩噩,身心俱疲,对任何问题都回以畏惧而困惑的眼神,厄运和惊恐让他们失去了言语的能力。

他们骑马向东,穿过烈火与浓烟,穿过细雨和雾气。战争的织锦在他们眼前展开,诸般惨状令他们应接不暇。

在一片被焚烧殆尽的村庄废墟里,耸立着一根黑柱子,一具赤裸的尸体大头朝下吊在柱子上。血液从血肉模糊的胯部和腹部流到尸体的胸口与面孔上,被血凝结的头发像冰柱一样垂下。尸体的背上有个清晰的符文单词,是用刀子刻出来的。

"An'givare."米尔瓦念道,她甩开脖子上的湿头发,"松鼠党来过了。"

"An'givare 是什么意思?"

"告密者。"

不远处有匹裹着黑色马衣的灰马,在战场边缘摇摇晃晃地走着,徘徊于尸堆和嵌进泥土的折断长矛间,可怜巴巴地轻声嘶鸣,拖着从腹部伤口垂下的肠子。他们不敢靠近,帮它结束痛苦,毕竟在战场上,以盘剥尸体为生的强盗和食尸鬼并不罕见。

一个女孩躺在烧毁的农家庭院附近,摊开四肢,赤裸的身体鲜血淋漓,呆滞无神的双眼注视着天空。

"他们总说战争是男人的事,"米尔瓦愤怒地说,"可他们从不怜悯女人。对他们来说,找乐子才最要紧。这种人还被称为英雄,叫他们都见鬼去吧。"

"你说得对。但你没法改变这一点。"

"我已经改变了。我离家出走了,因为我不想整天打扫和擦洗地板。我也没打算等他们出现,把屋子付之一炬,再把我按倒在地板上……"她催促马儿加快脚步,没再说下去。

没过多久,他们经过一栋焦油作坊。丹德里恩把当天吃的所有东西都吐了出来——包括几块干粮和半块鱼干。

在那间作坊里,尼弗迦德人——也可能是松鼠党——处死了一批俘虏。他们很难看出这群人的具体数量。因为在这场大屠杀中,他们用的不光是弓箭、长剑和长枪,还有就近找到的伐木工具——斧子、刨刀和横切锯。

他们还见证了战争留下的其他景象,但杰洛特、丹德里恩和米尔瓦已经不记得了。他们摒弃了那些记忆。

他们变得冷漠。

接下来两天，他们甚至没能走完二十里。雨下个不停，被酷暑烤干的大地像海绵一样吸饱了水，林间小径变得泥泞难行。弥漫的雾气让他们看不见升起的烟柱，但房屋燃烧的味道提醒他们：军队就在附近，仍在点燃一切可以焚烧的东西。

他们没发现任何难民。森林里只有他们。至少他们自己这么以为。

有匹马跟着他们，杰洛特最先听到了它的鼻息声。他面无表情地让洛奇转过身。丹德里恩张开嘴巴，但米尔瓦示意他别出声，同时取下挂在鞍旁的弓。

跟着他们的骑手钻出树丛，看到他们在等待自己，于是勒住胯下栗色的马驹。他们无言地对视，只有落下的雨点不时打破沉默。

"我警告过你别跟着我们的。"最后，猎魔人率先开口。

先前躺在棺材里的尼弗迦德人低下头，看着马儿潮湿的鬃毛。丹德里恩几乎认不出他了，因为他如今穿着锁子甲、皮衣和斗篷，无疑是从被杀死的某个骑手身上剥下来的。但诗人记得那张年轻的脸。与上次相比，他的脸上只多了些许胡楂。

"我警告过你的。"猎魔人重复道。

"对。"直到这时，年轻人才回答。他说话不带丝毫尼弗迦德口音。"但我必须跟来。"

杰洛特下了马，把缰绳交给诗人，然后拔出剑。

"下马。"他平静地说，"看来你给自己添置了武器和盔甲。很好。

当时我没法杀你,因为你手无寸铁。可现在不同了。下马。"

"我不会跟你打的。我不想打。"

"我猜到了。跟你的同胞一样,你更喜欢另一种打斗方式,就像在那焦油作坊里,对吗——你是跟着我们过来的,所以,你肯定也看到了。我说,下马。"

"我是卡西尔·莫瓦·迪弗林·爱普·契拉克。"

"我没要你自我介绍。我命令你下马。"

"我不会下马的。我不想跟你打。"

"米尔瓦,"猎魔人朝弓手点点头,"帮我个忙,射死他的马。"

"不!"没等米尔瓦搭箭上弦,尼弗迦德人赶忙抬起手臂,"拜托,别这样。我这就下马。"

"好极了。现在,拔剑吧,孩子。"

年轻人双手抱胸。

"想杀就杀吧。如果你愿意,也可以命令那个女精灵一箭射死我。我不会跟你打的。我是卡西尔·莫瓦·迪弗林……契拉克之子。我想……我想加入你们。"

"我肯定听错了。再说一遍。"

"我想加入你们。你们要找那个女孩。我想帮助你们。我必须帮助你们。"

"他是个疯子。"杰洛特看向米尔瓦和丹德里恩,"他肯定失去理智了。我们要对付的是个疯子。"

"他倒挺适合这趟旅行的,"米尔瓦嘀咕道,"简直再适合不过了。"

"好好考虑一下他的提议嘛,杰洛特。"丹德里恩嘲笑道,"说到底,他可是个尼弗迦德贵族。也许有了他的帮助,我们能更轻松地……"

"闭上你的嘴。"猎魔人突然打断诗人的话,"我说了,拔剑,尼弗迦德人。"

"我不会跟你打的。我也不是尼弗迦德人。我来自维可瓦罗,我的名字是……"

"我对你的名字不感兴趣!拔剑!"

"不。"

"猎魔人,"米尔瓦弯下腰,往地上吐了口唾沫,"时间过得飞快,雨也下个不停。这个尼弗迦德人不想跟你打,而且就算你板着张脸,你也下不了狠心把他砍成碎片。我们要在这鬼地方耗上一整天吗?让我往他的马肚子上来一箭,然后继续赶路吧。徒步的话,他没法追上我们。"

听闻此言,契拉克之子卡西尔迅速跳上栗色马驹的马鞍,沿来路飞驰而去,同时大声催促马儿加快速度。猎魔人盯着他远去的背影看了一会儿,也回到洛奇的背上。他沉默不语,但再没回头。

"我真是老了。"等洛奇追上米尔瓦的黑马,他才喃喃道,"我都生出良知来了。"

"是啊,老家伙是有这种烦恼。"弓手用同情的目光看着他,"用兜薛熬的汤剂能帮上你的忙。但眼下,先在马鞍上加个垫子吧。"

"他说的是良'知',"丹德里恩严肃地解释道,"不是良'痔',米尔瓦。你把这两个词搞混了。"

"谁能理解你们这些聪明人的鬼话?你们总是喋喋不休,因为你们只会这个!还是继续赶路吧!"

"米尔瓦，"又过一会儿，猎魔人抬起手，挡住拍打在脸上的雨点，同时开口道，"你刚才真打算杀了他的马？"

"才没有。"她不情不愿地承认，"又不是那匹马的错。可那个尼弗迦德人……他到底为什么跟着我们？他为什么说自己必须跟来？"

"鬼才知道。"

◆━━━◆━━━◆

雨尚未停歇，森林却突然到了尽头：他们踏上一条大路，这条路由南至北蜿蜒着穿过群山。或者说由北至南，这取决于你从怎样的角度去看。他们对这条路上的景象并不吃惊，因为他们早就见过类似的场面。翻倒和损毁的货车，死掉的马，散落一地的包裹、鞍囊和篮子。还有衣衫褴褛的尸体，不久前尚是活人，如今却摆出怪异的姿势，一动不动。

他们毫不畏惧地靠近。很明显，屠杀并非发生在今天，而是昨天，甚至前天。他们已经学会了辨认这一点；或者说，他们是凭借野兽般的本能察觉到的，而过去这些天唤醒并打磨了他们的这种本能。他们学会了在战场上搜寻，因为散落在地上的物件中，他们时不时——虽然并不经常——也能找到少许食物或马饲料。

他们在最后一辆货车旁停下脚步。这原本是支商队，车子被推进了路边的沟渠，一只破碎的轮子卡在沟里。车下躺着个矮胖女人，脖子不自然地扭曲，束腰外衣的领子上满是被雨水冲刷过的干涸血迹，而那血迹来自她的耳朵——显然，她的耳环被人扯掉了。货车上盖着一块油布，上面写着几个大字："薇拉·洛文浩特及其儿子们。"但她的儿子们不见踪影。

"他们不是农夫,"米尔瓦咬着牙说,"是商人。他们来自南方,要从迪林根去布鲁格,结果在这儿被人堵截。这可不好,猎魔人。我本以为能从这儿转向南边,但现在我也不知道该怎么办了。迪林根和整个布鲁格显然已经落入尼弗迦德人手中,我们没法从这条路到雅鲁加河。我们必须往东穿过特洛山。那儿都是森林和荒野,军队不会到那边去。"

"我不想再往东走了。"杰洛特抗议道,"我必须去雅鲁加河。"

"你会到雅鲁加河的。"她的语气出人意料地镇定,"不过你要走更安全的路线。如果我们在这儿直接往南,就等于羊入虎口。这对你没有任何好处。"

"好处是能争取时间。"他厉声道,"如果往东走,只会浪费时间。我说了,我不能再……"

"安静。"丹德里恩让他的马转过身,突然开口道,"暂时安静一下。"

"怎么了?"

"我听到……有歌声。"

猎魔人摇摇头。米尔瓦哼了一声。

"你又产生幻觉了,诗人。"

"安静!闭嘴!我是说真的,有人在唱歌!难道你们听不见?"

杰洛特掀开兜帽。米尔瓦也侧耳聆听片刻,然后看向猎魔人,默然点头。

丹德里恩对音乐的敏感程度的确非比寻常。看似难以置信的事居然成真了。他们站在森林中央,在绵绵细雨中伫立在一条散落着死尸的道路上,却听到了歌声。有人正从南边过来,同时快活地唱着歌。

米尔瓦扯了扯她那匹黑马的缰绳,准备躲避一下,猎魔人却用手势示意她等等。他很好奇。因为他听到的并非行军的步兵队那种气势汹汹、节奏分明又嘹亮的合唱,也不是骑兵趾高气昂的战歌。尽管歌声越来越响亮,却丝毫不会令人感到不安。而是恰恰相反。

雨水拍打在树叶上。他们已能分辨出歌词。那是一首欢快的歌谣,在这片充斥着死亡与战争的土地上,这首歌显得古怪、反常而又格格不入。

瞧瞧树林里那只翩翩起舞的狼,
龇牙摆尾,活蹦乱跳,跟马驹一个样,
哦,它为何中邪似的踩着舞步?
因为那快活的野兽无拘无束!
嗡——吧,嗡——吧,嗡——吧——吧!

丹德里恩突然大笑起来,从潮湿的斗篷下取出鲁特琴,不顾猎魔人和米尔瓦的嘘声,拨动琴弦,以嘹亮的嗓音加入合唱:

瞧瞧树林里那只拖着爪子的狼,
垂着脑袋,夹着尾巴,连嘴巴都不张,
哦,为何那头野兽如此悲凉?
不是求婚受挫,就是有了新娘!

"呼——呼——哈!"不远处传来许多人的应和声。

雷鸣般的笑声随即响起，有人吹了个响亮的唿哨。随后，一支五颜六色的队伍绕过弯道，迈着节奏分明的步子朝他们而来，沉重的靴子踏得烂泥四下飞溅。

"是矮人，"米尔瓦小声说，"但不是松鼠党。他们的胡子没编辫子。"

对方共有六人，穿着短小的兜帽斗篷，斗篷泛着灰色和棕色的光泽——这是矮人在坏天气里惯常的打扮。杰洛特知道，这种斗篷拥有绝佳的防水性能，而这都要归功于浸染多年的木焦油，外加旅途的尘灰与食物的油脂。在矮人的传统中，父辈会将这种斗篷传给长子，因此穿戴它们的都是成年矮人。矮人将胡须长至腰间视为成年的标志，通常来讲，这代表他们迎来了人生的第五十五个年头。

朝他们走来的矮人看起来都不年轻，但也不算老。

"他们领着一群人类。"米尔瓦嘟囔道，朝跟着矮人钻出森林的一小群人扬扬下巴，"每个人都拿着包裹和行李，肯定是难民。"

"那些矮人自己也不是轻装出行。"丹德里恩补充道。

的确，每个矮人都带着足以让大多数人类和马儿累垮的行李。除了普通的布袋和鞍囊，杰洛特还发现了几个铁箍箱子、一口硕大的铜锅，还有个像是五斗橱的东西。有个矮人甚至背着一架车轮。

只有走在最前面的矮人没背任何行李。他的腰带上别着一把短小的战斧，背上是柄裹着斑猫皮、收在鞘里的长剑，肩头蹲着一只羽毛潮湿起皱的绿鹦鹉。那矮人主动向他们问好。

"你们好！"他大吼一声，停在半路，双手叉腰，"这时日，在森林里撞见狼都好过遇到人类。假使运气真那么糟糕，你得到的不会是友好的问候，而是穿胸的利箭！不过能用歌谣相互问候的，肯定是俺们的兄弟！还有，俺们的姐妹。请原谅，这位女士！你们好，俺是卓尔坦·齐瓦。"

"我是杰洛特。"犹豫片刻后，猎魔人自我介绍道，"唱歌的是诗人丹德里恩。这位是米尔瓦。"

"真他妈带劲儿！"鹦鹉大声叫道。

"闭上你的鸟嘴！"卓尔坦·齐瓦对那鸟儿咆哮道，"请原谅，这只外国鸟儿聪明归聪明，就是太粗俗。这家伙花了俺十个塔勒，名字叫'陆军元帅话篓子'。顺便介绍一下，这些是俺的同伴。芒罗·布吕伊、亚松·瓦尔达、卡莱布·斯特拉顿、菲吉斯·梅卢卓，还有珀西瓦尔·舒腾巴赫。"

珀西瓦尔·舒腾巴赫不是矮人。他那湿透的兜帽下没有纠缠成团的胡子，倒有一只又尖又长的大鼻子。毫无疑问，这颇具代表性的鼻子的主人是古老而高贵的侏儒种族的一员。

"至于他们，"卓尔坦·齐瓦指了指那一小拨人类，后者停下脚步，挤在一起，"是克瑙村的难民——如你们所见，都是些妇孺。他们本来人挺多的，不过三天前，尼弗迦德人抓住了他们，杀了一些，又把剩下的人冲散了。俺们在森林里遇见幸存的这部分人，现在一起结伴旅行。"

"你们胆子不小，"猎魔人试探地说，"居然敢走大路，一边走还一边唱歌。"

"俺不觉得一边走一边哭有啥好处。"矮人甩甩胡子，"从迪林根出发时，俺们一直在森林里悄悄行动。现在军队都过去了，俺们才走上大路，好弥补一下浪费的时间。"他停了口，扫视周围。

"这种场面，"他指着周围的尸体说，"俺们已经习惯了。过了迪林根和雅鲁加河，路上就全是尸体……你们是跟他们一起的？"

"不。这些是被尼弗迦德人杀死的商人。"

"不是尼弗迦德人干的。"矮人摇摇头，用冷漠的表情看着死者，"是松鼠党。正规军不会费劲儿拔掉尸体上的箭。一枚好箭头值半个克朗呢。"

"他还真懂行情。"米尔瓦嘀咕道。

"你们要去哪儿？"

"南边。"杰洛特立刻答道。

"俺劝你们别去。"卓尔坦·齐瓦摇摇头，"那儿完全是地狱，只有火焰和屠杀。迪林根肯定已经失陷，横渡雅鲁加河的尼弗迦德人越来越多，随时会挤满右岸的整个山谷。如你们所见，他们就在前面的路上，打算去北方。他们要去布鲁格，所以唯一明智的选择是逃去东边。"

米尔瓦故意瞥了猎魔人一眼，后者忍住没开口。

"俺们正要去东边，"卓尔坦·齐瓦续道，"唯一的机会是躲在前线后方，直到泰莫利亚的军队从东边的艾娜河出发。在那之后，俺们打算沿林间小路溜到山岭地带。先去特洛山，再沿老路到索登的楚特拉河，它是艾娜河的支流。如果你们乐意的话，咱们可以结伴旅行。当然前提是你们不介意走慢点儿。俺明白，你们骑着马，而俺们这群难民只能拖慢你们的速度。"

"你们好像倒不介意嘛。"米尔瓦盯着他，"就算背着重物，矮人每天也能走上三十里，跟骑马的人几乎旗鼓相当。我熟悉老路。没有这些难民，你们只要三天就能赶到楚特拉河。"

"他们都是妇孺，"卓尔坦·齐瓦挺了挺他的胡须和肚子，"俺们不会抛下他们不管。你们是在暗示俺们丢下他们？"

"不，"猎魔人说，"我们没那个意思。"

"那就好，这说明俺的第一印象没错。好了，你们怎么想？要跟俺们结伴旅行吗？"

杰洛特看看米尔瓦。弓手点点头。

"很好。"卓尔坦·齐瓦注意到她的动作，"趁突袭部队还没出现，咱们赶紧出发吧。不过首先……亚松、芒罗，去货车里翻翻看，找到啥有用的东西就赶快收起来。菲吉斯，试试咱们的轮子能不能装上那辆小货车，能就再好不过了。"

"正合适！"背着车轮的矮人喊道，"就跟定做的一样！"

"瞧见没，笨瓜？俺让你带上轮子的时候，你还不情不愿的！赶紧装上！帮他一把，卡莱布！"

在短得惊人的时间内，他们就给已故的薇拉·洛文浩特的货车装上了新轮子，扯掉了油布和不必要的装饰，再把它拖出沟渠，拉回路上。眨眼工夫，他们就把原先背着的东西都装进了车里。思索片刻后，卓尔坦·齐瓦又指示众人把孩子也放到车上。这条命令执行起来就没那么利索了：杰洛特注意到，那些孩子的母亲皱起眉头看着矮人们，努力跟他们保持距离。

两个矮人正在试穿从尸体上剥下的衣服，丹德里恩看着他们，目光带着明显的嫌恶。别的矮人在其他货车间四下搜寻，但没找到值得拿走的东西。卓尔坦·齐瓦打个唿哨，示意掠夺战利品的时间已经结束。他老练地打量了一番洛奇、珀迦索斯和米尔瓦的黑马。

"都是骑乘马。"他不以为然地皱皱鼻子，"换句话说：没用。菲吉斯、卡莱布，去车辕那边。咱们轮流拉车。前——进——"

◂━━▐━━▸

杰洛特原本认定，等车轮彻底陷进松软泥泞的地面，矮人就会迅速放弃货车，但他错了。他们壮得就像牛。通往东边的林间小道长满了野草，虽然天空毫无放晴的迹象，但路面也算不上十分泥泞。米尔瓦却变得阴沉而暴躁，途中她只开过一次口，抱怨马蹄子都被泡软了，随时可能裂开。听到这话，卓尔坦·齐瓦舔了舔嘴唇，看看那匹坐骑的马蹄，然后声称自己是烤马肉的专家，搞得米尔瓦更加光火。

以矮人们轮流牵引的货车为中心，他们保持着相同的队形。卓尔坦走在货车前头。丹德里恩骑着珀迦索斯跟在他身边，不时逗弄他的鹦鹉。杰洛特和米尔瓦骑马跟在后面，六个来自克瑙村的女人走在最后。

而走在队伍最前面的，通常是长鼻子侏儒珀西瓦尔·舒腾巴赫。他的身高和力气比不上矮人，耐力却不遑多让，灵巧方面更是优胜许多。这一路上，他经常四处晃悠，在灌木丛里搜寻；有时还会跑到所有人的视野开外，随后在相当远的前方出现，用猴子般的滑稽动作表示一切正常，可以继续前进。他时不时回到大部队，报告路上出现的障碍物，每次还会带上一把黑莓、坚果或模样古怪但显然相当美味的植物根茎，放到货车上那四个孩子的手中。

一行人沿着林间小径走了三天，前进的速度慢得惊人。这一路没撞见任何士兵，也没看到烟柱和火光，但他们并不孤单。珀西瓦尔有时会发现藏在森林里的难民。他们从几小群难民身边迅速走过，因为那些农夫手持干草叉和尖木桩，脸上的表情彻底打消了他们示好的念头。有人提议去跟他们谈谈，好让克瑙村的女人们加入其中一群难民，但卓尔坦反对这种做法，米尔瓦也支持他。女人们并不急着离开队伍，这一点令人惊讶，因为她们明显十分厌恶矮人，几乎从不跟他们讲话，每次停下休息也都尽可能避开对方。

杰洛特将这些女人的态度归结于她们不久前遭遇的灾难，但他怀疑，其实她们真正厌恶的是矮人不拘小节的作风。卓尔坦面对人类说话还算客气，但跟同伴交流时，他骂人的频率和脏度堪比那只鹦鹉——也就是"陆军元帅话篓子"——而在词汇的丰富度上还要更上一层楼。他们随地吐痰，用手指擤鼻涕，放屁声如同雷鸣——同时往往伴随着大笑、揶揄和攀比。他们只有上大号才会钻进灌木丛，小便甚至懒得走远。某天早上，卓尔坦直接解开裤子，对着尚有余温的营火灰烬撒尿，对周围的人视若无睹。米尔瓦大为气恼，将他臭骂一顿。遭到责骂的卓尔坦却不为所动，反而宣称只有背信弃义的墙头草和告密者才会遮遮掩掩。米尔瓦对他的言论不以为然，矮人们遭到连珠炮般的咒骂，外加几句明确的威胁——最终还是后者起了效果，因为从此以后，他们小便时也会乖乖地躲进灌木丛了。不过，为了表示自己不是"背信弃义的告密者"，他们每次都会成帮结伙地去撒尿。

但这些新同伴却彻底改变了丹德里恩。他在矮人中间赚到了几分名气，因为其中几个矮人听说过他，甚至会唱几句他创作的歌谣。丹德里恩总跟在卓尔坦一行人身后，还穿上了矮人赠给他的棉夹克，羽毛帽子也换成了神气的貂皮帽。他常常炫耀一条有黄铜饰钉的宽皮带，并在上面别了把看起来相当锋利的匕首。他每次弯腰，匕首尖都会刺痛他的腹股沟，幸好他很快就把它弄丢了，而矮人们也没打算再送他一把。

他们穿过了特洛山坡稠密的森林。森林里一片荒凉，看不到任何野生动物，显然它们都被军队和难民吓跑了。这儿没有猎物可捕，不过最初几天，他们并没有面临饥饿的威胁，因为矮人们带着不少口粮。但毕竟，他们有那么多张嘴要喂，所以没过多久，口粮便见底了。就在食物吃光的那天晚上，亚松·瓦尔达和芒罗·布吕伊不见了，还带走了一只空麻袋。次日清晨他们出现时，却带回了两只装得满满的袋子。一只袋子里是给马吃的草料，另一只则装着去了壳的谷粒、面粉、牛肉干、一块近乎完整的奶酪，甚至还有一大块杂碎布丁——那是种精致的美食，做法是将切碎的下水装进猪肚，然后用两块薄木板压平，外观看起来就像一只风箱①。

杰洛特能猜到这些收获从何而来，但他当时没说什么。等到有机会跟卓尔坦独处，他才礼貌地问矮人：抢劫其他难民是不是不太合适？毕竟那些人跟他们同样饥饿，也同样在挣扎求生。矮人用严肃的语气回答：没错，他对此感到羞愧，但很不幸，他就是这么一个人。

"俺最大的缺点，就是毫无节制的利他主义。"他解释道，"俺没法不帮助别人。但俺是个理智的矮人，知道自个儿没法帮助所有人。如果俺真这么做了，对整个世界和活在世上的所有造物来说，也不过是往大海里滴了一滴清水。换句话说，就是白费力气。所以，俺决定只帮特定的人，免得白费力气。俺只帮自己和跟俺亲近的人。"

于是杰洛特没再深究。

---

①此处指的是欧洲使用的风箱，由两个握柄、气阀和喷嘴组成，并非我国的箱式结构。

某次露营时，杰洛特、米尔瓦和不可救药的利他主义者卓尔坦·齐瓦进行了一场长谈。卓尔坦对军队的活动消息特别灵通。至少他给人的印象是这样。

"这次攻击，"他不时停下，安抚满嘴污言秽语的鹦鹉，"来自德瑞斯科特，时间是在收获节后的第七日黎明。尼弗迦德人带着盟友维登人率先进军，因为你们也知道，维登已经是帝国的保护国了。他们行动迅速，把德瑞斯科特前方的所有村庄付之一炬，消灭了在那些地方驻防的布鲁格军队。尼弗迦德步兵则从雅鲁加河另一边朝迪林根的堡垒进发。他们渡河的位置让人大吃一惊。他们造了一座浮桥，只花了半天时间。简直难以置信，对吧？"

"我已经没有不相信的事了。"米尔瓦嘀咕道，"进攻开始时，你在迪林根吗？"

"差不多吧。"矮人含糊地回答，"不过开战的消息传来时，俺们已经在去布鲁格城的路上了。大路上乱得要命，到处都是难民，有些从南逃向北，有些从北逃向南。他们的人数实在太多，俺们被堵到路上。然后俺们才发现，原来前面和后面都有尼弗迦德人。离开德瑞斯科特以后，他们肯定是兵分两路。俺估计，骑兵大部队去了东北方向，也就是布鲁格城那边。"

"这么说，尼弗迦德人已经到特洛山北面了。看来我们被困在两股势力中间，但还算安全。"

"困在中间是没错，"矮人赞同，"但算不上安全。帝国部队的侧翼有松鼠党、维登志愿兵和来自不同地区的雇佣军,他们比尼弗迦德人更凶残。就是他们烧毁了克瑙村,还差点抓住俺们。俺们好不容易才逃到林子里。所以咱们不该离开森林,还得时刻保持警惕。等咱们赶到老路那边,就沿楚特拉河往下游走,到艾娜河去。到艾娜河边,咱们肯定能遇见泰莫利亚军队。弗尔泰斯特王的人马也该回过神来,开始对付尼弗迦德人了。"

"希望如此吧。"米尔瓦看了看猎魔人,"但问题在于,我们有要紧事,必须到南边去。我们考虑从特洛山往南,去雅鲁加河。"

"俺不清楚你们为啥要去那儿。"卓尔坦怀疑地瞪着他们,"但这事肯定很重要,不然你们也犯不上拿脑袋冒险。"

他顿了顿,等了一会儿,但两人都没马上解释。矮人挠了挠后背,咳嗽一声,往地上吐了口痰。

"在俺看来,"最后,他再次开口,"就算雅鲁加河两岸跟艾娜河河口都落到了尼弗迦德人手里,俺也不会吃惊。你们究竟要去雅鲁加河哪个地段?"

"随便哪里,"杰洛特答道,"只要能到河边就行。我打算乘船到三角洲去。"

卓尔坦看看他,大笑起来。但他的笑声马上停了——他意识到杰洛特没在说笑。

"俺得承认,"片刻过后,他说道,"你脑子里这条路线可真不得了。但你还是趁早放弃这个白日梦吧。整个布鲁格南部都成了一片火海。没等走到雅鲁加河边,你就会被钉死在尖桩上,或被戴上镣铐押去尼弗迦德。就算你撞大运,真的到了河边,你也没可能坐船到三角洲。还记得连接辛特拉和布鲁格两岸的浮桥吗?那里有人日夜看守,谁都别想穿过那段河面,除非你是条鲑鱼。你的要紧事只能先放放了。你一点儿机会都没有。这就是俺的看法。"

米尔瓦的目光证明她看法相同。杰洛特没说话。他感觉糟透了。左臂和右膝尚未痊愈的骨头仍用看不见的尖牙啃咬他,潮湿和身体的活动让那隐约而恼人的痛楚更加难熬。困扰他的还有势不可挡、令人沮丧而又极度不爽的糟糕情绪。他从未感受过这样的情绪,更不知该如何处理。

他感到无助和绝望。

◆━━━◆━━━◆

两天后,雨终于停了,太阳也出来了。森林里升起薄雾,随后迅速消散。鸟儿的鸣叫比以往更有活力,仿佛是要弥补在阴雨连绵时的沉默。卓尔坦高兴地下令多休息一会儿,并承诺会在随后加快速度,好在一天之内赶到老路上。

克瑙村的妇人们把黑色或灰色的衣物挂在周围的树枝上晾晒,身上只穿贴身衬裙,害羞地躲在灌木丛间准备食物。孩子们赤着身子跑来跑去,不时打破这片热气腾腾的森林的宁静。丹德里恩选择用睡眠消除疲惫。米尔瓦不见踪影。

矮人们很重视这次休整。菲吉斯·梅卢卓和芒罗·布吕伊负责找蘑菇。卓尔坦、亚松·瓦尔达、卡莱布·斯特拉顿和珀西瓦尔·舒腾巴赫在货车旁坐下,立刻玩起他们最爱的"桶子牌"[①]。他们所有闲暇

---

①规则类似现实世界里的桥牌。

时间都用来玩这种牌，就连阴雨连绵的夜晚都不例外。

猎魔人有时会坐到旁边看他们玩牌，这次休息时，他也是这么做的。他还是无法理解这种典型的矮人游戏的复杂规则，但卡牌细致的制作工艺和上面精巧的人物画像迷住了他。与人类玩的扑克牌相比，矮人的桶子牌简直是艺术品。杰洛特再次认定，这个大胡子种族的先进技术并不局限于采矿和冶金领域。矮人在卡牌游戏上的天赋没能帮助他们垄断相应的市场，原因在于人类更喜欢骰子而非卡牌，而且人类赌徒从不重视美感。据猎魔人观察，人类玩的卡牌总是油腻腻、黏糊糊的，每次打出去之前，你得先费一番功夫把牌从另一张牌上剥下来。人类的人头牌[1]也画得异常马虎，Q和J只能勉强看出区别，这还是因为J骑了一匹马——但实际上，它更像一只瘸了腿的鼬鼠。

而在矮人玩的卡牌上，类似的问题根本不可能出现。头戴王冠的国王充满王者风度，王后秀丽而又娴娜，手持长戟的侍从留着神气的小胡子。这些牌在矮人语中分别叫Hraval、Vaina和Ballet，但卓尔坦和他的同伴打牌时，用的仍是通用语和人类的称呼。

阳光暖洋洋的，森林里热气升腾，杰洛特继续观战。

矮人桶子牌的基本原理类似于马市上的拍卖，其激烈程度和喊价者的嗓门响度也是不遑多让。叫出最高"价"的一对牌手要尽可能赢得足够多的"墩"，而对手必须竭力阻止他们。这种牌戏玩起来又吵闹又激烈，每个牌手身边都放着一根结实的木棍。他们很少真用棍子殴打对手，但拿来吓唬人倒是家常便饭。

"瞧瞧你都干了啥！你这空脑袋笨蛋！你他妈瞎呀？叫牌咋不叫红

---

[1] 指扑克牌中的J、Q、K。

桃?叫黑桃干屁啊?你以为俺叫红桃是叫着玩吗?操,真想用这根棍子给你好好开开窍!"

"俺手里有四张黑桃,最大有 J,俺只想叫得稳妥点!"

"四张黑桃,是啊是啊!你低头数牌时连自个儿的老二也算上了吧!用用你的脑子,卡莱布。咱们不是在读大学!咱们是在打牌!记住,只要拿到好牌又不犯大错,傻子也能赢智者。叫牌吧,瓦尔达。"

"方块。"

"方块小满贯!"

"国王借出钻石①,却丢了王冠,最后光着屁股逃出王国。黑桃加倍!"

"桶子!"

"醒醒,卡莱布。已经有人叫过加倍了!你他妈到底想叫啥?"

"方块大满贯!"

"不加了。嘿!现在怎么着?没人敢再加码了?都怕了吧,伙计们?你先出牌,瓦尔达。珀西瓦尔,要是你再敢朝他使眼色,俺就照你的熊脸狠狠地抽,抽到你明年冬天都睁不开眼。"

"J。"

"Q!"

"K,压上!操死你的 Q!哈哈,俺还留着一张红桃,等的就是这时候! J、Q、还有一张……"

"还有一张将牌!将牌打不好,牌局一边倒。然后是方块!咋样,卓尔坦?戳到你痛处了吧?"

---

①扑克牌中的"方块"也指"钻石"。

"瞧瞧他那德行，该死的侏儒。呸，俺得用棍子教训教训他……"

没等卓尔坦拿起棍子，林间突然传来一声刺耳的尖叫。

最先起身的是杰洛特。他边跑边骂，因为他的膝盖不时传来剧痛。卓尔坦·齐瓦从货车上抄起他那把裹着斑猫皮的剑，跟在猎魔人身后。珀西瓦尔·舒腾巴赫和其他矮人紧紧跟上，手里攥着棍子。跑在最后面的是被尖叫声惊醒的丹德里恩。菲吉斯和芒罗也从侧面的林子里跑了出来。两个矮人丢下手里装蘑菇的篮子，把四散的孩子聚拢起来，带着他们远离森林。米尔瓦不知从何处现身，她从箭囊里取出一支箭，一边飞奔一边为猎魔人指明方向。但她完全是多此一举，杰洛特已经找到了叫声传来的地点，也明白发生了什么。

发出尖叫的是克瑙村的一个孩子。那是个姑娘，留着辫子，脸上有雀斑，大概八九岁的样子。她惊恐地站在那里，一动不动，距一堆腐烂的圆木有几步远。杰洛特眨眼工夫就跑到她身边，箍住她的双臂，打断了她惊恐的尖叫。他用眼角余光看着圆木间的异动，迅速后退，结果撞上了卓尔坦和其他矮人。米尔瓦也看到有东西在动，于是搭箭上弦，瞄准目标。

"别放箭。"杰洛特嘶声道，"快带这孩子离开。还有你，回来。手脚放轻，别有大动作。"

起先他们以为有根圆木在动，好像它正打算爬出被阳光照耀的木头堆，去林间寻找阴凉。细看之下，他们才发现那东西有着与圆木截然不同的特征——尤其是像小龙虾一样带有沟壑的节状外壳，以及从外壳伸出的四对骨节分明的细小腿足。

"小心点。"杰洛特轻声道，"别惹恼它。也别被它迟钝的外表欺骗了。它并不好斗，但动起来就像闪电。如果它觉得自己受到威胁，也许会发起攻击。它的毒没有任何解药。"

那只生物缓缓爬上一根圆木,看着丹德里恩和矮人们,慢慢转动眼柄上的双眼。它几乎一动不动。随后,它蹭了蹭脚底,一只脚一只脚地抬起,露出硕大而锋利的牙齿。

"真是大惊小怪。"卓尔坦走到猎魔人身边,冷冷地说,"俺还以为真有啥大麻烦呢,比如维登预备部队的骑兵,或者无耻的告密者。可这是啥?一条个头不小的爬虫而已。你得承认,大自然可真是无奇不有。"

"这跟大自然没关系。"杰洛特答道,"蹲那儿的东西叫眼首怪,是混沌的造物。是某种濒临灭绝而又后天塑造的史前物种——希望你明白我的意思。"

"俺当然明白,"矮人直视他的双眼,"虽然俺不是猎魔人,也不是混沌和生物学方面的权威。哦,俺真心很想瞧瞧猎魔人会对这个'史前物种'做点啥。说得更准确点儿,俺想知道猎魔人会怎么对付它。你想用你自己的剑,还是俺这把希席尔?"

"是把好剑。"卓尔坦从裹在斑猫皮的剑鞘里拔出剑,杰洛特瞥了一眼,"不过没这个必要。"

"有意思。"卓尔坦说,"这么说,咱们只能站在这儿跟它大眼瞪小眼?等到那个史前物种觉得有危险为止?还是说咱们该暂时撤退,好去找尼弗迦德人求救?怪物杀手,你到底有啥打算?"

"把货车里的长柄勺和锅盖拿来。"

"啥?"

"别质疑他的权威,卓尔坦。"丹德里恩插嘴道。

珀西瓦尔·舒腾巴赫赶忙跑到货车旁,很快拿着猎魔人要的东西回来了。猎魔人朝其他人使个眼色，开始用长柄勺奋力敲打锅盖。

"停！停下！"片刻之后，卓尔坦·齐瓦用双手捂着耳朵，尖叫道，"勺子都被你敲坏了！那怪物跑了？看在天花的分上，它跑了？"

"哦是啊。"珀西瓦尔快活地说，"你瞧见它没？哦我的天哪，它跑起来就像脚底抹了油！"

"眼首怪，"杰洛特把有些凹陷的厨具还给矮人，平静地解释道，"拥有敏感而细致的听觉。它没有耳朵，但可以这么说，它是用整个身体去听声音的。它尤其无法忍受金属噪音。这声音会让它痛苦异常……"

"是啊是啊，"卓尔坦插嘴道，"俺明白。因为你敲那锅盖的时候，俺也痛苦得要命。要是那怪物的听力比俺还敏感，那俺真是同情死它了。它不会回来了吧？不会带着同伴回来寻仇吧？"

"我觉得在这世界上，它已经没多少同伴了。至于刚才那只，恐怕它很长时间都不会再回到附近。没什么好怕的了。"

"俺不想再谈啥怪物了。"矮人阴沉着脸说，"你这场演奏会恐怕连史凯利格群岛都能听见，没准有几个音乐爱好者正往这边赶呢。等他们到了，咱们还是别在附近待着为好。开拔了，小伙子们！嗨，女士们，赶紧穿好衣服，数数孩子少没少！咱们得快点出发！"

◀━━━▮━━━▶

当晚扎营过夜时，杰洛特决定弄清几个疑问。这次卓尔坦·齐瓦没去玩桶子牌，所以他没费什么力气就把矮人带到一个僻静的角落，开始了一场男人之间的诚实对话。他开门见山。

"说吧,你怎么知道我是个猎魔人的?"

矮人眨眨眼,露出狡黠的笑。

"俺很想吹嘘一下自己的洞察力。俺可以说,俺注意到你的眼睛在昼夜间的变化。俺也可以夸耀说,俺是个阅历丰富的矮人,听说过利维亚的杰洛特的事迹。不过事实其实有点无趣。别皱眉头。你可以保守秘密,可你那位诗人朋友整天除了唱歌就是闲聊,根本没有闭嘴的时候。所以俺才会知道你的职业。"

杰洛特忍住没再追问。他知道没有必要。

"就是这样,"卓尔坦续道,"丹德里恩什么都告诉俺了。他肯定发现了俺们的诚实守信,而且归根结底,他肯定也察觉到俺们的友好,因为俺们从来都不掩饰。所以长话短说:俺知道你为啥要赶去南边。俺知道你要去尼弗迦德办啥要紧事。俺也知道你打算找谁。这不光是从诗人的闲扯淡里猜出来的。战争开始之前,俺就住在辛特拉,听说过命运之子和白发猎魔人的事。"

杰洛特仍未答话。

"至于其他部分,"矮人续道,"只靠观察就够了。你放跑了那只暴躁的怪物,尽管你是个猎魔人,职责就是消灭像它那样的怪物。但那怪物没伤害你的意外之子,所以你放过了它,只用敲锅盖的法子把它吓跑。因为你已经不是猎魔人了——你是个英勇的骑士,正急着去解救被绑架、受折磨的处女公主。"

杰洛特还是一言不发。

"别冲俺瞪眼睛了。"矮人没听到任何解释或答复,于是补充道,"你总能嗅到背叛的味道,唯恐有人利用这个秘密对付你——尽管它现在已经不是秘密了。用不着担心。咱们都要到艾娜河去,路上可以互相帮助，互相支持。摆在你面前的挑战跟俺们面前的一样：就是生存下去，为了继续崇高的使命，为在死亡到来前，不必为自己平庸的人生羞愧。你以为你变了。你以为世界变了。但瞧啊，世界还是过去的世界，它从没变过。你也还是过去的你。所以你用不着担心。

"不过嘛，你还是放弃自个儿出发的念头吧。"卓尔坦继续他的独白，对猎魔人的沉默不以为意，"也别打算自个儿跑去南边，穿过布鲁格和索登去雅鲁加河。你得另外找个法子去尼弗迦德。如果你愿意听的话，俺可以给你些建议……"

"不用麻烦了。"杰洛特揉了揉几天来一直疼痛不止的膝盖，"不用麻烦了，卓尔坦。"

他发现丹德里恩正在围观矮人打桶子牌。他抓住诗人的袖子，将其拉进林中。丹德里恩只看一眼猎魔人的脸色，立刻就明白了。

"你这泄密者。"杰洛特低吼道，"话篓子。大嘴巴。我真该用钳子拔掉你的舌头，或者往你嘴里塞个马嚼子。"

吟游诗人什么也没说，脸上却浮现出傲慢的神色。

"我跟你结交的消息传出去之后，"猎魔人续道，"有些聪明人为我们的友谊感到吃惊。他们不敢相信我竟愿意跟你同行。他们劝我把你丢到沙漠里，打劫你，勒死你，把你扔进坑里，再用大便埋起来。是啊，我真后悔当初没听他们的。"

"你的身份和你的打算真有那么重要吗？"丹德里恩突然发起火来，"你难道要我们向所有人保密？那些矮人……我们现在是同伴……"

"我没有同伴。"猎魔人吼道,"我从来都没有,我也不想有。我不需要同伴。你听明白没?"

"他当然听明白了。"米尔瓦的声音从身后传来,"我也明白了。你不需要任何人,猎魔人。你用实际行动证明过很多次了。"

"我不是去了结私人恩怨的。"他猛地转过身,"我不需要一群不怕死的同伴,因为我去尼弗迦德不是想拯救世界,也不是要推翻邪恶的帝国。我只想把希瑞接回来。所以我可以一个人去。请原谅我的语气,但我真的不关心其他事。你们走吧。我想一个人静静。"

片刻后,他再转过身,发现走开的只有丹德里恩。

"我又做了个梦。"他干巴巴地开口,"米尔瓦,我正在浪费时间。我在浪费时间!她需要我。她需要帮助。"

"说吧。"她轻声道,"说出来。不管那个梦有多可怕,都说出来。"

"那个梦并不可怕。在我梦里……她在跳舞。她在烟雾弥漫的谷仓里跳舞。而且她——活见鬼——她很快乐。周围有音乐声,有人在叫着什么……叫喊和音乐让整个谷仓都摇晃起来……她在跳舞,在跳舞,用鞋跟轻叩地面……在那该死的谷仓里,在夜晚冰冷的空气中……死亡也在跳舞。米尔瓦……米尔瓦……她需要我。"

米尔瓦别过脸去。

"不只是她。"她的声音压得很低,免得让他听到。

◆━━━◆━━━◆

下一次停下休息时,猎魔人表示对卓尔坦的佩剑"希席尔"很感兴趣。他在眼首怪出现时曾瞥了那剑一眼。矮人毫不犹豫地解开斑猫皮，把剑从涂漆的剑鞘里拔出。

这把剑长三尺有余，重量却不超过两磅。大半部分剑刃刻有神秘的符文，泛着淡淡的蓝光，像剃刀一样锋利。对剑技娴熟之人来说，用它刮胡子应该不在话下。十二寸长的剑柄上交错包裹着条状的蜥蜴皮，圆柱形的铜帽代替了球状圆头，十字护手很小，但制作十分考究。

"真是把好剑。"杰洛特说着，将剑锋凌空划了半圈，向右刺出一剑，随后迅疾绝伦地摆出高位第二式，接着侧向一闪，转到第一式。"没错，是件不错的铁器。"

"嚼！"珀西瓦尔·舒腾巴赫哼了一声，"'不错的铁器'？拜托你仔细瞧瞧。再过一会儿，你就该管它叫山葵根了！"

"我有过更好的剑。"

"俺不跟你争这个。"卓尔坦耸耸肩，"因为那把剑肯定来自俺们的熔炉。你们猎魔人知道怎么用剑，但你们自个儿不会打造。这样的剑只能是矮人的作品，肯定是在玛哈坎山脉的卡本山打造的。"

"矮人熔炼钢铁，"珀西瓦尔补充道，"打造出层压结构的剑刃。但负责收尾和打磨的是我们侏儒。在我们的工坊里，用我们侏儒自己的技术，就像我们打造的古威希尔剑——全世界品质最优秀的剑。"

"我现在这把剑，"杰洛特拔剑出鞘，"来自布洛克莱昂森林克莱格·安的地下墓穴。树精们把它送给了我。它是一流的武器，但制造它的既不是矮人，也不是侏儒。这是把精灵剑，起码有一两百年历史。"

"他根本不知道自己在说什么！"侏儒大叫着抢过那把剑，用手指拂过剑身，"细节装饰是精灵工艺，这点我承认。剑柄、十字护手和圆头，还有蚀刻、雕花和开槽也是精灵的，不过剑身却是在玛哈坎铸造打磨。的确，它有几个世纪的历史了，因为很明显，这种钢品质欠佳，工艺也很原始。好了，用卓尔坦的希席尔对比一下——你看出区别了吗？"

"看出来了。但在我看来，我的剑跟卓尔坦的剑一样好。"

侏儒哼了一声，摆摆手。卓尔坦傲慢地笑了笑。

"刀剑，"他用高高在上的口吻解释道，"是用来砍杀的，不是拿来看的，也不能仅凭第一印象去判断。重点是，你的剑是典型的钢铁合金，而打造俺这把希席尔的精炼合金里含有石墨和硼砂……"

"这可是现代工艺！"珀西瓦尔脱口而出。他有些兴奋，因为这场对话正无法避免地转向他的专业领域。"剑刃的结构和成分，软核部位的复数叠层，以及作为刀刃的坚钢……"

"别激动，"矮人打断他的话，"你没法把他教成冶金学家的，舒腾巴赫，所以别白费劲儿提这些细节了。俺会用更简单的字眼解释。要打造上好的钢是很难的，猎魔人。为啥呢？因为它很硬！要是你没有那种技术——就像过去的俺们矮人，还有现在的你们人类——又想要一把利剑，就得在坚硬核心的基础上打造柔软但可塑性更强的钢制刀刃。你那把布洛克莱昂剑就是用这种简化工艺打造的。现代的矮人刀剑却用完全相反的法子：软核加硬刃——过程很耗时，而且正如俺所说，得用到更先进的工艺。用这种法子打造的剑，就连抛到空中的细亚麻头巾都能劈开。"

"你的希席尔能办到吗？"

"不能，"矮人笑了笑，"锋利到那种程度的剑数量很少，而且没几把离开过玛哈坎。不过俺向你保证，那只老螃蟹的壳根本挡不住这把剑。你可以轻轻松松把它劈成两半,一滴汗都不用流。"

关于剑和冶金的话题讨论了好一阵子。杰洛特饶有兴味地听,同他们分享自己的经验,又提了几个问题,最后试了试卓尔坦的希席尔。但他不曾想到,仅仅一天之后,他就有了将这些理论付诸实践的机会。

◆━━━◆━━━◆

珀西瓦尔·舒腾巴赫走在队伍最前面,也正是他最先发现了人烟——在小径旁的木屑和树皮之间,堆放着整齐的柴火。

卓尔坦示意众人停下,让侏儒去前方查探。半个钟头过后,珀西瓦尔匆匆赶回。他神情激动,大老远就开始比画手势。来到众人跟前,他没马上汇报情况,而是捏住自己的长鼻子,用力一擤,发出堪比牧羊人号角的巨响。

"别吓跑了猎物。"卓尔坦·齐瓦吼道,"说吧,前面啥情况?"

"前面有个定居点,"侏儒喘着气说,用长袍后摆擦了擦手指,"就在一片空地上。三栋木屋,一间谷仓,几栋用泥巴和稻草搭成的小房子……院子里有条狗在乱跑,烟囱也在冒烟。有人在烧饭,是加了牛奶的麦片粥。"

"你进了厨房?"丹德里恩大笑起来,"还偷看了饭锅?不然你怎么知道是麦片粥?"

侏儒高傲地看着丹德里恩。卓尔坦愤怒地哼了一声。

"别侮辱他,诗人。他能在一里外嗅出食物的味道。如果他说是麦片粥,那肯定是麦片粥。但这听起来不妙。"

"哪里不妙?麦片粥听着不错嘛。我很乐意尝尝。"

"卓尔坦说得对。"米尔瓦说,"还有,你给我安静点儿,丹德里恩,现在没到作诗的时候。如果麦片粥里加了牛奶,说明那儿有奶牛。只要见到黑烟,是个农夫都会牵着奶牛逃进森林。可那儿的农夫为什么不逃?我们还是躲进森林,跟那儿保持距离为妙。那地方肯定有蹊跷。"

"别急,别急,"矮人嘀咕道,"逃跑的时间有的是。没准战争已经结束了,也没准泰莫利亚军队才刚刚出发,咱们在林子里又能知道啥呢?没准决战已经打完了,尼弗迦德人已经退兵,也没准前线已经到了咱们后方,农夫都带着牛回家了。咱们应该去那儿瞧瞧,弄清楚状况。菲吉斯、芒罗,你俩留在这儿,睁大眼睛。咱们得去侦察一番。要是那儿够安全,俺就学雀鹰叫一嗓子。"

"雀鹰?"芒罗·布吕伊不安地甩甩下巴,"卓尔坦,你啥时候学会模仿鸟叫了?"

"这就对了。要是你们听到辨不出是啥的奇怪声响,那就是俺在叫了。珀西瓦尔,头前带路。杰洛特,你要跟俺们一起去吗?"

"我们都去。"丹德里恩下了马,"如果是陷阱,人越多反而越安全。"

"俺得把陆军元帅留下。"卓尔坦取下肩头的鹦鹉,递给菲吉斯·梅卢卓,"这只丑鸟说不定会突然大声骂人,暴露咱们的行踪。走吧。"

珀西瓦尔领着他们,迅速来到森林边缘,钻进更加茂密而古老的灌木丛。灌木丛后面的地面略微向下倾斜。他们看到一大堆连根拔起的树桩,树桩后是片开阔的空地。他们小心翼翼地看向对面。

侏儒的描述十分准确。空地中央的确有三栋木屋、一间谷仓和几栋茅草小房。农家院子里有一大摊闪着光的淤泥。在那几栋房屋和一小块无人打理的田地周围，还有道破损不堪的栅栏，栅栏里头有条脏兮兮的狗在吠叫。其中一栋木屋的房顶升起炊烟，懒洋洋地飘过凹陷的草坪上方。

"的确，"卓尔坦嗅了嗅，低声说道，"这烟闻起来不错，尤其是在俺的鼻孔早就习惯了屋子烧焦的臭味之后。附近没有马匹也没有卫兵，这是好事。俺觉得多半是路过的流浪汉在这儿歇脚、烧饭。唔，俺觉得这儿挺安全。"

"我去瞧瞧。"米尔瓦自告奋勇。

"不成，"矮人反驳道，"你的打扮太像松鼠党了。要是他们瞧见你，没准会吓一跳，而人类吃惊时会做出啥都不奇怪。让亚松和卡莱布去。不过嘛，准备好你的弓：如果有必要，你可以掩护他们。珀西瓦尔，时刻准备好，万一我们要逃跑，你就先回去警告其他人。"

亚松·瓦尔达和卡莱布·斯特拉顿小心翼翼地离开灌木丛，朝那几栋屋子走去。他们走得很慢，同时仔细打量着四周。

狗嗅到他们的气味，开始放声狂叫，并在院子里跑来跑去，全然不理矮人的安抚和口哨声。小木屋的门开了。米尔瓦动作流畅地举起弓、拉开弦，但又马上放下了弓。

一个留着长辫子、身材矮小纤瘦的女孩冲出门。她挥舞双臂，叫了句什么。亚松·瓦尔达摊开手，大声回答一句。那女孩继续大喊大叫。他们能听见喊声，但听不清她在喊什么。

亚松和卡莱布显然听清了她的话，他们立刻转过身，匆忙跑回树丛。米尔瓦再次举起弓，转动身体，寻找目标。

"活见鬼，怎么回事？"卓尔坦粗声粗气地问，"发生了啥？他俩为啥要跑？米尔瓦？"

"闭嘴。"弓手嘶声喝道，箭尖轮流对准每一栋小房和茅屋。但她找不到任何目标。长辫子女孩已经回到屋里，关上了房门。

两个矮人没命地跑，仿佛死神正紧跟在身后。亚松喊了句什么——也可能是咒骂。丹德里恩突然脸色发白。

"他说的是……哦，诸神啊！"

"啥……"卓尔坦停了口，因为亚松和卡莱布已经跑了回来。他俩跑得脸色通红。"怎么回事？快说！"

"瘟疫……"卡莱布上气不接下气地说，"天花……"

"你俩碰了啥没？"卓尔坦·齐瓦紧张地后退几步，差点撞倒了丹德里恩，"你们碰到院子里的东西没？"

"没……那条狗不让俺们靠近……"

"你俩该感谢那条杂毛狗。"卓尔坦抬头看天，"愿诸神赐它长寿，外加一堆比卡本山还高的骨头。那个女孩，从屋子里出来那个，身上有水疱吗？"

"没有，她很健康。感染的是她亲戚，都在另一栋木屋里。她还说，有很多人已经死了。老天啊，卓尔坦，风正朝咱们这边吹呢！"

"没什么好怕的。"米尔瓦放下弓，"只要你们没碰天花病人，就完全不必担心——如果真有什么天花的话。也许那女孩只是想吓跑你们。"

"不会。"亚松喘着粗气答道，"屋子后边有个坑……里头有尸体。那女孩没力气埋死人，只好把他们丢进坑里……"

"好吧！"卓尔坦吸了吸鼻子，"你的麦片粥就在那儿，丹德里恩。不过俺已经没胃口了。咱们赶紧回去吧。"

院子里的狗又狂吠起来。

"趴下。"猎魔人嘶声说道,俯下身去。

一队骑手出现在空地对面,原来那边的树木间有道缺口。他们吹着口哨,大声吆喝,纵马绕着农庄跑了一圈,随后冲进院子。这些骑手都有武器,但着装并不统一。恰恰相反,他们的穿着五花八门,武器和装备更像顺手捡来的——不是在军械库里,而是在战场上。

"十三个。"珀西瓦尔·舒腾巴赫迅速点清人数。

"他们是什么人?"

"不是尼弗迦德人,也不是某国的正规军,"卓尔坦评估道,"更不是松鼠党。俺觉得他们是逃兵。一群暴民。"

"或者说,强盗。"

骑手在院子周围叫喊嬉闹。其中一人用矛柄打中那条狗,吓得它飞快地逃开。长辫子女孩跑出屋外,再一次大喊大叫。但这次,她的警告没见成效,因为那些人根本没当回事。一个骑手策马上前,抓住女孩的一条辫子,拖着她离开门口,穿过地上的烂泥。其他人纷纷跳下马,一齐把女孩拖到院子另一头。他们扯下她的衬裙,把她丢到一堆腐烂的稻草上。女孩奋力挣扎,但她怎么可能是这群暴徒的对手?只有一个强盗没去寻欢作乐:他在看守拴在栅栏上的马匹。女孩发出一声又长又刺耳的尖叫,接着是声短促的痛呼。在那之后,她便一声不吭了。

"这就是所谓的勇士!"米尔瓦跳了起来,"所谓的英雄!"

"他们显然不怕天花。"亚松·瓦尔达摇摇头。

"恐惧,"丹德里恩嘟囔道,"是人类的天性。而他们已经算不得是人了。"

"他们只是一摊烂肉。"米尔瓦小心翼翼地搭上一支箭,"会被我的箭刺穿的烂肉。"

"他们有十三个人,"卓尔坦·齐瓦严肃地说,"都骑着马。你能射倒一两个,然后其他人就会包围咱们。而且他们没准是先遣队,鬼知道后头跟着多大的部队。"

"所以呢?你希望我袖手旁观?"

"不。"杰洛特扎起头发,正了正背后的剑,"我受够了袖手旁观。我也受够了自己的无能为力。不过首先,我们得防止他们逃跑。看到那个看马的没?等我赶过去,你要把他从马鞍上射下来。如果你成功了,再去解决其他人。不过要等我过去之后。"

"那就还剩十二个。"弓手转头看着他。

"我会数数。"

"你忘了天花?"卓尔坦·齐瓦嘟囔道,"要是你过去,再带着瘟疫回来……别扯了,猎魔人!你在拿所有人冒险……老天爷啊,那个女孩又不是你要找的丫头!"

"闭嘴,卓尔坦。回到货车那边,躲进森林去。"

"我跟你一起过去。"米尔瓦用沙哑的声音宣布。

"不。留在这儿掩护我,这样对我帮助更大。"

"那我呢?"丹德里恩问,"我能做什么?"

"跟往常一样,什么都不做。"

"你疯了……"卓尔坦吼道,"你要对付一整群人?你他妈到底中了什么邪?想玩英雄救美吗?"

"闭嘴。"

"让魔鬼把你抓走吧!等等……放下你的剑。他们人数太多,你这剑两下才能砍死一个。拿着我的希席尔,这样一剑就够了。"

猎魔人一言不发,毫不犹豫地接过矮人的武器。他指了指负责看守马匹的强盗,然后跳过树桩,飞快地跑向农舍。

阳光明媚。他脚下的蚱蜢忙不迭地跳开。

看马的骑手发现了他,立刻从马鞍上摘下一柄长矛。他留着一头蓬乱的长发,穿一件用生锈的铁丝修补过的锁子甲,脚上的新靴子显然是偷来的,靴扣闪光铮亮。

那人大喊一声,另一个强盗自围栏后现身。他的腰带挂在脖子上,腰带上别着一把剑,而他正忙着系马裤的扣子。杰洛特已经离得很近了。他能听到那些男人的哄笑声——他们正在拿草堆上的女孩取乐。他深吸了几口气,每次呼吸都令他杀意更浓。他可以让自己镇静下来,但他不想这么做。他也想找点乐子。

"什么人?站住!"长发男人喊道,举起手里的长矛,"你来这儿干吗?"

"我受够袖手旁观了。"

"什——么?"

"听过'希瑞'这个名字吗?"

"我……"

强盗没能把话说完。一支灰羽箭正中他的胸膛,将他掀下了马鞍。不等他落地,杰洛特便听到第二支箭矢的破空声。第二个强盗下腹中箭,箭头从他正在系扣子的双手间穿过。他发出野兽般的哀号,弯腰倒在栅栏上,撞断了几根木桩。

没等其他人回过神、拿起武器,猎魔人已经冲到他们中间。矮人的剑刃闪闪发光,放声歌唱。这是一首用轻若鸿毛的利剑谱写的血歌。

躯干和四肢根本无法阻挡它的锋芒。鲜血泼洒到杰洛特脸上,但他无暇擦拭。

即使强盗们考虑过抵抗,倒下的尸体和喷涌的血浆也打消了他们的念头。一个强盗裤子还缠在膝盖上,没来得及提上去,颈动脉就挨了一剑。他仰天倒下,滑稽地晃荡着尚未满足的老二。另一个强盗脱得赤条条的,用双手捂住头,两腕却被希席尔连根斩断。其他人朝不同方向四散奔逃,猎魔人追了上去,同时轻声咒骂膝盖处传来的痛楚。他只希望这条腿不要再次辜负他。

他把两个人堵在栅栏边。对方抄起剑,企图自卫,但恐惧令他们手脚迟钝,根本做不出像样的抵抗。猎魔人的面孔再次溅上鲜血——被矮人利刃切开的动脉间喷出的血。其他强盗趁机骑上了马,但其中一个旋即中箭,栽落马下,在地上扭动挣扎,像被网子捞起的鱼。最后两人催马飞奔,但真正逃离农庄的只有一个,因为卓尔坦·齐瓦突然出现在院子里。矮人把斧子举过头顶,挥舞几下,掷了出去,正中一人的脊背。那强盗尖叫着滚落马鞍,双腿乱踢。最后那个将身体紧贴马颈,跳过填满死尸的深坑,跑向林木间的缺口。

"米尔瓦!"猎魔人和矮人同声大喊。

弓手早已朝他们跑来。这时她停下脚步,岔开双腿。她放下搭箭上弦的弓,随后又缓缓举起,越举越高。他们没听到弓弦的响声,米尔瓦也没改变姿势,甚至连动都没动。他们只看到一支箭划出高高的弧线,朝下方疾飞。骑手的身子滑向马鞍侧面,带着翎毛的箭杆钉进他的肩头。但他却没有落马。强盗大叫一声,拼命坐直身子,催促马儿加快脚步。

"好弓,"卓尔坦敬畏地嘀咕道,"好箭法!"

"好个屁！"猎魔人擦去脸上的鲜血，"那狗娘养的逃跑了，很快就会带着一大帮同伴回来。"

"她射中他了！距离起码有两百步！"

"她完全可以射中马的。"

"马又没做错。"米尔瓦愤怒地喘着粗气，朝他们走去。她吐了口唾沫，看着骑手消失在森林里。"我没能射死那个废物，因为我有点喘不过气……呸，你这卑鄙小人，带着我的箭逃跑吧！祝它给你带去霉运！"

林木缺口间传来一阵马嘶，接着是某人临死前的哀号。

"嘀！"卓尔坦用敬佩的目光看着弓手，"他也没能跑多远嘛！见鬼，你这一箭还真有效！上了毒？还是附了魔法？就算那废物染了天花，也没可能这么快发作嘛！"

"不是我，"米尔瓦心照不宣地看着猎魔人，"也不是天花。但我知道是谁干的。"

"俺也知道。"矮人摸了摸胡子，脸上露出狡黠的笑，"俺注意到你们总是回头看，俺也知道有人一直偷偷跟着咱们。那人骑匹栗色马驹。俺不知道他是谁，不过既然你们不在乎……也就不关俺的事。"

"毕竟殿后部队也是有用的。"米尔瓦意味深长地看了杰洛特一眼，"你确定卡西尔是你的敌人吗？"

猎魔人没答话，只是把剑还给卓尔坦。

"多谢。很管用。"

"那也得看给谁用。"矮人咧嘴笑了，"俺听过猎魔人的传闻，可不到两分钟就干掉八个人……"

"没什么好吹嘘的。他们连像样的自卫都不会。"

长辫子女孩用双手撑地，跪坐起来。她摇摇晃晃地站起身，徒劳地用颤抖的双手拉扯自己破损的衣裳。猎魔人吃惊地发现，她一点儿也不像希瑞，而就在刚才，他还以为她们简直是对孪生姐妹。女孩用不协调的动作擦擦脸，步履蹒跚地走向小木屋，径直穿过地上的烂泥。

"嘿，等等。"米尔瓦喊道，"喂，你……需要帮助吗？嘿！"

女孩头都不回。她被门槛绊了一下，几乎摔倒，还好及时抓住了门把。她走进屋内，重重地关上房门。

"人类果然是知恩图报的典范啊。"矮人评论道。

米尔瓦猛地转过身，表情狰狞。

"她还能怎么感恩啊？"

"的确，"猎魔人补充道，"她有什么好感谢的？"

"感谢那些强盗的马，"卓尔坦对上米尔瓦的目光，"她可以宰掉它们吃肉，这样就用不着杀奶牛了。她显然对天花有免疫力，现在甚至不用挨饿了。她会活下去的。再过几天，等回过神来，她就会明白，是你们阻止了强盗继续糟蹋她，也避免了这些屋子被烧光。趁咱们还没染上瘟疫，还是赶紧离开这儿吧……嘿，猎魔人，你要去哪儿？去找她索取感谢吗？"

"去弄双靴子。"杰洛特冷冷地说着，朝那长发强盗俯下身——他那无神的双眼正盯着天空。"这双看起来正合适。"

他们吃了好几天马肉。那双有着铮亮靴扣的靴子穿起来异常舒服。

名叫卡西尔的尼弗迦德人依然骑着栗色马驹跟在他们后面,但从那时起,猎魔人不再回头张望。

他终于搞懂了桶子牌的奥妙,还跟矮人们玩了一把。但他输了。

他们始终闭口不谈林间空地上的事。毕竟也没什么好谈的。

曼德拉草，或称"爱欲之果"，是曼德拉属或龙葵属的一种植物：其为无茎的草本植物，根部类似欧防风，形状与人类颇有相似之处，叶片的排列如同蔷薇花饰。其别名包括"秋参茄"或"毒参茄"，在维可瓦罗、罗万和亚穆拉克有小规模种植，于野外极其罕见。其浆果起初为绿色，随后会转为黄色，可搭配醋与胡椒食用，叶片可生食。其根部是药物与草药学中极受重视的原料，很久以前就在迷信风俗中起到举足轻重的作用，尤其是在北方人的风俗中——他们把曼德拉根茎雕刻成人类肖像（称之为"曼德拉像"或"曼德拉根雕"）并保存在家中，将其奉为护身符。他们相信曼德拉像能保佑自己免于疾病，带来好运，并确保丰产和顺产。他们会给这种肖像穿上衣物，并在每个新月之夜更换。曼德拉根也在市面上流通，其单价高达六十弗罗林，因此人们有时会用泻根作为替代品。根据迷信传说，曼德拉草可用来制作符咒、魔法催情药和毒药。在女巫狩猎时期，这种迷信思潮再度回归。在对卢克丽霞·维格①的审判中，就有"非法使用曼德拉草"这条罪名。传奇人物菲丽芭·艾哈特据说也曾用曼德拉草制作毒药。

——《世界最大百科全书》第十一卷
艾芬伯格与塔尔伯特　著

---

① 卢克丽霞的原型是罗马传说中著名的贞女。

第三章

　　与猎魔人上次经过时相比，老路又有了新变化。这条路由精灵和矮人在好几个世纪前建成，曾经铺着玄武岩板，路面平坦宽阔；如今却坑坑洼洼，看不到半个行人，有些位置的凹坑甚至深得像个小型采石场。他们行进的速度大为减慢，矮人的货车更是在凹坑间行驶得十分艰难，时不时还会陷进坑里。

　　卓尔坦·齐瓦知道老路严重损坏的原因。他解释说，上一次尼弗迦德战争过后，人们对建筑材料的需求急剧攀升。这时他们想到，老路不就是一座取之不尽的石料宝库吗？而且它建在前不着村后不着店的偏僻之处，在很久以前就失去了重要的运输作用，走这路的人也少得可怜。因此人们对老路的破坏毫不留情，也毫无节制。

　　"你们的大城市，"伴着鹦鹉的尖声咒骂，矮人抱怨道，"无一例外都建在矮人和精灵打下的基础之上。你们的小城堡和小镇子是自己建的没错，可你们筑墙用的石料也是俺们的。你们却没完没了地说，多亏你们人类，这个世界才有发展和进步。"

　　杰洛特一言不发。

"你们甚至不懂拆石料的正确方法。"卓尔坦一边发牢骚,一边指挥矮人将陷进坑里的车轮拖出来,"干吗不从路边开始一点一点挖走石料?你们就像一群毛孩子!连个炸面圈都不肯好好吃,非要用指头挖出最里面的果酱,然后把剩下的部分一扔了事,就因为它不够甜了。"

杰洛特耐心地解释说,这全是政治格局的错。老路的西段位于布鲁格,东段在泰莫利亚,中段属于索登,因此每个王国都是出于自身考虑才拆除自己那段的。卓尔坦却回以一通脏话,表示他很乐意让所有国王都见鬼去,又用富有创造力的语言表达了他对国王们的政治手腕的蔑视,陆军元帅话篓子则在有关国王母亲的话题上进行了补充。

他们越往前走,路况就越糟糕。事实证明,卓尔坦关于果酱炸面圈的比喻并不贴切。其实这条路更像一块牛油布丁,只是里面的每粒葡萄干都被挖了出去。照这样下去,货车迟早会被颠散架,或是陷进推也推不出来的大坑。但这条损毁严重的老路毕竟救了他们的性命。他们看到一条通向东南方的小路,搬运沉重石材的马车将泥土路面压得格外夯实。卓尔坦精神一振,他认出这条路通往艾娜河边的某座堡垒,而且他认为,在河岸这边驻扎的应该是泰莫利亚的军队。矮人坚信,就像上次战争一样,北方诸国会从艾娜河对岸的索登发起全面反攻,死伤惨重的尼弗迦德军队将会逃回到雅鲁加河对岸。

改变路线让他们再次游走在战场边缘。每到晚上,他们都能看到前方突然亮起明亮的火光;而在白天,南方和东方则会升起条条烟柱。由于无法确定攻击和放火的是哪一方,他们只能小心翼翼地前进,并不时派珀西瓦尔·舒腾巴赫远远地跑去前面侦察。

某天早上,一直跟在他们身后的栗色马驹突然从队伍后方跑来,吓了所有人一跳。马背上没有骑手,绣有尼弗迦德徽记的绿色鞍褥沾染着暗红色的血迹。至于这究竟是早先在二道贩子的马车边被杀的尼弗迦德骑手的血,还是栗色马新主人的血,他们就无从知晓了。

"好吧,这下麻烦解决了,"米尔瓦瞥了眼杰洛特,"如果他真算麻烦的话。"

"最大的麻烦是,咱们不知道是谁把骑手打下马的。"卓尔坦嘀咕道,"也不知道跟在咱们和殿后骑手后面的人是谁。"

"他是个尼弗迦德人。"杰洛特咬着牙说,"虽然他说话几乎不带口音,可在林子里逃亡的农夫也许听得出来……"

米尔瓦转头看着他。

"你真该早点杀了他,猎魔人。"她轻声说,"那样他还能死得痛快点儿。"

"他逃离了棺材,"丹德里恩连连点头,意味深长地看着杰洛特,"最后却烂死在阴沟里。"

这便是诗人赠给契拉克之子卡西尔——坚称自己并非尼弗迦德人的尼弗迦德骑士——的墓志铭。自那之后,他们再没提过卡西尔。由于杰洛特并不急于抛弃自己的劣马洛奇——尽管他一再威胁说要丢掉它——卓尔坦·齐瓦便骑上了栗色马驹。虽然矮人的脚根本够不着马镫,但那马驹性情温驯,还是乖乖地让他骑在自己背上。

——◆——

晚上,地平线被火光照亮。白天,升腾的黑烟污染了蓝天。他们很快便见到几栋烧毁的房屋,焦黑的房梁和屋脊上跳动着尚未熄灭的火焰。在闷燃的木屋旁边,八个衣衫褴褛的人和五条狗蹲坐在那儿,忙着啃食一头略微烧焦的浮肿马尸。看到矮人们，这些饕餮之徒慌忙逃跑，只剩一人一狗留了下来。对他们来说，任何威胁都别想让他们抛下眼前的腐肉。卓尔坦和珀西瓦尔试图向那人打听情况，结果一无所获。那人只顾缩着脑袋，抽泣发抖，还差点被嘴里的马肉噎死。那条狗狂吠一通，冲他们亮出尖牙。马尸散发着恶臭。

他们选择冒险沿路前行，很快又见到一片烧焦的废墟。这个村庄占地不小，附近肯定爆发过小规模冲突，因为他们看到，焦黑的房屋后面有座新挖不久的坟丘。距离坟丘稍远的十字路口旁边有棵高大的橡树，枝头悬挂着橡实。

还有人类的尸体。

"咱们该去瞧瞧。"卓尔坦·齐瓦坚决地说，"得走近点儿。"

"真是活见鬼了。"丹德里恩发起火来，"卓尔坦，你瞧那些尸体干吗？为了打劫他们？我从这儿都能看到，他们连靴子都没穿。"

"蠢货。俺感兴趣的不是靴子，是军情。俺想知道这场战争的走向。有什么好笑的？你只是个诗人，根本不懂啥叫战略。"

"你要大吃一惊了，因为我懂。"

"胡说八道。你连屁都不懂。"

"这倒没错。屁这玩意儿我确实没矮人懂得多。"

卓尔坦不屑地摆摆手，大步走向橡树。丹德里恩终究没能按捺住好奇心，催促珀迦索斯跟了上去。片刻后，杰洛特也决定跟上他们。然后他发现米尔瓦也跟在后面。

啄食尸体的乌鸦飞上半空，呱呱地叫着，拍打翅膀的声音显得格外嘈杂。其中几只朝森林飞去，其余那些落在高处的树枝上，仔细打量蹲在矮人肩头、正在诋毁它们亲娘的陆军元帅话篓子。

树上挂着七具尸体。第一具胸前挂着一块木牌，上面写着"叛徒"。第二具的木牌上写着"通敌者"。第三具是"精灵眼线"。第四具写着"逃兵"。第五具是个女的，穿着破破烂烂、满是血迹的衬裙，木牌上写着"尼弗迦德婊子"。还有两具尸体没挂木牌，说明至少有一部分死者是被随机吊死的。

"你瞧，"卓尔坦·齐瓦指着那些木牌，欢快地说，"咱们的军队从这边过去了。英勇的小伙子们主动出击，打退了敌人。就像咱们看到的，他们还有时间放松一下，来点儿战争期间的娱乐。"

"可这对我们有什么好处？"

"这意味着前线的位置变了，泰莫利亚军队正挡在咱们和尼弗迦德人之间。咱们安全了。"

"可前面那些烟柱呢？"

"是咱们的人干的。"矮人自信地说，"他们在焚烧给松鼠党提供食宿的村庄。相信俺吧，前线已经在咱们身后了。从十字路口往南就是阿梅利亚要塞，在楚特拉河和艾娜河交汇的地方。那条路看起来很平坦，可以走一下。咱们现在不用害怕尼弗迦德人了。"

"有烟就有火，"米尔瓦说，"有火就难免烧伤指头。我觉得往火里走实在不明智。沿着路走也很不明智，因为骑兵随时能发现我们。我们还是躲进树林比较好。"

"泰莫利亚人或某支从索登来的部队已经经过这儿了。"矮人顽固地说，"咱们已经把前线甩到身后了。咱们可以放心大胆地走大路。就算遇到军队也是自己人。"

"还是太冒险了。"弓手摇着头说，"如果你真是这方面的行家，卓尔坦，你肯定知道尼弗迦德人经常派先遣队到前方很远的地方侦察。

也许泰莫利亚人当真来过,但我们不知道前面有什么。南边的烟柱把天空都染黑了。你的阿梅利亚要塞眼下多半也在燃烧。这就说明我们并没有把前线甩到身后,而是正踩在前线上。我们也许会撞见军队、强盗、逃兵或松鼠党。如果前往楚特拉河,还是从森林里走更好。"

"她说得对。"丹德里恩赞同道,"我也不喜欢那些黑烟。而且就算泰莫利亚开始进攻了,也难保前面没有尼弗迦德人的先遣队。尼弗迦德人最喜欢长途奔袭。他们会和松鼠党联手攻击敌人的后方,大肆屠杀后再迅速返回。我还记得去年在上索登发生的事。我也赞成在森林里赶路。至少在森林里没什么好怕的。"

"这可不好说。"杰洛特指指最远处那具挂在高处,却少了双脚的尸体。尸体的脚仿佛被一双利爪刨过,直到刮去全部血肉,只剩森森白骨。"瞧。这是食尸鬼的杰作。"

"食尸鬼?"卓尔坦·齐瓦后退几步,往地上吐了口唾沫,"吃人的怪物?"

"没错。咱们在森林过夜可得当心。"

"真他妈带劲儿!"陆军元帅话篓子尖叫道。

"你抢了俺的台词,小鸟儿。"卓尔坦·齐瓦皱着眉头说道,"好吧,这下咱们可是进退两难了。该怎么办呢?是走有食尸鬼的森林,还是走会撞上军队和强盗的大路?"

"走森林。"米尔瓦坚定地说,"林子越密越好。比起人类,我宁愿面对食尸鬼。"

他们在森林里穿行，起初小心翼翼，提心吊胆，时刻留意着树丛间的异动。但没过多久，他们又恢复了镇定、幽默感，以及原本的赶路速度。他们没看到食尸鬼，也没发现食尸鬼留下的任何痕迹。卓尔坦开玩笑说，妖魔鬼怪肯定听说了军队正朝这边推进。见识了强盗和维登志愿兵的所作所为，就连怪物们也会吓得躲进巢穴最深处，浑身颤抖，牙齿打战。

　　"它们得保护好母食尸鬼，也就是自己的妻子和女儿。"米尔瓦厉声道，"即使怪物也知道，行军的士兵连绵羊都不会放过。只要把女人的衬裙挂到柳树上，那些'英雄'甚至能对着树洞找乐子。"她用尖锐的目光看了看来自克瑙村、始终跟着他们的妇孺。

　　丹德里恩兴致盎然地给鲁特琴调好音，开始谱写一段有关柳树、树洞和好色士兵的韵文，矮人和鹦鹉则争相为他提供合适的韵脚。

　　"欧。"卓尔坦说道。

　　"什么东西？在哪儿？"丹德里恩说着，脚踩马镫站起身，看向矮人所指的山谷方向，"我什么也看不见！"

　　"欧。"

　　"别学鹦鹉说胡话！你到底在'哦'什么？"

　　"'欧'是一条河。"卓尔坦平静地解释道，"楚特拉河右岸的支流，名字就叫'欧'。"

　　"哎……"

　　"错了！"珀西瓦尔·舒腾巴赫大笑，"'艾'是楚特拉河上游的支流,离这儿还有段路呢。这是'欧',不是'艾'。"

这条名字简练的小河就在山谷底部流淌,河边长满了比矮人还要高的荨麻,薄荷与朽木的味道格外强烈,蛙鸣声不绝于耳。山谷两侧的山坡颇为陡峭,而这一点引发了致命的后果——薇拉·洛文浩特的货车,从旅程开始就陪伴着他们,克服了众多艰难险阻,这次却滚下"欧"的河岸,在碰撞中粉身碎骨。矮人本来拖着它往坡下走,小货车却滑脱了,直落谷底,摔成了一堆柴火。

"真他妈带劲儿!"在卓尔坦等一众矮人的齐声惊叫声中,陆军元帅话篓子嘶声喊道。

"说实话,"丹德里恩打量着货车的残骸和散落一地的财物,总结道,"这样也许更好。这架破车只能拖慢我们的速度,还总带来各种麻烦。面对现实吧,卓尔坦。幸好没人在追咱们。要是我们正在逃命,就只能把车子连同所有东西一起抛下了。起码眼下我们还能把没坏的东西捡回来。"

矮人恼火地嘟囔了一句什么,出人意料的是,珀西瓦尔·舒腾巴赫竟在帮吟游诗人的腔。猎魔人注意到,他的支持伴随着几次饱含阴谋意味的眨眼。眨眼本身并不容易察觉,但侏儒那张生动的小脸却暴露了一切。

"诗人说得对,"珀西瓦尔重复一遍,再次挤眉弄眼一番,"我们离楚特拉河和艾娜河的交汇处已经不远了。芬·卡恩就在前方,可这边没有能走的路。拉着货车赶路太费劲了。要是在艾娜河边遇见泰莫利亚军队，还拉着满满一车行李……估计我们的麻烦就大了。"

卓尔坦吸了吸鼻子，思索一下。

"好吧，"最后，看着被溪水缓缓冲刷的货车碎片，他开口道，"咱们分头行动。芒罗、菲吉斯、亚松和卡莱布留下，剩下的人继续赶路。咱们得把食物袋跟小型器具放到马背上。芒罗，你知道该怎么做吧？找到铲子没？"

"找到了。"

"别留下一丝痕迹！还有，做好记号，牢牢记住！"

"放心吧。"

"弄好了记得跟上俺们。"卓尔坦背上自己的帆布包和希席尔剑，正了正腰带上的战斧，"俺们会沿'欧'河往前，然后顺着楚特拉河去艾娜河。回头见。"

一行人再次出发，留下殿后的四个矮人向他们挥手道别。

◆━━◆━━◆

"我很好奇，"米尔瓦对杰洛特小声说道，"那些箱子里到底装了什么，竟要特意埋在隐蔽的地方？还不让我们看见。"

"不关我们的事。"

"我觉得，"丹德里恩压低声音，谨慎地指挥珀迦索斯在倒伏的树木间穿行，"肯定不是他们的换洗衣裤。他们很看重那些箱子。我跟他们聊过不少，大概能猜到里面装着什么。"

"那在你看来，里面装着什么呢？"

"他们的未来。"诗人四下张望，确认没有外人听到他的话，"珀西瓦尔以切割和打磨石材为业,将来他想开一家属于自己的工坊。菲吉斯和亚松是铁匠,一直在聊打铁的事。卡莱布·斯特拉顿想结婚,可他未婚妻的父母因他一文不名打算悔婚。还有卓尔坦……"

"够了,丹德里恩。你闲言碎语起来简直像个婆娘。无意冒犯,米尔瓦。"

"我不介意。"

他们沿溪流向前,穿过昏暗泥泞的古老林地,周围的树木渐渐变得稀疏。众人来到一片野草丛生、长着矮小桦树的林间空地。他们速度很慢。看到米尔瓦让那个梳着辫子、脸长雀斑的小女孩坐在自己身前,丹德里恩也把一个孩子抱上珀迦索斯的马背。卓尔坦则让两个孩子骑他的栗色马驹,自己牵着缰绳在旁边步行。但一行人赶路的速度并没有因此加快,因为克瑙村的妇人们没法跟上他们的脚步。

他们在峡谷和沟壑间缓慢前行,又走了将近一个钟头,直到接近傍晚,卓尔坦·齐瓦才停下脚步,跟珀西瓦尔·舒腾巴赫说了几句。然后他转过身,面对其他人。

"请别大呼小叫,也别笑话俺。"他说,"不过俺猜,咱们迷路了。俺不知道这是哪儿,也不知道该往哪儿走。"

"别说傻话了。"丹德里恩恼火地说,"你说'不知道'是什么意思?我们可是一直沿着河道走。山谷里流淌的不就是你的'欧'河吗?我没说错吧?"

"没错。可你瞧瞧它在往哪边流。"

"哦，见鬼。这不可能！"

"不是不可能。"米尔瓦闷闷不乐地说，同时耐心地从雀斑女孩的头发里挑出枯叶和松针，"我们在沟壑间迷路了。这条小河的河道非常曲折。我们眼下就在曲流的位置。"

"但它始终是欧河吧？"丹德里恩顽固地说，"只要顺着河道走就不可能迷路。我承认，小河经常会出现曲流，但它们无一例外会汇入大河。这是自然规律。"

"别跟俺卖弄聪明，歌手。"卓尔坦皱着鼻子说，"还有，闭上你的嘴。你没看见俺在思考吗？"

"一点都没看出来。我重复一遍，我们继续顺着河道走，然后……"

"闭嘴吧。"米尔瓦怒气冲冲地说，"你是个城里人。你的世界局限在城墙内。你的经验在这儿派不上用场。好好看看周围吧！这座山谷到处都是沟壑，堤岸长满野草，而且地势陡峭，你觉得我们该怎么顺着河道走？你指望我们走下峡谷这一边，穿过灌木丛和泥塘，然后再爬到另一边，牵着马缰绳不停上坡下坡？不等翻过两个山头，你就得上气不接下气，直接躺倒在山坡上了。我们可还带着女人和孩子呢，丹德里恩。再说太阳就快落山了。"

"我注意到了。好吧，我会闭嘴的。但我很想听听经验丰富的林地猎手有什么高见。"

卓尔坦·齐瓦甩了咒骂不停的鹦鹉一巴掌，用手指绕起自己的一簇胡须，恼火地扯了扯。

"珀西瓦尔？"

"我们知道大概的方向。"侏儒抬起头，眯起眼睛，看了看停在树梢上方的太阳,"所以第一个方案是:让这条河见鬼去。我们现在就原路返回,离开沟壑,上到干燥的地面,再穿过芬·卡恩,一路前往楚特拉河边。"

"第二个方案呢?"

"欧河很浅。虽然最近下了雨,它会比往常更深些,但我们依然可以渡河。一旦有曲流挡住去路,我们就干脆蹚水过去。只要根据太阳的方位判断路线,我们就能到达楚特拉河跟艾娜河的交汇处。"

"不,"猎魔人突然插嘴道,"我建议放弃第二个方案。想都不要想。蹚水过去的话,我们很可能会踩进某个粉蚧沼泽群。那地方很危险,我强烈建议绕开走。"

"这么说你熟悉这里?以前来过?那你知道咱们该怎么离开吗?"

猎魔人沉默半晌。

"我只来过一次,"他说着,擦了擦额头,"那是一年前了。当时我从河对岸过来。我要去布鲁格,打算抄近路。至于后来我是怎么离开的,我已经记不得了。我当时半死不活,被人用马车运了出来。"

矮人盯着他看了一会儿,但没再问下去。

他们在沉默中原路返回。克瑞村的妇人们走得十分费力。她们步履蹒跚,用木棍支撑着地面,但没人抱怨哪怕一句。米尔瓦骑马与猎魔人并行,一手扶着在马鞍上打瞌睡的女孩。

"我觉得一年前,"她突然开口道,"你肯定在这片荒野被怪物袭击了。你这一行很危险,杰洛特。"

"这点我不否认。"

"我还记得当时的事。"他们身后的丹德里恩得意地说,"你受了伤,有个商人把你带了出来,然后你在河谷地区遇见了希瑞。叶妮芙告诉我的。"

听到这个名字,米尔瓦微微一笑。这一切没能逃脱杰洛特的眼睛。他决定扎营休息时狠狠训斥丹德里恩一顿,叫他改改口无遮拦的臭毛病。但他了解诗人,知道即便如此,多半也不会有什么成效,尤其丹德里恩恐怕已经把知道的事全说出来了。

"也许这不是个好主意,"过了一会儿,弓手又说,"我是说避开对岸的荒野。如果你当时在那儿找到了女孩……用精灵的话讲,有时闪电会两次击中同一个地方。他们把这叫作……该死,我想不起来了……命运的绞索?"

"是轮回,"杰洛特纠正道,"命运的轮回。"

"呸!"丹德里恩皱着眉头说,"你们能不能别提什么绞索了?有个女精灵曾预言说,我会在绞架上、在刽子手的帮助下和这个世界永别。说实话,我根本不相信这种荒诞不经的占卜,可就在几天前,我真的梦到自己上了绞架。我醒来后大汗淋漓,喉咙发干,难以呼吸。所以我特别不想听人提什么绞索。"

"我又没跟你说话。我在询问猎魔人的意见。"米尔瓦反驳道,"别支起耳朵偷听,你就听不到可怕的词儿了。好了,杰洛特,你怎么想?你对'命运的轮回'有什么看法?如果我们去那片荒野,也许历史真会重演呢。"

"那我们更应该回头了。"他坦白道,"我一点也不想重复当时的噩梦。"

"你带俺们来的地方真够风景宜人的,珀西瓦尔。"卓尔坦扫视周围,连连点头,"在这方面,俺觉得没人会有异议。"

"芬·卡恩。"侏儒挠了挠自己的长鼻尖,嘀咕道,"坟丘草原……我一直好奇这名字是咋来的……"

"现在你知道了。"

众人前方的广阔山谷笼罩在傍晚的雾气中。在他们目力所及的范围内,坟堆数以千计,墓碑覆满苔藓。有些墓碑毫无特色,就是一大块不成形的粗糙岩石。还有一些打磨光滑,雕刻成方尖碑和纪念碑的形状。至于耸立在岩石森林中央的那些,则搭建成了石棚、石冢和环形石阵,排除了自然形成的可能。

"的确,"矮人续道,"真是个过夜的好地方。精灵墓地。俺没记错的话,猎魔人,你先前提到过食尸鬼。哦,俺能感觉到它们就藏在坟地中间。俺敢打赌,这儿什么都有。食尸鬼、食尸魔、幽灵、妖鬼、精灵的鬼魂、阴魂、幽魂,诸如此类。它们潜伏在这儿,你知道它们在嘀咕什么吗?'俺们不用去找晚餐了,因为晚餐来找俺们了。'"

"也许我们应该回去。"丹德里恩轻声提议道,"也许我们该离开这儿,趁天色还没完全黑。"

"俺也是这么想的。"

"那些女人都走不动了,"米尔瓦愤怒地说,"孩子们眼看就要睡着了,马也抬不动腿了。催我们赶路的就是你,卓尔坦。'继续走,只剩半里路了。'你是这么说的吧?'再走一弗隆就到了。'这也你说的吧？可现在呢，再往回走两弗隆？见鬼。不管是不是墓地，我们只能在这儿过夜了。"

"没错。"猎魔人下了马，"不用惊慌，不是每个坟场都有鬼怪横行的。我从没来过芬·卡恩，但如果这儿真的很危险，我早该听说过。"

所有人都一言不发——甚至包括陆军元帅话篓子。克瑙村的女人接过她们的孩子，围坐在一起，沉默不语，面露惧色。珀西瓦尔和丹德里恩拴好马，让它们能够到青翠的野草。杰洛特、卓尔坦和米尔瓦走到草地边缘，看着这片淹没在雾气和黑暗中的埋骨之地。

"最糟糕的是，今晚还是个满月。"矮人嘀咕道，"老天啊，今晚有得受了。俺能感觉到，哦，那些恶魔会让咱们生不如死……可南边的光又是怎么回事？起火了？"

"还能是怎么回事？当然是起火了。"猎魔人肯定地说，"有人又点着了别人的屋顶。卓尔坦，你知道吗？相比起来，我在芬·卡恩还能更安心些。"

"要是天上有太阳，俺也会有同感。希望食尸鬼能让咱们活过今晚。"

米尔瓦在鞍囊里翻找一阵，取出个闪闪发亮的东西。

"我带着银箭头，"她说，"就是为这情况准备的。这东西花了我五个克朗呢。它能杀死食尸鬼，对吧，猎魔人？"

"我觉得这儿没有食尸鬼。"

"你自个儿说过，"卓尔坦厉声道，"你说食尸鬼啃过橡树上的死尸。而且有墓地的地方就有食尸鬼。"

"也不全是。"

"姑且相信你吧。你是猎魔人，是这方面的行家，希望你能保护俺们吧。你砍翻那些强盗的手法很不错……食尸鬼是不是比强盗更难对付？"

"根本没法比。但我说了，不必惊慌。"

"这东西对付吸血鬼有没有用？"米尔瓦把银箭头拧到一根箭杆上，还用拇指试了试箭头的锋利程度，"幽灵呢？"

"也许有用吧。"

"瞧瞧俺这把希席尔，"卓尔坦咆哮着拔出剑来，"上面用古代矮人符文刻着古老的咒语。要是哪只食尸鬼敢靠近，俺肯定叫它终生难忘。瞧，就刻在这儿。"

"哈，"丹德里恩刚好走到旁边，立马来了兴致，"这就是矮人著名的秘密符文？上面写了什么？"

"'干死那帮婊子养的'！"

"石头中间有东西。"珀西瓦尔·舒腾巴赫突然喊道，"食尸鬼，是食尸鬼！"

"在哪儿？"

"那边，那边！躲到墓石后面了！"

"就一个？"

"我只看到一个！"

"它肯定饿坏了，居然天没黑就惦记着吃咱们。"矮人往双手手心各吐一口唾沫，然后紧紧攥住希席尔的剑柄，"哈！它很快就会发现，正是贪吃导致了它的灭亡！米尔瓦，往它屁股上来一箭，俺好剖开它的肚皮！"

"我什么也没看见。"米尔瓦嘶声道，箭翎早已抵上她的脸颊，

"墓碑旁边的野草都一动不动。侏儒,你确定你没眼花吗?"

"怎么可能?"珀西瓦尔抗议道,"看到那块墓石没?像碎掉的桌子那块。食尸鬼就躲在后面。"

"你们待在这儿。"杰洛特从背后的剑鞘中迅速抽出长剑,"保护好女人和孩子,留神马匹。如果食尸鬼发起进攻,牲畜会受惊的。我过去弄清楚那究竟是什么。"

"你不能自个儿去。"卓尔坦坚定地说,"遇到那群强盗时,俺就让你自个儿去了。当初俺是害怕天花。可接下来两个晚上,俺羞愧得根本睡不着。不会再有第二次了!珀西瓦尔,你要去哪儿?想躲到后面?是你说瞧见怪物的,所以你得打头阵。别害怕,俺跟你一起。"

他们小心翼翼走向坟丘中间,尽量避免晃动草丛——那些野草高及杰洛特的腰际,与矮人和侏儒等高。他们靠近那墓石,珀西瓦尔建议兵分两路,好堵住食尸鬼可能的逃跑路线。但事实证明,他们的策略完全多余。正如杰洛特所料,他的猎魔人徽章纹丝不动,说明周围没有任何怪物。

"这儿没有食尸鬼。"卓尔坦四下张望,肯定地说,"连个鬼影都没有。你肯定有幻觉,珀西瓦尔。你叫俺们虚惊一场。就为这个,俺真该踢你屁股一脚。"

"我真看到了!"侏儒气愤地说,"我看到它在石头间跳来跳去!很瘦,全身黑乎乎的,像个收税员……"

"闭嘴吧,你这蠢侏儒,不然俺……"

"这是什么怪味?"杰洛特突然问,"你们闻到了吗?"

"闻到了。"矮人扬起鼻子,活像一条猎狗,"是挺怪的。"

"是草药。"珀西瓦尔用他两寸长的灵敏鼻子嗅了嗅空气,"苦艾、罗勒、鼠尾草、八角……肉桂？搞什么名堂？"

"杰洛特，食尸鬼闻起来什么味？"

"就像腐尸。"猎魔人迅速扫视四周，寻找草丛里的脚印。他快步跑到凹陷的墓石边，用剑身轻轻敲敲石块。

"出来吧。"他从齿缝间挤出几个字，"我知道你在里面。动作快，不然我在你身上撅个透明窟窿。"

墓石下不易察觉的中空部位传来轻微的刮擦声。

"出来。"杰洛特重复道，"你很安全。"

"俺们不会碰你哪怕一根头发。"卓尔坦用亲切的语气说道。他将希席尔举到墓石上方，不怀好意地转了转眼珠。"出来吧！"

杰洛特摇摇头，明确示意矮人退后。墓石里再次传来刮擦声，他们也再次闻到草药和香料的浓郁味道。片刻后，他们看到一颗发色花白的脑袋，然后是一只贵族式的鹰钩鼻，显然对方并非食尸鬼，而是个身材瘦削的中年男子。但珀西瓦尔没说错，这人看起来的确有点像收税员。

"外面安全吗？"他抬起花白眉毛下的黑色眼睛，看向杰洛特。

"是的，很安全。"

那人爬出墓石，拍掉黑色长袍上的灰尘——他的腰间还系着一条围裙——然后拎起一只亚麻口袋，草药的味道扑面而来。

"先生们，建议你们放下武器。"他用慎重的口吻说道，目光扫过包围自己的众人，"没这个必要。如你们所见，我手无寸铁，而且向来如此。我身上也没带值钱的财物。我的名字是爱米尔·雷吉斯，来自迪林根。我是个理发医师①。"

"是啊,"卓尔坦·齐瓦皱了皱眉头,"理发医师、炼金师、草药师,反正你肯定是干这行的。无意冒犯,亲爱的先生,不过你闻起来就像个药剂店。"

爱米尔·雷吉斯抿着嘴唇,露出古怪的笑,抱歉地摊了摊手。

"气味暴露了你的踪迹,理发医师先生。"杰洛特收剑入鞘,"为什么躲着我们,你有什么难言之隐吗?"

"难言之隐?"那人用黑色的双眸看向猎魔人,"没有。这只是正常的预防措施而已。我怕你们。毕竟眼下的世道不太平。"

"没错。"矮人点点头,指了指照亮天空的火光,"世道确实不太平。俺猜你跟俺们一样,也是个难民。不过俺好奇的是,你从迪林根大老远逃到这儿,却独自一人躲在坟场里?好吧,人的命运各种各样,尤其在世道不太平的时候。俺们怕你,你也怕俺们。恐惧会让人胡思乱想。"

"你们没必要怕我。"自称爱米尔·雷吉斯的人说道,双眼紧盯着他们,"我想我们可以互相帮助。"

"老天,"卓尔坦大笑起来,"你该不会把俺们当成强盗了吧?理发医师先生,俺们只是一群难民。俺们要去泰莫利亚边境。如果愿意的话,你可以跟俺们同行。人越多越热闹……也越安全,而且俺们没准能用上你的医术。俺们还带着女人和小孩呢。在俺闻到的怪烘烘的药剂里,有没有治水疱的药?"

"应该有。"理发医师轻声道,"我很乐意帮你们的忙。不过说到

---

①指中世纪时兼任医师的理发师。

跟你们同行……多谢好意,但我不会离开这儿的,先生们。我离开迪林根不是为了逃难。我住在这儿。"

"你说啥?"矮人皱起眉头,后退一步,"你住在这儿?住在墓地里?"

"墓地?不是。我在离这儿不远的地方有间小屋。当然了,我在迪林根也有住处和店铺。但我每年夏天的六到九月——从夏至到秋分——都会来这儿采集草药和根茎,然后在我的小屋里提炼成药剂和灵药……"

"你避世隐居,却知道战争的消息。"杰洛特指出,"你是从哪儿听来的呢?"

"从路过的难民口中呀。离这儿不到两里地的楚特拉河边,有个相当大的难民营。那儿聚集了好几百个难民——都是从布鲁格和索登来的农民。"

"那泰莫利亚的军队呢?"卓尔坦来了兴致,"他们开始反攻了吗?"

"这就不清楚了。"

矮人咒骂一句,然后瞪着理发医师。

"所以说你住在这儿,雷吉斯先生,"他慢吞吞地说,"今晚碰巧来这片墓地转悠。你就不害怕吗?"

"我该害怕什么呢?"

"这位先生,"卓尔坦指着杰洛特,"是位猎魔人。他在不久前发现了食尸鬼留下的痕迹。就是那种食尸怪物,你懂吧?而且谁都知道,食尸鬼喜欢在墓地里出没。"

"猎魔人。"理发医师用明显好奇的目光打量着杰洛特,"怪物杀手。哎呀哎呀，真有意思。猎魔人先生，你有没有向你的同伴解释过，这片墓地的历史已经超过五百年了？食尸鬼不挑食，可它们不啃放了五百年的骨头。所以这儿没有食尸鬼。"

"这话让俺安心多了。"卓尔坦·齐瓦看看周围，"好了，医师先生，到俺们的营地来吧。俺们还有些冷马肉。你不讨厌马肉吧？"

雷吉斯盯着他看了好一会儿。

"多谢了。"最后他说，"不过我有个更好的主意：到我的小屋来吧。我的夏日住所很简陋，而且很小，你们别无选择，只能露天过夜。但那附近有口泉水，屋里还有炉子，可以热一热你们的马肉。"

"俺很乐意接受你的邀请。"矮人鞠了一躬，"也许这儿的确没有食尸鬼，不过一想到要在墓地过夜，俺就觉得浑身不舒服。走吧，俺给你介绍一下同行的其他人。"

到了营地，马儿喷了喷鼻息，跺起了马蹄。

"雷吉斯先生，麻烦你往下风处站站。"卓尔坦·齐瓦瞥了医师一眼，"鼠尾草的味道吓着了俺们的马。另外说起来丢人，可俺必须承认，这味道总让俺联想到拔牙。"

"杰洛特，"等爱米尔·雷吉斯消失在小屋门口的布帘后，卓尔坦才小声说道，"咱们得留点神。这个臭烘烘的草药师不太对劲儿。"

"比方说？"

"俺不喜欢在墓地旁避暑的人，更别提离人类聚居地这么远的墓地了。难道只有这种鬼地方才有草药？俺觉得这个雷吉斯更像个盗墓贼。

不管他是理发医师还是炼金师,反正他们都会跑到坟场挖掘尸体,然后拿它们做'食盐'。"

"是'实验'。但你说的实验需要新鲜尸体,而这片墓地有年头了。"

"这倒不假。"矮人挠了挠下巴,看着正在小屋旁的树下铺床的妇人们,"没准他是为了偷挖墓穴里的财宝?"

"你自己问他吧。"杰洛特耸耸肩,"你当时二话没说就接受了邀请,这会儿却像被人恭维的老处女一样疑神疑鬼?"

"呃……"卓尔坦一时说不出话来,"好像是有点不像话。不过俺很想瞧瞧他的小屋里都藏了些啥。你知道的,出于安全考虑……"

"那就跟他进去,假装借把叉子。"

"为啥借叉子?"

"为啥不借叉子?"

矮人责备地看了杰洛特一眼,终于下定决心。他来到小屋门口,礼貌地敲了敲门框,走了进去。他只在里面待了一小会儿,突然又冲了出来。

"杰洛特、珀西瓦尔、丹德里恩,这边。这儿有些很有趣的东西。来啊,雷吉斯先生是个爽快人,他邀请咱们进屋。"

小屋内部十分昏暗,弥漫着温暖醉人的香气,让人鼻子发痒——这味道主要来自挂在四面墙上的成捆的草药和植物根茎。屋子里家具不多,包括一张式样简单的小床——床上也满是草药——以及一张老旧不堪的桌子,桌上放着无数玻璃器皿、陶器和瓷瓶。一个古怪的、外形像个臃肿沙漏的圆肚火炉里烧着炭,微弱的火光为房间提供了照明。炉子周围是呈蛛网状交错、闪闪发亮、大小不一的玻璃管,其形状弯曲成弧形和螺旋形。其中一根玻璃管下放了个木桶,正朝桶里滴落某种液体。

看到那个火炉,珀西瓦尔·舒腾巴赫先是瞪大了眼睛,然后张大嘴巴,最后长出一口气。

"哈哈!"他难以掩饰自己的喜悦,"我看到了什么?一台货真价实的浸煮炉,还连接着蒸馏器!配备了精馏柱和冷凝管!多么精美的装置啊!理发医师先生,是你自己做的吗?"

"当然。"爱米尔·雷吉斯谦逊地承认,"我的工作内容包括制作灵药,所以必须蒸馏并提取第五元素,还要……"

他停了口,看着卓尔坦·齐瓦接住从管道末端落下的一滴液体,舔了舔手指。矮人惊叹一声,红润的脸颊上浮现出难以言喻的狂喜。

丹德里恩也忍不住尝了一滴,随即小声呻吟起来。

"第五元素,"他咂着嘴,肯定地说,"我怀疑还有第六元素,甚至第七元素。"

"哦……"理发医师微微一笑,"就像我说过的,这只是蒸馏液而已。"

"这是酒,"卓尔坦轻声纠正他,"上好的美酒!来尝尝看,珀西瓦尔。"

"但我不是有机化学方面的专家,"侏儒一边观察炼金炉的构造细节,一边心不在焉地回答,"不清楚它的成分……"

"这是曼德拉草的蒸馏液,"雷吉斯解答了他的疑问,"添加了颠茄,以及发酵过的淀粉浆。"

"你是说淀粉糊?"

"可以这么说吧。"

"能给我喝一杯吗?"

"卓尔坦、丹德里恩,"猎魔人交叠双臂,"你们聋了吗?这里面有曼德拉草。这酒是用曼德拉草酿的。离那根管子远点儿。"

"可是,亲爱的杰洛特先生,"这位理发医师兼炼金术士从蒙灰的曲颈瓶与细颈大瓶间取出一只小巧的量瓶,用抹布擦拭干净,"没什么好担心的。我用的曼德拉草经过充分风干,使用的剂量也经过精确称重。我在每磅淀粉糊中只加了五盎司的曼德拉草,以及仅仅半打兰的颠茄……"

"这不是重点。"猎魔人看了看卓尔坦。矮人立刻明白过来,他板起面孔,小心翼翼地退开几步。猎魔人续道:"重点不在于你加了几打兰,雷吉斯先生,而在于每打兰曼德拉草的价格。这种酒对我们而言太贵了。"

"曼德拉草。"丹德里恩指了指小屋角落那一小堆甜菜似的植物根茎,敬畏地嘀咕道,"那就是曼德拉草?真正的曼德拉草?"

"那是女性外形的曼德拉草,"雷吉斯点点头,"就生长在我们偶遇的那片墓地。这也是我来这儿避暑的原因。"

猎魔人向卓尔坦投去会意的眼神。矮人眨眨眼。雷吉斯强忍着笑。

"拜托,先生们,如果你们愿意的话,我诚恳地邀请各位品尝这种酒。你们的节制令人赞赏,但在目前的形势下,我不大可能把这些炼金产物带去战火肆虐的迪林根。这些东西本来也会白白浪费,所以我们就不谈价钱了。不过很抱歉,我只有这么一个能用来喝酒的容器。"

"这就够了。"卓尔坦拿起量瓶,从桶子里小心翼翼地舀起酒,"祝你健康,雷吉斯先生。哦哦哦……"

"请原谅,"理发医师又笑了起来,"蒸馏液的质量恐怕不尽人意……事实上,这是未完成品。"

"这是俺尝过最棒的未完成品。"卓尔坦惊呼道,"轮到你了,诗人。"

"啊啊……哦,我的亲娘啊!太棒了!你也尝尝,杰洛特。"

"你的礼貌去哪儿了,丹德里恩?"猎魔人朝爱米尔·雷吉斯微微欠身,"我们的东道主还没喝呢。"

"请原谅,先生们。"炼金术士也欠身回礼,"但我不允许自己尝试任何兴奋性饮料。我的健康已经大不如前了。我被迫放弃了许多……娱乐。"

"一口也不行?"

"这是原则问题。"雷吉斯平静地解释,"我从不违背自己的原则。"

"你的坚定令我既钦佩又羡慕。"杰洛特抿了一小口量瓶里的酒,犹豫片刻后一饮而尽。他的眼角竟然滴下了眼泪,和酒掺杂在一起。一股令人振奋的暖意在他胃里弥漫开来。

"我去叫米尔瓦。"他把量瓶递给矮人,"在我们回来之前,别把酒喝光了。"

米尔瓦正坐在马边,逗弄在她的马鞍上坐了一整天的雀斑女孩。听说雷吉斯的好意,她耸耸肩,但很快就同意了。

走进小屋,他们发现其他人正在审视曼德拉草根。

"我从没见过曼德拉草。"丹德里恩把玩着球形的曼德拉根茎,坦白道,"这东西的确有点像人。"

"更像犯了腰痛病的男人。"卓尔坦补充道,"那个简直像极了怀孕的女人。那边那个——请原谅俺的粗鲁——看起来就像一对儿正在忙活的狗男女。"

"你们这群男人，满脑子都是这种东西。"米尔瓦讥笑道。她勇敢地一口喝光量瓶中的液体，对着手心大声咳嗽起来。"活见鬼……这酒可真烈！这东西真是用爱欲之果酿出来的？哈，所以我们正在喝魔法药剂？这事可不多见。谢谢，理发医师先生。"

"乐意之至。"

量瓶在众人手中传递，瓶中始终装满美酒，也装满了喜悦、活力和喋喋不休。

"我听说，曼德拉草有很强大的魔力。"珀西瓦尔·舒腾巴赫信誓旦旦地说。

"的确是这样。"丹德里恩附和道。他喝光量瓶里的酒，哆嗦了几下，接着说道，"而且与曼德拉草有关的歌谣层出不穷。众所周知，巫师会用曼德拉草制作让他们永葆青春的灵药，而女术士会用曼德拉草制成名为'魅力灵膏'的油膏。只要女术士抹上这种油膏，她就会变得格外美丽迷人，足能让所有人目瞪口呆。你们要知道，曼德拉草还是种效力强劲的春药，经常用于施展迷情咒语，对于瓦解女性的抵抗尤其有效。所以民间才把曼德拉草叫作'爱欲之果'。这是种用来撮合爱侣的草药。"

"蠢货。"米尔瓦评论道。

"我听说，"侏儒一边说，一边将量瓶里的酒倒进嘴里，"把曼德拉草从地里拔出来时，它会像活物一样发出哀嚎。"

"哈，"卓尔坦又舀了满满一量瓶酒，"如果只是哀嚎就好了！据说曼德拉草的叫声能吓得你背靠墙壁。更可怕的是，叫声会对拔出它的人施加邪恶的魔法和诅咒，甚至能让人一命呜呼。"

"听起来像是傻瓜才编得出来的童话故事。"米尔瓦从他手里接过量瓶,喝了一大口。她哆嗦了片刻,补充道,"区区植物不可能有这么大的魔力。"

"这是不容置疑的事实!"矮人激动地大喊起来,"不过睿智的草药医师想出了自保的法子。找到曼德拉草之后,他们会把绳索的一头系在根须上,另一头拴在狗身上……"

"或者是猪。"侏儒插嘴道。

"野猪也行。"丹德里恩一脸严肃地补充。

"你就是个蠢货,诗人。重点是让狗或猪把曼德拉草拔出来,这一来,它的诅咒和魔法就会落到那只畜生身上,而躲在远处树丛里的草药医师就能幸免于难。雷吉斯先生,俺说的有道理吧?"

"真是个有趣的法子,"炼金术士露出神秘的笑,"构思相当巧妙。但缺点在于,它过于复杂了。因为从理论上讲,只要有绳索,就不需要牲畜代劳了。我不认为曼德拉草有办法得知是谁在拖拽绳索。魔法和诅咒必定会落到绳索上,而且绳索更便宜,也不会有狗或猪带来的不确定性。"

"你在取笑俺吗?"

"当然不是。我说了,我钦佩这种奇思妙想。虽然实际上,曼德拉草无法施展魔法或诅咒——这点跟大众的观点相左——但未经加工的曼德拉草毒性强烈,以致根须周围的泥土都含有剧毒。若被新鲜的曼德拉汁溅在脸上,或被叶片划破手,甚至只是吸入它喷出的烟气,都有可能危及性命。我会戴上面罩和手套,但这不代表我反对使用绳索。"

"唔……"矮人思索起来,"曼德拉草离开泥土时的可怕尖叫呢?

是真的吗?"

"曼德拉草没有声带。"炼金术士冷静地解释道,"这对植物来说很正常,对吧?不过曼德拉根分泌的毒液拥有强烈的致幻效果。说话声、尖叫声、低语声和其他声音,只是中枢神经系统中毒后产生的幻觉而已。"

"哈,我都忘得一干二净了。"丹德里恩一口喝干量瓶里的酒,忍不住打了个嗝,"曼德拉草是有剧毒的!我刚才用手拿过它!现在我们还在肆无忌惮地喝着用它酿成的酒……"

"只有新鲜的曼德拉草才有毒。"雷吉斯安抚他道,"我这些曼德拉草都经过干燥处理和适当加工,蒸馏液也都经过过滤,所以没必要担心。"

"当然没必要。"卓尔坦附和道,"酒就是酒,就算是从毒芹、荨麻、鱼鳞和旧靴带蒸馏出来的都没关系。把瓶子给俺,丹德里恩,大家还等着呢。"

量瓶在众人手中传递。所有人都舒舒服服地坐在房间的泥地上。猎魔人倒吸一口凉气,咒骂一声,换了个姿势。因为他坐下时,膝盖再次传来剧痛。他瞥见雷吉斯正专心地看着他。"是新伤吗?"

"算不上。不过这伤折腾得我够呛。你有能缓解疼痛的草药吗?"

"这要看疼痛的程度,"理发医师微微一笑,"以及诱因。你的汗水有股奇怪的味道,猎魔人。你接受过魔法治疗?服用过魔法酵素和激素?"

"她们给我用过好几种药。我都不知道这能从汗味里闻出来。你的鼻子真够灵的,雷吉斯。"

"人人都有长处。这是对缺陷的补偿。她们对你施展魔法,是为治疗怎样的病症？"

"我的手臂和大腿骨折了。"

"多久之前的事？"

"大概一个月前吧。"

"现在你能走路了？真了不起。我猜治疗你的是布洛克莱昂森林的树精。"

"你怎么知道？"

"只有树精拥有的药物才能如此迅速地重建骨骼组织。我能看到你手背上的深色印痕，那是柯尼海拉藤的卷须与织骨草的嫩芽留下的痕迹。只有树精才知道如何使用柯尼海拉藤，而织骨草只生长在布洛克莱昂森林。"

"精彩，你的推理能力令人钦佩。不过有件事我很好奇。我骨折的部位是大腿和手臂，可最痛的地方却是膝盖和手肘。"

"这很正常。"理发医师点点头，"树精的魔法能修复受损的骨骼，但同时也会引发神经干的轻微紊乱。这是魔法的副作用。在关节部位，感受尤其强烈。"

"有什么解决的办法吗？"

"很不幸，没有。在相当长的时间内，你能准确地预知阴雨天气的来临。到了冬天，痛楚还会加重。不过，我并不建议你服用强效的止痛药物。尤其要远离麻醉剂。你是个猎魔人，应当彻底避免接触麻醉剂才是。"

"那我就用你的曼德拉酒来治疗吧。"猎魔人举起米尔瓦递给他的量瓶，里面已经装满了酒。他喝下一大口，然后连声咳嗽，直到泪水盈眶。"活见鬼！我感觉好多了。"

"我不觉得这算是对症下药。"雷吉斯抿嘴笑了笑,"我还想提醒你,治本胜于治标。"

"对他来说可不一样。"丹德里恩——他的脸颊已经有些发红——听到他们交谈的内容,于是讽刺地说,"酒对我和他的担忧有好处。"

"酒对你也有好处。"杰洛特冷冷地瞥了诗人一眼,"尤其能让你舌头发麻。"

"指望这个恐怕不太现实。"理发医师再次露出微笑,"它的原料包括颠茄,这就意味着它含有大量的生物碱,包括东莨菪碱。在曼德拉草让你昏昏欲睡之前,你会首先展现自己的雄辩能力。"

"展现什么?"珀西瓦尔问。

"就是多嘴多舌。抱歉,我们还是用比较简单的词汇吧。"

杰洛特嘴角上扬。"没错,"他说,"因为你一不小心就会养成习惯,开始每天都用类似的字眼说话。然后别人就会觉得,你只是个傲慢的小丑。"

"或是炼金术士。"卓尔坦·齐瓦又从桶里舀了一瓶酒。

"又或者,"丹德里恩不屑地说,"是为打动女术士,还特意去钻研书本的某个猎魔人。没有比构思精巧的故事更能吸引女术士的了,先生们。杰洛特,我说的对不对?来吧,给我们讲个故事……"

"你不能再喝了,丹德里恩。"猎魔人冷冷地打断他,"这酒里的生物碱在你身上见效太快了。你都开始口不择言了。"

"你也该放下你的秘密了,杰洛特。"卓尔坦皱着眉头说,"丹德里恩说的事俺们大概都知道。你是个活生生的传奇,这点你改变不了。他们把你的冒险故事改编成了木偶剧。比如你跟名叫格温娜维尔的女术士的故事。"

"是叶妮芙。"雷吉斯轻声纠正道,"那部剧我看过。我没记错的话,是讲狩猎灯神的故事。"

"狩猎时我也在场。"丹德里恩得意扬扬地说,"当时还发生了几件好笑的事……"

"全都告诉他们吧。"杰洛特说着,站起身来,"你就一边品尝美酒,一边修饰你的故事吧。我要出去走走。"

"嘿,"矮人恼火地说,"没必要为这种事生气……"

"你误会了,卓尔坦。我只想去方便一下。在这种事上,就算活生生的传奇也没法免俗。"

◆━━┥◆┝━━◆

夜晚的空气冷得要命。马匹跺着脚,喷着鼻息,从鼻孔里飘出一团团白汽。月光下,雷吉斯的棚屋仿佛童话故事里的景物。它就像女巫的小屋。杰洛特系好裤带。

米尔瓦犹豫着咳嗽一声。杰洛特离开后不久,她也出了屋子。她长长的影子和他的影子平行。

"你干吗磨磨蹭蹭不肯回去?"她问,"真生气了?"

"没有。"他答道。

"那你干吗一个人站在月光下?"

"我在计算。"

"啊?"

"从我离开布洛克莱昂森林算起,已经过去了十二天,在这期间,我走了大概六十里路。传闻说希瑞在尼弗迦德帝国的首都,那儿离这儿大约两千五百里。简单的算术让我明白,以这种速度,我得花一年零四个月才能赶到那儿。你对此有何看法?"

"没有看法。"米尔瓦耸耸肩,又咳嗽一声,"我在计算方面比不上你。我不识字,也完全不会写字。我只是个头脑简单的乡下女孩,不配当你的伙伴,也跟不上你的话题。"

"别这么说。"

"可这是事实。"她猛地转过身,"你干吗要计算日子,计算走了多少路?想要我给你建议?给你鼓劲儿?消除你的顾虑,帮你压下比腿伤更让你痛苦的懊悔?我不知道该怎么做!你应该另找别人。丹德里恩说的人。那个聪明又有教养的女人。你心爱的人。"

"丹德里恩最喜欢胡言乱语。"

"没错,但他偶尔也会说出事实。回去吧,我想再喝点儿。"

"米尔瓦?"

"怎么?"

"你一直没告诉我,为什么你决定跟我一起走?"

"你也一直没问过我。"

"现在我问了。"

"已经太迟了。我自己都忘记答案了。"

"哦,你们总算回来了。"看到他们进门,卓尔坦露出快活的表情,语气也有些不一样了,"俺们刚跟雷吉斯商量好——他决定跟咱们一起旅行。"

"真的?"猎魔人凝视着理发医师,"你怎么突然改主意了?"

"卓尔坦先生让我明白,"雷吉斯对上他的目光,"迪林根卷入的战乱,比我从难民那儿打听到的情况严重得多。现在我不可能回到迪林根附近,留在荒郊野外似乎也不太明智,独自旅行也一样。"

"而你虽然对我们一无所知,却觉得跟我们一起旅行更安全。你只看了我们一眼,就敢这么肯定?"

"是两眼。"理发医师微微一笑,"我看到了你们照顾的女人。还看到了那些孩子。

卓尔坦打个响亮的嗝儿,用量瓶刮了刮桶底。

"外表是有欺骗性的,"他用嘲笑的语气说道,"没准俺们打算把那些女人当奴隶卖掉。珀西瓦尔,做点儿什么。把阀门啥的弄松点儿。俺还想再多喝点儿酒,可它滴得也太慢了。"

"冷凝器的速度跟不上。那样流出来的酒会是温的。"

"没关系。反正今晚有点儿冷。"

微温的私酿酒大大活跃了小屋里的气氛。丹德里恩、卓尔坦和珀西瓦尔喝得脸颊发红,连嗓音都变了——诗人和侏儒甚至有些口齿不清。他们贪婪地吃着冷掉的马肉,配上在小屋里找到的山葵根,为此几乎泪水盈眶,因为山葵根跟私酿酒一样美味。他们的谈话也进行得更加热烈。

听说这场远行的目的地并非矮人永恒而又安全的家园玛哈坎山脉,雷吉斯露出惊讶的表情。这时的卓尔坦比丹德里恩还要饶舌,他大声宣布自己永远都不会返回玛哈坎,还发泄了一通对玛哈坎当前的政权,尤其是对玛哈坎及全部矮人氏族的长老布鲁维·胡格的政治手腕及专制统治的不满。

"那个老混球！"他咆哮着往炉膛里吐了口唾沫，"瞧他那德行，你根本不知道他是活人还是填充玩偶！他几乎从来都一动不动，这倒也好，因为他动弹一下就得放个屁。他说的话你连半个字都听不懂，因为他的胡须都被罗宋汤黏成一团了。可玛哈坎的每个人和每样东西都得归他管，所有人都得对他唯命是从……"

"但这不代表胡格的政治手腕不够优秀。"雷吉斯插嘴道，"多亏他的果断措施，矮人才能与精灵保持距离，不再跟松鼠党并肩作战，种族屠杀也就因此停止了。这也是国王们没派远征军向玛哈坎复仇的原因。他们对待人类的审慎态度奏效了。"

"扯他妈的淡！"卓尔坦喝了口量瓶里的酒，"就说松鼠党的事儿吧，那个老顽固审慎个屁，纯粹是因为有太多年轻人加入突击队，去跟精灵一起品尝自由和冒险的滋味，结果矿山和熔炉的活儿都他妈没人干了。等问题严重了，布鲁维·胡格才想起把那些小混蛋捏到手心里。他根本不关心被松鼠党杀掉的人类，也不在乎矮人因此遭受的迫害——包括你们臭名昭著的种族屠杀。他从前不在乎，现在也一样，因为他觉得，定居在城里的矮人都是叛徒。至于针对玛哈坎的复仇性远征——老天，别逗我笑了。这种事根本不可能，因为没有哪个国王敢碰玛哈坎。俺敢说，就算是尼弗迦德人，就算他们能控制玛哈坎山脉周围的山谷，也不敢踏入玛哈坎一步。你们知道为啥吗？俺告诉你们：因为玛哈坎就是钢铁，而且不是那种老旧的钢铁。那儿有煤，还有磁铁矿，储量无穷无尽。别的地方只有品质不佳的沼铁矿。"

"玛哈坎还有专业的技术和知识，"珀西瓦尔·舒腾巴赫插嘴说，"以及冶金和熔炼技术！庞大的熔炉，不是人类那种可怜巴巴的小炉子。还有夹板锤和汽锤……"

"拿去，珀西瓦尔，赶紧喝。"卓尔坦递给侏儒满满一量瓶酒，"免得你用科技和工程学之类的废话烦死俺们。这些谁都知道，但不是谁都知道玛哈坎也出口钢铁，对象既包括各大王国，也包括尼弗迦德帝国。要是有人敢打过来，俺们就拆掉工坊，放水淹了矿井。到时你们人类再想打仗，就只能用木棍、石斧和驴下巴骨了。"

"你说你受够了布鲁维·胡格和玛哈坎的政权，"猎魔人评论道，"可你刚才还是用了'俺们'这个词。"

"俺是说了，咋地？"矮人激动地回答，"事关团结，不行吗？俺承认，这也跟自尊心有关，因为俺们比自命不凡的精灵聪明多了。你们也没法否认这点，对吧？几个世纪以来，精灵假装人类根本不存在。他们抬头看天，闻着花香，好像光是瞧见人类都会弄脏他们的眼睛。可等他们发现这招不管用，就气势汹汹地拿起了武器。他们想杀人，或者被杀。可俺们呢？俺们矮人呢？俺们学会了适应。不，俺们没臣服于你们人类，别这么想。在经济上，反而是你们臣服于俺们。"

"说实话，"雷吉斯插嘴道，"你们适应起来比精灵简单。精灵最重视的是土地和领土。你们最重视的却是氏族。氏族在哪儿，家乡就在哪儿。就算某个极度缺乏远见的国王攻打了玛哈坎，你们也可以放水淹了矿井，然后头也不回地到别处去。到另一座偏远的山脉去。或者去人类的城市。"

"有什么不好？在你们的城市里，过的日子也不算坏。"

"就算住进隔离区？"丹德里恩喝下一大口酒，然后长吸一口气。

"隔离区又有什么问题？俺宁愿跟自己的同胞住在一起。俺不想被人类同化。"

"只要他们允许我们加入行会就行。"珀西瓦尔用袖子擦擦鼻子。

"他们总有一天会同意的。"矮人信誓旦旦地说,"就算他们不允许,俺们也能强行挤进去,或者建立自己的行会,用良性竞争的方式决定谁留下、谁滚蛋。"

"这么说的话,待在玛哈坎就比待在城市里安全多了。"雷吉斯评论道,"城市随时有可能化成火海。明智的做法是待在山里,等待战争结束才对。"

"谁想待谁就待吧。"卓尔坦又舀了一瓶酒,"对俺来说,自由更重要,而在玛哈坎根本没有自由可言。你们根本不知道那个老混球是怎么管事的。他最近突然开始制订所谓的'社群规范'。比方说能不能戴牙箍;鱼汤烧好了是该马上吃还是等汤凉;吹陶笛究竟是在延续俺们矮人千百年来的传统,还是腐败颓废的人类文化带来的毁灭性影响;在提交娶妻申请前要先工作多少年;该用哪只手擦屁股;离矿井多远才能吹口哨……还有另一些莫名其妙的事。不,伙计们,俺不会回卡本山的。俺可不想在煤矿里过一辈子。去地下的话,一待就得四十年,这还是在没被沼气炸死的前提下。不过俺们有别的计划,对不对啊,珀西瓦尔?俺们已经确保了自己的未来……"

"未来,未来……"侏儒将量瓶里的酒一口喝干。他擦擦鼻子,用略显呆滞的眼神看着矮人。"以后的事,以后再说,卓尔坦。我们说不定会被抓住,那我们的未来就是上绞架……或者去德拉肯伯格了。"

"闭嘴。"矮人恶狠狠地盯着他,厉声道,"你又开始胡言乱语了!"

"东莨菪碱。"雷吉斯轻声解释。

侏儒语无伦次。米尔瓦闷闷不乐。卓尔坦忘了自己刚刚说过老混球胡格的事,结果又跟众人讲了一遍。杰洛特听得很仔细,因为他也忘了自己刚刚听过一遍。雷吉斯也在旁听,还不忘顺口评论几句——作为小屋里唯一神志清醒的人,他似乎一点儿都不介意。丹德里恩漫不经心地拨弄鲁特琴,唱起歌谣。

难怪美貌的女子都生性高傲,
因为越难爬的树,往往长得越高。

"白痴。"米尔瓦评论道。丹德里恩不为所动。

对付女人就像对付树一样简单,
掏出你的斧子,然后一、二、三⋯⋯

"一只杯子⋯⋯"珀西瓦尔·舒腾巴赫含混不清地说,"我是说,一只高脚杯⋯⋯用整块乳蛋白石雕刻而成⋯⋯这么大个儿。我是在萨尔瓦山的山顶找到它的。杯口镶嵌着碧玉,底座是纯金打造。简直是个奇迹⋯⋯"

"别再让他喝酒了。"卓尔坦·齐瓦说。

"等等,等等。"丹德里恩来了兴趣,口齿不清地追问道,"那个传说中的高脚杯后来去哪儿了?"

"我拿它换了头骡子。我需要骡子搬运一批……刚玉和结晶碳。那些矿石……呃……很多……嗝儿……我是说,很重,没有骡子搬不动……而且我要高脚杯干吗?"

"刚玉?结晶碳?"

"呃,就是被你们称为红宝石和钻石的东西。非常……嗝儿……有用……"

"我也这么想。"

"……我是说用来做钻头和锉刀。做轴承。我有很多很多……"

"杰洛特,你听见没?"卓尔坦摆摆手,差点仰天栽倒,"他个子小,所以醉得也快。他梦见自己拉泡屎都能变成钻石。醒醒吧,珀西瓦尔,你的梦不可能成真的!或者说,只有一半可能成真。当然俺说的不是钻石那一半!"

"原来是做梦啊。"丹德里恩嘀咕道,"杰洛特,你呢?你又梦到希瑞了吗?你要知道,雷吉斯,杰洛特做过预言梦!希瑞是命运之子,命运维系着杰洛特和她,所以他能在梦里看到她。你还要知道,我们去尼弗迦德,是为把希瑞从恩希尔皇帝手里夺回来,因为恩希尔绑架了希瑞,还打算娶她。但他休想称心如意,因为我们会神不知鬼不觉地救走她!伙计们,我还有件事要告诉你们,不过这是个秘密。一个可怕、黑暗而深邃的秘密……你们都得保密,明白吗?要守口如瓶!"

"俺啥都没听见。"卓尔坦向他保证说,然后粗鲁地看了眼猎魔人,"大概有只地蜈蚣爬进了俺的耳朵。"

"这儿的地蜈蚣是挺多的。"雷吉斯装作掏耳朵的样子。

"我们要去尼弗迦德……"丹德里恩背靠矮人想保持平衡,随后才发现自己还不如不靠着他,"就像我刚才说的,这是个秘密。是一次绝密行动!"

"你们伪装得很好。"理发医师点点头,看了眼气得脸色发白的杰洛特,"就算再多疑的人,也别想从你们的行路方向猜出此行的目的。"

"你怎么了,米尔瓦?"

"别跟我说话,你这醉醺醺的傻瓜。"

"嘿,她在哭!你们看……"

"我说了,滚开!"弓手抬高嗓门,拭去眼泪,"不然我给你脑门来一巴掌,你这该死的蹩脚诗人……把量瓶给我,卓尔坦……"

"我不记得把它放到……"矮人嘟囔道,"哦,在这儿。多谢啦,理发医师先生……见鬼,舒腾巴赫去哪儿了?"

"他到屋外去了,已经有一会儿了。丹德里恩,我记得你答应过要给我讲讲命运之子的事。"

"好吧,好吧,雷吉斯。只要再给我喝一口……我就告诉你一切……关于希瑞,关于猎魔人……一五一十全告诉你……"

"叫那些婊子养的都见鬼去!"

"矮人,你给我安静点儿!你会吵醒屋外的孩子们!"

"冷静,女弓手。给你,喝吧。"

"哦,好吧。"丹德里恩用略显茫然的双眼扫视屋内,"如果德·勒滕霍夫伯爵夫人看到我现在这样……"

"谁?"

"别介意。见鬼,这酒当真让我口无遮拦了……杰洛特,要我再帮你接一瓶吗？杰洛特！"

"别吵他，"米尔瓦说，"让他睡吧。"

乐声在村庄边缘的谷仓里回荡。进入谷仓之前，韵律就俘虏了他们的心，让他们兴奋不已。他们在马鞍上不由自主地摇晃身体，和着低沉的鼓声和低音提琴的节奏，等到靠近，他们又听到了小提琴和双簧管奏出的旋律。夜色阴冷，圆月当空，月光透过木板的缝隙照进内部，令这谷仓仿佛童话故事里的魔法城堡。

谷仓门口传出阵阵喧嚣，透出的明亮光线映出一对对翩翩起舞的身影。

等他们走进谷仓，乐声戛然而止，取而代之的是长而不协调的合音。农夫们停下欢快的舞蹈，离开谷仓中央的泥土地面，聚集在墙壁和柱子周围。希瑞跟在米希尔身边。她看到那些年轻女孩因恐惧而睁大的双眼，注意到男人们准备面对一切的坚定目光。她听到越来越响的耳语声和交谈声，盖过了之前风笛的鸣响，也盖过了之前小提琴和低音提琴低沉的嗡鸣。他们在窃窃私语：**耗子帮……耗子帮……强盗……**

"不用怕。"吉赛尔赫大声说道，把一只叮当作响、鼓鼓囊囊的钱袋丢向目瞪口呆的乐手，"我们是来找乐子的。乡村集会向所有人开放，不是吗？"

"酒在哪儿？"凯雷晃了晃钱袋，"你们的待客之道又在哪儿？"

"你们干吗这么安静？"伊思克菈扫视四周，"我们是特意下山来跳舞的,不是来守灵的!"

一个农夫终于打破僵局,他端着一只装满酒的陶土杯走向吉赛尔赫。吉赛尔赫鞠了一躬,接过杯子,喝了一口,又彬彬有礼地表示感谢。有几个农夫欢呼起来。但其他人依然保持沉默。

"嘿,伙计们,"伊思克菈又喊了起来,"看来你们需要提提神!"

谷仓的一面墙边放了张沉重的松木桌,桌上摆满了陶土杯。女精灵拍拍手,敏捷地跳上桌子。农夫们赶忙收起杯子。伊思克菈飞起一脚,把他们没来得及收走的杯子踢下桌面。

"好了,乐手们,"她用双拳撑着腰,甩了甩头发,"拿出真本事来。奏乐!"

她用脚跟飞快地敲出一段节拍。鼓声开始模仿节拍,低音提琴和双簧管紧随其后。风笛和小提琴也跟上了节奏,迅速地对乐曲进行润色,也迫使伊思克菈调整自己的步伐和节拍。身着华丽服饰的女精灵轻盈有如蝴蝶,她轻松地适应了曲调,开始伴着节奏起舞。农夫们也开始鼓掌。

"法尔嘉!"伊思克菈眯起化过浓妆的眼睛,"你的剑很快!可跳舞的时候呢?你能跟上我的舞步吗?"

希瑞放开米希尔的胳膊,解开脖子上的围巾,取下软帽,脱掉夹克衫。她轻轻一跃,站到女精灵身旁。农夫们热情地欢呼起来,鼓声和低音提琴声响起,风笛奏出忧伤的旋律。

"乐手们,奏乐吧!"伊思克菈喊道,"拿出热情和气魄来!"

她双手叉腰,昂起头,用脚跟敲出一段急促而节奏分明的断奏乐曲。这段曲调令希瑞深深着迷,她开始模仿对方的舞步。女精灵大笑几声,迅速改变节奏。希瑞猛地甩开额前的发丝,完美地模仿着伊思克菈的动作。两个女孩步调一致,仿佛彼此的镜像。农夫们大呼小叫,连连喝彩。小提琴奏出嘹亮的音色,将低音提琴庄重的低鸣和风笛号哭般的乐声撕得粉碎。

她们挺直脊背,双手叉腰,手肘不时碰触。她们的包铁鞋跟敲打出节拍,让桌子摇晃颤抖,灰尘在牛油蜡烛和火把的光芒间盘旋飞舞。

"再快点儿!"伊思克菈催促乐手们,"打起精神!"

充斥谷仓的不再是乐曲,而是疯狂。

"跳啊,法尔嘉!尽情跳吧!"

脚跟、脚尖、脚跟、脚尖、脚跟、迈步向前,然后跳跃,扭动双肩,双拳撑腰,脚跟、脚跟。长桌颤动,火光闪烁,人群摇摆,一切都在摇摆,整个谷仓都跟着舞动,舞动,舞动……人群呼喊,吉赛尔赫高呼,埃瑟大喊,米希尔大笑鼓掌,每个人都在鼓掌和跺脚,谷仓在颤抖,大地在颤抖,整个世界的根基都在颤抖。世界?什么世界?现在没有世界,只有舞蹈。舞蹈……脚跟、脚尖、脚跟……伊思克菈的手肘……狂热的节拍,狂热的节拍……小提琴、双簧管、低音提琴和风笛奏出的疯狂音色,鼓手不停地上下挥动鼓槌,但此时此刻的他是多余的,因为鼓槌正在自行打出节拍。伊思克菈,希瑞,她们脚跟踢踏,直到长桌轰鸣、震颤,直到整个谷仓都在轰鸣与震颤……韵律,她们化身为韵律,和乐曲融为一体。伊思克菈的黑发不断拍打着额头与肩膀。小提琴的琴弦奏出激情澎湃的乐章,节奏早已疯狂。她们的太阳穴跳动不止。

纵情。忘却。

我是法尔嘉。我一直都是法尔嘉!跳吧,伊思克菈!鼓掌吧,米希尔!

小提琴和双簧管用高亢刺耳的和弦结束了这段乐章，伊思克菈和希瑞手肘相触，同时跺脚以示舞蹈结束。她们喘息着，颤抖着，兴奋着，突然抱在一起。她们分享着彼此的汗水、体温和欢乐。谷仓爆出嘹亮的喝彩声，几十双手一齐鼓掌。

"法尔嘉，你这小妖精。"伊思克菈喘着气说，"等厌倦了抢掠，我们就去云游四方，以舞蹈谋生……"

希瑞大口喘息。她一个字都说不出来，只能痉挛似的大笑。一滴泪水流下她的脸颊。

人群突然惊呼起来，然后是一阵骚动，凯雷重重推了一个魁梧的农夫一把，对方还手，两人立刻拳脚相加。瑞夫跳到他俩中间，出鞘的匕首在火把的光芒下闪烁。

"停！住手！"伊思克菈尖叫道，"不准打架！我们今晚是来跳舞的！"她拉起希瑞的手，两人从桌面跳到地上。"乐手们，奏乐！想一展舞技的家伙，都来一起跳！好了，谁有胆量跟我们比比？"

低音提琴奏出单调的嗡鸣，穿插着风笛悠长的哀怨，小提琴高亢而尖锐的乐声也加入其中。农夫们大笑着相互怂恿，一甩先前的拘谨。一个双肩宽阔的金发男人邀请伊思克菈共舞。第二个男人——相对年轻和苗条些——犹豫着向希瑞鞠躬行礼。希瑞傲慢地昂起头，但很快露出同意的微笑。年轻人搂住她的腰，希瑞则将双手放在他肩头。这触感仿佛点燃的箭头般刺穿了她的身体，让她心中充满欲望的悸动。

"乐手们，打起精神！"

谷仓在嘈杂中战栗，伴之以节拍和旋律的颤动。

希瑞欢然起舞。

吸血鬼，或称吸血妖，是借由混沌之力死而复生之人。在失去第一次生命后，吸血鬼只会在夜晚享受其第二次生命。它会在月光下离开自己的墓穴，且只在月光下才能行动。它会袭击熟睡的少女或少年，但不会吵醒对方，只会吸食受害者的鲜血。

——《生物论》

农夫们吃下许多大蒜，为万无一失，还戴上大蒜串成的项链。有些人——尤其是女人——则用整只大蒜堵住生殖器口。等到整个村庄都弥漫着可怕的蒜味，农夫们才相信自己安全了，以为吸血鬼再也无法伤害他们。所以看到在午夜时分飞到村庄的吸血鬼毫无惧色时，他们简直惊讶得说不出话来。那吸血鬼哈哈大笑，快活地磨着牙，语带讽刺。

"真不错，"他说，"你们已经给自己配好料了。我很快就会吃光你们，而加过调味料的肉更合我的口味。再给自己撒点儿盐和胡椒粉吧，别忘了多涂点儿芥末。"

——《黑暗之书》，又名《科学无法解释的可怕事件之书》
西尔维斯特·布吉亚多[1]　著

---

[1] 该作者的姓氏意为"骗子"或"说谎者"。

月色如此明亮，
吸血鬼在夜空翱翔，
他的斗篷沙沙作响……
少女啊，你的心中可有惊慌？

——民谣

第四章

像往常一样，黎明的薄雾中响起阵阵鸟鸣，预示着日出的来临。像往常一样，一行人中最先准备出发的是沉默寡言的妇人及她们的孩子。爱米尔·雷吉斯神采奕奕地加入队伍。他拿着手杖，肩头挎只皮革袋子。至于痛饮一整晚的其他人，看起来就没那么精神了。早晨凉爽的空气令他们清醒了不少，但还不足以抵消曼德拉酒的效力。杰洛特醒来时发现自己身处小屋的角落，脑袋靠在米尔瓦的大腿上。卓尔坦和丹德里恩枕着彼此的胳膊，睡在一堆曼德拉根上，鼾声如雷，震得挂在墙上的草药都在颤抖。珀西瓦尔醉倒在屋外，蜷缩在一棵朴树下，身上盖着雷吉斯平时用来擦鞋底的草垫。他们五个展露出不同程度的疲态，也都去了泉水边抚慰自己干涸的喉咙。

等到晨雾消散，彤红的日头爬升到芬·卡恩的松林上方，一行人已经踏上旅程，踩着轻快的脚步穿行于古墓之间。雷吉斯走在最前面，珀西瓦尔和丹德里恩紧随其后。两人唱起一首关于三个姐妹和一头铁狼的两段式歌谣，彼此鼓劲儿。卓尔坦·齐瓦跟在他俩身后，牵着栗色马驹的缰绳。矮人在理发医师的院子里找到一根粗糙的梣木棍，这会儿正用它敲打经过的每一块墓碑,并祈祷这些早已辞世的精灵永远安息。他肩头的陆军元帅话篓子竖起羽毛,不时"嘎"地叫上一声,显得不情不愿,甚至有些心不在焉。

米尔瓦是他们当中最不胜酒力的。她走起路来格外艰难,脸色苍白,满头大汗,动作像只头疼的熊,甚至对马鞍上的小女孩也爱搭不理。杰洛特没打算跟她说话,毕竟他自己同样状态不佳。

在雾气和嘹亮——但因为宿醉而有些含混——的歌声中,一小群农夫毫无征兆地出现在他们面前。对方早就听到了他们的动静,此前一直伫立在古老的墓石之间,灰色的土布外套为他们提供了完美的伪装。卓尔坦·齐瓦的木棍差点打到其中一人身上,他错把那人也当成了墓碑。

"唷呵呵!"他大喊道,"各位乡亲,请原谅!俺没注意到你们。你们好啊!"

十来个农夫低声回应他的问候,同时脸色阴沉地扫视着众人。他们手里攥着铁铲、铁镐和六尺长的尖木桩。

"你们好啊。"矮人重复一遍,"俺猜你们是从楚特拉河的难民营来的,没错吧?"

这次没人答话,其中一个农夫指了指米尔瓦的坐骑。

"那匹黑马,"他对其他农夫说,"瞧见没?"

"黑马,"另一个农夫舔了舔嘴唇,"哦,没错,是匹黑马。应该用得上。"

"嗯?"卓尔坦注意到他们的表情和动作,"你们是说俺们的黑马?它咋了?它就是匹马,又不是长颈鹿,没啥好吃惊的。好乡亲们,你们来这片墓地干吗?"

"你们呢?"农夫说着,怀疑地看了看他们一行人,"你们来这儿干吗?"

"俺们买下了这块地。"矮人说着,直视他的双眼,又用木棍敲了敲旁边的墓碑,"俺们正在用步数丈量,确认卖方没在面积上弄虚作假。"

"我们在狩猎吸血鬼!"

"啥?"

"吸血鬼。"年纪最大的农夫挠了挠脏毡帽下的额头,强调说,"那个混蛋的巢穴肯定在这儿附近。我们削尖了白杨木桩,现在还要找到那个恶棍,用木桩把他刺穿,叫他再也没法复活!"

"这口锅里还有牧师给我们的圣水!"另一个农夫欢快地喊道,指了指那只容器,"只要洒在吸血怪物身上,就能让他痛不欲生!"

"哈哈,"卓尔坦·齐瓦笑道,"你们这场狩猎还挺正规的:人数够多,组织也很有序。你说吸血鬼?乡亲们,这回你们走运了。有位吸血鬼专家正好跟俺们同行,他是个猎……"

他突然停了口,低声咒骂一句,因为杰洛特狠狠地踢了一下他的脚踝。

"谁见过那个吸血鬼?"杰洛特朝他的同伴们使个眼色,"你们怎么知道该来这儿找他?"

农夫们窃窃私语起来。

"没人见过他,"戴毡帽的农夫最后承认,"也没听见过他的动静。谁能见到他从夜空飞过的身影?谁能听见他那蝙蝠翅膀发出的声音?"

"我们没见过吸血鬼,"另一人补充道,"但我们都见过他那可怕的行径。自从满月以来,那个恶魔每晚都会杀死我们的一个同胞。他已经把两个人撕成了碎片。一个女人,还有个小伙子。简直太可怕了!吸血鬼把那两人撕成一条一条的,还喝光了他们的血!我们能怎么办?难道傻等到第三个人惨死吗?"

"可究竟谁说凶手是吸血鬼,不是别的怪物?又是谁觉得它就住在这片墓地附近?"

"是可敬的牧师大人告诉我们的。他是个饱学又虔诚的人,感谢诸神派他来到我们的营地。他说袭击我们的是个吸血鬼,这是对我们疏忽祈祷和向教会捐赠的惩罚。他正在营地里念诵祷文,进行各种各样的驱邪仪式,也是他命令我们来寻找那个不死怪物的坟墓的。"

"吸血鬼的坟墓在这儿?"

"吸血鬼的坟墓不在坟场还能在哪儿?而且这是个精灵坟场,连小孩子都知道,精灵是不信神的堕落种族,他们死后无时无刻不在遭受惩罚!一切都是精灵的错!"

"一切都是精灵和理发医师的错。"卓尔坦严肃地点点头,"说得对。每个孩子都知道。你们说的营地离这儿远吗?"

"呃,不远……"

"老伯,别跟他们说太多。"一个胡子拉碴、头发蓬乱的农夫说,他先前的语气就很不友好,"鬼知道这伙人到底是谁。瞧他们怪模怪样的。得了,我们赶紧办正事吧。让他们把那匹马让给我们,然后放他们走。"

"说得对,"老农夫说,"别再磨蹭了,时间不等人。把那匹马交出来。黑色那匹。我们得用它找吸血鬼。小姑娘,把那孩子抱下马。"

刚才一直茫然看天的米尔瓦垂下目光,看着那个农夫,露出骇人的表情。

"乡巴佬，你在跟我说话？"

"你以为呢？把黑马交给我们，我们需要它。"

米尔瓦擦了擦满是汗水的脖子，咬紧牙关，疲惫的双眼露出凶狠的神色。

"各位乡亲，这又是为什么？"猎魔人笑了笑，试图缓和紧张的气氛，"你们要这匹马做什么？它值得你们如此低声下气吗？"

"不然我们该怎么找到吸血鬼的坟墓？谁都知道，要想找到吸血鬼的坟墓，就得骑着黑马在坟场里转悠，它会停在怪物的坟前死活不肯走。然后你就能把吸血鬼挖出来，用白杨木桩刺穿他。别跟我们争，我们已经走投无路了。这是性命攸关的大事。我们需要那匹黑马！"

"别的颜色不行吗？"丹德里恩用安抚的口气说道，把珀迦索斯的缰绳递给那个农夫。

"绝对不行。"

"那太可惜了。"米尔瓦咬牙切齿地说，"因为我不会把我的马交给你们。"

"你说不给是啥意思？小姑娘，你没听见我的话吗？我们没它不行！"

"也许吧。但我不会给你们。"

"这事可以和平解决。"雷吉斯用和蔼的语气说，"如果我没理解错，米尔瓦小姐不愿把她的马交给陌生人……"

"可以这么说。"弓手往地上用力吐了口唾沫，"光是想想就让我不舒服。"

"有个既能让狼吃饱，又不伤到羊的好法子。"理发医师平静地说，"只要让米尔瓦本人骑着马，在墓地里转上一圈就好。"

"我才不要像个傻瓜似的骑马在墓地里转悠！"

"也没人请你这么干，小丫头！"头发蓬乱的农夫说，"这事得让胆大又强壮的男人来干。女人就该待在厨房里，围着炉子忙活。不过等一会儿，女人没准就派得上用场了，因为处女的眼泪在对付吸血鬼时很管用：只要洒在吸血鬼身上，他就能像火把一样烧起来。不过必须得是纯洁无瑕的处女眼泪才行。亲爱的，你看起来可不像处女。所以你一点儿用都没有。"

米尔瓦快步上前，挥出的右拳快如闪电。只听"咔吧"一声，那个农夫猛地仰起脑袋，这又让他胡子拉碴的喉咙和下巴成了绝佳的靶子。女弓手再迈一步，掌根径直向前拍出，同时扭动臀部和双肩以增加力道。农夫蹒跚退后，被自己的脚一绊，仰天栽倒，后脑勺撞在墓碑上，发出一声响亮的"咚"。

"现在你们该清楚我有什么用了。"她揉揉拳头，用颤抖的嗓音说道，"你们觉得谁该待在厨房里？的确，再没有比徒手搏斗更管用的了。胆大又强壮的人站着，胆小又懦弱的人躺在地上。我说的没错吧，乡巴佬？"

农夫们没有急着回答，而是瞠目结舌地看着米尔瓦。头戴毡帽的农夫跪在倒地之人身边，轻轻拍了拍他的脸颊。但他没能醒过来。

"他死了。"他抬起头，哀号道，"你杀了他。姑娘，你怎么能这样？你怎么能这样就夺走别人的性命？"

"我又不是故意的。"米尔瓦轻声说着，垂下双手，吓得脸色发白。然后她做了一件出人意料的事。

她转过身，摇摇晃晃走了几步，额头靠着墓碑，大口呕吐起来。

"他怎么了?"

"轻微脑震荡。"理发医师站起身,系紧袋口,"他的颅骨完好无损,已经开始恢复意识了。他记得刚才发生的事,也知道自己的名字。这是个好兆头。谢天谢地,米尔瓦小姐的激烈反应毫无必要。"

猎魔人看看女弓手,后者正坐在墓碑下,双眼凝视着远方。

"她不是容易受刺激的敏感少女。"他嘀咕道,"我觉得,恐怕昨天的酒才是罪魁祸首。"

"她先前也吐过,"卓尔坦小声插嘴道,"就在前天,天刚蒙蒙亮的时候。那会儿大家都还没醒。俺还以为她吐是因为咱们在特洛山吃的蘑菇。俺的肠胃也难受了整整两天。"

雷吉斯用灰眉毛下的双眼看看猎魔人,脸上挂着古怪的表情,然后神秘兮兮地笑了笑,用黑色的羊毛斗篷裹住自己。杰洛特走到米尔瓦面前,清了清嗓子。

"感觉怎么样?"

"难受。那个乡巴佬呢?"

"他没事,已经醒了,不过雷吉斯不让他起来。那些农夫正在做担架,准备用两匹马把他送回营地。"

"用我的马吧。"

"我们用的是珀迦索斯和那匹栗色马。它们更温驯些。起来吧,该赶路了。"

增员后的一行人看起来就像送葬队伍，前进的速度也像送葬一样缓慢。

"你觉得，他们说的吸血鬼是咋回事？"卓尔坦·齐瓦问猎魔人，"你相信他们的说法吗？"

"我还没看到死者，没法发表意见。"

"根本就是一派胡言。"丹德里恩自信满满地说，"那些农夫说死者被撕成了碎片。吸血鬼可不这样。他们会咬破受害者的动脉，吸食血液，留下两个清晰的咬痕。受害者往往不会死。这是我在一本相当权威的书上看到的。书上还有几张插图，画的是处女优雅脖颈上的吸血鬼咬痕。杰洛特，那是真的吗？"

"我怎么知道是不是真的？我又没看到插图。而且我对处女没什么了解。"

"别讽刺人。你不可能没见过吸血鬼的咬痕。但你见过把受害者撕成碎片的吸血鬼吗？"

"没有。闻所未闻。"

"比较高等的吸血鬼是这样没错。"爱米尔·雷吉斯轻声道，"据我所知，吸血鬼女、吸血夜妖、吸血夜魔、吸血女妖和吸血僵尸就不会残害受害者。但另一方面，蝠翼魔和血魔对待受害者的尸体相当残忍。"

"精彩。"杰洛特看他的目光带着由衷的钦佩，"你没遗漏任何一种吸血鬼，也没提到那些纯属虚构、只在童话故事里存在的种类。你的知识令人惊叹,那你肯定知道,血魔和蝠翼魔从来不会在这种天气下出没。"

"那到底发生了啥?"卓尔坦哼了一声,挥了挥他的桦木棍,"是谁在这种天气下残害了两个人?难道说,他们在绝望中把彼此撕成了碎片?"

"能做出这种行径的生物相当多。就拿野狗来说吧,它们是战争期间常见的祸害。你绝想象不到野狗能做出多么可怕的事。在所谓'死于邪恶怪物魔爪'的人中,足有半数其实是野狗的杰作。"

"也就是说,你觉得不是怪物干的?"

"那倒不是。也可能是吸血妖鸟、鹰身女妖、血棘尸魔、食尸鬼……"

"但不是吸血鬼?"

"不大可能。"

"那些农夫提到一个牧师。"珀西瓦尔·舒腾巴赫说,"牧师都很了解吸血鬼吗?"

"有些牧师学识渊博,观点通常值得一听。不幸的是,并非所有牧师都是如此。"

"尤其是跟难民一起在林子里转悠的那些。"矮人不屑地说,"他多半是个隐士——住在荒郊野外,大字不识的隐居者。他派了一群农夫来你的坟场,雷吉斯。你采曼德拉草时见过吸血鬼吗?小个儿的呢?"

"从没见过,"理发医师微微一笑,"不过这也好理解。就像传闻那样,吸血鬼会用蝙蝠的身躯飞翔在暗处,不发出任何响动,所以很容易会看漏。"

"也很容易导致胡思乱想。"杰洛特说,"我还年轻时,曾数次浪费时间和精力去追寻整个村子——包括村长在内——绘声绘色描述的幻觉和迷信念头。我曾在一座据说有吸血鬼出没的城堡住了两个月,可那儿根本没有吸血鬼。好在他们提供的伙食不错。"

"但你无疑也遇到过传闻有充分根据的情况。"雷吉斯没有看向猎魔人,"我想,在那种情况下,你的时间和精力就不至于浪费了。那些怪物死在你剑下了吗?"

"这一点众所周知。"

"不管怎么说,"卓尔坦说道,"那些农夫运气不错。俺觉得,咱们可以在那个营地等芒罗·布吕伊他们。而且休息一下总没坏处。不管是啥东西杀了那两个人,等猎魔人到了营地,它的好运气就该到头了。"

"说到这个,"杰洛特抿住嘴唇,"我希望你们不要把我的身份和名字宣扬出去。尤其是你,丹德里恩。"

"随你吧,"矮人点点头,"你肯定有你的理由。幸好你事先提醒了俺们,因为俺已经看到营地了。"

"我也听到了。"米尔瓦终于再次开口,"他们简直吵得可怕。"

"我们听到的声音,"丹德里恩自作聪明地说,"是难民营里每天都会响起的交响曲。这些声音通常来自数百个人类,以及只多不少的牛、羊和鹅。独奏部分则是女人的争吵、孩童的哭闹、公鸡的啼鸣,以及——如果我没听错的话——一头正被人用蓟条戳屁股的驴。这首交响曲的标题是:*为生存而奋斗的人类族群*。"

"像以往一样,这首交响曲既能听到,也能闻到。"雷吉斯嗅了嗅空气,评论道,"这个族群——在为生存而奋斗期间——散发出煮卷心菜的味道。如果没有这种蔬菜，生存显然是不可能的。另有一股独特的味道来自于人体的排泄系统，而且大都是从营地的周边区域飘来的。我一直不明白，为生存而奋斗的人类为何不愿意建造厕所？"

"我真受够你们的酸词滥调了。"米尔瓦恼火地说，"明明几个字就能说清楚的话，你们非要用上几十句：这地方一股子卷心菜和大便的臭味！"

"粪便和卷心菜总是形影不离。"珀西瓦尔·舒腾巴赫言简意赅地说，"它们互为动力。这是一首无穷动①。"

※ ※ ※

他们踏入这片散发着臭气的喧闹营地，置身于营火、马车和棚屋之间。没多久，他们就成了营地里所有难民的关注对象。这里至少有两百人，甚至更多。关注很快引发了显著的骚动：有人突然尖叫，有人突然大吼，有人突然抱住另一个人的脖子，有人开始狂笑，还有人号啕大哭，场面一片混乱。在男人、女人和小孩的刺耳尖叫声中，他们一时有些摸不着头脑，但到最后，一切都得到了解答。与他们同行的两个女人分别找到了丈夫和兄弟，她们之前还以为那两人不是死了，就是在战乱中彻底失踪了。她们的喜悦和泪水仿佛无穷无尽。

"这种老套的戏剧性情节，"丹德里恩指着令人感动的重逢场面，斩钉截铁地说，"只能发生在现实中。如果我给自己的歌谣安上这种结

---

①一种音乐体裁的名称。特点是以快速音符演奏的器乐曲，从头到尾贯穿着急速的节奏。

局,肯定会被人嘲笑到死。"

"的确。"卓尔坦赞同道,"不过嘛,这老套的场面还挺让人心情愉快的,不是吗?命运不光会索取,还会给予,只是这一幕可不多见。好了,咱们总算能摆脱这些女人了。咱们一路都带着她们,终于把她们领到了这儿。走吧,没必要再耽搁了。"

猎魔人想提议迟些再走。他本以为那些女人会向矮人道谢,说几句感激的话,但他却没看到丝毫类似的迹象。她们沉浸在与爱人重逢的喜悦中,彻底忘记了杰洛特一行人。

"你还在等啥?"卓尔坦目光锐利地看着他,"感激的花束?还是封圣的油膏?赶紧走吧,这儿没咱们的事了。"

"说得没错。"

没走多远,一个细小尖厉的声音让他们停下了脚步。那个梳着辫子、脸上有雀斑的小女孩追了上来。她气喘吁吁,手里捧着一大束野花。

"谢谢你们。"她尖声道,"谢谢你们照看我和我弟弟,还有我妈妈。谢谢你们对我们这么好。我给你们摘了些花儿。"

"谢谢。"卓尔坦·齐瓦说。

"你们是好人。"小女孩咬着自己的辫子,补充道,"我一点也不相信婶婶的话。你不是喜欢挖洞又脏兮兮的小矮子。你也不是来自地狱的灰发怪物。还有你,丹德里恩叔叔,更不是满口废话的蠢货。婶婶说的不是真的。还有你,玛利亚阿姨,你才不是拿着弓箭的荡妇。你是玛利亚阿姨,我喜欢你。我给你摘了最漂亮的花儿。"

"谢谢。"米尔瓦的嗓音有些变调。

"俺们都很感谢你。"卓尔坦附和道,"嘿,珀西瓦尔,你这个喜欢挖洞又脏兮兮的小矮子，给这孩子找点儿告别礼物，纪念品之类的。你的口袋里有没有多余的石头？"

"有。拿着，小小姐。这是铍铝硅酸盐，俗称……"

"祖母绿。"矮人替他说完，"别说些孩子听不懂的行话，反正她也记不住。"

"哦，好漂亮！它是绿色的！非常非常感谢！"

"好好保存吧，愿它带给你好运。"

"千万别弄丢了。"丹德里恩嘀咕道，"因为这颗小石子儿足够买下一片小农场。"

"闭嘴吧你。"卓尔坦把小女孩给他的矢车菊放到帽子上，"它就是块石头，没啥特别的。照顾好你自己，小小姐。咱们去河滩那边等布吕伊、亚松·瓦尔达和其他人吧。他们随时都有可能出现。俺奇怪的是，他们为啥到现在还没跟上咱们。难道因为俺忘了没收他们手里的牌？俺敢打赌，他们肯定正坐在什么地方打桶子牌呢！"

"马需要吃点儿东西，"米尔瓦说，"还要喝水。我们去河边吧。"

"或许我们可以尝尝家常菜。"丹德里恩补充道，"珀西瓦尔，去营地转一圈，动用一下你的鼻子。我们到时就去食物最美味的地方吃饭。"

令他们有些吃惊的是，通往河边的道路树起了栅栏，而且有人看守。负责守卫的农夫说每匹马要收一枚铜币。米尔瓦和卓尔坦很生气，但杰洛特希望避免骚动和关注，便劝说他们冷静下来。丹德里恩从口袋深处掏出几枚硬币，付了通行费。

没过多久，珀西瓦尔·舒腾巴赫脸色阴沉地回来了。

"找到吃的没？"

侏儒擤了下鼻涕，在路过的一只绵羊身上擦干手指。

"找到了，但我不知道咱们付不付得起。他们这儿什么都想卖钱，价格还都贵得吓死人。面粉和麦粒每磅卖一克朗。一碟子清汤要两个诺布尔。一小桶从楚特拉河里捕来的泥鳅，价钱堪比迪林根那边的一磅烟熏鲑鱼……"

"马吃的草料呢？"

"一捆燕麦要一个塔勒。"

"多少？"矮人吼道，"多少？"

"什么多少？"米尔瓦厉声道，"去跟马说吧。只吃野草的话，它们会提不起精神！这儿也没野草可吃。"

对这不言自明的事实，争论也是徒劳，跟卖燕麦的农夫讨价还价也一样。那人掏空了丹德里恩的口袋，也收到了卓尔坦的几声咒骂，但他完全不以为意。好在他们的马最终把口鼻兴奋地伸进了草料袋。

"简直是明抢！"矮人大吼，同时用木棍抽打路过的货车的车轮来发泄怒气，"他们居然没收咱们呼吸空气的钱，真让俺不敢相信！"

"对于比较奢侈的生理需要，"雷吉斯一脸严肃地说，"还是要收钱的。你们看到那几根用棍子撑起来的帆布没，还有站在旁边的农夫？他在出卖自己女儿的色相。价钱可以商量。就在刚才，我看到他收下一只鸡。"

"要俺说的话，你们人类肯定没有好下场。"卓尔坦·齐瓦语气阴沉，"这个世界上所有的智慧生物，在贫穷和不幸时都会抱团取暖。时局艰难时，相互帮助会让生存更轻松。可你们人类呢？你们只想靠别人的不幸发财。饥荒时你们不肯分享食物，而是吃掉最弱小的同类。这种做法狼群也会用，为的是让最健康最强壮的狼生存下来。不过在智慧种群中，这种选择只会让最坏的坏蛋活下来，然后让他主宰其他人。这一来，后果就显而易见了。"

丹德里恩立刻强烈抗议，并列举出矮人族群中更大的骗局和更自私的个体。卓尔坦和珀西瓦尔同时用嘴唇发出响亮而悠长的噪音，还放了几个响屁，完全盖过了丹德里恩的话。对矮人和侏儒来说，这个举动代表了对对方言论的蔑视。

突然出现的一小群农夫打断了他们的争吵。领头的正是先前的吸血鬼猎人之一，那个头戴毡帽的小老头儿。

"我们要说克罗吉的事。"其中一个农夫说。

"俺们啥都不买。"矮人和侏儒异口同声。

"就是被你们砸破脑袋那个，"另一个农夫连忙解释，"我们本打算给他说门亲事的。"

"这事儿俺们不反对。"卓尔坦怒气冲冲地说，"俺们祝愿他和他的新娘万事如意。祝他们健康、幸福和富足。"

"再生一堆小克罗吉。"丹德里恩补充道。

"等等，"那农夫说，"你们可以笑，可他这副样子还怎么娶老婆？自打你们让他撞到脑袋，他就像丢了魂儿，连白天晚上都分不清了。"

"没那么夸张。"米尔瓦盯着地面，嘟哝道，"他看起来好多了。我是说，比今天早上好多了。"

"我不晓得克罗吉今早是啥样子，"那农夫反驳道，"可我刚刚瞧见他站在一根竖起的车辕前，说她真是个美人儿。不过没关系，我就长话短说吧：你们得付血钱。"

"啥？"

"骑士杀了农夫，就得付血钱。这是法律规定。"

"我又不是骑士！"米尔瓦喊道。

"这是其一。"丹德里恩替她辩护道，"其二，这是个意外。其三，克罗吉还活着，所以血钱就免谈了。你们最多只能指望赔偿，也就是补偿金。但还有其四，我们连一文钱都没有了。"

"那就交出你们的马。"

"嘿，"米尔瓦不怀好意地眯起眼睛，"乡巴佬，你们肯定是疯了吧？别太过分了。"

"去死吧狗娘养的！"陆军元帅话篓子大叫道。

"啊，这鸟儿真是一针见血。"卓尔坦·齐瓦慢吞吞地说，同时拍了拍插在腰带上的斧头，"种地的，你们要知道，俺也瞧不起那些满脑袋只想赚钱的软蛋，何况他们还想拿自己同伴破掉的脑壳捞钱。走吧。只要你们马上走，俺保证不追过去。"

"如果你不打算付钱，那就让管事儿的来裁决吧。"

矮人咬牙切齿，刚想拔出战斧，杰洛特抓住了他的手肘。

"冷静点儿。你打算怎么解决？杀光他们？"

"干吗要给他们痛快？砍断手脚就够了。"

"见鬼，别再说了。"猎魔人嘶声道。然后他转过身，对那个农夫说，"你们说的'管事儿的'都有哪些人？"

"我们营地的长老赫克托·拉布斯。他原本是布雷扎村的村长，不过他的村子被士兵烧光了。"

"那就带我们去见他。我们会设法达成一致的。"

"他现在很忙。"农夫回答，"他正在审判女巫呢。看到枫树旁边那群人没？他们抓到一个跟吸血鬼勾结的妖婆。"

"又来了。"丹德里恩哼了一声，摊开双手，"你们听到没有？他们不挖坟墓时就在狩猎女巫,也就是所谓的'吸血鬼的帮凶'。乡亲们,也许除了犁地、播种和收获,你们还可以去当猎魔人。"

"想笑就笑吧。"农夫说,"不过我们这儿有位牧师,牧师比猎魔人更可靠。那位牧师说,女巫向来都是吸血鬼的帮凶。女巫会召来吸血鬼,给他指出目标,然后蒙蔽所有人的眼睛,让他们啥也看不见。"

"而且看起来真是这样。"第二个农夫补充道,"我们身边就藏着个背信弃义的妖婆。不过牧师识破了她的巫术,现在我们要烧死她。"

"那当然了。"猎魔人嘀咕道,"很好,我们这就去瞧瞧你们的审判,再跟长老谈谈发生在倒霉的克罗吉身上的意外。我们会考虑给出合适的补偿。对吧,珀西瓦尔?我敢打赌,你的口袋里还能找出些多余的小石头。带路吧,好乡亲们。"

一行人朝那棵枝繁叶茂的枫树走去。树下的确挤满了激动的难民。猎魔人故意放慢脚步,试图和一个看起来比较正常的农夫搭话。

"他们抓到的女巫是谁?她真用过黑魔法吗?"

"哦,先生,"农夫嘟囔道,"我也说不清。那女人是个生面孔,无家可归。在我看来,她的脑子确实不太对劲儿。她是个大姑娘了,却只跟小孩子玩,好像她自己也是个小孩子。你问她话,她却啥也不说。每个人都说她跟吸血鬼来往,还会摆弄巫术。"

"除了嫌疑人以外的每个人。"一直在猎魔人身边默不作声的雷吉斯开了口,"因为就算有人问起,她也啥都不说。我猜是这样吧。"

他们已来不及进一步了解情况,因为他们已经来到枫树下。在卓尔坦及他那根梣木棍的帮助下,他们走进到人群当中。

一个约莫十六岁的女孩,被绑在一辆四轮马车的车辕上,马车上装满麻袋。她被分开双臂和双腿,脚趾几乎碰到地面。就在他们赶到时,有人扯去了她的衬裙和衬衣,让她露出瘦削的双肩。她的反应却只是翻个白眼,发出混合着傻笑与抽泣的声音。

马车旁边已经生了火。有人在周围撒上煤块,还有人用铁钳将几副马蹄铁放进炽热的余烬。牧师激动的呼喊声盖过了周围的喧闹。

"恶毒的女巫!不敬神的女人!坦白真相吧!哈,看看她,乡亲们,她吃了太多邪恶的草药!看看她!她的脸上写满了'巫术'这两个字!"

说话的牧师身材瘦削,面孔黝黑起皱,活像一条熏鱼,黑色长袍松松垮垮地披在骨瘦如柴的身板上。他的脖子上戴着闪闪发光的圣徽,杰洛特不清楚那代表了哪一位神祇。话说回来,他也不是这方面的专家。他对近年来数量猛增的神灵不感兴趣,而这位牧师肯定属于某个新兴的教派。比较有年头的宗教会更加务实,不至于随便抓个女孩绑到马车上,再煽动迷信的暴民迫害她们。

"有史以来,女人就是所有邪恶的根源!她们是混沌的工具,参与了毁灭世界和人类种族的阴谋!女人只受肉欲支配!她们乐于服侍恶魔,就为满足自己永无休止的冲动和放荡!"

"这是种恐惧症,"雷吉斯喃喃道,"而且非常典型。这位牧师肯定经常梦到**有牙的阴道**。"

"我敢打赌,情况比你说的更糟。"丹德里恩小声说,"我敢肯定,他就算醒着时都能幻想到没有牙齿的正常版本。所以他的脑子不对劲儿了。"

"可要付出代价的却是个弱智女孩。"

"除非有谁能阻止他。"米尔瓦怒气冲冲地说,"阻止这个穿黑袍的混蛋。"

丹德里恩意味深长又期待地看了看猎魔人，杰洛特却避开了他的目光。

"如果不是女人的巫术，我们又怎会遭遇灾祸和不幸？"牧师继续吼道，"正是女术士在仙尼德岛背叛了诸王，又策划了刺杀瑞达尼亚国王的举动！没错，派出松鼠党追杀我们的，也是多尔·布雷坦纳的精灵女巫！现在你们明白跟女术士结交，并容忍她们的恶毒法术所导致的罪恶了吧？你们对她们的肆意妄为、对她们的傲慢无礼、对她们的富有奢靡都视而不见！这又是谁的错呢？是那些国王！那些爱慕虚荣的君王否认神明，驱赶牧师，剥夺他们在议会的地位和发言权，却对这些可憎的女术士毕恭毕敬！现在我们都尝到恶果了！"

"啊哈！原来问题出在这儿。"丹德里恩说，"你错了，雷吉斯。真正的原因是政治，不是阴道。"

"还有金钱。"卓尔坦·齐瓦补充道。

"听好我的话，"牧师吼道，"在加入对抗尼弗迦德人的战斗之前，让我们首先清理自家宅院里的污秽！用滚烫的铁烧灼脓包！给予它火之洗礼！我们不能放过任何沾染巫术的女人！"

"不能放过！烧死她！"人群大喊起来。

绑在马车上的女孩歇斯底里地大笑，又翻了翻白眼。

"好了，好了，悠着点儿。"一个脸色阴郁、体格魁梧的农夫开了口，他刚才一直默不作声，身边围着一小群同样沉默的男人和几个表情阴沉的女人，"到目前为止，我们只能听到你在瞎叫唤。瞎叫唤谁都会，就连乌鸦也会。尊敬的神父，我们对你的期望可没这么少。"

"拉布斯长老，你在否认我的话吗？你在否认牧师的话吗？"

"我啥也没否认。"壮汉说着，朝地上吐了口唾沫，提了提他那条做工粗劣的马裤,"这丫头是个无父无母的流浪儿,不是我的家人。如果她真跟吸血鬼是一伙的,那就杀了她吧。但我是这个营地的长老,我只同意惩罚有罪的人。如果你想惩罚她,得先证明她的确有罪。"

"我会证明的!"牧师尖叫着,向他的跟班们——就是先前把马蹄铁放到火堆里的那些人——比了个手势,"我会把无可辩驳的证据展示给你们看!给你,拉布斯,还有在场的所有人看!"

他的跟班们从马车后面取出一口外表焦黑、有着曲状握柄的小锅,把它放到地上。

"这就是证据!"牧师大吼着踢翻了锅子。稀薄的汤汁洒了出来,几小块胡萝卜、几片难以辨认的绿色蔬菜和好几根细小的骨头出现在沙地上。"这女巫正在调制魔法药剂!一瓶能让她飞上天空、去往她的吸血鬼爱人身边的灵药,只为同他建立邪恶的纽带,谋划更多的罪恶行径!我了解巫师的行为和做法,所以我知道这锅药剂的成分是什么!这女巫活煮了一只猫!"

人群发出惊恐的呼声。

"真可怕,"丹德里恩颤抖着说,"把活的动物下锅煮了?我同情这女孩,但她确实做得有点过火……"

"闭上你的嘴。"米尔瓦嘶声道。

"这就是证据!"牧师大喊着,从热气腾腾的泥坑里捞出一块小骨头,高高举起,"这就是不容置疑的证据!猫骨头!"

"这是鸟骨头。"卓尔坦·齐瓦眯起眼睛,冷冷地说,"要俺说的话,这是松鸦的骨头,要不就是鸽子的。这女孩只是给自己煮了一锅肉汤!"

"闭嘴,你这异教怪物!"牧师吼道,"不许亵渎神明,不然诸神会借敬虔者之手惩罚你的！我说了，这是一锅猫汤！"

"猫汤！肯定是猫汤！"牧师周围的农夫大喊道，"这丫头有只猫！一只黑猫！所有人都知道！它总跟着她跑来跑去！现在那只猫去哪儿了？不见了！进到锅里了！"

"她把猫煮了！熬成了药汁！"

"说得对！这女巫把猫做成了药剂！"

"不需要别的证据了！烧死这个女巫！不过首先要拷打她！让她坦白一切！"

"真他妈带劲儿！"陆军元帅话篓子尖叫道。

"真是可惜那只猫了。"珀西瓦尔·舒腾巴赫突然大声说道，"它长得胖乎乎的，身体也很健康，皮毛像无烟煤一样富有光泽，双眼就像一对儿绿玉，胡须长长的，尾巴有铁棍那么粗！好猫该有的优点，它全都有。它肯定抓到过不少老鼠！"

农夫们沉默下来。

"你怎么知道这些的，侏儒先生？"有人问，"你怎么知道那猫儿长啥样？"

珀西瓦尔·舒腾巴赫擤了下鼻子，用裤子擦擦手。

"因为它就坐在那边的货车上。就在你们身后。"

农夫们不约而同地转过身，果然看到一只黑公猫。它坐在几捆干草上，对自己成为目光的焦点毫无察觉，反而抬起一条后腿，低头舔起自己的屁股。

"这么说来，"卓尔坦·齐瓦打破了沉默，"牧师大人，你所谓的'不容置疑的证据'连个屁都不是。下一个证据是啥？再来只母猫吗？那倒不错。俺可以叫它们凑成一对儿，下一窝猫崽子，让耗子在这附近彻底绝迹。"

几个农夫哼了一声,而另外几个——包括拉布斯长老在内——全都毫不掩饰地笑出了声。牧师气得脸色发青。

"我会记住你的,渎神者!"他指着矮人大吼道,"异端怪物!黑暗的造物!你是怎么到这儿来的?你也是吸血鬼的同伙吗?等着瞧,处置完这个女巫,我们就来审问你!但首先,我们要先拷问女巫!马蹄铁已经在煤炭上烧热了,让我们瞧瞧她那丑恶的皮肤嘶嘶作响时,她会吐露出怎样的真相吧!我向你们保证,她会自行坦白沾染巫术的罪行。还有比自白更可靠的证据吗?"

"哦,是啊,是啊。"赫克托·拉布斯说,"要是把烧红的马蹄铁放到你的脚底,牧师大人,你也会承认自己曾跟母马交配过。呸!你明明是个侍奉神明的人,说起话来却像个无赖!"

"没错,我是侍奉神明的人!"牧师用吼声压过农夫们的交头接耳,"我相信神明的判断!还有神圣的审判!就让这个女巫面对神裁……"

"绝妙的主意。"猎魔人走出人群,高声打断了他的话。

牧师怒视着他。农夫们停止了窃窃私语,目瞪口呆地看着猎魔人。

"神裁,"杰洛特重复一遍,让人群彻底安静下来,"是绝对公平和公正的。神裁的结果会得到世俗法庭的接受,但它也有独特的规矩。按照规定,在女人、孩童、老人或体弱之人遭到指控时,可以由其他人代为接受。拉布斯长老,我没说错吧?因此,我愿意自告奋勇。请腾出场地来。认定这个女孩有罪,同时不怕神裁之人,可以上来挑战我。"

"哈!"牧师紧盯着他,大喊道,"别耍这种花招了,自以为高贵的陌生人。你说向你挑战?谁都看得出,你是个杀人不眨眼的剑客!

你还指望用你那把罪恶的剑来接受神裁?"

"如果你看不上他的剑,牧师大人,"卓尔坦·齐瓦慢吞吞地说着,站到杰洛特身旁,"如果你反感这位先生的话,或许俺比他更合适。指控这个女孩的人,请务必找把战斧来向俺挑战。"

"或者向我挑战弓术。"米尔瓦眯起眼睛,也走上前来,"相隔一百步,每人一箭。"

"乡亲们,你们看到女巫的维护者出现得有多快了吧?"牧师尖声说着,转过身来,脸上浮现出狡猾的笑,"很好,你们这些废物,我邀请你们三个一起参与即将开始的神裁。我们会证明这个妖婆的罪行,同时也将考验你们的德行!但不是用刀剑、战斧、长枪或者弓箭!你说你知道规矩?我也知道!看到煤块上烤得发红的马蹄铁了吗?那就是火之洗礼!来吧,巫术的喽啰们!谁能从火中取出马蹄铁,拿到我面前,手上却不留下任何焦痕,就能证明这个女巫是无辜的。如果神裁得出另一个结果,那她和你们都将被处死!我说到做到!"

拉布斯长老和他那群人不满地叫嚷起来,却被聚集在牧师身后的农夫们狂热的呼喊声盖了过去。在这群暴民看来,这将是场绝佳的消遣。米尔瓦看看卓尔坦,卓尔坦看看猎魔人。猎魔人先是抬头看天,然后又看向米尔瓦。

"你相信有神存在吗?"他低声问她。

"我相信。"弓手看着烧红的煤块,轻声答道,"但我觉得,他们不喜欢被这种事打扰。"

"从火堆到那个杂种也就三步远,"卓尔坦咬牙切齿地说,"俺在铸造厂干过活儿,俺应该办得到……不过你们得帮俺祈祷才行……"

"稍等一下,"爱米尔·雷吉斯把一只手按到矮人的肩膀上,"先别忙着祈祷。"

理发医师走到火堆旁,向牧师和观众们躬身行礼,随后飞快地弯下腰,把手伸进滚烫的煤块之间。人群同声惊呼起来,卓尔坦骂了句脏话,米尔瓦的指头掐进了杰洛特的胳膊。雷吉斯挺直脊背,平静地看着手里发红的马蹄铁,不慌不忙地走到牧师面前。牧师后退一步,撞到了站在身后的农夫。

"如果我没弄错的话,牧师大人,"雷吉斯举起马蹄铁,"这就是所谓的'火之洗礼',对吧?如果真是这样,我想神明的判决已经再清楚不过。这个女孩是无辜的,她的维护者也是无辜的,而我同样清白无辜。"

"让……让……让我看看你的手……"牧师嘟囔道,"真没烧伤吗?"

理发医师露出惯常的微笑,抿着嘴唇把马蹄铁交到左手。他先将毫发无损的右手抬到牧师面前,然后高高举起,让其他人也能看到。周围一片哗然。

"这是谁的马蹄铁?"雷吉斯问,"请物主把它拿回去吧。"

没人上前。

"这是魔鬼的花招!"牧师吼道,"你是个巫师,要不就是魔鬼的化身!"

雷吉斯把马蹄铁扔到地上,转过身去。

"那就给我驱邪啊。"他冷冷地提议道,"我不会阻拦你的。但神裁已经结束了。我听说,质疑神裁的结果同样是异端行径。"

"湮灭吧!滚吧!"牧师尖叫着,在理发医师面前挥舞起一枚护身符,又用另一只手画出令人费解的符号,"你这魔鬼,滚回地狱深渊去！愿你脚下的大地开裂……"

"够了！"卓尔坦怒吼道，"嘿，乡亲们！拉布斯长老！这场闹剧你们还想看多久？你们想……"

矮人的话语被一声刺耳的尖叫压了回去。

"尼弗迦德人来啦——"

"西面来了骑兵队！都骑着马！尼弗迦德人进攻啦！快逃命啊！"

营地立刻陷入彻底的慌乱。农夫们冲向各自的马车和棚屋，途中互相推搡、踩踏。叫喊声不绝于耳。

"我们的马！"米尔瓦大喊，手脚并用地赶开周围的人，"猎魔人，我们的马！跟我来，快！"

"杰洛特！"丹德里恩叫道，"救命！"

人流仿佛巨浪将他们冲散，又在眨眼间卷走了米尔瓦。杰洛特攥着丹德里恩的衣领。他们没被人流立刻卷走，因为他及时抓住了绑着女孩的马车。但马车却猛地向前冲去，使得猎魔人和诗人摔倒在地。女孩猛地昂起头，发出歇斯底里的大笑。随着马车的后退，笑声渐渐减弱，最后完全被喧嚣声淹没。

"他们会踩死我们的！"丹德里恩趴在地上大喊，"他们会碾碎我们的！救——命——"

"真他妈带劲儿！"陆军元帅话篓子在他们看不见的地方尖叫。

杰洛特抬起头，吐出几粒沙子。他看到一幕全然混沌的景象。

只有四个人没有陷入恐慌，但说实话，他们只是别无选择而已。这四人包括卓尔坦、珀西瓦尔、牧师，以及紧紧攥住牧师脖颈、不让他逃跑的赫克托·拉布斯。侏儒飞快地掀起牧师的长袍后摆，矮人则用铁钳从火堆里夹起一块通红的马蹄铁，丢进牧师的长衬裤。牧师挣脱了拉布斯的双手,飞奔而去,屁股后面烟雾腾腾,活像一颗拖着长长尾巴的彗星,他的尖叫声完全没入周围的喧嚣。杰洛特看到拉布斯、侏儒和矮人正打算为"火之洗礼"的成功彼此道贺,就在这时,又有一群恐慌的农夫朝他们冲来,三人立刻消失在飞扬的灰尘里。猎魔人什么也看不见了,他也没时间去看,因为他正忙着搭救被奔逃的猪撞倒的丹德里恩。杰洛特弯腰去扶诗人,经过的马车上却掉下一只干草架,正好砸在他背上。沉重的干草架将他压倒在地,在他推开架子之前,又有十来个人撞了上来。等他终于摆脱了这些,就听一声砰然巨响,附近又有一辆马车向侧面倾倒,三袋小麦粉——在这营地里每磅能卖一克朗——落到他身上。袋口裂开,整个世界只剩白色的烟雾。

"杰洛特,起来!"吟游诗人吼道,"见鬼,赶紧起来!"

"我起不来。"猎魔人呻吟着说。贵重的面粉遮蔽了他的双眼,而他正用双手抱着传来锥心剧痛的膝盖。 "你自己快逃吧,丹德里恩……"

"我不会丢下你的!"

骇人的尖叫声从营地西侧传来,混合着马蹄和马嘶声。哀号声和马蹄践踏声突然变得响亮,同时伴随着一阵阵金铁交鸣。

"开战了!"诗人喊道,"打仗了!"

"谁跟谁打?"杰洛特拼命擦拭着眼睛里的面粉和谷糠。不远处有东西着了火,热浪和气味刺鼻的烟雾吞没了他们。马蹄声越来越响,大地也在跟着颤抖。他在尘云里看到的头一样东西是不断抬起又落下的马蹄距毛。他被包围了。他强行压下剧痛。

"到马车底下!藏到马车底下,丹德里恩,不然我们会被踩死的!"

"还是别动为好……"诗人趴在地上,呜咽着说, "就这么躺着

"……我听说,马不会踩躺着的人……"

"我才不信每匹马都懂这规矩。"杰洛特喘着气说,"到马车下面!快!"

就在这一刻,一匹战马飞奔而过,全然不顾丹德里恩的说法,重重踢中了他的侧脑。在猎魔人眼中,天上所有星体顿时闪烁起金光和红光。片刻后,大地和天空都被伸手不见五指的黑暗笼罩……

◆━━◆━━◆

长长的尖叫声在洞穴墙壁间回荡,惊醒了耗子帮的所有成员。埃瑟和瑞夫抄起长剑。伊思克菈大声咒骂,因为她的脑袋撞到了石壁上的凸起。

"怎么回事?"凯雷喊道,"怎么了?"

尽管洞外阳光明媚,洞内却昏暗无光——为了甩掉追兵,耗子帮昨晚骑马赶了一整夜的路,眼下正在补觉。吉赛尔赫将一根木柴伸进尚未熄灭的余烬,点燃后举在手中,走向希瑞和米希尔睡觉的地方——她们照例与其他成员隔得很远。希瑞坐在地上,垂着头,米希尔用胳膊搂着她。

吉赛尔赫将点燃的木柴举得更高些。其他人也走了过来。米希尔用一块毛皮盖住希瑞赤裸的双肩。

"听着,米希尔,"耗子帮的领袖严肃地说,"我从没干涉过你俩在同一张床上做什么,也从没说过讽刺或恶毒的话。我一直睁一只眼闭一只眼。这是你俩的私事,跟别人无关,只要你们能保持体面和安静就好。但这一次,你俩玩得太过火了。"

"说什么傻话?"米希尔大吼,"你什么意思……她是睡着以后尖叫的!她做噩梦了!"

"别嚷。法尔嘉?"

希瑞点点头。

"你的梦真这么可怕?你梦到了什么?"

"别刺激她了!"

"你闭嘴,米希尔。法尔嘉?"

"有个人,我认识的人,"希瑞结结巴巴地说,"被马踩到了。我能感觉到……马蹄的重量……我能感觉到他的疼痛……我的头和膝盖……到现在还能感觉到。抱歉,吵醒你们了。"

"用不着道歉。"吉赛尔赫看了眼一脸严肃的米希尔,"是我该向你俩道歉。请原谅。至于那个梦——哦,谁都会做这种梦的。谁都会。"

希瑞闭上双眼。她没法确认吉赛尔赫说的是不是真话。

他被人踢醒过来。

他躺在地上,头靠一辆倾覆的马车的轮子。丹德里恩在他身边蜷成一团。踢他的人是个身穿衬垫外套、戴着圆头盔的士兵。士兵身边还站着一个士兵。他们手里都攥着缰绳,马鞍旁挂着弩弓和盾牌。

"这俩家伙是磨坊主吗?"

另一个士兵耸耸肩。杰洛特看到丹德里恩正紧盯着那几块盾牌,他自己也注意到了上面的百合花图案。那是泰莫利亚王国的盾牌。周围骑马的弩手也有同样的盾牌。他们大多正忙着捕捉马匹和搜刮死人，而死人大都穿着尼弗迦德军的黑斗篷。

遇袭后的营地已成一片冒烟的废墟，幸存的没逃太远的农夫正在陆续返回。佩戴泰莫利亚纹章的弩骑兵们大吼着将他们聚拢成群。

米尔瓦、卓尔坦、珀西瓦尔和雷吉斯踪影全无。

那只黑色的公猫——方才那场女巫审判中的英雄——坐在马车旁边，用金绿色的双眼平静地看着杰洛特。猎魔人有点儿惊讶，因为普通的猫根本无法忍受他的存在。但他没时间再思索这反常的现象了，因为一个士兵用矛柄戳了戳他。

"你们两个，起来！嘿，这个灰发的家伙带着剑！"

"放下武器！"另一个士兵大叫，将周围人的目光吸引过来，"把你的武器放到地上。快点儿，不然我一剑捅死你。"

杰洛特照办。他依旧耳鸣不止。

"你们是什么人？"

"旅人而已。"丹德里恩说。

"哦是啊，"士兵不屑地说，"你们要回家去？你们脱掉军服，逃离部队，为的不就是回家嘛？营地里有好多像你们这样的'旅人'。你们害怕尼弗迦德人，也吃腻了军队的面包！其中有几个还是我们的老朋友，是跟我们同进一个兵团的战友！"

"这些旅人又要开始旅行了。"他的同伴咯咯笑道，"一次短途旅行！从这里到绞架！"

"我们不是逃兵！"诗人大喊。

"我们会弄清你们是谁的。等你们跟长官坦白之后。"

一支轻骑兵队正朝这边走来，领头的是几个身穿铠甲、头盔饰有鲜艳羽毛的骑士。

丹德里恩仔细打量那几个骑士,他拍掉身上的面粉,整理好衣物,又朝手心吐了口唾沫,抚平凌乱的头发。

"杰洛特,你别说话。"他提醒道,"我跟他们谈。他们是泰莫利亚的骑士。他们打败了尼弗迦德人,但不会伤害我们。我知道怎么跟骑士讲话。你得让他们明白,我们不是平民,而是跟他们同等地位的人。"

"丹德里恩,看在诸神……"

"别担心,不会有事的。我跟很多骑士和贵族讲过话:半个泰莫利亚王国的人都认识我。嘿,喽啰们,别挡道!我要跟你们的上司对话!"

士兵们看看他,犹豫片刻,然后抬起长枪,让出一条路。丹德里恩和杰洛特朝那些骑士走去。诗人骄傲地大踏步,脸上挂着傲慢的神色。但考虑到他外衣上的面粉和破洞,他的表情显得有些不搭调。

"停!"一名骑士朝他喊道,"一步也不许走了!你是谁?"

"你又是谁?"丹德里恩双手叉腰,"我凭什么要告诉你?这几位出身高贵却在欺压无辜旅人的大人又是谁呢?"

"你这贱民,轮不着你来问问题!快回答!"

吟游诗人歪过头,看着那些骑士的盾牌和短外套上的纹章。

"金色田野上的三颗红心,"他评论道,"说明你是奥布里家的人。盾牌中央有个三角形标记,所以你肯定是安泽姆·奥布里的长子。我跟你父亲很熟,骑士阁下。还有你,这位咄咄逼人的骑士阁下,你的银盾牌上是什么?两颗狮鹫脑袋中间有道黑条纹?如果我没记错,那是佩普布罗克家族的纹章,而我在这种事上很少弄错。据说这道条纹代表了佩普布罗克家族成员的机敏才智。"

"该死的,你快闭嘴吧。"杰洛特呻吟道。

"我是大名鼎鼎的诗人丹德里恩!"吟游诗人高傲地说道,对猎魔人的话充耳不闻,"你们肯定听说过我吧?那就带我去见你们的指挥官,因为我更习惯跟同等地位的人谈话!"

骑士们一动不动,但他们的面部表情却越来越吓人,铁手套也在华丽的缰绳上越攥越紧。丹德里恩显然没注意到。

"嘿,你们怎么回事?"他傲慢地问,"你们在看什么?没错,我是在跟你说话,黑条纹阁下!你挤什么眼睛?莫非有人告诉你,如果眯起眼睛,再探出下巴,就会显得强悍、庄严、凶恶,外加更有男子气概?哦,他们是骗你的。你看起来就像便秘了整整一个星期!"

"抓住他们!"安泽姆·奥布里之子——盾牌上有三颗红心的骑士——对士兵们说。来自佩普布罗克家族的黑条纹骑士也踢了踢马腹。

"抓住他们!把这两个恶棍绑起来!"

他们跟在马后,手腕上绑着绳子,绳索另一头则系在马鞍桥上。他们时不时还得跑上几步,因为这些骑手既不同情俘虏,也不顾惜自己的坐骑。丹德里恩摔倒了两次,战马就势把趴在地上、痛呼连连的他往前拖。等他爬起身,士兵们又用矛柄戳他,粗鲁地催促他前行。灰尘让他们难以视物、无法呼吸,让他们双眼含泪、鼻子刺痛。他们的喉咙干得要命。

只有一件事令人鼓舞:他们走的这条路通向南边。杰洛特终于走上了正确的方向，前进的速度还相当快。但他根本高兴不起来，因为他能想象到这段旅程可能的结局。

抵达目的地时，丹德里恩已因夹杂求饶的咒骂而喊哑了嗓子，杰洛特手肘和膝盖的痛楚更是不堪忍受——以致猎魔人开始考虑要不要使用更加激烈，甚至是不顾后果的应对手段。

他们来到了这支部队的军营。营地中央是座焦黑荒废的要塞。

他们的目光越过成群的守卫、拴马桩和冒烟的营火，看到了挂着三角旗的骑士营帐。帐篷中间有片人来人往的宽敞空地，周围是一圈焦黑破损的围栏。空地就是这段旅程的终点。

看到马匹的饮水槽，杰洛特和丹德里恩拉住绳子。骑手们起先不愿意让他们靠近水边，但安泽姆·奥布里之子显然想起丹德里恩声称跟他父亲有交情，于是决定发发善心。他们被允许从马匹中间挤过，喝了几口水，又用被绑的双手洗了把脸。但士兵很快扯了扯绳子，将他们拉回到现实。

"这回你们给我带来了什么人？"一个身形高大修长、身穿镀金涂釉铠甲的骑士说道。他用钉头锤有节奏地敲打装饰华丽的腿甲。"别告诉我又是密探。"

"不是密探就是逃兵，"安泽姆·奥布里之子回答，"我们在楚特拉河边的营地抓到他们，就在刚刚消灭尼弗迦德的突袭部队之后。这点显然非常可疑！"

身穿镀金铠甲的骑士哼了一声，专注地看着丹德里恩，然后，他那年轻却不失庄重的面孔突然容光焕发。

"胡说八道。给他们松绑。"

"他们是尼弗迦德人的密探！"佩普布罗克家族的黑条纹骑士气愤

地说,"尤其这家伙,就像乡下的野狗一样猖狂。这个无赖还敢说自己是个诗人!"

"他说的是实话。"身穿镀金铠甲的骑士笑道,"他确实是诗人丹德里恩。我认识他。给他松绑。另一位也松开。"

"大人,您确定吗?"

"这是命令,佩普布罗克骑士。"

"没想到我能派上用场,是吧?"丹德里恩一边对杰洛特说,一边揉搓发麻的手腕,"现在你明白了吧?我声名远扬,无论什么地方都有人认识我、敬重我。"

杰洛特什么也没说。他正忙着揉搓自己酸痛的手腕、手肘和膝盖。

"请原谅这些年轻人,他们只是热心过头了。"被称为"大人"的骑士说,"他们总觉得尼弗迦德密探到处都是,每次出去都会带回几个形迹可疑之人。我是指看起来跟逃难者不一样的人。而您,丹德里恩先生,本来就是引人注目的人物。您是怎么来到楚特拉河这边、与这些难民为伍的呢?"

"我本想从迪林根去马里波,"诗人老练地编着谎话,"结果我跟我的……同行就被卷进了这些破事。你肯定认识他。他叫……杰拉尔德斯。"

"我当然认识。我读过他的诗。"骑士夸口道,"很荣幸认识您,杰拉尔德斯先生。我是加拉莫尼的伯爵,丹尼尔·埃切维里。丹德里恩先生,自从您上次在弗尔泰斯特王的宫廷献唱之后,真的发生了很多事。"

"的确。"

"谁能想到,"伯爵的脸色阴沉下来,"事情会变成今天这样。维登向恩希尔称臣,布鲁格一败涂地,索登化为火海……而我们在撤退,不断地撤退……抱歉,我是说,我们在实施'战略性转移'。尼弗迦德人在四处放火和抢掠。他们几乎推进到艾娜河边,又几乎攻陷了玛伊纳和拉兹瓦的要塞,而泰莫利亚军队却还在'战略性转移'……"

"看到百合花图案出现在楚特拉河边,"丹德里恩说,"我还以为你们正在进攻。"

"这是一次反击,"丹尼尔·埃切维里纠正道,"以及武装侦察。我们越过艾娜河,消灭了几支正在到处杀人放火的尼弗迦德突袭部队和松鼠党突击队。你们也看到被我们解救的阿梅利亚守军了。但卡尔卡诺和维多特的要塞已被彻底烧光……整个南方都浸染着鲜血,到处都是大火和浓烟……哦,我没必要说这些的。你们一定清楚布鲁格和索登发生的事。毕竟,你们跟来自那些地方的难民待在同一个营地里。可我勇敢的手下却把你们当成了密探!请再次接受我的致歉,还有共进晚餐的邀请。有几位贵族和军官见到你们会很高兴,诗人先生们。"

"真是太荣幸了,大人。"杰洛特僵硬地鞠了一躬,"可惜时间紧迫,我们必须赶路。"

"哦,别这么客气嘛。"丹尼尔·埃切维里笑着说,"只是军营里的普通晚餐而已。鹿肉、松鸡、小体鲟、松露……"

"拒绝这样的邀请,"丹德里恩咽了口口水,又朝猎魔人使个眼色,"可就太没礼貌了。我们马上去吧,大人。那座金蓝相间的奢华帐篷是您的营帐吗?"

"不,那是总指挥官的帐篷。靛青和金色是他祖国的颜色。"

"是吗?"丹德里恩惊讶地说,"我还以为这是泰莫利亚的军队,而你正是指挥官。"

"这个兵团从属于泰莫利亚军。我是弗尔泰斯特王的联络官,这儿还有相当数量的泰莫利亚贵族,他们的分遣队配备的盾牌上都有百合花图案。不过这支部队的主要兵力是另一个王国的臣民。你们看到那顶帐篷前的旗帜没?"

"雄狮。"杰洛特停下脚步,"蓝色田野上的金色雄狮。那是……那是……"

"辛特拉的纹章。"伯爵说,"他们是辛特拉王国的移民,因为辛特拉如今正在尼弗迦德占领之下。指挥他们的是维赛基德元帅。"

杰洛特转过身,想告诉伯爵自己有要事在身,只能拒绝鹿肉、松鸡和松露了。可惜他的动作不够快。有几个人走了过来,为首的是个体格健壮、大腹便便的灰发骑士,身披蓝色斗篷,盔甲的脖颈处挂着一条金链子。

"诗人先生们,这位就是维赛基德元帅本人。"丹尼尔·埃切维里说,"大人,请允许我向您介绍……"

"没这个必要。"维赛基德元帅用沙哑的嗓音打断他的话,同时目光尖锐地看着杰洛特,"我们早就见过面了。在辛特拉,在卡兰瑟王后的宫廷里,在帕薇塔公主订婚那天。那差不多是十四年前的事了,但我记性很好。你呢,猎魔人无赖?你还记得我吗?"

"是啊,我记得。"杰洛特点点头,顺从地伸出双手,让士兵给他绑上绳索。

士兵们将五花大绑的杰洛特和丹德里恩押进帐篷,让他们坐在凳

子上时，加拉莫尼的伯爵丹尼尔·埃切维里还在试图为他们担保。等维赛基德元帅下令让士兵们离开，伯爵又劝说起来。

"元帅大人，这位是吟游诗人丹德里恩。"他重复道，"我认识他。整个世界都认识他。我认为这样对待他很不合适。我以我的骑士身份发誓，他不可能是尼弗迦德人的密探。"

"别发这种不顾后果的誓言。"维赛基德紧盯着他的俘虏，厉声道，"也许他是个诗人，但他既然敢跟这个猎魔人无赖为伍，我就不会为他担保。在我看来，你还不清楚我们抓到了什么样的鸟儿。"

"猎魔人？"

"没错。杰洛特，人称'白狼'。就是这个无赖宣称希瑞菈——帕薇塔的女儿，卡兰瑟的外孙女——属于他：希瑞菈就是现在所有人都在谈论的希瑞。你还是太年轻了，伯爵大人，所以记不得这个恶棍是怎么成为许多宫廷里的话题人物的。但我碰巧亲眼见证了这一切。"

"他怎么会跟希瑞菈公主扯上关系？"

"这个恶棍，"维赛基德指了指杰洛特，"促成了卡兰瑟王后之女帕薇塔和多尼—— 一个出生于南方、来历不明的陌生人——的婚事。这桩门不当户不对的婚姻的结晶就是希瑞菈，他们卑鄙阴谋的牺牲品。你要知道，那个名叫多尼的杂种，事先就答应会把自己的女儿交给猎魔人，作为促成他婚姻的酬劳。也就是所谓的'意外律'，你明白了吗？"

"不太明白。但请继续讲吧，元帅大人。"

"这个猎魔人，"维赛基德又指了指杰洛特，"在帕薇塔死后想带走女孩，但卡兰瑟不同意，还把他赶走了。他没有死心。等和尼弗迦德人的战争爆发、辛特拉也沦陷之后，他趁火打劫，绑架了希瑞。他一直藏着那个女孩，因为他知道我们在找她。最后他受够了她，就把她卖给了恩希尔！"

"简直谎话连篇！"丹德里恩大喊道，"连一句真话都没有！"

"安静，诗人，不然我堵上你的嘴。这是根据事实得出的结论，伯爵大人。猎魔人带走了希瑞菈，现在她落到恩希尔·瓦·恩瑞斯手里，这个猎魔人又和尼弗迦德人的突袭部队出现在同一个地方。这意味着什么？"

丹尼尔·埃切维里耸了耸肩。

"意味着什么？"维赛基德重复一遍，朝杰洛特弯下腰，"你这无赖，说话呀！你给尼弗迦德人当探子有多久了？"

"我没给任何人当过探子。"

"我要剥了你的皮！"

"尽管动手啊。"

"丹德里恩先生，"加拉莫尼的伯爵突然插嘴道，"还是由你来解释一下吧。越快越好。"

"我早就想解释了，"诗人怒气冲冲地说，"可这位元帅大人威胁要堵住我的嘴！我们是无辜的，他说的都是彻底的捏造和恶毒的诽谤。希瑞菈是在仙尼德岛遭到绑架的，杰洛特在保护她的过程中受了重伤。所有人都能证明这一点——当时在仙尼德岛的每一位巫师和女术士，还有瑞达尼亚的国务大臣西吉斯蒙德·迪杰斯特拉……"

丹德里恩突然沉默下来。他想到了，迪杰斯特拉完全不适合充当被告方的证人，那些巫师也不大可能给出有利于他们的证据。

"指控杰洛特在辛特拉绑架了希瑞，"他连忙高声续道，"更是无稽之谈！杰洛特是在辛特拉城遭到洗劫之后，才在河谷地区找到希瑞的。当时希瑞正在四处流浪。他把希瑞藏起来,不是为了躲你们,而是为了躲避追捕她的尼弗迦德探子!我本人就被尼弗迦德探子抓到过,他们严刑拷打我,想让我吐露希瑞的藏身之处!但我一个字也没说,现在那些探子已经死了,他们根本不知道自己惹到了什么人!"

"但你的英勇,"伯爵插嘴道,"却是徒劳的。恩希尔最后还是抓到了希瑞菈。我们都清楚,他打算娶她,让她成为尼弗迦德帝国的皇后。他已经宣布她是辛特拉及周边地区的女王了——这给我们带来了不少麻烦。"

"恩希尔,"诗人大声说道,"可以把任何人送上辛特拉的王座。但不管怎么看,希瑞确实有继承王位的权利。"

"权利?"维赛基德大吼道,口水喷到杰洛特脸上,"什么狗屁权利?恩希尔当然可以娶她,这是他的自由,他想给她和她的子女什么头衔和封地都行。辛特拉和史凯利格群岛的女王?布鲁格女公爵?索登女伯爵?没问题,就让我们全都向她臣服吧!但我要斗胆问一句,他干吗不说她是太阳女王和月亮领主?她身上流着被污染和被诅咒之血,她根本没资格继承王位!这个家族的所有女性都受到了诅咒,她们全是堕落的毒蛇,从雷安伦开始都是!比如希瑞菈的曾外祖母艾达莉亚,她跟自己的表兄上床;再比如她的曾曾外祖母'不洁者'缪丽尔,她根本是人尽可夫!在这个家族的母系一脉里,乱伦的野种和杂种简直层出不穷!"

"别这么大声嘛,元帅大人。"丹德里恩不屑地说,"金狮子旗帜就在你的营帐外飘扬,而你马上就要公布希瑞的外祖母卡兰瑟也是个杂种了——她可是激励你的大部分士兵、让他们在玛那达和索登挥洒热血的'辛特拉雌狮'啊。如果你真敢这么喊出来,恐怕你手下士兵的忠心就很难保障了。"

维赛基德两大步跨到丹德里恩面前,攥住诗人的衣领,把他拎了起来。元帅的脸上刚才还只有几点红斑,如今却整个变成了深红色。就在杰洛特开始为他朋友担心时,正好有个副官冲进了帐篷。那人用激动的声音告诉元帅,斥候带回了紧要的消息。维赛基德把丹德里恩丢回椅子,走出了帐篷。

"呼……"诗人长出一口气,扭了扭脑袋和脖子,"再多等几秒,我就要被他勒死了……伯爵大人,您能帮我把绳子松开一点儿吗?"

"不行,丹德里恩先生。我不能。"

"您真相信他的蠢话?您也以为我们是密探?"

"我相信什么无关紧要。但我不能给你松绑。"

"好吧。"丹德里恩清了清嗓子,"你的元帅大人到底怎么回事?他干吗突然像捕食的老鹰一样攻击我?"

丹尼尔·埃切维里苦笑起来。

"你提到了士兵的忠诚,这等于是往他的伤口上撒盐,诗人先生。"

"这话怎么说?什么伤口?"

"希瑞菈的死讯刚传来时,士兵们由衷地为她伤心。可随后,新的消息又出现了,原来卡兰瑟的外孙女还活着,她正在尼弗迦德受到恩希尔皇帝的恩宠。这个消息导致许多人当了逃兵。别忘了,这些人离开自己的家乡和亲人,来到索登和布鲁格,来到泰莫利亚,就是因为他们想替辛特拉、替卡兰瑟的血亲报仇。他们想解放自己的祖国,将入侵者赶出辛特拉,好让卡兰瑟的后裔夺回王位。可接下来发生了什么?卡兰瑟的外孙女得意扬扬地坐上了辛特拉的王座……"

"作为绑架她的恩希尔皇帝的傀儡。"

"恩希尔会娶她。他想让她坐在自己的皇座旁边,也认可了她的头衔和封地。有人会这么对待傀儡吗?柯维尔的使节在皇宫里见过希瑞菈。他们坚持说,她的样子不像遭到绑架之人。辛特拉王位的唯一继承人希瑞菈,如今作为尼弗迦德人的盟友取得了王位。这就是在士兵中间口耳相传的消息。"

"这是尼弗迦德密探散播出去的。"

"我知道,"伯爵点点头,"但士兵们不知道。每次我们抓到逃兵,就会送他们上绞架,但我其实挺理解他们的。他们是辛特拉人,想为自己的——而不是泰莫利亚人的——家园而战。在自己的旗帜下作战。他们想听自己的同胞——而非泰莫利亚人——的指挥。他们看得出来,在这支军队里,他们的金狮子必须在泰莫利亚的百合花前卑躬屈膝。维赛基德手下有八千人,其中有五千是土生土长的辛特拉人。其他人包括泰莫利亚的预备役部队,以及来自布鲁格和索登志愿参战的骑士。而眼下他的部队只剩六千了。所有逃兵都是辛特拉人。维赛基德的军队在开战前就遭到重创。对他来说,这意味着什么?你应该明白。"

"大失颜面。恐怕地位也将不保。"

"完全正确。如果再出现几百个逃兵,弗尔泰斯特王就会剥夺他的指挥权。因为到目前为止,这支军队已经很难说是'辛特拉军'了。维赛基德正在犹豫不决,他想彻底结束这种叛逃行为,所以才会散播谣言,说希瑞菈和她祖先的血统值得质疑。"

"而您,伯爵大人,"杰洛特忍不住开口,"对他的言论显然十分厌恶。"

"你也注意到了?"丹尼尔·埃切维里微微一笑,"哦,维赛基德并不了解我的血统……简而言之,我和这位希瑞菈有点儿亲缘关系。

加拉莫尼的伯爵夫人缪丽尔，也就是众所周知的'不洁美人'，既是希瑞菈的曾曾外祖母，同时也是我的曾曾祖母。关于她的风流韵事，直到今天还在我的家族里流传。但听到维赛基德将乱伦和滥交的罪名加诸到我的祖先身上，我还是异常反感的。不过，我不会多说什么，因为我是个军人。先生们，你们明白我的意思吧？"

"明白了。"杰洛特说。

"不明白。"丹德里恩说。

"维赛基德是这支军队的指挥官，而这支军队又是泰莫利亚军的一部分。落入恩希尔手中的希瑞菈对这支军队、对整个泰莫利亚军都是个威胁，更别提对我的国王和祖国了。我不打算驳斥维赛基德散布的关于希瑞菈的谣言，也不会挑战他身为指挥官的权威。我甚至打算赞同他的话，作证说希瑞菈的确是个没有继承权的私生女。我不会反驳元帅——不会质疑他的决定和命令——还会给予支持，并在必要时执行他的命令。"

猎魔人的嘴角浮出微笑。

"丹德里恩，我想你现在也该明白了吧？伯爵大人一点儿也不觉得我们是密探，否则他不会向我们解释得如此详尽。伯爵大人知道我们是无辜的，但维赛基德给我们定罪时，他只会袖手旁观。"

"你是说……你是说我们会……"

伯爵转过头去。

"维赛基德，"他轻声道，"现在怒不可遏。你们不幸落到他手中。尤其是你，猎魔人先生。至于丹德里恩先生，我会尽力……"

他突然停了口，因为维赛基德走进了帐篷，而且面孔通红，气喘如牛。元帅走到桌边，一锤砸在铺开的地图上，然后转身看着杰洛特，恶狠狠地瞪着他。猎魔人没有转开目光。

"斥候抓住的尼弗迦德伤员，"维赛基德慢吞吞地说，"设法拆掉了绷带，在来这儿的路上流血过多而死。他宁可死，也不愿成为导致同胞败亡的罪人。我们想利用他，他却滑出了我们的指缝，只留下一摊鲜血。他受过良好的训练。可惜猎魔人在训练王室子女时，却没给他们灌输这种理念。"

杰洛特依然一言不发，但目光毫不退缩。

"哦，你这怪物。你这怪胎。你这来自地狱的恶魔。你绑架希瑞菈后都教了她什么？你是怎么培养她的？现在所有人都看到了！这条狡诈的毒蛇还活着，正若无其事地坐在尼弗迦德的皇位上！等恩希尔把她带到床上，她肯定还会若无其事地张开双腿！这个荡妇！"

"你真是气昏头了。"丹德里恩嘟囔道，"元帅大人，你把所有过错都归咎于那个孩子，这当真符合骑士精神吗？恩希尔可是动用武力把她强行带走的。"

"对抗武力的法子有的是！符合骑士精神，而且不失高贵的法子也有的是！如果她真是王室后裔，就应该能想到办法！她能找到一把刀子或剪刀！一块碎玻璃！就算锥子也行啊！这个臭婊子，她完全可以用牙齿咬断自己手腕上的血管！或用自己的长筒袜上吊！"

"我再也不想听你说话了，元帅。"杰洛特轻声说，"一个字也不想听了。"

维赛基德用力咬咬牙，然后弯下腰。

"你不想听？"他的嗓音因愤怒而发抖，"那可太好了，因为我也不想再跟你说什么了——除了一件事。在十四年前的辛特拉，你们说了很多有关命运的事。当时我以为那只是一派胡言，可是猎魔人，你们提到的确实是你的命运。从那天晚上开始,你的命运就已经注定了,并用黑色的符文写到了星辰之间。帕薇塔之女希瑞菈就是你的命运,也是你的死因。因为帕薇塔之女希瑞菈的缘故,你将被处以绞刑。"

参与行动的戴尔兰尼第七旅从属于第四骑兵军团。我们得到的增援包括三个维登轻骑兵连，我将他们分配到弗林姆德战斗群。我效仿亚甸战役的先例，将第七旅剩余兵力组织成另外两个战斗群，指挥官分别是西弗斯和莫坦森。每个战斗群由四个骑兵中队组成。

八月十五日晚，我们随第四骑兵军团从德瑞斯科特附近的集结地出发。战斗群收到的命令如下：占领维多特、卡尔卡诺和阿梅利亚。夺取艾娜河的渡口。尽可能避开敌人，但若遭遇敌对部队，无论对方身份，一律摧毁。四处放火，尤其是在晚上，为第四骑兵军团照亮道路。在平民中引发恐慌，利用他们的逃亡封堵通往敌军后方的关键路线。伪装包围圈，将撤退的敌军赶向真正的包围地点。对选定的平民聚落进行歼灭，并处死战俘，以引发恐惧并加重恐慌，进而削弱敌人的士气。

第七旅英勇无畏地执行了上述任务，代价则是无数死伤。

——《为了皇帝与祖国：戴尔兰尼第七骑兵旅的光荣足迹》
埃朗·特拉赫　著

第五章

米尔瓦没来得及赶到马匹身边。她眼睁睁看着马被人偷走却无能为力。她先是被恐慌而狂乱的人群卷走,随后被横冲直撞的马车挡住了去路,最后又被困在一群咩咩叫唤的绵羊中间,害得她只能像拨开雪堆一样奋力前行。到了楚特拉河畔,她跳进河岸湿地里的高大芦苇丛,这才躲过在河边屠杀难民的尼弗迦德人的利剑——他们对妇孺也毫不留情。米尔瓦跳进河水,在顺水漂流的浮尸间半蹚半游,好不容易才抵达对岸。

随后她开始了狩猎。她还记得那些农夫逃跑的方向——正是他们偷走了洛奇、珀迦索斯、栗色马驹和她自己的黑马。尤其她那张无比贵重的弓仍挂在马鞍上。真不幸,她一边想,一边迈步飞奔,湿透的靴子踩在地上吧唧作响。他们暂时别想指望我帮忙了。我必须夺回我的弓和我的马!

她首先解救了珀迦索斯。诗人的坐骑对猛踢自己腹部的脚踝毫不在意,对背上缺乏经验的骑手急切的呼喊也置若罔闻,更是丝毫没有跑起来的打算。它就在桦木林里慢吞吞地走着。那个倒霉的偷马贼被自己的同伴甩开了一大段路。等他听到动静，回头看到米尔瓦时，立刻不假思索地跳下马去，双手提着马裤钻进了灌木丛。米尔瓦没去追他。她强压下报复的冲动，箭步如飞，跳上马鞍，重重地坐上马背，让系在鞍囊上的鲁特琴的琴弦颤动起来。精于马术的她让阉马成功地飞奔起来，或者说，是用"沉重而笨拙的步伐一溜小跑"。对珀迦索斯来说，这已经算是飞奔了。

虽说是名不副实的"飞奔"，但也足够了，因为偷马贼的速度被另一匹棘手的坐骑拖慢了不少。猎魔人的"洛奇"是匹胆小易怒又总是闷闷不乐的枣红色母马，杰洛特曾多次发誓说要换掉它：换成驴子或骡子，甚至公山羊也行。米尔瓦追上偷马贼时，正赶上洛奇受够了背上骑手胡乱拉扯缰绳的举动，将那人甩下了马背。另外几个农夫赶忙下马，想制服暴躁的母马。他们的注意力全放在洛奇身上，米尔瓦趁机骑着珀迦索斯冲上前来，一脚踢中其中一人的脸，踹断了他的鼻梁骨。直到这时，他们才察觉到她的存在。那人倒地哀号，米尔瓦认出他竟是克罗吉。他的运气显然坏透了，尤其是在遇见米尔瓦的时候。

不幸的是，幸运之神同样抛弃了米尔瓦。确切地说，该怪的不是她的运气，而是她毫无根据的自负与自信。她相信自己有能力痛殴任何遇到的农夫，方式任由自己挑选。结果她刚下马，就被人一拳打到眼眶上，仰天栽倒。她拔出短刀，想给对方来个开膛破肚，却又被一根粗树枝狠狠砸中脑袋——对方用力之猛，以致树枝都断成了两截，树皮和腐烂的木屑撒了她一身。她晕头转向，眼冒金星，但还是设法抓住了正用半截树枝殴打她的农夫的膝盖。后者惊呼一声，跌倒在地。另一个农夫也大叫起来，抬起双手护住脑袋。米尔瓦揉揉眼睛，看到一个男人骑着灰马，正用皮鞭连连抽打他。她一跃而起，朝地上那个农夫的脖子用力踢了一脚。偷马贼大口喘息，甩动双腿，忘了护住下体。米尔瓦当然不会放过这个机会，她将所有怒气都倾泻在这精准无误的一脚上。农夫蜷起身子，捂住裤裆，发出足以震落树叶的凄厉哀号。

与此同时，灰马骑手正忙着对付鼻血横流的克罗吉和剩下的一个农夫——他挥舞皮鞭，将对方赶进了树林。他转过身，正想抽打地上那人，却立刻勒住了马：米尔瓦已经夺回了自己的黑马，这时正举着弓，箭已上弦。弓弦虽只拉开一半，箭头却对准了灰马骑手的胸口。

有那么一会儿，骑手和女弓手无言地对视。接着，骑手从腰带上缓缓抽出一支长羽箭，丢到米尔瓦脚边。

"我就知道，我会有机会把这箭还给你的，精灵。"他平静地说。

"我不是精灵，尼弗迦德人。"

"我也不是尼弗迦德人。能放下弓吗？如果真想害你，我完全可以站在一旁，看着那些农夫把你活活打死。"

"鬼才知道你到底是什么人，"她的声音透过齿缝，"你又有什么企图。不过，多谢你救了我，多谢你把我的箭带了回来，也多谢你帮我解决了当时没能干掉的废物。"

遭到痛殴的偷马贼依然蜷着身子，强忍呜咽，把面孔埋进了落叶。骑手看都没看他一眼。他看着米尔瓦。

"牵上那几匹马。"他说，"我们得离开河边，而且要快：军队正在彻底搜索两岸的森林。"

"我们？"她皱起眉头，放下弓，"你要我跟你一起走？我们什么时候变成战友和同伴了？"

"稍后我会解释的。"他策马上前，抓住那匹栗色马驹的缰绳，

"只要你给我时间解释。"

"问题在于，我没时间了。猎魔人他们……"

"我知道。但我们如果被捕或被杀，一样帮不了他们。牵上那两匹马，我们逃进森林。快！"

他的名字是卡西尔，米尔瓦瞥了眼她的同伴，心中想道。此时她正跟他一起坐在一棵倾倒的树木留下的地洞里。奇怪的尼弗迦德人，却总声称自己不是尼弗迦德人。卡西尔。

"我们以为你被杀了。"她低声道，"那匹没有骑手的栗色马从我们身边跑过……"

"我经历了一场小小的冒险。"他一本正经地回答，"对方是三个匪徒，蓬头垢面，看起来像狼人。他们伏击了我，我的马受惊逃跑了。那些匪徒没能逃掉，但他们也没有马。弄到新坐骑之前，我被你们甩出了好远。我今早才追上你们，就在营地边。我从溪谷那边过了河，在对岸等你们。我知道你们会往东走。"

其中一匹藏在赤杨林里的马喷了喷鼻息，跺了跺蹄子。暮色正在降临。烦人的蚊子在他们耳边嘤嘤叫。

"森林安静下来了。"卡西尔说，"军队已经走了。战斗结束了。"

"你是说屠杀结束了吧？"

"我们的骑兵……"他停了口，清了清嗓子，"帝国骑兵攻击了营地，然后南边也出现了部队。我想应该是泰莫利亚军。"

"如果说战斗结束了，我们就该回去。我们得去找猎魔人、丹德里恩和其他人。"

"还是等到天黑比较好。"

"这地方有点儿吓人。"她轻声说着,攥紧了手里的弓,"这儿太荒凉了,让我背脊发冷。表面上很安静,可灌木丛里总有东西在沙沙作响……猎魔人说过,战场会吸引食尸鬼……那些农夫也提到了吸血鬼……"

"幸好你不是独自一人。"他压低声音答道,"否则这儿会比现在更吓人。"

"没错,"他的话唤起了她的共鸣,"毕竟你跟着我们走了将近两个星期,而且始终是独自一人。你徒步跟着我们,周围到处都是你的同胞——你可以说自己不是尼弗迦德人,但他们不会这么想——而你始终没回到他们身边,却一直跟着猎魔人,这让我怎么也想不通。为什么?"

"说来话就长了。"

———◆———

高大的松鼠党朝他俯下身,被绑在木杆上的斯特鲁伊肯惊恐地眨起了眼睛。据说丑陋的精灵根本不存在,因为每个精灵生来都眉清目秀。这位传奇般的松鼠党突击队长出生时应该也很英俊,但如今,他的脸上多了一道可怕的伤疤,横跨额头、眉毛、鼻梁和脸颊,原本的俊美早已不复存在。

被毁容的精灵在一棵倒地的树干上坐下。

"我是伊森格林·法欧提亚纳。"他再次朝俘虏俯下身,"我跟人类战斗了四年，指挥突击队的时间也有三年了。我亲手埋葬了战死的弟弟和四位表亲，还有超过四百位战友。在此期间，我视你们的皇帝为盟友，也曾数次向你们的探子传递情报，为你们的间谍提供协助，还杀死许多被你们列为目标之人。"

法欧提亚纳沉默下来，用戴着手套的手打个手势。站在一旁的松鼠党拿起一只小巧的桦树皮水壶。水壶散发出一股甜香。

"我始终把尼弗迦德人看作盟友，"脸上有伤疤的精灵说道，"所以我一开始没能相信线人的话。他警告我说，前方有个陷阱正等着我。他说我会收到与尼弗迦德特使私下碰面的指示，而我只要赴约就会被捕。我并不相信他的话，但出于天生的谨慎，我到达的时间比他们预计的稍早了一些，而且并非孤身前往。令我吃惊和沮丧的是，我见到的不是什么特使，而是六个恶棍。他们带着渔网、绳索、一副配有塞口物的皮革面具，以及一件满是束带和搭扣的拘束衣。依我看，那就是你们的情报机构实施绑架时的标准配备。尼弗迦德人想活捉我，塞住我的嘴，给我穿上拘束衣，再把我送去某个地方。要我说，这事相当蹊跷，所以必须有人给我一个解释。令我高兴的是，至少我成功活捉了一个受命要俘虏我的恶棍——这人无疑还是个领头的——希望他能解答我的疑惑。"

斯特鲁伊肯咬紧牙关，转过头去，不想再看精灵那张丑陋的脸。他宁可看着那只桦树皮水壶，以及两只围着它飞来飞去的黄蜂。

"现在，"法欧提亚纳用方巾擦擦汗津津的脖子，继续说道，"我们该好好谈谈了，绑架犯先生。为了确保谈话的顺利，我得先作几点声明。这只水壶里装的是枫糖浆。如果我们这场小小的谈话无法在相互理解和彻底坦白的情况下进行，我就会毫不吝惜地将这壶糖浆抹在你头上，尤其关照你的眼睛和耳朵。然后我们会把你放到蚁丘上。确切地说，放在爬满了勤劳可爱的红蚁的蚁丘上。容我补充一句，在审问几个极端顽固又不够坦率的 Dh'oine 和 an'givare 时，这种方法已被证明极其有效。"

"我是帝国的人！"间谍脸色发白，嗓音也变得刺耳，"我是帝国军事情报机构的官员，是艾登子爵瓦提尔·德·李道克斯的下属！我的名字是詹·斯特鲁伊肯！我抗议……"

"不幸的是，"精灵打断他的话，"这些渴望枫糖浆的红蚁没听说过什么什么子爵。我们开始吧。我不会问你是谁下令绑架我的，因为答案再明显不过。所以我的第一个问题是：你们想把我带到哪儿？"

尼弗迦德密探昂起头，奋力挣扎，好像蚂蚁已经爬上他的脸颊。但他依然一言不发。

"真糟糕。"法欧提亚纳打破了沉默，朝拿着水壶的精灵比个手势，"给他抹枫糖浆吧。"

"我要送你去维登的纳史特洛格城堡！"斯特鲁伊肯大喊道，"这是德·李道克斯子爵的命令！"

"谢谢。在那里，等待我的会是什么？"

"一次审讯……"

"你们打算问我什么？"

"关于仙尼德岛的事！求你了，把绳子松开吧！我会告诉你一切！"

"你当然会的。"精灵叹了口气，伸了个懒腰，"在这种事上，开头总是最难的，但你已经开了个好头。继续说吧。"

"我奉命叫你说出威戈佛特兹和里恩斯的藏身处！还有契拉克之子卡西尔·莫瓦·迪弗林的去向！"

"真滑稽。你们设下这个陷阱,就为问我威戈佛特兹和里恩斯去了哪儿?我怎么可能知道他们的事?我跟他们又有什么关系?你还问到卡西尔?这就更滑稽了。我不是把他给你们送过去了吗?就像你们要求的那样,还绑住了他的手脚。你是说货没送到吗?"

"派去指定地点的小队遭到屠杀……卡西尔不在死者当中……"

"啊。然后瓦提尔·德·李道克斯大人就起了疑心?可他没派另一位特使来突击队要求解释,而是立刻为我布下了陷阱,还下令把我押送到纳史特洛格城堡,就仙尼德岛上发生的事件对我进行审讯?"

密探一言不发。

"你没听明白吗?"精灵低下头,将骇人的面孔贴近斯特鲁伊肯,"我在问你问题。我想知道的是:这一切究竟为了什么?"

"我不知道……我发誓,我真不知道……"

法欧提亚纳挥挥手,往旁边指了指。斯特鲁伊肯哀号着扭动身体,以伟大日轮的名义赌咒发誓,声明自己是无辜的。他痛哭流涕,甩着脑袋,吐出流进嘴里的糖浆。直到四个松鼠党把他往蚁丘上抬,他才终于决定开口——尽管泄密的后果可能比蚂蚁更可怕。

"大人……如果有人发现我泄了密,我就死定了……可我会告诉你的……我见过几份机密文件。我偷听到了……我会把一切都告诉你……"

"你当然会的。"精灵点点头,"蚁丘上的最长纪录是一个钟头四十分钟,纪录保持者是德马维国王特殊部队的某位军官。但就算是他,最后也开口了。很好,开始说吧。记住长话短说,抓住重点。"

"皇帝陛下认定,有人在仙尼德岛背叛了他。叛徒包括洛格伊文的威戈佛特兹,那个巫师。还有他的助手里恩斯。但陛下最不能容忍的是卡西尔·莫瓦·迪弗林·爱普·契拉克的背叛。瓦提尔……瓦提尔子爵不确定你们松鼠党有没有参与其中,更不知道你们是有心还是无意……所以他下令抓住你,再把你悄悄押送至纳史特洛格堡……法欧提亚纳大人,我在情报机构工作了二十年……瓦提尔·德·李道克斯是我的第三任上司……"

"请说重点。还有,别再发抖了。只要你实话实说,就有机会再多伺候几任上司。"

"尽管这事是绝对机密,但我知道……我知道威戈佛特兹和卡西尔要在岛上抓谁。而且看起来,他们已经成功了。因为他们把那位……你知道的……那位辛特拉的公主带到了洛克·格瑞姆宫。我本来以为,既然他们大功告成了,卡西尔和里恩斯应该就能当上男爵,而那巫师起码会当个伯爵……可皇帝陛下却找来了灰林鸮——我是说,史凯伦大人——命令他和瓦提尔大人逮捕卡西尔……还有里恩斯和威戈佛特兹……并要拷问所有可能知道仙尼德岛上发生了什么事的人……其中也包括你……说实话,原因并不难猜:他们带到洛克·格瑞姆宫的是个冒牌公主……"

间谍努力张开被枫糖浆覆盖的嘴唇,紧张地呼吸着空气。

"给他松绑。"法欧提亚纳命令手下的松鼠党,"再给他洗把脸。"

他的命令立刻得到执行。片刻后,这场失败伏击的主谋站在大名鼎鼎的松鼠党指挥官面前,低垂着头。法欧提亚纳冷冷地看着他。

"把你耳朵里的糖浆掏干净,"他终于开口,"然后竖起耳朵仔细听,就像一个有多年经验的间谍该做的那样。我会把我忠于皇帝的证据交给你。我会向你详细讲述他可能会感兴趣的事。而你必须一字不差地复述给瓦提尔·德·李道克斯。"

密探急切地点点头。

"在布拉西月的月中——按你们的历法,也就是六月初,"精灵开口道,"艾妮德·安·葛丽娜,别名法兰茜丝卡·芬达贝的女术士联络了我。不久之后,在她的命令下,有个名叫里恩斯的人来到我的突击队。他声称自己是洛格伊文的威戈佛特兹的跟班,同时也是个术士。他提出一项绝密行动,目标是在仙尼德岛集会期间消灭某些巫师。里恩斯声称这个计划得到了恩希尔皇帝、瓦提尔·德·李道克斯和史提芬·史凯伦的全力支持,否则我才不会答应跟一个 Dh'oine 合作呢——管他是不是个术士——毕竟我这辈子见过了太多阴谋与陷阱。与此同时,有艘船来到布利姆巫德海角,让我确信帝国的确参与其中。契拉克之子卡西尔也在船上,他带来了特别授权和命令。根据那些命令,我从突击队里挑选出一支别动队,要他们只听从卡西尔的指挥。我很清楚,他们的任务是俘虏并带走岛上的……某个人。

"我们乘上卡西尔带来的船,"沉默片刻后,法欧提亚纳再次开口,"随后去了仙尼德岛。里恩斯带了一些魔法护符,用它们在船体周围制造出魔法迷雾。我们驶入岛屿底部的洞窟,从那里来到加斯唐宫下方的地下墓穴。但我们立刻发现,情况有点儿不对劲。里恩斯收到了来自威戈佛特兹的几条心灵传讯,让我们明白战斗已一触即发。幸亏我们提前做好了准备。我们前脚刚离开地下墓穴,后脚便踏进了地狱。"

精灵丑陋的面孔变得扭曲,仿佛这段回忆让他再次感受到了痛楚。

"在最初的小胜之后,事态变得更加复杂。我们没法消灭所有忠于诸王的巫师,人员伤亡也十分惨重。好几个参与密谋的巫师死了,剩下的那些开始考虑如何保命,纷纷传送离开。就连威戈佛特兹也突然消失了,然后是里恩斯。艾妮德·安·葛丽娜很快也有样学样。在我看来,他们的消失是不容置疑的撤退信号。但我没下令撤退,而是继续等待前去执行任务的卡西尔一行人。但我发现他们始终没回来,于是便开始寻找他们。"

"那支别动队,"法欧提亚纳看着尼弗迦德间谍的双眼,"无人生还。他们遭到残忍的屠杀。我们在通向托尔·劳拉的台阶上发现了卡西尔——那座塔在战斗期间发生爆炸,化成了一堆瓦砾。很显然,他没能完成使命。他的目标不见踪影,而诸王的部队正从艾瑞图萨和洛夏宫朝我们进逼。我知道卡西尔绝不能落到他们手上,因为这将成为尼弗迦德参与密谋的证据。于是我们带着他回到地下墓穴,然后返回洞窟,上了船,扬帆离开。我的突击队只剩下十二人,几乎全都负了伤。

"回程顺风顺水。我们在希伦顿的西边着陆,藏进森林。卡西尔想扯掉绷带,还大声说到什么'绿眼睛的疯女孩'、'辛特拉的幼狮'、屠杀了他手下的猎魔人,以及海鸥之塔和一位能像鸟一样飞翔的巫师之类。他向我们索要马匹,命令我们把他送回岛上,还一再重复什么帝国的命令。但在当时的情况下,我只能把他的话当作疯人呓语。要知道,当时战争已在亚甸打响,所以我认为,更重要的事是迅速重建遭到重创的突击队,重新与Dh'oine展开抗争。

"我在情报投放点发现你们的秘密指令时,卡西尔还跟我们在一起。我很吃惊。卡西尔的确没能完成使命,可这并不能代表他有背叛的嫌疑。不过我也没考虑太久,判断他背叛与否是你们的事,你们自己会查清的。被我们绑起来时,卡西尔平静又顺从,没有丝毫抵抗。我下令把他装进一口棺材,又让一个熟识的二道贩子帮忙,把他送去信里指定的地点。我承认我没派人护送,因为我不想进一步削弱突击队的兵力。至于是谁在会合地点杀了你们的人,我不知道。但在突击队中,只有我知道会合点的位置。如果你们坚信发生这事不是纯属意外,那就去清查内奸吧,因为知道时间和地点的只有你们和我。"

法欧提亚纳站起身。

"就这些。我提供的信息全部属实。就算在纳史特洛格堡的地牢里,我也没法告诉你们更多了。而且嘛,为了让审讯官和拷问者满意,可能我还会捏造一些事实。但这后果有损无益。其余的事我概不知情。我既不知道威戈佛特兹和里恩斯的去向,也不知道你们对他们背叛的怀疑是否合理。我还要强调一句:我对那位辛特拉公主一无所知,无论她是真公主还是假公主。我把我知道的事都告诉你了。我相信,德·李道克斯大人和史提芬·史凯伦大人不会再为我设下陷阱了。Dh'oine 一直想俘虏并杀死我,所以我早就养成了习惯:对设陷阱之人毫不手软。如果将来再遇到类似的事,我不会费心调查设陷阱的是不是瓦提尔或史凯伦的手下。我没时间也没兴趣费这个神。我说得够清楚吗?"

斯特鲁伊肯点点头,咽了口唾沫。

"你去牵匹马吧,间谍,然后滚出我的森林。"

◆━━━┥┝━━━◆

"你是说他们要送你上绞架?"米尔瓦喃喃道,"现在我明白一点儿了,但不是完全明白。你干吗不找个地方藏起来,却要跟着猎魔人?他真的很讨厌你⋯⋯而且他放过了你两次⋯⋯"

"是三次。"

"光我看到就两次。虽然你不是在仙尼德岛上把他打得七荤八素的人——这点跟我想的不大一样——但我觉得你不该再去考验他的耐心。你们不和的原因我还不太清楚，但你救了我的命，你看起来也不像爱要阴谋诡计的人……所以我就实话实说吧：猎魔人一提到绑架希瑞的家伙就咬牙切齿，那股狠劲儿简直能迸出火星。要是你朝他吐口唾沫，他都能冒出白汽来。"

"希瑞，"他重复道，"真是个好名字。"

"你不知道这个名字？"

"不。我的同胞都叫她'希瑞菈'，或者'辛特拉的幼狮'……而她跟我在一起时……她一句话也没说。尽管我救了她的命。"

"鬼才能搞清所有这些事。"米尔瓦恼火地说，"你们的命运都纠缠在一起了，卡西尔，简直难解难分。对我的脑袋来说，实在太复杂了。"

"你叫什么名字？"他突然问。

"米尔瓦……或者玛利亚·巴林。不过，你叫我米尔瓦就好。"

"猎魔人走错了方向，米尔瓦。"片刻过后，他说道，"希瑞不在尼弗迦德。绑架她的人没带她去尼弗迦德——如果那真算绑架的话。"

"你这话到底什么意思？"

"说来话就长了。"

◆━━◆━━◆

"看在伟大日轮的分上，"芙琳吉拉站在门口，惊讶地看着自己的朋友，歪着头问，"艾希蕾，你对你的头发做了什么？"

"我洗了头,"艾希蕾·瓦·阿纳兴冷冷地回答,"还做了个发型。过来坐吧。梅林,你给我从椅子上下来。走开!"

女术士坐进黑猫勉强让出的椅子,双眼依然盯着她朋友的头发。

"别看了,"艾希蕾摸了摸自己闪闪发亮的蓬松发卷,"我决定做些改变。嘿,我只是比你抢先一步而已。"

"他们总说我既古怪又叛逆,"芙琳吉拉·薇歌吃吃地笑了起来,"可要是他们在学院或宫廷里见到你……"

"我很少在宫廷出没。"艾希蕾打断她的话,"至于学院那帮人,他们只能想办法习惯喽。如今已是十三世纪了,也该到破除那些迷信想法的时候了:化妆打扮既不能证明女术士的轻浮,也不能代表她思想的肤浅。"

"你连指甲都做了。"芙琳吉拉略微眯起眼睛——她那对绿眼睛从不会看漏任何东西,"接下来呢,亲爱的?我都快认不出你了。"

"一个简单的咒语,"女术士冷冷地回答,"就能证明我是我本人,而不是什么变形怪。如果你觉得有必要就施咒吧,然后再让我们处理手头的事务。我曾请求你……"

芙琳吉拉·薇歌摸了摸正在蹭她小腿肚的猫。后者发出呼噜声,弓起脊背,假装示好,实际上却在暗示黑发女术士快点儿让出扶手椅。

"是因为皇室总管契拉克·爱普·格鲁夫德请求过你吧?"她头也不抬地说。

"没错。"艾希蕾低声确认道,"契拉克曾心烦意乱地来找我,要我出手搭救他的儿子。恩希尔下令逮捕、拷问并处决他。除了亲人,契拉克还能求助于谁呢?契拉克的妻子和卡西尔的母亲莫瓦是我姐姐的小女儿,也就是我的外甥女。尽管如此,我也没给他任何承诺,因为我无能为力。最近发生了一些状况，不允许我再吸引更多注意力。稍后我会解释的。不过首先，我请你帮忙打听的事有进展了吗？"

芙琳吉拉·薇歌暗暗松了口气。她一直担心自己的朋友会插手契拉克之子卡西尔的事，而这事简直是通往绞架的代名词。她也担心艾希蕾会提出让自己无法拒绝的请求。

"在七月中旬，"她开口道，"洛克·格瑞姆宫迎来了一位十三岁的女孩，据说是辛特拉的公主，而恩希尔坚持在觐见仪式上称她为'女王陛下'，对待她的态度也格外亲切。甚至有传闻说，他们会举办一场闪电婚礼。"

"我也听说过，"艾希蕾摸了摸那只黑猫——它放弃了对芙琳吉拉的暗示，转而打算将艾希蕾的扶手椅占为己有。"这场毋庸置疑的政治婚姻直到现在还有人提起。"

"但说话的人谨慎了许多，次数也大不如前。因为那个辛特拉女孩被送到了达恩·罗万。你也知道，政治犯往往会被关押在达恩·罗万，而准皇后……很少如此。"

艾希蕾未置一词。她一边耐心地等待，一边检视着自己刚刚修过并涂了油的指甲。

"你肯定还记得，"芙琳吉拉·薇歌续道，"三年前，恩希尔召集我们，并命令我们确认某人所在的位置。当时那人身在北方诸国。你肯定还记得，当我们失败时，他有多恼火。亚伯力奇向他解释说，相隔这么远，想探测到任何目标都是不可能的，更别提还要穿透魔法屏障了。结果恩希尔把他狠狠地臭骂一顿。但这还不是全部。等洛克·格瑞姆宫的觐见仪式结束，又过了一周，恩希尔把我和亚伯力奇叫到城堡的房间，跟我们长篇大论了一通。他那番话的主旨可以归纳如下：你们都是些懒汉和蛀虫。你们一整个可悲的学院没人做到之事，一个普通的占星师只花四天就办到了。"

艾希蕾·瓦·阿纳兴轻蔑地哼了一声，继续抚摸她的猫。

"我很快发现，"芙琳吉拉·薇歌续道，"那位创造奇迹之人不是别人，正是臭名昭著的占星师沙斯希乌斯。"

"我想，他搜寻的目标正是日后成为皇后候选人的辛特拉女孩。沙斯希乌斯找到了她，可然后呢？他当上国务大臣了吗？当上疑难事务部的部长了吗？"

"没有。他在一周后被关进了地牢。"

"恐怕我不太明白，这些事跟契拉克之子卡西尔有什么关系？"

"耐心点儿。我必须按部就班地向你说明。这很重要。"

"请原谅。继续吧。"

"三年前我们刚开始搜寻时，恩希尔给了我们一样东西。你还记得那是什么吗？"

"一绺头发。"

"没错。"芙琳吉拉拿出一只革制小袋，"就在这里。几根属于四五岁女孩的头发。我把剩下的都保存下来了。我还要告诉你，那位辛特拉公主被幽禁在达恩·罗万，而照看她的人是里德塔尔伯爵夫人史黛拉·康格里夫。史黛拉欠我几个人情，所以我想弄到第二绺头发并不难。这些就是，它们的颜色更深一些。虽然发色随着年岁加深的情况并不少见，只不过嘛，这两绺头发明显属于两个完全不同的人。我已经仔细确认过了，这一点毋庸置疑。"

"当我听说辛特拉女孩被软禁到达恩·罗万时，"艾希蕾·瓦·阿纳兴承认道，"我就有过类似的猜测。那个占星师要么彻底搞砸了，要么就是卷进阴谋,把一个冒牌货送到了恩希尔手中。而这桩阴谋同样会让卡西尔·爱普·契拉克送命。谢谢,芙琳吉拉。一切都清楚了。"

"并非一切。"女术士摇了摇长满黑发的头颅,"首先,找到辛特拉女孩,并把她带去洛克·格瑞姆宫的人并不是沙斯希乌斯。占星师是在恩希尔意识到所谓的公主是个冒牌货之后,才开始占星的。那个老傻瓜——不管他是真会占星,还是个单纯的骗子——之所以进了地牢,是因为他犯了个简单的错误。他确认了恩希尔要找之人的大致位置,一个半径约为一百里的圆形区域。而搜索队发现那地方是片沙漠,是片荒郊野地,要越过提尔·托恰尔山脉和维尔达河的源头。史提芬·史凯伦奉命去了那儿,却只找到蝎子和秃鹫。"

"沙斯希乌斯的失败在我们意料之中,但这不会影响到卡西尔的命运。恩希尔的确急躁易怒,但在没有确凿证据的情况下,他从不会下令拷打或处死任何人。就像你说的,有人把冒牌公主送到了洛克·格瑞姆宫。有人找到一个替身。也就是说,阴谋确有其事,卡西尔也被牵扯了进去。他很可能并不知情。换句话讲,他被利用了。"

"如果真是这样,他会被利用到达成目标的最后一刻。他本该亲自把替身女孩送到恩希尔手里,但卡西尔却消失得无影无踪了。为什么?他的消失肯定会引起怀疑。他是不是担心恩希尔一眼就能看出这是个骗局?确实如此。恩希尔不可能看不出来,毕竟他手里有……"

"一绺头发。"艾希蕾插嘴道,"四五岁大女孩的一绺头发。芙琳吉拉,恩希尔寻找女孩的时间不止三年,而是久远得多。看起来,卡西尔卷进了一件非常棘手的阴谋——而这阴谋从他还在骑木马扮骑士时就开始了。唔……把这些头发留下吧。我想做一次彻底的检测。"

芙琳吉拉·薇歌缓缓点头,眯起绿色的双眼。

"我会的。不过请小心,艾希蕾。千万别牵扯进什么可疑的勾当,那样只会引起别人的注意。这场谈话刚开始的时候,你曾提到类似的关注会给你带来不便。你还答应稍后会作解释。"

艾希蕾·瓦·阿纳兴站起身,走到窗边,看着尼弗迦德帝国林立的高塔在落日下熠熠生辉。她们身处的位置是帝国的首都,又称"金塔之城"。

"我至今还记得,你曾对我说过一番话。"她头也不回地说,"你说魔法不应有国界之分。在与魔法有关的事上,我们应当放下一切分歧,因为魔法才是最珍贵的东西。所以我们需要某种……秘密组织……比如结社或者协会……"

"我准备好了。"尼弗迦德女术士芙琳吉拉·薇歌打破短暂的沉默,"我已经下定决心,也做好心理准备了。感谢你的信任,也感谢你能给我这样的殊荣。我神秘莫测的朋友啊,这个协会的成员将在何时何地碰面?"

尼弗迦德女术士艾希蕾·瓦·阿纳兴转过身,嘴角浮现出一抹浅笑。

"就快了。"她回答,"我会尽快向你解释一切。不过首先,趁我还没忘记……把你常去的女帽店的地址告诉我吧,芙琳吉拉。"

◆━━◆━━◆

"一个火堆都没有。"米尔瓦凝视着黑暗笼罩下的河对岸,河面在月光下闪闪发光,"我猜也没有一个人。那片营地里原本有两百个难民,难道就没一个成功逃脱的?"

"如果帝国军获胜,会把他们全部俘虏。"卡西尔小声回答,"如果你们的人打赢了,会带着所有难民一起行军。"

他们凑近河岸和覆盖沼泽的芦苇丛。米尔瓦踩到了什么东西,连忙后退几步。她努力压下尖叫的冲动,因为她看到烂泥中伸出一条僵硬的手臂,上面爬满了水蛭。

"只是一具尸体而已。"卡西尔抓住她的手,低声道,"是我们的人。他是个戴尔兰尼人。"

"谁?"

"戴尔兰尼第七骑兵旅的一员。你看他袖子上的银蝎子……"

"诸神在上……"女孩突然在发抖,用汗津津的手掌紧握她的弓,"你听到了吗?那是什么?"

"是狼。"

"或者食尸鬼……或者别的什么怪物。营地里肯定有一大堆尸体……见鬼,我可不要晚上过河!"

"好吧,那就等到黎明……米尔瓦?这股怪味是……"

"雷吉斯……"弓手说道,差点因苦艾、鼠尾草、芫荽和茴香的味道喊出声,"雷吉斯?是你吗?"

"对,是我。"理发医师无声无息地走出黑暗,"我还在担心你呢。不过看来,你并不是独自一人。"

"嗯。"米尔瓦松开卡西尔的手臂,这才注意到他已拔出了长剑,"我不是独自一人,他也一样。不过借用某人的话:说来话就长了。雷吉斯,猎魔人怎么样?丹德里恩呢?还有其他人呢?你知道他们怎么样了吗?"

"我确实知道。你们有马吗?"

"有。藏在柳树林里……"

"那我们就顺着楚特拉河往南走。立刻动身。我们必须在午夜之前赶到阿梅利亚。"

"猎魔人和诗人出什么事了?他们还活着吗?"

"活着,不过惹上了一点儿小麻烦。"

"什么麻烦?"

"呃,说来话就长了。"

◆━━━▶━◀━━━◆

丹德里恩呻吟一声,试图翻过身,好换个稍微舒服点儿的姿势。只是这个动作对眼下的他来说几乎不可能:他躺在地上的刨花和木屑里,被人五花大绑,就像一块准备烟熏处理的火腿。

"他们没马上吊死我们,"他嘟囔道,"说明还有希望。我们还没完蛋……"

"你就不能闭嘴吗?"猎魔人平静地躺着,透过柴棚屋顶的破洞看着月亮,"你知道维赛基德为什么没马上吊死我们吗?因为他要在明天黎明时分,在部队整装出发前将我们公开处决。这样才有宣传效果。"

丹德里恩没答话。杰洛特只听到他担忧地喘着粗气。

"你还有希望逃过一劫。"为了安慰诗人,他补充道,"维赛基德只想对我公报私仇,但跟你没什么过节。你的伯爵朋友会搭救你的,等着瞧吧。"

"胡说八道。"让猎魔人吃惊的是,诗人的语气既平静又理智,"完全是胡说八道。别把我当小孩。首先,从宣传效果考虑,吊死两个胜过只吊一个。其次，既然要公报私仇，就不可能留下人证。不，老兄，他们会把咱俩一起吊死的。"

"够了，丹德里恩。安静躺着，想个计划出来。"

"还能想什么鬼计划？"

"什么鬼计划都行。"

诗人的闲话打乱了猎魔人的思绪，而他已经没时间可以浪费了。据他推测，泰莫利亚军情机构的人——维赛基德的军队里肯定有几个——随时有可能冲进这间棚屋。军情官肯定很想就仙尼德岛加斯唐宫发生的几件事向他进行询问。杰洛特虽对个中细节几乎一无所知，但他确信，密探们在接受事实之前不会让他好过的。他只希望维赛基德会被复仇的欲望蒙蔽双眼，从而隐瞒他被捕的消息，不然军情官肯定会从怒不可遏的元帅手里把他们解救出来，然后送去指挥所。更确切地说，是在第一轮审讯过后，把半死不活的他们送去指挥所。

就在这时，诗人想出了一个计划。

"杰洛特！咱们就假装自己知道某些重要情报吧。就说我们真是间谍之类。然后……"

"丹德里恩，拜托。"

"不行吗？那我们可以试试贿赂哨兵。我还藏了些钱：几枚缝在靴子衬里的达布隆金币，以备不时之需……我这就把看守叫来……"

"他们会拿走你所有的金币，然后狠揍你一顿。"

诗人抱怨一声，但没再说下去。他们听到空地间传来呼喊和马蹄声，闻到诱人的豌豆汤的味道。在这一刻，杰洛特愿意用全世界的小体鲟和松露换上一碗汤喝。站在棚屋外的哨兵懒洋洋地聊着天，轻声谈笑，时不时咳嗽几声，吐一口痰。这些哨兵都是职业军人，在他们娴熟运用完全由代词和脏字构成的语句进行沟通的能力上就能看出这一点。

"杰洛特?"

"怎么?"

"我想知道米尔瓦怎么样了……还有卓尔坦、珀西瓦尔和雷吉斯……你看到他们了吗?"

"没有。不能排除他们在战斗期间被砍死或踩死的可能。营地里堆满了死尸。"

"我不相信。"丹德里恩坚定地宣称,语气中也带着期待,"我不相信卓尔坦和珀西瓦尔那种诡计多端的家伙会……还有米尔瓦……"

"别再自欺欺人了。就算他们真能活下来,也不会来帮我们的。"

"为什么?"

"原因有三。首先,他们有自己的麻烦要解决。其次,我们躺在这栋棚屋里,而它位于营地中央,周围驻扎着几千名士兵,我们的手脚还都被绳子绑着。"

"第三个原因呢?你说了有三个。"

"第三,"猎魔人疲惫地回答,"这个月的奇迹配额已经被那些女人用光了。还记得吗?她们找到了失散的丈夫。"

◀━━▶━━▶

"那边,"理发医师指了指那几点闪烁的营火,"就是阿梅利亚要塞,目前是集结在玛伊纳地区的泰莫利亚军的营地。"

"猎魔人和丹德里恩就被关在那儿?"米尔瓦踩着马镫站起身,

"哈,那可麻烦了……那儿起码有几千名士兵,而且到处都是守卫。要溜进去可不容易。"

"你们没必要进去。"雷吉斯爬下珀迦索斯的马鞍。阉马用力喷了喷鼻子,扭过头去,显然非常讨厌理发医师身上的草药气味——这味道让它鼻腔刺痛。

"你们没必要溜进去。"他重复一遍,"交给我就好。你们带着马,等在河面闪光的位置。看到了吗?就在七山羊座最亮的星星下面。楚特拉河会在那里汇入艾娜河。等把猎魔人救出来,我会示意他往那边走。你们就在那里会合。"

"真够自负的,不是吗?"下马时,卡西尔对米尔瓦低声说道,"他打算不靠任何人的帮助就把他们救出来。你听到了吗?他究竟是什么人?"

"说实话,我也不知道。"米尔瓦低声回答,"但在这种不可能办到的事上,我相信他。就在今天,我亲眼看着他赤手空拳从火堆里取出一块烧红的马蹄铁……"

"他是个巫师?"

"不是。"雷吉斯展现了自己格外敏锐的听力,在珀迦索斯身后答道,"我是谁真的很重要吗?毕竟我也没问过你们各自的身世。"

"我是卡西尔·莫瓦·迪弗林·爱普·契拉克。"

"谢谢。"理发医师的语气带着一丝讽刺,"你在念出尼弗迦德姓氏时,几乎不带任何尼弗迦德口音,这让我深感钦佩。"

"我不是……"

"够了!"米尔瓦打断他的话,"现在不是争吵和犹豫的时候。雷吉斯,猎魔人还等着你救呢。"

"得先等到午夜。"理发医师抬头看着月亮,冷冷地说,"所以我们还有些时间聊聊天。米尔瓦,这人是谁?"

"这人在关键时刻救了我。"弓手有点儿生气,不由自主地开始维护卡西尔,"见到猎魔人后,这人还会告诉他:我们走错了方向。希瑞不在尼弗迦德。"

"的确是个意外发现。"理发医师的语气软化了些,"契拉克之子卡西尔阁下,你这消息的来源是?"

"说来话就长了。"

丹德里恩沉默了好一阵子,直到一个哨兵的骂人话戛然而止,另一个则发出一声惊呼——也可能是呻吟。杰洛特知道哨兵总共有三个,因此他仔细聆听,但第三个哨兵没发出任何声响。

猎魔人屏息静气地等待着,但片刻后传入他耳中的,却并非他们的救星推开木门时的嘎吱声。完全不是。他听到均匀而轻柔、仿佛合唱般的鼾声。三个哨兵只是在站岗时睡着了。

他呼出一口气,在心里暗骂几句。猎魔人正打算沉湎于对叶妮芙的思念,脖子上的徽章却突然颤动起来,周围的空气充斥着苦艾、罗勒、芫荽、鼠尾草和茴香——还有鬼知道是什么东西——的味道。

"雷吉斯?"他难以置信地低声问道,徒劳地想在刨花里抬起头。

"雷吉斯,"丹德里恩扭动身体,发出沙沙的响声,"只有他会发出这种味道……你在哪儿?我看不到你……"

"安静!"

徽章停止了颤动,杰洛特听到诗人松了口气,紧接着是刀刃割断绳索的嘶嘶声。片刻过后,血液恢复循环带来的刺痛感让丹德里恩呻吟起来,但他没忘记捂住嘴巴,压低声音。

"杰洛特,"理发医师模糊而摇曳的身影在猎魔人身边成型,立刻开始帮他切割绳索,"你们得自己想办法突破营地的守卫了。往东边走,朝七山羊座最亮的星星过去,一直到艾娜河边。米尔瓦带着马正在那儿等你。"

"扶我一把……"

他艰难地撑起一条腿,然后是另一条。丹德里恩的血液循环已经恢复正常。片刻过后,猎魔人也做好了行动的准备。

"我们怎么出去?"诗人突然问,"门口的哨兵在呼呼大睡,可他们也许……"

"不,他们不会的。"雷吉斯低声打断他,"不过离开时仍要小心。今晚是满月,空地上还有营火照明。尽管是晚上,但整个营地仍在忙碌,不过这也许是件好事,哨兵队长都懒得来查岗了。去吧。祝你们好运。"

"那你呢?"

"不用担心我。也不用等我,更不要回头。"

"可……"

"丹德里恩,"猎魔人嘶声道,"他都说过不用担心了,你没听见吗?"

"去吧。"雷吉斯重复一遍,"祝你们好运。下次有缘再见了,杰洛特。"

猎魔人转过身。

"多谢搭救。"他说,"不过,我们还是别再见面为好。我说得够清楚吗?"

"再清楚不过了。别浪费时间了。"

哨兵仍躺在地上呼呼大睡,不时咂吧几下嘴。杰洛特和丹德里恩走出虚掩的木门时,他们动都不动一下。就连猎魔人无礼地剥下其中两人身上厚实的手织斗篷,他们也没有任何反应。

"这瞌睡不大正常。"丹德里恩低声说。

"当然。"杰洛特回答。他藏身在棚屋的阴影里,四下张望。

"我懂了,"诗人叹了口气,"雷吉斯是个巫师?"

"不,不,他不是巫师。"

"他能从火里取出马蹄铁,还能让哨兵睡着……"

"别唠叨个没完,专心点儿。我们还没逃出去呢。裹上斗篷,我们得穿过这片空地。如果有人阻拦,我们就装成士兵。"

"没错。如果出什么意外,我就说……"

"我们要装成呆头呆脑的士兵。走吧。"

他俩穿过空地,与聚在火盆和营火周围的士兵保持距离。这儿到处都是士兵,就算多出两个也没什么好奇怪的。他俩没引起任何人的疑心,没人询问或阻拦他们。二人轻松又迅速地穿过围栏。

一切都很顺利,事实上,顺利得有点儿过头。杰洛特变得焦躁起来,因为他本能地感觉到了危险。他们越是远离营地中央,他的焦虑感就越是增长,而非减少。他在心里不断告诫自己,这没什么好奇怪的:他们在即便入夜后也相当繁忙的军营里没引起任何人的注意,唯一要担心的是有人发现睡在棚屋门口的哨兵,随后拉响警报。不过,他们正在接近营地边缘,那儿的哨兵想必会十分警惕,而他们正朝远离营地中央的方向走，更是容易招来怀疑。猎魔人想到了维赛基德的部队中蔓延的逃兵潮，他认定哨兵都接到了命令，要严防逃兵擅自离开营地。

月光清亮，丹德里恩不必伸手摸索也能顺利前进，猎魔人的视野更是跟白天没有两样。他们绕过两处岗哨，躲在灌木丛中等待巡逻骑兵队通过。他们前方还有片赤杨林，显然位于岗哨监管之外。

到目前为止，一切顺利。

顺利得未免有些过头。

而他们的败因来自于对军旅习惯的无知。

低矮昏暗的赤杨林对他们充满了诱惑力，因为它能提供足够的掩护。但自上古时代起，就总有士兵在应该站岗时跑去树丛里打盹摸鱼，而没睡着的那些会时刻留意刻薄的长官，以免后者冷不防跑来查岗。

杰洛特和丹德里恩刚刚走进赤杨林，几个昏暗的人影——以及矛尖——便出现在他们面前。

"口令？"

"辛特拉！"丹德里恩不假思索地回答。

士兵们同时笑出了声。

"伙计们，不是吧，"其中一个说，"你们就这水平？就没人更有点儿创意？你们所有人只会说'辛特拉'，想家了是不是？好吧，费用跟昨天一样。"

丹德里恩用力咬咬牙。杰洛特权衡了一下局势和胜率。他得出的结论是：绝对没戏。

"好了，"那士兵催促道，"要是你们想通过，就乖乖付钱，我们会睁一只眼闭一只眼。要快啊，队长随时会来。"

"等等,"诗人刻意改变了口音和说话方式,"让我坐下来脱掉靴子,因为……"

不等他说完,四个士兵立刻把他按倒在地。其中两个每人压住他一条腿,拽掉了他的靴子。质问他们口令的士兵撕开靴筒的衬里。有什么东西叮叮当当洒落到地上。

"是金子!"领头的士兵喊道,"把那家伙的靴子也脱了!然后去叫队长!"

可惜没人听他的话,半数卫兵都跪在地上,寻找散落在树叶间的金币,另一半人则在撕扯丹德里恩的第二只靴子。机不可失,杰洛特心念转动,一拳打在领头哨兵的下巴上,在他倒下时又往侧脑补了一脚。忙着捡金币的一众士兵甚至毫无察觉。无须杰洛特多说什么,丹德里恩就撒开脚步,穿过树丛,光脚掌踩踏在落叶上。杰洛特跟了上去。

"救命!救命!"领头的哨兵在地上大喊起来,他的战友很快也加入呼喊,"队——长——"

"你们这群猪猡!"丹德里恩一边跑一边回头大喊,"无赖!你们抢了我的钱!"

"笨蛋,省点力气吧!看到那片森林没?往那边跑。"

"拦住他们!拦住他们——"

他们撒腿飞奔。杰洛特恶狠狠地咒骂起来,因为他听到了叫喊声、唿哨声,还有马嘶和马蹄声。声音来自他们身后,也来自前方。但他的惊讶没能持续太久。仔细看上一眼就足够了,他原以为是森林和藏身处的东西,其实是道不断逼近的钢铁之墙:大队骑兵仿佛波浪般朝他们涌来。

"丹德里恩,快停下!"他大喊着转过身,看向猛追而来的巡逻兵,用手指吹出一声响亮的唿哨。

"尼弗迦德人!"他声嘶力竭地大喊,"尼弗迦德人来了!回营地去!你们这群蠢货,快回营地!拉响警报!尼弗迦德人来了!"

追兵里跑在最前面的骑手猛地勒停了马,看向杰洛特所指的方向。他发出一声惊恐的尖叫,准备调头返回。杰洛特相信自己已经为辛特拉的雄狮和泰莫利亚的百合做得够多了,便扑向那个士兵,用巧妙的动作把他拽下了马鞍。

"跳上来,丹德里恩!抓紧!"

诗人毫不犹豫地跳上马背。由于多负担了一名骑手,马匹有些打不起精神,但在两对脚跟的催促下,它很快便飞奔起来。迅速逼近的尼弗迦德大军已成为比维赛基德的部队更紧迫的威胁,因此他们飞快地穿过岗哨周边,试图在两军交锋之前离开这里。但尼弗迦德人已经离得很近了,他们发现了骑在马上的二人。丹德里恩大叫起来。杰洛特转过头,发现阴暗的尼弗迦德骑兵墙已朝他们伸出黑色的触须。他毫不犹豫地转过马头,朝营地奔去,不时从几个仓皇逃窜的哨兵身边经过。丹德里恩再次大叫起来,但这已经毫无必要了。猎魔人也看到了从营地方向朝他们冲来的骑兵队。接获警报之后,维赛基德部队整装出击的速度快得惊人。杰洛特和丹德里恩陷入了进退两难的境地。

他们无路可逃了。猎魔人再次改变方向,催促马匹全速飞奔,试图逃离铁锤和铁砧之间迅速缩小的空隙。眼看就要成功逃脱了,夜晚的空气中突然传来利箭破空的锐响。丹德里恩又在大叫,这次的声音格外响亮,他的手指也抱紧了杰洛特的侧腰。猎魔人感觉到,有什么温热的东西滴落到自己的后脖颈上。

"抓紧!"他大喊着抓住诗人的手肘,让他贴紧自己的后背,"抓紧了,丹德里恩!"

"他们杀死我了!"诗人哀号起来。对一个死人来说,他的嗓门大得出奇。"我在流血!我死了!"

"抓紧!"

冰雹般洒落在两军间的箭矢虽然射伤了丹德里恩,但也成了他们的救星。遭到攻击的双方一阵骚动,减缓了前冲的势头,两军之间眼看就要合拢的空隙多维持了片刻,足以让喘着粗气的战马驮着两位骑手逃出生天。杰洛特无情地催马继续飞奔,尽管树木和藏身处已出现在前方,但他们身后依然传来雷鸣般的马蹄声。马儿喷着鼻息,跌跌撞撞,但没停下脚步。他们原本有希望逃脱的,可丹德里恩突然呻吟一声,仰天倒下,拖着猎魔人一起坠下了马鞍。杰洛特下意识地拽紧缰绳,马匹人立而起,两人滚落到几棵低矮松树间的空地上。诗人重重地躺倒在地,可怜兮兮地呻吟着。他的脑袋和左肩鲜血淋漓,在月光下闪着黑色的光泽。

二人身后,伴着闷响声、铿锵声和喊杀声,两军开始正面交锋。尽管战况十分激烈,尼弗迦德士兵却没忘记追杀他们。三名骑兵朝两人飞驰而来。

猎魔人一跃而起,心中涌起冰冷的愤怒和恨意。他迎向追兵,将对方的注意力全都引向自己。他的目的不是想救朋友、牺牲自己。他只想杀人。

其中一个骑手一马当先,远远甩开另外两人。他举起战斧冲向杰洛特,却不承想自己攻击的是个猎魔人。杰洛特轻松避开斧头,一只手抓住探出身子的尼弗迦德人的披风,另一只手拽住其宽大的皮带。

他用力一拉，把那骑手拖下马鞍，然后扑到其身上，将其按倒在地。直到这时，杰洛特才意识到自己手无寸铁。他掐住了骑手的喉咙，但护喉甲的存在让他没法扼死对方。尼弗迦德人挣扎起来，用戴着铁手套的拳头捶打他，划破了他的脸颊。猎魔人用整个身体压住骑手，伸手去摸对方皮带上的短剑，将它拔出剑鞘。尼弗迦德人察觉到他的动作，不由发出一声哀号。杰洛特拨开对方的胳膊——那人的袖子上佩戴着银蝎徽章——抬起短剑。

尼弗迦德人尖叫起来。

猎魔人就势将短剑插进大张的嘴巴，直至没柄。

等他站起身，看到了没有骑手的马匹、几具尸体和一支正朝战场赶去的骑兵队。冲出营地的辛特拉骑兵消灭了追赶他们的尼弗迦德骑手，却没注意到躺在矮松间的诗人，以及在昏暗的地上搏斗的二人。

"丹德里恩！你伤到哪儿了？箭呢？"

"脑、脑袋……插在我脑袋上了……"

"别说胡话了！活见鬼，你运气真好……只是擦伤……"

"我在流血……"

杰洛特脱掉外套，撕下衬衣的一只袖子。一支方镞箭的箭尖擦过丹德里恩的耳朵上方，留下一条延伸到鬓角的骇人伤口。诗人不停地抬起颤抖的手触摸伤口，看着手掌和袖口上的斑斑血迹，双眼无神。猎魔人这时才意识到，他面对的是个平生第一次负伤、第一次真实地感受到这等痛楚的人。恐怕诗人从没见过自己流过这么多血。

"起来。"他将袖子迅速而笨拙地裹在诗人头上，"没事的，丹德里恩，只是擦伤……起来吧，咱们尽快离开这儿……"

黑暗的战场上，双方仍在鏖战，金铁交击声、马匹嘶鸣声和人的叫喊声愈发响亮。杰洛特匆忙牵过两匹尼弗迦德战马,但他发现只要一匹就足够了。丹德里恩勉强站起身,又立刻坐了回去,可怜巴巴地呻吟和呜咽着。猎魔人扶他起来,摇晃几下,让他回过神,最后把他拖上马鞍。

杰洛特坐在受伤的诗人身后,催促马匹转向东方,面对七山羊座最亮的星星。在那星辰下方,淡蓝色的晨曦已清晰可见。

◆━━━◆━━━◆

"就快亮天了。"米尔瓦嘴上说着,眼睛看的却不是天空,而是闪闪发亮的河面,"鲶鱼正在捕食小鱼。猎魔人和丹德里恩却连影子都见不着。哦,希望雷吉斯没搞砸……"

"别说不吉利的话。"卡西尔嘀咕道,正了正失而复得的栗色马驹的肚带。

米尔瓦四下寻找能让她敲打的木头。

"……但看起来真是这样……无论是谁遇见你们的希瑞,都像把脑袋放上了断头台……那个女孩会召来厄运……厄运和死亡。"

"快吐口唾沫,米尔瓦。"

按照迷信风俗,米尔瓦乖乖地吐了口唾沫[①]。

"这儿……好冷,我一直在发抖……我渴得厉害,可我在河岸边看到了一具腐尸。呸……我觉得恶心……我想我要吐了……"

[①]因为米尔瓦提到了"死亡",按照迷信风俗,她必须吐口唾沫,以免真的召来厄运。

"拿着，"卡西尔递给她一只水壶，"喝吧。然后坐到我身边，我帮你取暖。"

另一条鲶鱼朝浅水处的鲦鱼群蹿去，小鱼们四散奔逃，仿佛一场落在河面上的银色冰雹。一只蝙蝠——也可能是夜鹰——在月光下一闪而过。

"只有天知道，"米尔瓦依偎着卡西尔，愁眉苦脸地嘀咕道，"明天会发生什么。天知道谁会蹚过这条河，谁又会死去。"

"明天的事明天再说吧。别想这些了。"

"你不怕吗？"

"我怕。你呢？"

"我觉得恶心。"

一阵长长的沉默。

"告诉我，卡西尔，你是什么时候遇见希瑞的？"

"你说第一次遇见她？三年前。在辛特拉战争期间，我把她救出了那座城市。当时她被困在火海里，我找到了她。我骑着马穿过烈火和烟雾，把她抱在怀中。而她自己也像一团火焰。"

"然后呢？"

"没人能用手抓住火焰。"

"如果身在尼弗迦德的女孩不是希瑞，"沉默良久后，她又问道，"那她会是谁呢？"

"我不知道。"

自从三年前投入使用，德拉肯伯格——改造成精灵及其他种族俘虏收容所的瑞达尼亚要塞——演变出了一些残忍的传统。其一是黎明时的绞刑。其二是将所有死刑犯集中在一间大牢房里，等到破晓时分便将他们带出牢房，送上绞刑架。

牢房里关押着十来个死刑犯，每天早上都会有两三个——有时候是四个——犯人上绞架。其余的只能等待轮到自己的那一天。有时他们会等上很久，最长的会等足一星期。这些死刑犯被称为"小丑"，因为死囚牢房里总是充满欢乐的气氛。首先，囚犯的伙食会配上又淡又酸、别名"迪杰斯特拉干红"的葡萄酒，让他们明白，这样的享受是瑞达尼亚情报机构的首脑认可的。其次，没人会被拖去可怕的地下水牢接受审讯，狱卒也被明令禁止虐待他们。

这天晚上，传统也得到了遵守。关押着六个精灵、一个半精灵、一个半身人、两个人类和一个尼弗迦德人的牢房里洋溢着欢快的氛围。犯人们把迪杰斯特拉干红倒进一只锡盘，然后一起趴在地上用舌头舔着喝，因为唯独用这个办法，才最有可能从劣酒中品出酒味来。只有一个精灵还能保持镇定和尊严，正忙着在柱子上刻下"不自由毋宁死"之类的宣言——他是个松鼠党，是遭受挫败的伊欧菲斯突击队的一员，最近刚在水牢里受过拷打。牢房的几根柱子上刻着数百句类似的文字。其他死刑犯将《小丑颂歌》唱了一遍又一遍。《小丑颂歌》的作者是德拉肯伯格的一位无名囚犯，在死刑牢房里唱这首歌也成了传统之一。每个囚犯都是在自己的牢房里学会这首歌的：他们听着从死刑牢房传来的歌声，心里明白，自己加入合唱的一天终将到来。

> 小丑在绞架上抽搐，
> 随着节拍舞蹈，
> 他们唱着那首
> 悲伤又动听的歌谣，
> 当板凳抽走，
> 当双眼翻白，
> 每一具尸体都会记起
> 那快乐的节拍。

门闩咔嗒作响，钥匙插进锁孔，小丑们停止了歌唱。黎明时到来的狱卒只意味着一件事：合唱者的人数即将锐减。唯一的问题是：走的会是谁呢？

狱卒们陆续走进牢房，手里都拿着绳索，准备绑住囚犯的双手，再牵着他们去上绞架。其中一名狱卒吸了吸鼻子，把棍子夹到胳膊下面，展开一张羊皮纸，清了清嗓子。

"艾切尔·特雷吉顿！"

"是特雷勒杉。"来自伊欧菲斯突击队的精灵轻声纠正道。他又看了看自己刻下的标语，努力站起身。

"科斯莫·巴登威戈！"

半身人用力咽了口口水。纳扎里安知道，巴登威戈的罪名是"在尼弗迦德情报机构指使下从事阴谋破坏活动"。但巴登威戈拒不承认自己有罪，他坚称自己偷窃战马只为卖钱，跟尼弗迦德帝国没有半文钱关系。但他们显然不相信。

"纳扎里安!"

纳扎里安顺从地站起身,伸出双手让监狱看守绑好。等看守将他们三个牵出牢房,其他小丑继续唱起歌。

小丑在绞架上舞蹈,
随着节拍欢快地摇晃,
风将他们的歌带向远方,
合唱声在四处回荡……

紫红色的晨光浮现于天际,预示着阳光明媚的一天。

《小丑颂歌》的歌词纯属误导,纳扎里安心想。他们没法跳起欢快的吉格舞,因为吊起他们的并非是配有横梁的绞刑台,而是埋进地里的普通木桩。他们脚下踩的也并非板凳,而是更加实用的桦木块,木块表面甚至能看到经年使用的痕迹。但这首歌的无名作者是在去年被处死的,而在写歌的时候,他不可能提前预知这一切。就像所有囚犯一样,他只能在死前得知这些细节。在德拉肯伯格,从来没有过公开处决的先例。死刑只是单纯的惩罚,而非为施虐进行的复仇。上面这句是迪杰斯特拉大人的原话。

来自伊欧菲斯突击队的精灵甩开看守的双手,毫不犹豫地踏上木块,让刽子手把绞索套上他的脖子。

"女王万——"

刽子手踢走了他脚下的木块。

轮到半身人时,他们用了两只桦木块。这位所谓的"阴谋破坏者"

懒得喊些乱七八糟的口号,他的小短腿奋力踢动了一阵子,便无力地靠上木桩,一动不动了。他的脑袋懒洋洋地垂在自己的肩头。

等看守揪住纳扎里安,他的口风突然变了。

"我交代!"他用嘶哑的声音喊道,"我作证!我有重要的情报要报告迪杰斯特拉!"

"现在想说也晚了。"在德拉肯伯格负责政治事务、眼下正在协助执行绞刑的副指挥官瓦斯康格怀疑地说,"绞索能激发每一个死刑犯的想象力!"

"我没说谎!"纳扎里安在刽子手掌中奋力挣扎,同时恳求道,"我有重要情报!"

不到一个钟头后,纳扎里安坐在了单人牢房里,陶醉于生命的美好。信使站在他旁边,挠了挠自己的腹股沟,做好了出发的准备。瓦斯康格将准备寄给迪杰斯特拉的报告又检查了一遍。

尊贵的大人,在下谦卑地向您禀报,名为"纳扎里安"的重罪犯——罪名是袭击王室官员——做出了以下证词:在今年七月的新月之夜,他按照某个名叫里恩斯之人的命令,与其同伙米莱特及半精灵斯奇鲁一起,在多里安城谋杀了法学家柯德林格和芬恩。米莱特死在当场,但半精灵斯奇鲁杀死了那两位法学家,并将他们的住宅付之一炬。重罪犯纳扎里安将所有过错都推卸到半精灵斯奇鲁身上,顽固地否认自己实施了谋杀,但这恐怕只是出于对绞索的畏惧。不过还有件事,大人您可能会感兴趣:在谋杀那两位法学家之前,上述三名罪犯——纳扎里安、米莱特和半精灵斯奇鲁——正在追捕一个猎魔人,对方的名号是"利维亚的杰拉德",据说他曾数次与法学家柯德林格私下会面。重罪犯纳扎里安并不知晓他们会面的原因，因为无论是先前提到的里恩斯还是半精灵斯奇鲁，都没有向他吐露任何细节。当里恩斯收到他二人共谋的报告后，便下令除掉那两位法学家。

重罪犯纳扎里安还作证说，他的同伙斯奇鲁从两位法学家家里偷走了几份文件，并在一间名叫"卡瑞亚斯的狡猾狐狸"的酒馆里交给了里恩斯。至于里恩斯和斯奇鲁在那儿谈了什么，纳扎里安并不知情。但在第二天，也就是新月之夜后的第四天，这三名罪犯结伴前往布鲁格，在一栋红砖屋子里——屋子的门上挂着一把黄铜羊毛剪——绑架了一位少女。里恩斯让她喝下一瓶魔法药剂，随后罪犯斯奇鲁和纳扎里安让那少女坐上马车，火速送往维登的纳史特洛格堡。希望大人留意我接下来的报告：这些罪犯将拐来的少女送到了尼弗迦德指挥官手中，并向他保证，此人就是辛特拉的希瑞菈。根据重罪犯纳扎里安的证词，那位指挥官因此欣喜若狂。

以上消息将由信使秘密送至大人手中。等记录员誊写完毕后，我还会将详尽的审讯报告送去给您。我谦卑地请求大人下达指示：对重罪犯纳扎里安应当给予怎样的处置？是让人用牛鞭抽打他，好让他回忆起更多的情报，还是按照规定，将他处以绞刑？

您忠实的仆人

瓦斯康格用华丽的字体在报告书上签了字，然后贴上封缄，交给了信使。

迪杰斯特拉于当天傍晚得知了报告内容，菲丽芭·艾哈特则在次日中午。

等驮着猎魔人和丹德里恩的马走出河畔的赤杨林,米尔瓦和卡西尔已经急得快要发疯了。他们听到了战斗的喧嚣,因为艾娜河的河水能把声音传播到很远。

搀扶诗人下马时,米尔瓦发现杰洛特绷紧了身体:他显然看到了卡西尔。但她什么也没说,猎魔人也一样。丹德里恩用力呻吟,终于昏了过去。他们让他躺在沙地上,将折叠过的斗篷垫在他的脑袋下面。米尔瓦打算帮诗人换掉浸透鲜血的临时绷带,这时,她感到有只手按在她肩头。她也闻到了熟悉的苦艾、茴香和其他草药的味道。像之前一样,雷吉斯出人意料地凭空出现了。

"让我来吧。"他从硕大的药袋里取出工具和其他用品,"接下来交给我。"

理发医师剥下伤口的绷带,丹德里恩可怜兮兮地呻吟起来。

"放松点儿。"雷吉斯开始清洗伤口,"没什么大碍。只是流了点儿血,一点点……你的血味道不错,诗人。"

就在这一刻,猎魔人做出了一件令米尔瓦不敢相信的事。他走向马匹,从固定在鞍翼下的剑鞘里抽出一把尼弗迦德长剑。

"离他远点儿!"他走到理发医师身旁,咆哮道。

"血味不错。"雷吉斯看都不看猎魔人一眼,"我没闻到感染的味道。而对头部创伤来说,感染可能引发灾难性的后果。大动脉和血管也都完好无损……会有点痛哦。"

丹德里恩呻吟一声,猛地吸了口气。猎魔人手中的剑微微颤抖。

河面反射的晨曦照射过来，令剑身闪闪发光。

"我得给你缝几针。"雷吉斯仍对猎魔人和他的剑视若无睹，"勇敢点儿，丹德里恩。"

丹德里恩很勇敢。

"就快好了。"雷吉斯给诗人的脑袋缠上绷带，"别担心，丹德里恩，你会痊愈的。这种伤对诗人正合适，丹德里恩。你的脑袋缠上绷带，看起来就像一个战斗英雄。少女们只要看着你，心房就会像蜡一样融化。没错，这样的伤真的很有诗意，跟腹部负伤大不一样——肝脏被切开，肾脏和肠子破破烂烂，胃液和排泄物流得满地都是，还有腹膜炎……好了，包扎完了。杰洛特，我听凭你处置。"

他刚站起身，猎魔人的动作快如闪电，剑尖已经抵住他的喉咙。

"让开！"杰洛特冲米尔瓦大吼。尽管剑尖已经贴上脖子，雷吉斯仍不为所动。弓手看到理发医师的双眼在黑暗中闪烁着猫眼似的异样光泽，不禁屏住了呼吸。

"继续啊。"雷吉斯平静地说，"扎进去吧。"

"杰洛特，"躺在地上的丹德里恩开口道，他终于有反应了，"你是彻底疯了吗？他让我们逃过了绞架……他还给我包扎了伤口……"

"是他在营地救了我们和那个女孩。"米尔瓦轻声回忆道。

"安静点儿，你们几个。你们不知道他是什么东西。"

理发医师站着没动。但米尔瓦突然发现了一个早该发现的事实：雷吉斯没有影子。

"没错，"他缓缓地说，"你们不知道我是什么东西。是时候告诉你们了。我的名字是爱米尔·雷吉斯·洛霍雷克·塔吉夫-哥德弗洛伊。按照你们的历法，我在这个世界已经生活了四百二十八年，用精灵历法计算则是六百四十二年。我是幸存者的后裔，是在你们称之为'天球交汇'的大灾难后被困于此的不幸造物。当然这是委婉的说法。我也被你们视为怪物，被看作吸血的恶魔。如今我遇到了一位猎魔人——以消灭我这样的生物谋生之人。我要说的就是这些。"

"这些就够了。"杰洛特垂下长剑，"绰绰有余了。你走吧，爱米尔·雷吉斯什么的。离开这儿。"

"真叫人吃惊。"雷吉斯冷笑道，"你允许我离开？你要放走对人类构成威胁的我？猎魔人本该尽最大努力消灭我这种威胁才对。"

"你走吧。赶紧给我消失。"

"我该消失到哪个人迹罕至的角落呢？"雷吉斯慢吞吞地问道，"说到底，你是个猎魔人，你知道我的事。等你解决了自己的问题，等你搞清了自己需要搞清的事，你也许还会回来。你知道我住在哪儿，也知道我会去哪儿消磨时间，知道我以什么谋生。你会来追捕我吗？"

"有可能，只要有赏金的话。我是个猎魔人。"

"那就祝你好运吧。"雷吉斯系好药包，披上斗篷，"再会了。哦，还有一件事。要让你接下这活儿，我的脑袋需要值多少钱？你觉得我值多少？"

"高得要命。"

"你勾起了我的虚荣心。确切的数字是？"

"快滚吧，雷吉斯。"

"我这就走。不过首先，说个价码吧。劳驾您了。"

"要是普通吸血鬼，我通常会收的酬劳相当于一匹配了好鞍的马。但话说回来，你并不普通。"

"那是多少？"

"我怀疑,"猎魔人的嗓音冷得像冰,"我怀疑没人付得起。"

"明白了,谢谢。"吸血鬼微笑着说,这次他露出了牙齿。看到这一幕,米尔瓦和卡西尔向后退去,丹德里恩则压下一声惊呼。

"再会了。祝你们好运。"

"再会,雷吉斯。你也一样。"

爱米尔·雷吉斯·洛霍雷克·塔吉夫-哥德弗洛伊晃了晃斗篷,炫耀似的裹住自己的全身,突然间踪影全无。他就这么凭空消失了。

"现在,"杰洛特转过身,出鞘的剑依然握在手中,"轮到你了,尼弗迦德人……"

"不,"米尔瓦愤怒地打断他,"我忍不下去了。上马,我们离开这儿!河水会传递喊声,要不了多久,就会有人找上门来!"

"我可不想跟他一起走。"

"那你就自己走吧!"米尔瓦怒不可遏地大吼起来,"走另一条路!我受够你的喜怒无常了,猎魔人!你赶走了雷吉斯——尽管他救了你的命——但这毕竟是你的事。可卡西尔救了我,所以我和他是同伴了!如果你觉得他是敌人,就回阿梅利亚要塞去吧。请自便!你的伙伴正拿着绞索在那儿等你呢!"

"别嚷嚷。"

"那你也别傻站着。帮我把丹德里恩扶上那匹阉马。"

"你找到了我们的马?包括洛奇?"

"是他找到的。"弓手冲卡西尔点点头,"我们走吧。"

他们蹚水过了艾娜河，骑马沿右岸前进。他们穿过较浅的积水，穿过湿地和干涸的河床，穿过回荡着青蛙、绿头鸭与白眉鸭叫声的沼泽——只是那些鸭子始终不见踪影。天空映射出红色的阳光，照在长满睡莲的小湖上，反光几乎令人睁不开眼。他们改变了前进的方向，朝艾娜河某段支流汇入雅鲁加河的位置走去。此刻他们正穿行于一片昏暗无光的森林，这里的树木都长在沼地里，树干上黏着绿色的浮萍。

米尔瓦和猎魔人走在最前面，她正在低声向他复述卡西尔的事。杰洛特始终沉默不语，一次都没回头打量正在后面扶着诗人的尼弗迦德人。丹德里恩时不时呻吟几声，抱怨自己的头疼得厉害，但他勇敢地坚持了下来，没有拖慢前进的速度。因为珀迦索斯和鲁特琴的失而复得，他的心情也愉快了不少。

接近中午，他们再次来到阳光照耀的湿地，前方就是宽阔而平静的雅鲁加河。他们艰难地穿过干涸的河床，蹚过浅水和积水。在雅鲁加河众多支流间的沼泽与草丛中，他们意外地发现了一个小岛。岛上长满灌木和柳树，还有几棵较为高大的树，只是它们全都干枯凋零，树皮上全是鸬鹚的粪便。

米尔瓦最先注意到芦苇丛中有条小船，想必是河水把它冲到那儿的。她也最先注意到柳树间有块空地——那是个绝佳的休息场所。

他们停下脚步。猎魔人决定跟尼弗迦德人谈谈。两个人，面对面，私下谈谈。

"我在仙尼德岛饶了你一命。我可怜你,因为你是个不知天高地厚的年轻人。这是我犯下的最严重的错误。今天早上,我放走了一个高阶吸血鬼,尽管他身上肯定背负着好几条人命。我本该杀了他,但我现在没心思管他,因为我满脑子只有一个念头:我要好好收拾伤害了希瑞的人。我发过誓,敢伤害她的人,我会叫他们用血来偿还。"

卡西尔沉默不语。

"你所揭示的真相——也就是米尔瓦告诉我的事——什么也改变不了。我只能得出一个结论:你尽了最大努力,但没能在仙尼德岛上绑架希瑞。现在你又在跟踪我,为的是让我带你找到她,为的是再一次抓住她。这一来,你的皇帝或许能饶你一命,不把你送上绞架。"

卡西尔一言不发。杰洛特有种不舒服的感觉。非常不舒服。

"因为你,她会在晚上哭着醒来。"他厉声道,"你在她眼中成了噩梦的一部分。但事实上,你始终只是一件工具,是你皇帝的可悲奴仆。我不知道你究竟做过什么,才会变成她的梦魇。最糟糕的是,发生了这么多事之后,我不明白自己为什么下不了手杀你。我不明白自己为何下不了决心。"

"也许,"卡西尔轻声说,"不管发生过什么,不管看起来如何,你和我都有些共同点。"

"你这么想?"

"我跟你一样,只想解救希瑞。我跟你一样,不在乎别人会不会因此吃惊。我跟你一样,不打算向任何人证明我的动机是否得当。"

"你要说的就是这些?"

"不是。"

"很好,继续说。"

"希瑞,"尼弗迦德人缓缓说道,"骑马行走在一个满是灰尘的村庄里,同行的还有六个年轻人。其中有个留短发的女孩。希瑞在谷仓的桌子上跳舞,看起来非常快乐……"

"米尔瓦告诉你我做的梦了?"

"没有。她有很多事没跟我说。你相信我吗?"

"不相信。"

卡西尔垂下头,用脚跟磨着沙子。

"我都忘了,"他说,"你不会相信我的话,也不会信任我。我明白。但我跟你一样,也做过一个梦。一个你没跟任何人讲过的梦。因为我很怀疑你是否愿意告诉别人。"

可以说,瑟瓦迪奥单纯是撞了大运。他并不是特意来洛瑞多村刺探什么人的,不过嘛,这个村子被人称为"匪徒窝"绝非毫无理由。洛瑞多村坐落在匪徒路上,来自上维尔达各区域的强盗和盗贼都会聚集于此,将赃物换成金钱或等价物,添置口粮和用具,跟同伙一起玩乐。这个村子曾数次被烧成白地,但寥寥几位永久居民和数量可观的临时住户每次都能将其重建。他们依靠匪徒过活,而且活得有声有色。像瑟瓦迪奥这种以刺探和告密为生的人,在这里总有得到情报的机会:运气最好时,他的情报能换来好几个弗罗林。

不过这一次,在瑟瓦迪奥看来,他能赚到的绝对不止几个金币。因为耗子帮骑着马进了村。

走在最前面的是吉赛尔赫,两旁是伊思克菈和凯雷。米希尔和银灰色头发的新成员——他们叫她法尔嘉——跟在后面。埃瑟和瑞夫牵着几匹无主的马走在最后,无疑是打算兜售这些赃物。耗子帮成员神情疲惫,风尘仆仆,坐在马鞍上的姿态却显得神气活现,还热情地回应着同行及熟人的招呼。他们下了马,接过有人递来的啤酒,立刻同商贩高声讨价还价,只有米希尔和那个银灰色头发、背着把剑的新成员没参与。她们两个走在货摊之间——像往常一样,集市的场地选在村子的公共草地上。洛瑞多村会定期举办集市,出售的货品种类极其丰富——毕竟来访的匪徒也相当多嘛。今天就是个集市日。

瑟瓦迪奥小心翼翼地跟着两个女孩。为了赚到赏金,他就必须弄到情报;想要弄到情报,他就必须偷听。

两个女孩浏览着五颜六色的围巾、串珠和绣花女衬衣,还为她们的马匹挑选着鞍褥和头带。她们仔细察看每一件商品,但最后什么都没买。米希尔几乎自始至终都将一只手按在另一个女孩的肩头。

告密者小心翼翼地凑上前去,装作挑选皮革制品摊上的皮带和腰带。两个女孩正在聊天,但声音很轻,他听不清她们在说什么,也不敢更加靠近。她们也许会察觉到他,生起疑心。

有家货摊出售棉花糖,两个女孩走了过去。米希尔付了钱,接过两根缠绕着雪白糖丝的小木棍,将其中一根递给银灰发色的女孩。后者优雅地小口吃着,一小块棉花糖黏到她的嘴唇上,米希尔用温柔而谨慎的动作帮她擦掉。银灰发色的女孩睁大了翠绿的双眼,缓缓地舔了舔嘴唇,露出微笑,调皮地抬起头。瑟瓦迪奥打了个激灵,一滴冷汗自他肩胛骨中间流下。他想起了关于这两个女匪徒的种种传闻。

他已有了悄然离开的打算，因为在这儿显然偷听不到有用的信息。两个女孩也没谈什么要紧事。但就在不远处，在不同匪帮资深成员聚集的地方，吉赛尔赫、凯雷和其他人正在剧烈争吵、砍价、大呼小叫，时不时把酒杯放到一只小木桶的龙头下。从他们那儿听到情报的可能性会更大些，某只耗子也许会不小心说漏嘴——哪怕只有一个词儿呢——从而暴露耗子帮当前的计划、行动路线和目的地什么的。只要瑟瓦迪奥能顺利偷听到，并把消息及时提供给当地的士兵，或者对耗子帮兴趣浓厚的尼弗迦德密探，他就能赚到一笔可观的赏钱。我可以给老婆买件羊皮外套，他兴奋地心想，也终于能给孩子们买几双鞋了，兴许还能加上几件玩具……还有我自己……

两个女孩仍在货摊间漫步，小口吃着棉花糖。瑟瓦迪奥突然发现，有人在盯着她们，还不时指指点点。他认识那帮人。他们是伙拦路抢劫的强盗兼偷马贼，是"水獭皮"平塔的手下。

盗贼们用挑逗的语气高声评论几句，咯咯地笑起来。米希尔眯起双眼，用手按住另一个女孩的肩膀。

"两只斑鸠！"其中一个盗贼不屑地说道。他又瘦又高，留着麻絮般的小胡子。"瞧好吧，她俩马上就要咕咕叫了！"

瑟瓦迪奥看到银灰色头发的女孩绷紧了身体，注意到米希尔按住她肩膀的手更加用力。盗贼们笑出了声。米希尔缓缓转过身，其中几个立刻不笑了。但那个麻絮胡子要么是醉得厉害，要么是太过缺乏想象力，完全没有察觉到她的暗示。

"你们是不是需要个男人？"他说着，竟然走上前去，做了个带有下流暗示的动作，"你们只要跟个男人上床，那点儿毛病眨眼工夫就能治好！嘿！我在跟你说话呢，你这……"

他没能碰到她。银灰发色的女孩像捕食的蝰蛇一样探出身子，在她丢下的棉花糖落地之前，利剑就已刺中目标。小胡子盗贼像斑鸠一样步履蹒跚，咕咕直叫，鲜血自脖颈的伤口泉涌而出。女孩再次探出身子，灵活地迈出两步，佩剑再度刺出。一团血液泼洒到货摊上，小胡子倒了下去，立刻将周围的沙土染成鲜红。有人尖叫起来。另一个盗贼弯下腰，从靴筒里抽出一把匕首，但随即倒在地上。吉赛尔赫用皮鞭的金属握柄敲晕了他。

"一具死尸已经够多了！"耗子帮首领大喊道，"这家伙只能怪自己不好：他不知道自己惹的是谁！退下，法尔嘉！"

直到这时，银灰发色的女孩才垂下剑。吉赛尔赫取出一只钱袋，晃了晃。

"按照兄弟会的规矩，我会为死掉的人付钱，根据他的体重公平付账。这具恶心的尸体重多少磅，我就付多少塔勒！仇恨就这么一笔勾销！伙计们，我说得对吗？平塔，你怎么说？"

伊思克菈、凯雷、瑞夫和埃瑟站在他们的首领身后，板着面孔，手按剑柄。

"很公平。"被手下簇拥的"水獭皮"答道。他是个身穿皮革束腰外衣的矮小男人，有点儿罗圈腿。"你说得对，吉赛尔赫。仇恨一笔勾销。"

瑟瓦迪奥咽了口口水，试图融入聚在周围的人群。他彻底失去了跟踪耗子帮和女孩"法尔嘉"的兴趣。他如今认定，地方长官承诺的赏金还远远不够。

法尔嘉平静地收剑入鞘，扫视四周。瑟瓦迪奥吃惊地看着她突然改变的表情。

"我的棉花糖。"女孩看着掉在地上的零食,可怜兮兮地哭诉道,"我弄掉了棉花糖……"

米希尔一把抱住她。

"我再给你买一份。"

◆━━◆━━◆

猎魔人坐在柳树间的沙地上,陷入自己的思绪,脸色阴沉而愤怒。他看着那些鸬鹚——它们正停在被鸟粪染白的树上。

谈话结束后,卡西尔钻进了树丛,到现在还没回来。米尔瓦和丹德里恩正在寻找可吃的东西。他们找到一口铜锅,又在小船的渔网下面找到一筐蔬菜。他们把船里的一只捕鱼篓固定在靠近河岸的水里,然后用木棍敲打周围的灯芯草,想把鱼赶进去。诗人已经感觉好多了,他高昂着英勇负伤的头颅,像只孔雀一样骄傲地走来走去。

杰洛特则在继续沉思和生闷气。

米尔瓦和丹德里恩费力地捞起捕鱼篓,立刻咒骂起来,因为里面没有他们预想的鲶鱼或鲤鱼,只有几条扭动的银色小鱼。

猎魔人站起身。

"你们两个,过来!别管捕鱼篓了。我有件事要告诉你们。"

"你们得回家了。"等身上湿漉漉、散发着鱼腥味的两人走过来,他直截了当地说,"去北边的玛哈坎山脉吧。我一个人继续南下。"

"你说什么?"

"我们得分道扬镳了。玩乐时间结束了,丹德里恩,你该回家去写诗了。米尔瓦会带你穿过森林……怎么了?"

"没什么。"米尔瓦用力甩开搭在肩上的头发,"什么都没有。说吧,猎魔人,我很想知道你接下来想说什么。"

"我也没什么想说的。我会往南走,去雅鲁加河对岸,穿过尼弗迦德帝国的领土。这段旅程既漫长又危险,而且时间紧迫,所以我必须一个人赶路。"

"所以你必须丢下累赘。"丹德里恩点点头,"丢下拖慢你脚步,又给你惹了很多麻烦的脚镣。换句话说,也就是我。"

"还有我。"米尔瓦看向一旁。

"听我说,"杰洛特的语气镇定了许多,"这是我的私事,跟你们都没关系。我不想让你们为了只跟我有关的事冒生命危险。"

"这是你的私事,"丹德里恩缓缓重复道,"你不需要任何人。同伴只会妨碍你,拖慢你赶路的速度。你不指望任何人的帮助,也不想依靠任何人。除此之外,你还喜欢独处。我遗漏了什么没有?"

"就跟平时一样,"杰洛特怒气冲冲地说,"你遗漏了头壳里的脑子。你这蠢货,如果那支箭再往右偏上一寸,现在就轮到白嘴鸦啄食你的尸体了。你是个诗人,想象力丰富,所以就想象一下那幅景象吧。我重复一遍:你该回北方去,而我要去相反的方向。独自动身。"

"那就去吧。"米尔瓦跳了起来,"我不会求你的。下地狱去吧,猎魔人。我们走,丹德里恩,去煮点儿什么。我饿坏了。听他说话让我犯恶心。"

杰洛特转过头。他看到绿眼睛鸲鹆把翅膀搭在覆盖鸟粪的树枝上,让阳光晒干羽毛上的河水。他闻到了浓郁的草药气息,不由狠狠咒骂起来。

"你在考验我的耐心,雷吉斯。"

吸血鬼满不在乎地凭空现身,坐在恼火的猎魔人身边。

"我得给诗人换绷带。"他平静地说。

"那就找他去。离我远点儿。"

雷吉斯叹了口气。但看起来,他并不打算走开。

"我听到了你和丹德里恩及弓手的谈话。"他的语气带着一丝讽刺,"必须承认,你在争取支持这方面真有一套。虽然整个世界都在追捕你,你却毫不理会想要帮你的同伴和盟友。"

"这个世界真是黑白颠倒了,吸血鬼居然教我怎么跟人类打交道。雷吉斯,你又对人类了解多少?你只知道他们血液的滋味。我到底干吗要跟你说话?"

"这个世界确实黑白颠倒了。"吸血鬼面无表情地承认,"你都开始跟我说话了。或许你能听我几句忠告?"

"不,我不想听。没这个必要。"

"是啊,我都忘了。忠告对你来说是多余的,盟友也是多余的,你有没有旅伴都一样。毕竟,你这场远征纯属私事。更重要的是,为了实现这个目标,你必须独自上路。除了风险、威胁、艰辛和疑虑,你不需要别的负累。因为归根结底,这些都是自我惩罚的一部分,是你想要赎罪的代价。要我说,这就是火之洗礼。你要穿过火焰之路。这火既能烧灼你,也能净化你。你打算独自完成洗礼。如果有人支持你,帮助你,哪怕只是略微尝试一下这场火之洗礼,出于同样的理由,他们的痛苦也会加重你的债务。他们会剥夺你想要清偿的一部分罪过,而他们的参与又会让你欠下一份人情。毕竟,这是你一个人该赎的罪。只有你需要还债,你又不想同时欠下更多的债。我的推理正确吗?"

"完全正确。考虑到你没喝酒,这还真挺让我吃惊的。不过我看到你就心烦,吸血鬼,请让我独自赎罪吧。让我独自面对债务。"

"如你所愿。"雷吉斯站起身,"坐在这儿好好思考吧。但我要给你几句忠告:所谓的罪恶感,也就是寻求救赎和火之洗礼的需要,你无权独占。生命与银行的不同,就在于生命能以欠下别人债务的方式还清眼下的债。"

"拜托,走开吧。"

"如你所愿。"

吸血鬼走到丹德里恩和米尔瓦那边。雷吉斯给诗人更换绷带时,三人开始讨论该吃什么。米尔瓦从捕鱼篓里倒出小鱼,仔细察看一番。

"没别的法子了。"她说,"我们只能把这几条小鱼串在细树枝上,放上火堆烤一烤。"

"不,"丹德里恩摇了摇刚刚包扎过的脑袋,反驳道,"这主意不好。鱼太少了,我们吃不饱的。我提议熬汤。"

"鱼汤?"

"当然。我们有些小鱼,还有盐。"丹德里恩摆弄手指计算配料,"我们有洋葱、胡萝卜、欧芹根和芹菜。还有一口锅。只要把这些东西全放进去,就能熬出一锅汤。"

"再有些调料就好了。"

"哦。"雷吉斯微笑着把手伸进包里,"没问题。罗勒、甘椒、胡椒、月桂叶、鼠尾草……"

"足够了,足够了。"丹德里恩抬起手,制止了他,"这些足够了。汤里不用加曼德拉草的。好了,我们开始熬汤吧。你负责洗鱼,米尔瓦。"

"你自己洗！呸！别以为同伴里有个女人，她就得在灶台边给你打下手！我负责打水和生火。你自个儿处理这几条泥鳅的内脏吧。"

"可这些不是泥鳅。"雷吉斯说，"它们分别是鲢鱼、斜齿鳊、梅花鲈和白鳊鱼。"

"哦，"丹德里恩忍不住开口，"看来你很了解鱼嘛。"

"我了解很多东西。"雷吉斯的语气不带丝毫夸耀，"随着岁月的流逝，我了解了各种各样的知识。"

"既然你这么博学，"米尔瓦朝火堆吹了口气，站起身来，"就用你的知识给这些小鱼开膛吧。我要去打水了。"

"你端得动一整锅水吗？杰洛特，帮她一把。"

"我当然端得动。"米尔瓦哼了一声，"我也不需要他帮忙。他有他自己的私事要处理，谁都别去打扰他！"

杰洛特转过头，假装什么也没听见。丹德里恩和吸血鬼用老练的动作处理那些小鱼。

"这锅汤肯定很淡。"丹德里恩把锅子吊到火堆上，"要是有大点儿的鱼就好了。"

"这条可以吗？"卡西尔突然钻出柳林，手里拎着一条约莫三磅重的狗鱼。它的尾巴仍在甩动，嘴巴一张一合。

"啊哈！多好的鱼啊！尼弗迦德人，你在哪儿抓到它的？"

"我不是尼弗迦德人。我来自维可瓦罗，我的名字是卡西尔……"

"好了，好了，我们都知道了。现在告诉我们，这条狗鱼是在哪儿抓的？"

"我做了个鱼钩，抓了只青蛙作钓饵。我把鱼饵放到河堤下面的一个洞里，这条狗鱼立刻就上钩了。"

"真是个行家。"丹德里恩摇了摇绑着绷带的脑袋,"只可惜我没提议吃牛排,不然你准能变出一头牛来。不过我们还是知足吧。雷吉斯,把小鱼都丢锅里,鱼头鱼尾不用去掉。但这条狗鱼得好好处理才行。尼弗……卡西尔,你知道该怎么做吧?"

"知道。"

"那就干活吧。杰洛特,该死的,你打算坐在那儿生多久的闷气?过来给蔬菜削皮!"

猎魔人乖乖地站起身,走到他们旁边,但仍跟卡西尔保持着距离。不等他抱怨没有削皮的刀子,尼弗迦德人——或者维可瓦罗人——便把自己的短刀递了过来,然后又从靴筒里抽出一把。杰洛特接过刀子,含混不清地道了声谢。

他们的合作很有效率。没过多久,满满一锅小鱼和蔬菜就开始冒泡、翻滚。吸血鬼用米尔瓦削出的勺子敏捷地撇去浮沫。卡西尔掏出狗鱼的内脏,又把鱼切成几块。丹德里恩把鱼尾、鱼鳍、鱼背和长满尖牙的鱼头丢进锅子,搅动起来。

"唔,闻起来真香。等熬成浓汤,咱们再把渣滓滤掉。"

"怎么滤?用袜子吗?"米尔瓦开始削另一把勺子,同时皱起眉头,"没筛子怎么过滤?"

"我亲爱的米尔瓦,"雷吉斯微笑着说道,"也不能这么说嘛!我们完全可以用手边的东西替代没有的东西,需要的只是创意和积极的思考。"

"你跟你的大道理能不能都见鬼去,吸血鬼?"

"可以用我的锁子甲过滤。"卡西尔说,"没关系,我回头用水洗一洗就好。"

"用之前也请好好洗一遍。"米尔瓦大声说,"不然这汤我才不喝。"

他们顺利地滤好了汤。

"好了,卡西尔,鱼肉块可以下锅了。"丹德里恩指示道,"闻着真香。别再添柴了,现在得用文火慢炖。杰洛特,你用勺子搅哪儿呢!现在不能搅汤!"

"别嚷。我又不知道。"

"无知,"雷吉斯笑道,"可不是瞎搅和的理由。当你不知道或心存疑虑时,最好向他人求教……"

"闭嘴,吸血鬼!"杰洛特猛地站起身,背对着他们。丹德里恩哼了一声。

"瞧瞧他,又生气了。"

"真是他的典型做派,"米尔瓦板着脸说,"只会说空话。不知道该怎么做时,他就会说一通空话,然后一个人生闷气。你们到现在还没看出来?"

"早看出来了。"卡西尔轻声道。

"加胡椒。"丹德里恩舔了舔汤勺,咂咂嘴巴,"再加点儿盐。啊,刚刚好。把锅拿下来。天哪,好烫!我没有手套……"

"我有。"卡西尔说。

"而我,"雷吉斯从另一边端起锅,"不需要手套。"

"是啊。"诗人用裤管擦了擦勺子,"好了,伙计们,都坐下,尽情品尝吧!杰洛特,你在等谁专门邀请你吗?用不用找个传令官,用小号吹奏一曲?"

他们围着锅坐在沙地上。好一阵子,空地间只有礼貌而响亮的喝汤声，还有勺子不时碰撞锅子的声音。等喝完了半锅汤，他们小心翼翼地捞出鱼肉，直到整只锅子都见了底。

"哦，我都吃撑了。"米尔瓦呻吟道，"熬汤这主意真不赖，丹德里恩。"

"的确。"雷吉斯赞同道，"杰洛特，你怎么说？"

"我要说：谢谢。"猎魔人费力地站起身，揉了揉又开始折磨他的膝盖，"这样够了吗？还是说，你更想听传令官吹小号？"

"他老是这样。"诗人摆摆手，"别理他就好。话说回来，你们算走运了。他跟他的叶妮芙——那位乌黑头发、苍白皮肤的美人儿——吵架时，我就跟在他身边。"

"说话要慎重。"吸血鬼告诫丹德里恩，"还有，别忘了，他有他的麻烦。"

"有麻烦，"卡西尔强压下一个饱嗝儿，"就该设法解决。"

"那是当然，"丹德里恩答道，"可要怎么解决？"

米尔瓦哼了一声，在热乎乎的沙地上坐得更舒服些。

"吸血鬼是个学者，他肯定知道。"

"这种事无关学问，关键在于仔细确认手头的所有条件。"雷吉斯平静地说，"而确认之后，我们就会得出结论：我们面对的是个无法解决的问题。这场行动毫无成功的机会，找到希瑞的可能性等于零。"

"可你讲过：也不能这么说嘛。"米尔瓦嘲弄地说，"我们应该积极思考，发挥创意。就好比那个筛子。要是手边缺了什么，就该找个替代品。我是这么认为的。"

"直到不久前，"吸血鬼续道，"我们都以为希瑞身在尼弗迦德。到达那里并解救她——或者绑架她——已经超出了我们的能力。而如今，听完卡西尔的说法，我们连希瑞在哪儿都不知道了。连方向都没有，创意更是从何谈起呢？"

"那我们该怎么做？"米尔瓦发起火来，"猎魔人坚持要去南方……"

"对他来说，"雷吉斯大笑道，"指南针的指向并不重要。无论走哪个方向，对他来说都一样，只要他自己有事可做就行。这确实是猎魔人才会有的原则。这个世界充满邪恶，所以只要大步向前，摧毁路上遭遇的一切邪恶，为善良的一方做出贡献就足够了。其他方向的人只好自求多福吧。换句话说：行动就是一切，目标毫无意义。"

"胡说八道。"米尔瓦评论道，"我是说，他的目标是希瑞。你怎么能说她毫无意义呢？"

"我是在说笑，"吸血鬼冲背对他们的杰洛特眨眨眼，承认道，"而且这笑话确实不太高明。我道歉。你说得对，亲爱的米尔瓦，希瑞就是我们的目标。既然我们不知道她身在何方，就该查明这一点，然后相应地做出改变。依我看，命运之子肯定跟魔法、宿命和其他超自然元素息息相关。而我认识的一个人在这些方面相当博学，那人也肯定愿意帮助我们。"

"哦，"丹德里恩显得很高兴，"是谁？在哪儿？离这儿远吗？"

"肯定比尼弗迦德的首都近——事实上要近得多。就在安格林。雅鲁加河的这一边。我说的是坐落于凯德·杜森林中心的德鲁伊石环。"

"我们这就出发吧！"

"你们就没打算，"杰洛特恼火地说，"征求一下我的意见？"

"你？"丹德里恩转过身，"你根本就不知道自己该干吗。就连你刚才喝的汤都是我们的功劳。要不是我们，你还在饿肚子呢。要是等你动手，我们也一样得挨饿。这锅汤就是合作的成果。团队协作。为同一个目标联合起来的团体做出的共同努力。我的朋友,你明白吗?"

"他怎么可能明白?"米尔瓦皱着眉说,"他只会说:'我。我。我自己。独来独往。'他就是一匹独狼!可你也看到了,他既不是猎手,又不熟悉森林。狼才不会独自捕食!从来不会!什么独狼,哈,纯粹是城里人愚蠢的妄想。可他不会明白这些!"

"哦,他明白的,明白的。"雷吉斯像往常一样抿嘴微笑。

"他只是看起来有点傻。"丹德里恩附和道,"但我一直期待他能下定决心动一下脑子。这一来,他也许真能得出一些有用的结论。或许他会明白的:真正有必要一个人做的事就只有自渎而已。"

卡西尔·莫瓦·迪弗林·爱普·契拉克明智地保持沉默。

"让瘟疫把你们都抓走吧。"猎魔人最后憋出一句,把勺子插进靴筒,"你们这群白痴,明明目标与你们毫不相干,却偏想搞什么'团结协作'。你们都见鬼去吧,还有我。"

这一次,所有人都跟卡西尔一样,明智地保持着沉默。丹德里恩、玛利亚·巴林——也就是米尔瓦——以及爱米尔·雷吉斯·洛霍雷克·塔吉夫-哥德弗洛伊,全都没说话。

"我真是摊上了一群好伙伴。"杰洛特摇着头说,"同生共死的战友!一群英雄!我何德何能,能配得上你们?一个手拿鲁特琴的蹩脚诗人、一个野蛮粗鲁的半人半树精、一个眼看就要活过五个世纪的吸血鬼,还有个该死的尼弗迦德人——虽然他坚称自己不是。"

"而领导这支队伍的,是个承受良心谴责、无能也无力做出决定的猎魔人。"雷吉斯平静地帮他说完,"我提议,我们应该隐姓埋名,以免惹人怀疑。"

"或者惹人发笑。"米尔瓦补充道。

"王后答道：'不要向我求饶，你该乞求被你的巫术伤害之人。既然你有勇气做出这等行径，就该勇敢地面对近在咫尺的追兵和正义的制裁。我没有宽恕你罪孽的权力。'于是那女巫发出猫一样的嘶嘶声，邪恶的双眼闪动光芒。'我的末日近了，'她尖声道，'可王后啊，你也一样。在你悲惨的死亡到来的那一刻，你会想起劳拉·朵伦和她的诅咒。而且你要记住：我的诅咒会纠缠你的后裔，直到第十代人为止。'然而，看到王后胸膛中跳动的坚强之心，邪恶的精灵女巫也停止了污蔑和恐吓，开始像母狗一样呜咽着求饶，恳求她的宽恕……"

——劳拉·朵伦的故事
人类讲述的版本

"……她的乞求未能软化 Dh'oine 的铁石心肠，也未能打动残忍无情的人类。当劳拉抓住马车门，为自己尚未出世的孩子——而非她自己——求饶时，残暴的刽子手在王后的命令下一剑斩断了她的手指。那一晚降下严霜，在森林覆盖的小山顶，劳拉呼吸着最后几口空气，诞下一个女婴，并用仅存的体温保护了她。尽管那是个风雪交加的寒冬之夜，春意却突然在山顶绽放，绯恩韦德之花遍地盛开。即便到了今天，这种花也只会在两个地方盛开——一是多尔·布雷坦纳，一是劳拉·朵伦·爱普·希达哈尔故去的山顶。"

——劳拉·朵伦的故事
精灵讲述的版本

第六章

"我跟你说了,"希瑞躺在地上,恼火地说,"别碰我。"

米希尔抽回手,还有刚刚用来挠希瑞脖子的草叶。她在希瑞身旁躺了下来,凝视着天空,双手垫在自己剃得干干净净的脖颈下。

"你最近表现有点怪,年轻的猎鹰。"

"我只希望你别碰我!"

"我只想找点乐子。"

"我知道。"希瑞抿起嘴唇,"只想找点乐子。你一直'只想找点乐子',但我已经受够了,你明白吗?对我来说,已经没有乐趣可言了!"

米希尔沉默良久。她躺在地上,注视着被白云分割开来的一道道蓝天。一只老鹰正在森林上方盘旋。

"你的梦。"她最后说,"是因为你的梦,对吧?你几乎每晚都会尖叫着惊醒。过去的经历会在你的梦中重现。这种事我并不陌生。"

希瑞没有回答。

"你从来不说自己的事。"米希尔再次打破沉默,"不说你过去的经历，还有你的家乡，有没有人等你回去……"

希瑞飞快地扬起手，拍向自己的脖子。但这一次，那儿只是爬上了一只瓢虫。

"的确有那么几个，"她轻声说着，却没看向自己的同伴，"我是说，我觉得有……只要他们愿意，就算到这世界尽头，他们也能找到我……只要他们还活着的话。哦，米希尔，你希望我说什么？向你吐露一切？"

"不用勉强。"

"那就好。因为，当然了，你只想找点乐子。你对我做的每件事都一样。"

"我不明白，"米希尔转过头去，"既然跟我在一起那么痛苦，那你为什么不离开？"

"我不想独自一人。"

"就因为这个？"

"这很重要。"

米希尔咬住嘴唇。她还没来得及再次开口，哨声就响了。她俩同时跳了起来，拂去衣服上的松针，跑向自己的坐骑。

"乐子就要开始了。"米希尔跳上马鞍，拔出剑，"这可是你最喜欢的乐子，法尔嘉。别以为我没发现。"

希瑞恼火地用脚跟踢了踢马腹，两匹马沿着溪谷边缘飞驰而去。耗子帮其他成员钻出大路另一侧的丛林，狂野的呼喊声清晰可闻。包围圈开始收拢。

私下召见结束了。瓦提尔·德·李道克斯——艾登子爵,恩希尔·瓦·恩瑞斯皇帝军情机构的首脑——朝百花之谷的女王行了个比外交礼仪还要恭敬的鞠躬礼。帝国密探鞠躬的动作既警惕又审慎,双眼始终不离正趴在精灵女王脚边的两头豹猫。金色眸子的大猫看上去昏昏欲睡,似乎很慵懒,但瓦提尔清楚,它们绝非可爱的宠物,而是警觉的护卫,随时准备将任何过于接近女王的人撕成碎片。

法兰茜丝卡·芬达贝——又名艾妮德·安·葛丽娜,亦即"山谷雏菊"——一直等到门在瓦提尔身后合拢,才摸了摸那两只豹猫。

"非常好,艾达。"她说。

艾达·艾敏·爱普·西维尼——精灵女术士,来自蓝山的自由精灵,在这次会面中始终用隐形咒语包裹全身——出现在图书馆一角,伸手抚平自己的衣裙和朱砂色红发。两头豹猫的反应只是略微睁大了眼睛。跟所有猫科动物一样,它们也能看到隐形之物,而且不会被简单的咒语欺骗。

"这场间谍游戏开始让我厌烦了。"法兰茜丝卡冷笑一声,在乌木椅上换个更舒服的姿势,"科德温的亨赛特不久前派来一位'领事'。迪杰斯特拉派了一支'贸易代表团'。现在连间谍头子瓦提尔·德·李道克斯本人都来了!哦,不久前,那个伟大帝国的小人物史提芬·史凯伦也转悠到这儿了,但我没接见他。我是女王,而史凯伦只是个小角色。他也许很有地位,但终究上不了台面。"

"史提芬·史凯伦,"艾达·艾敏慢吞吞地说,"也来拜访我们了,而且比在这儿走运。他跟菲拉凡德芮和瓦纳丁说上了话。"

"他是不是也跟瓦提尔一样,询问了有关威戈佛特兹、叶妮芙、里恩斯和卡西尔·莫瓦·迪弗林·爱普·契拉克的事?"

"是啊,不过他也问了别的问题。说起来也许会让您吃惊,因为他更感兴趣的其实是伊丝琳妮·艾格里·爱普·艾维尼恩的预言,尤其是跟 Aen Hen Ichaer——也就是'上古之血'——相关的段落。他感兴趣的还有'海鸥之塔'托尔·劳拉,以及传说中曾连接'海鸥之塔'和'雨燕之塔'托尔·吉薇艾儿的传送门。真是人类的典型做派,艾妮德。他们以为只要自己点点头,我们就得为他们解开各种谜团和谜题——哪怕我们自己也为此困扰了许多个世纪。"

法兰茜丝卡抬起一只手,审视着指头上的戒指。

"我很好奇,"她说,"菲丽芭是否知道史凯伦和瓦提尔古怪的关注目标?还有他俩的主子恩希尔·瓦·恩瑞斯的意图?"

"还是别假设她不知道为好。"艾达·艾敏用锐利的目光看向女王,"最好也别在蒙特卡沃的会议上向菲丽芭和其他参会者隐瞒。这会让我们显得很不光彩……而且我们希望组织能顺利成立。我们希望得到信任——我们,精灵女术士——免得被人当成两面派。"

"可我们确实是在两面讨好,艾达。我们同时也在玩火——跟尼弗迦德的白焰……"

"火焰既能烧灼,"艾达·艾敏抬起化了浓妆的眼睛,看向女王,"也能净化。这是必然的过程。风险是必须的,艾妮德。我们要让协会成立,让它发挥功用,发挥完全的功用。十二位女术士,包括预言中提到的那位。就算这只是一场游戏,我们也该信任她们。"

"如果这只是个圈套呢?"

"你比我更了解那些人。"

艾妮德·安·葛丽娜思索片刻。

"席儿·德·坦沙维耶，"最后她说道，"是位神秘莫测的隐居者，不向任何人效忠。特莉丝·梅利葛德和凯拉·梅兹曾经很忠诚，但现在都成了流民，因为弗尔泰斯特王把所有巫师都赶出了泰莫利亚。玛格丽塔·劳克斯－安蒂列只关心她的学院，别无其他。当然了，上述三人目前几乎对菲丽芭言听计从，而菲丽芭又是个不解之谜。萨宾娜·葛丽维希格不会放弃她在科德温的政治影响力，但也不会背叛协会。协会能赋予的权力对她太有诱惑力了。"

"那艾希蕾·瓦·阿纳兴呢？还有我们将在蒙特卡沃见到的另一个尼弗迦德女术士呢？"

"我对她们知之甚少。"法兰茜丝卡微微一笑，"但见到她们之后，我就能知道些什么了。等我见过她们的打扮之后。"

艾达·艾敏垂下涂着眼影的眼皮，但忍住了没再发问。

"这么一来，剩下的就只有那尊玉制小雕像了。"过了一会儿，她才说道，"伊丝琳妮预言里提到的可疑而又神秘的玉制小雕像。现在我觉得，是时候让她畅所欲言，并告诉她接下来会发生什么了。需要我帮忙吗？"

"不，我自己来就好。你清楚解封会带来什么反应。旁观者越少，她的自尊受到的打击也就越小。"

◄━━━◆━━━►

法兰茜丝卡·芬达贝又确认了一次：防护力场的确已将庭院与宫

殿的其他部分彻底隔绝，阻挡视线的同时也模糊了声音。她点燃三只黑色的蜡烛，烛台上还配备了抛物面镜。庭院的圆形马赛克铺路石上描绘着精灵黄道带"维卡"的八个符号，烛台则分别摆放在代表五月节、收获节和幽乐节的符号上。在黄道环内部，马赛克铺路石构成了另一个较小的环形，上面点缀着魔法符号，并围出五芒星的图案。法兰茜丝卡将三只小巧的铁制三脚架分别放在内环的三个符号上，然后小心翼翼地在每只三脚架顶端放上三块水晶。水晶的切面与三脚架的构造刚好吻合，意味着它们摆放的位置不会有丝毫差错。即便如此，法兰茜丝卡依然检查了好几遍。她不想冒任何风险。

附近有座喷泉，泉水从水泽仙女雕像手捧的大理石水壶中不断涌出，化作四股水流落入水池，让池中的睡莲颤动不止——莲叶间还有金鱼悠哉游弋。

法兰茜丝卡打开一只珠宝箱，取出一尊小巧发白的绿玉雕像，把它放在五芒星的正中央。她后退几步，又看了一眼旁边桌上的魔法书，深吸一口气，抬起双手，念出一段咒语。

蜡烛突然开始熊熊燃烧，水晶的切面亮了起来，闪现出一道道光束。那些光束朝小雕像射去，其色彩很快由绿转金，片刻后又变为透明。空气中洋溢着微光闪烁的魔法能量，并与防护力场发生碰撞。其中一支蜡烛迸射出火花，阴影投射到地板上，马赛克铺路石仿佛活了过来，上面的图案也随之变幻。但法兰茜丝卡没有放下双手，也没停止念诵咒语。

雕像以闪电般的速度变大，开始悸动、颤抖，结构和形状也在迅速变化，仿佛一团在地板上蔓延开来的烟雾。水晶射出的强光穿透了空气，光线中出现了蠕动并渐渐凝结的物质。片刻过后，一具人类的身体突然出现在魔法圆环的正中央。那是个黑发女人，正软软地躺在地板上。

蜡烛冒出烟雾，水晶的光芒黯淡下来。法兰茜丝卡放下双臂，活动一下手指，拭去额头的汗水。

地上的黑发女人蜷起身子，发出尖叫。

"你叫什么名字？"法兰茜丝卡喘息着问道。

女人不断抽搐和哀号，双手始终捂着下腹。

"你叫什么名字？"

"叶……叶妮……叶妮芙！！！呃啊啊啊啊……"

精灵松了口气。那女人继续扭动和哀号，双拳捶打着地板，干呕不止。法兰茜丝卡耐心而平静地等待着。方才还是绿玉雕像的女人正处在痛苦当中，这点十分明显，而且十分正常。但她的大脑没有受损。

"好吧，叶妮芙，"长长的停顿过后，精灵打断了女人的呻吟，"我这么做也是情非得已，不是吗？"

叶妮芙用双手和膝盖艰难地撑起身子，拿手腕蹭了蹭鼻子，茫然地扫视四周。她的目光掠过法兰茜丝卡——好像女精灵根本不在庭院内——停在那座有清水潺潺流出的喷泉上，双眼跟着一亮。叶妮芙无比艰难地爬到喷泉旁边，费力地攀上池缘，哗啦一声摔进水里。她被水呛到，剧烈地咳嗽起来，连连吐出唾沫。她分开睡莲，爬到水泽仙女雕像前，背靠底座坐了下来。池水没过她的胸口。

"法兰茜丝卡，"她抚摸着脖子上的星形黑曜石，喃喃说道，同时用清澈了少许的目光看向女精灵，"是你……"

"是我。你还记得什么？"

"你把我封装起来……该死，是你把我封装起来的！"

"我把你封装起来,然后又给你解了封。你还记得什么?"

"加斯唐宫……精灵。希瑞。你。还有突然落到我头上的可怕重量。法器压制……"

"你的记忆没问题。很好。"

叶妮芙垂下头,看向自己的股间。金鱼在她腿边游来游去。

"这池子水得换了,艾妮德,"她嘟囔道,"我刚刚尿在里面了。"

"没关系。"法兰茜丝卡笑着说,"不过你得看看水里有没有血。众所周知,封装过程会对肾脏造成损伤。"

"只有肾脏?"叶妮芙小心翼翼地吸了口气,"恐怕我体内没有一个器官是完好无损的……至少感觉上是这样。该死的,艾妮德,我真不知道自己做了什么,会让你这么对我……"

"从水池里出来。"

"不,我喜欢这儿。"

"我明白。你现在严重缺乏水分。"

"还有尊严。我的尊严!为什么这么对我?"

"出来,叶妮芙。"

女术士用双手扶住大理石雕像,费力地站起身。她甩掉身上的睡莲叶,又用力扯下滴水的衣裙,一丝不挂地站在喷泉前,站在涌出的泉水下。等清洗完全身,又喝了几大口泉水,她才走出水池,坐在池边,拧干头发,然后四下张望。

"我在哪儿?"

"多尔·布雷坦纳。"

叶妮芙擤了擤鼻子。

"仙尼德岛的冲突还在继续吗?"

"不，一个半月前就结束了。"

"我肯定做了什么事，在你看来罪大恶极。"过了一会儿，叶妮芙说，"我肯定真的让你很生气，艾妮德。不过这回就算扯平了吧。你已经无情地报复了我，虽然残忍得有点儿过头。你就不能直接割断我的喉咙吗？"

"别说胡话了。"精灵皱起眉头，"我把你封装起来带出加斯唐宫，为的是保全你的性命。稍后我会向你说明的。拿好这块毛巾，还有被单。等你洗完澡，有人会给你送去新裙子——我是说，在更得体的地方，用装满温水的澡盆洗过之后。你就别再糟蹋我的金鱼了。"

━━◆◆◆━━

艾达·艾敏和法兰茜丝卡在喝酒。叶妮芙喝的却是糖水和胡萝卜汁，而且分量惊人。

"总结起来就是，"听完法兰茜丝卡的讲述，叶妮芙说道，"尼弗迦德征服了莱里亚，并与科德温联手瓜分了亚甸，烧毁了温格堡，令维登称臣，眼下还在摧毁布鲁格和索登。威戈佛特兹消失得无影无踪。蒂莎娅·德·维瑞斯自杀了，而你成了百花之谷的女王。恩希尔皇帝用王冠和权杖向你换走了我的希瑞。他追捕希瑞这么久，如今终于把她攥进了掌心，听凭他的发落。你把我封装成玉制小雕像，在盒子里存放了一个半月，还指望我对你感激涕零。"

"就算不出于礼貌，你确实也该感谢我。"法兰茜丝卡·芬达贝冷冷地回答，"在仙尼德岛，有个叫里恩斯的人发誓要慢慢折磨死你，说这事关名誉，威戈佛特兹则提议给你个痛快。这个里恩斯在加斯唐宫到处搜捕你,但却与你失之交臂。因为你已经变成了一尊玉制小雕像,藏在我的乳沟中间。"

"然后我就当了四十七天的雕像?"

"没错。在此期间,哪怕有人问起,我也可以回答温格堡的叶妮芙确实不在多尔·布雷坦纳。因为他们问的是叶妮芙,不是雕像。"

"究竟发生了什么事,才会让你决定给我解封?"

"很多事。我这就给你解释。"

"麻烦你先解释另一件事:猎魔人也在仙尼德岛上,我是说杰洛特。你应该还记得,在艾瑞图萨,我向你介绍过他。他怎么样了?"

"请冷静。他还活着。"

"我很冷静。告诉我,艾妮德。"

"仅仅一个钟头,"法兰茜丝卡说,"你的猎魔人就完成了许多人倾其一生也无法实现的壮举。简略地说:他打断了迪杰斯特拉的腿,砍掉了阿尔托·特拉诺瓦的脑袋,杀死了十多个松鼠党。哦,我差点忘了,他还叫凯拉·梅兹欲火焚身,欲罢不能。"

"真可怕。"叶妮芙做了个鬼脸,"但我想,凯拉应该已经忘掉这事了。希望她别记恨他。他没跟她上床纯粹因为时间不够,而不是对她缺乏尊重。请代我向她说明一下。"

"要不了多久,"山谷雏菊冷冷地说,"你就可以自己跟她说了。虽然你蹩脚地假装满不在乎,不过我们还是先转回正题吧。你的猎魔人在保护希瑞这件事上热心得过了头,做出了非常鲁莽的举动。他跟威戈佛特兹动手了,结果反被暴揍一顿。威戈佛特兹没杀他,想必也是因为时间不够,而非下不了决心。怎么,你还要假装自己什么都不在乎吗?"

"不。"叶妮芙的脸色变得痛苦,讽刺的表情消失了,"不,艾妮德,我在乎。某些人很快就会明白我有多在乎。记住我的话。"

法兰茜丝卡却不在乎叶妮芙的威胁,正如她毫不在乎对方的讽刺。

"特莉丝·梅利葛德把半死不活的猎魔人传送到布洛克莱昂森林。"她陈述道,"就我所知,树精们还在给他疗伤。据说他的伤势已经有所好转,不过他还是别出那片森林为好。迪杰斯特拉的密探和所有王国的军情人员都在找他。话说回来,你的情况跟他一样。"

"我到底做了什么,能如此劳他们大驾?我又没打断迪杰斯特拉的腿……哦,先别说,让我猜猜看。我在仙尼德岛消失得无影无踪。没人想到我变成了一尊雕像,藏在你的乳沟里。所有人都以为,我跟其他同谋一起逃去了尼弗迦德。当然了,我的同谋除外,但他们不会站出来纠正这个错误,因为眼下正在打仗,而假情报无论何时都是值得利用的武器。而现在,四十七天之后,轮到你来使用这件武器了。我在温格堡的家被人付之一炬,我自己也遭到追捕。我已经别无选择了,只能加入松鼠党的突击队,或以别的方式为精灵的自由而战。"

叶妮芙抿了口胡萝卜汁,注视着依然缄默而镇定的艾达·艾敏·爱普·西维尼。

"哦,艾达女士,来自蓝山的自由精灵,我的猜测正确吗?你为什么这么沉默寡言?"

"因为我,叶妮芙女士,"红发女精灵答道,"在没什么话好说时,宁可选择不开口。这总比做出毫无根据的推测,或用闲聊来掩饰焦虑要好得多。艾妮德,说重点吧。把我们的目的告诉给叶妮芙女士。"

"我洗耳恭听。"叶妮芙摸了摸丝绒缎带上的星形黑曜石,"说吧,法兰茜丝卡。"

山谷雏菊将下巴搁在交扣的双手上。

"今夜，"她大声说，"是满月后的第二个夜晚。再过不久，我们将会传送到菲丽芭·艾哈特的根据地蒙特卡沃城堡。我们会参加某个组织的集会，而你对这个组织应该很感兴趣。毕竟你向来赞同魔法的价值高于一切，高于所有争论、冲突、政治选择、个人兴趣、怨恨、情感和敌意。如果你听说在不久之前，有个推崇同样理念的机构已经为此打下了牢固的基石，想必会欣喜若狂吧。这个组织类似于秘密协会，成立的目的就是维护魔法的利益，并确保魔法在这个世界的统治阶层中占据应有的地位。我动用了向协会推荐新成员的特权，冒昧地向她们推荐了两位候选人——艾达·艾敏·爱普·西维尼，还有你。"

"真是意料之外的殊荣。"叶妮芙讽刺地说，"前一秒我还是尊雕像，下一秒就加入了超越私人恩怨、简直无所不能的秘密精英结社。可我当真合适吗？我真的坚强到能放下所有怨恨的程度吗？我真能原谅夺走希瑞、残忍地殴打我珍视的男人、又把我封装……"

"我相信，"女精灵打断她，"你的确有这么坚强，叶妮芙。我了解你，知道你并不缺乏这样的人格力量。你也不缺乏野心，而这足以打消你的疑虑。但如果你真想知道的话，我会向你坦白的：我把你推荐给协会，是因为我相信，你有资格成为协会的一员，能为这项事业做出重大的贡献。"

"谢谢。"叶妮芙答道，但她嘴角讽刺的微笑并未消失，"谢谢你，艾妮德。我确实感觉到了不断涌出的野心、傲慢和自我崇拜感。我自我膨胀得都快爆炸了。不过在这之前，我很想知道，你们干吗不再找个多尔·布雷坦纳或蓝山的精灵来替代我？"

"到了蒙特卡沃之后，你会明白原因的。"法兰茜丝卡冷冷地回答。

"我更想现在就明白。"

"告诉她。"艾达·艾敏低声道。

"因为希瑞。"思忖片刻后,法兰茜丝卡用高深莫测的双眼看向叶妮芙,开口道,"协会对她很感兴趣,而再没有别人比你更了解那个女孩了。至于其他原因,等我们到了你自然就明白了。"

"我懂了。"叶妮芙用力挠了挠肩胛骨。她全身的皮肤因曾被压制而变得干燥,依然瘙痒难耐。"现在,告诉我其他成员的名字——除了你和菲丽芭。"

"玛格丽塔·劳克斯-安蒂列、特莉丝·梅利葛德、凯拉·梅兹、柯维尔的席儿·德·坦沙维耶、萨宾娜·葛丽维希格,还有两个尼弗迦德的女术士。"

"这是个国际性女术士协会?"

"可以这么说。"

"她们肯定还以为我是威戈佛特兹的帮凶。她们真会接受我吗?"

"她们连我都接受了,剩下的就得看你自己了。她们会要求你讲述你与希瑞的关系,从最开始讲起——多亏了你那位猎魔人——也就是从十四年前的辛特拉讲起,一直到一个半月前的仙尼德岛事件为止。烦请你务必坦白、诚实,这也将证明你对协会的忠诚。"

"等等,我还要证明什么?现在提忠诚是不是太早了?我甚至还不清楚这个新组织的章程和安排……"

"叶妮芙,"女精灵略微皱起眉头,打断道,"我是在建议你加入协会。但我不会强迫你做任何事,尤其是强迫你效忠。你当然有选择的权利。"

"我想我明白你的意思。"

"你想得没错。但如何选择仍是你的自由。就我个人来说，我依然衷心希望你能加入协会。相信我，与其单枪匹马蹚这摊浑水——你肯定会蹚的——你在协会里反而更能帮上希瑞的忙。希瑞的性命危在旦夕，只有我们联合起来才能解救她。等你听过集会上的发言，你就会明白，我说的是实话……叶妮芙，我不喜欢你的眼神。答应我，你不会试图逃跑。"

"不。"叶妮芙摇摇头，手按丝绒缎带上的星形黑曜石，"不，我不能答应你，法兰茜丝卡。"

"亲爱的，我必须郑重地提醒你：蒙特卡沃的常规传送门都有歪曲封锁机制，任何未经菲丽芭许可就进出城堡的人都会被送进铺设有阻魔金的地牢。如果没有合适的施法材料，你也没法开启自己的传送门。我不想没收你的黑曜石，因为我必须让你保持最佳状态。但如果你耍什么把戏……叶妮芙，我不会允许……协会也不会允许你独自前去营救希瑞或采取什么复仇行动，这么做太不理智。我手上有你的身体参数和咒语算法，我可以把你再次缩小并封装成玉石雕像。这次会是好几个月。有必要的话，甚至好几年。"

"多谢你的提醒。但我还是不会向你发誓。"

芙琳吉拉·薇歌摆出勇敢的表情，但她实际上既焦虑又紧张。她经常责骂年轻一代的尼弗迦德巫师，说他们总爱全盘接受陈腐的观点和想法。而与此同时，她本人却经常嘲笑谣言和宣传中描述的"北方女术士"——说她们的美艳纯属人工雕琢，说她们的傲慢、虚荣和任

性无以复加,甚至常常超越底线。此时此刻,她正通过一连串传送术接近蒙特卡沃城堡,同时担心自己会在这场秘密集会上看到什么,前方等待她的又会有什么。在信马由缰的想象中,她看到了美艳不可方物的女人——她们戴着钻石项链,双乳赤裸,乳尖涂着胭脂;她们嘴唇湿润,眼神因酒精和麻醉品而闪着迷离的光。在芙琳吉拉的脑海中,她仿佛已经看到会议变成了一场狂野而堕落的纵欲狂欢,四下满是疯狂的音乐和催情的药物,还有手持奇异用品的男女奴隶。

最后一次传送让她出现在两根黑色大理石圆柱中间。她嘴唇发干,双眼被魔法之风吹出了眼泪,手指则紧紧攥着脖子上填满方形领口的翡翠项链。艾希蕾·瓦·阿纳兴出现在她身旁,表情同样焦虑不安。尽管如此,芙琳吉拉有理由相信,她朋友的不适仅仅来自于她自己那身新奇的装束——一条朴素却十分优雅的蓝紫色长裙,配上一条小巧的紫翠玉项链。

到了城堡,她的担忧立刻消失无踪。城堡大厅凉爽而安静,点着魔法提灯以供照明。这里没有赤身裸体的奴隶在敲鼓,没有只用亮片遮羞的女孩在桌上翩翩起舞,空气中更没有大麻的味道。迎接两位尼弗迦德女术士的,只有城堡的女主人菲丽芭·艾哈特——她衣着雅致,表情严肃而又庄重,举手投足落落大方。这时,其他人也走上前来,分别做了自我介绍,让芙琳吉拉暗自松了口气。出身北方的女术士容颜美丽,服饰鲜亮,身上的珠宝熠熠生辉,眼中却看不到半点麻醉物的迹象,也看不到任何色眯眯的淫欲,她们脸上的淡妆更是突出了这一点。到场之人没有一个袒胸露乳,恰恰相反,其中两个还穿着极其庄重的礼袍,脖颈处用束带收紧——一位是席儿·德·坦沙维耶,她一袭黑衣,神色严肃;另一位是年轻的特莉丝·梅利葛德,她有双蓝色的眸子和漂亮的红褐色秀发。黑发的萨宾娜·葛丽维希格、金发的玛格丽塔·劳克斯－安蒂列及凯拉·梅兹虽然穿着低胸长裙，但她们的领口也就比芙琳吉拉稍低一点而已。

等待其他与会者到场的间隙，众人用礼貌的聊天打发时间，与此同时，每个人都在抓紧机会展示一下自己。菲丽芭·艾哈特用机智的言语迅速解冻了坚冰，虽然大厅里的实体冰块只存在于餐桌上，跟牡蛎一起堆成了小山。身为学者，席儿·德·坦沙维耶立刻发现自己与渊博的艾希蕾·瓦·阿纳兴有许多共同点，芙琳吉拉也很快对快活的特莉丝·梅利葛德产生了好感。她们一边闲聊，一边津津有味地品尝牡蛎，只有萨宾娜·葛丽维希格一口没动。她显然更喜欢产自科德温森林的食物，还毫不留情地嘲笑这堆"黏糊糊的脏东西"，并表示自己很想吃一块搭配李子的冷鹿肉。面对她的侮辱，菲丽芭·艾哈特并没有高傲地充耳不闻，而是拉响了铃铛。片刻后，仆人将鹿肉悄无声息地端上了桌。芙琳吉拉的惊讶之情难以言表。哦，她心想，*在这奇怪的国度里，还真是什么样的怪人都有喔。*

突然，两根圆柱间的传送门强光闪现，伴之以震颤和嗡鸣。萨宾娜·葛丽维希格的脸上浮现出莫名惊诧的表情。凯拉·梅兹把手上的牡蛎和餐刀丢到冰块间。特莉丝倒吸一口冷气。

三位女术士走出传送门——看上去像是三个女精灵。其中一位有着暗金色头发，另一位发色朱红，第三位的头发则像渡鸦一样乌黑。

"欢迎，法兰茜丝卡。"菲丽芭说道，只是她的语气明显跟眼神不搭。她随即眯起眼睛，续道，"也欢迎你，叶妮芙。"

"你们给了我填补两张空席的特权。"人称"法兰茜丝卡"的金发女精灵用悦耳的声音说道，无疑她注意到了菲丽芭的惊讶，"这两位就是我带来的候选人。温格堡的叶妮芙,她应该不需要我再介绍了。还有艾达·艾敏·爱普·西维尼女士,来自蓝山地区的'艾恩·萨维尼'。"

一头红色卷发的艾达·艾敏略微点头,一袭黄水仙色的轻盈衣裙沙沙作响。

"容我问一句,"法兰茜丝卡张望四周,"人都到齐了吧?"

"就差威戈佛特兹了。"萨宾娜·葛丽维希格语气平静,脸上却带着毫不掩饰的愤怒,同时怀疑地看着叶妮芙。

"还有藏在地窖里的松鼠党。"凯拉·梅兹嘟囔道。特莉丝狠狠地瞪了她一眼。

菲丽芭替她们做了介绍。芙琳吉拉好奇地看着法兰茜丝卡·芬达贝——也就是艾妮德·安·葛丽娜,山谷雏菊,大名鼎鼎的多尔·布雷坦纳的统治者,不久前刚刚光复王国的精灵女王。*所有关于法兰茜丝卡美貌的传闻都不算夸大*,芙琳吉拉心想。

大眼睛的红发女精灵艾达·艾敏也勾起了所有人的兴趣,包括来自尼弗迦德的两位女术士。蓝山地区的自由精灵从不与人类来往——包括跟人类住得更近的同胞。自由精灵中少有的几位艾恩·萨维尼——也就是所谓的"通晓者"——更是神秘得近乎传奇。即便在精灵当中,也只有极少数敢夸口自己与艾恩·萨维尼关系密切。艾达之所以显得鹤立鸡群,并不单单因为她的发色。她身上的珠宝既没有哪怕一盎司的金属,也没有哪怕一克拉的宝石。她佩戴的只有珍珠、珊瑚和琥珀。

出人意料的是,在新来的几位女术士当中,最引人注目的竟是第三人——服饰黑白相间、发色乌黑的叶妮芙——虽然她并非精灵。她出现在蒙特卡沃显然让所有人都大吃一惊，而且惊吓的成分明显多于惊喜。芙琳吉拉能感觉到，某几位女术士身上正散发出源源不断的憎恶与敌意。

等到菲丽芭介绍两位尼弗迦德女术士时，叶妮芙用蓝紫色的双眸看向芙琳吉拉。她的眼神透出疲惫，眼眶周围还带着黑眼圈，就连浓妆也无法掩饰。

"我们认识。"她一边说，一边摸了摸丝绒缎带上的星形黑曜石。

压抑的沉默突然笼罩了整间大厅。

"我们以前见过面。"叶妮芙再次开口。

"我没有印象了。"芙琳吉拉没有移开目光。

"这不奇怪，但我对长相和身形有很好的记忆力。我在索登山上见过你。"

"那你应该没记错。"芙琳吉拉·薇歌骄傲地抬起头，目光扫过在场的所有人，"我确实参与过索登山之战。"

菲丽芭·艾哈特抢先作出回答。

"当时我也在那儿，"她说，"而且我记得很多事。但我觉得，过度挖掘和翻找那段记忆不会给现在的我们带来任何好处。忘却、宽恕与和解才有助于我们当前的目标。叶妮芙，你同意吗？"

黑发女术士甩开额前的卷发。

"等我搞清楚你们想在这儿干吗，"她答道，"菲丽芭，我自然会告诉你我同意什么，不同意什么。"

"这样的话，我们最好马上开始。请各自就座吧，女士们。"

圆桌周围的座位上都放着姓名牌——只有一张除外。芙琳吉拉坐在艾希蕾·瓦·阿纳兴旁边，右边的位置没有姓名牌，将她与席儿·

德·坦沙维耶分隔开来,再往右分别是萨宾娜·葛丽维希格和凯拉·梅兹。艾希蕾的左边依次坐着艾达·艾敏、法兰茜丝卡·芬达贝和叶妮芙。菲丽芭·艾哈特坐在艾希蕾正对面,她右手边是玛格丽塔·劳克斯-安蒂列,左边则是特莉丝·梅利葛德。

每张椅子的扶手都刻成斯芬克斯的形状。

菲丽芭首先发言。她再次表示欢迎,然后立刻进入正题。芙琳吉拉听艾希蕾详细讲述过上次会议的内容,所以这番介绍对她来说没什么营养。接下来是每位女术士加入协会前的宣言,她们最开始所说的内容也都在芙琳吉拉意料之中。但听到有人提及帝国和北方王国间的战争时,她突然惶恐起来。她们甚至提到了不久前在索登和布鲁格地区展开的军事行动,而帝国军队目前正在那里与泰莫利亚军交锋。尽管协会的宗旨是保持政治中立,但女术士们显然无法掩饰自己内心的想法,其中几个更是因尼弗迦德大军压境而忧心忡忡。芙琳吉拉的心情很是矛盾。她本以为,这些学识渊博的人应该明白,帝国为北方诸国带来的是文化、繁荣、秩序和政治上的稳定。但另一方面,如果她的祖国正遭到入侵,她也不清楚自己会做出什么反应。

不过,菲丽芭·艾哈特显然听够了有关战争的话题。

"没人能预料到这场战争的结果。"她说,"更重要的是,预测根本就毫无意义。是时候用客观冷静的眼光看待这件事了。首先,战争并不是多么可怕的事。反而是人口过剩的结果更让我担忧,因为以现在的农业和工业增长速度,饥荒必定接踵而至。其次,战争只是政治的延伸而已。现在的统治者有多少能活到一百年后?显然一个都没有。有多少王朝能延续到以后?没人预料得到。等到一百年后,现在的领土争端和王朝冲突、现在的野心和希望,都将化作历史书上的尘埃。

但如果我们不保护自己,如果我们任由自己卷入战争,那我们也会化为尘土。如果我们的目光能越过战斗的旗帜,不去在意那些战争和爱国的呼吁,我们就能幸存下来。我们也必须幸存下来,因为我们肩负着责任。这份责任无关国王和他们局限于各自王国内的利益。我们要对全世界负责。对进步负责。对伴随进步而来的改变负责。我们要为将来负责。"

"恐怕蒂莎娅·德·维瑞斯会有不同看法。"法兰茜丝卡·芬达贝说,"她始终认为,最重要的是向普通人负责。不是为了将来,而是为了此时此刻。"

"蒂莎娅·德·维瑞斯死了。如果她还在世,肯定也会坐在这张桌子旁边。"

"毫无疑问。"山谷雏菊微笑着说,"但我相信,她不会认同'战争是解决饥荒和人口过剩的良方'这套理论。请注意我们在这儿使用的语言,可敬的姐妹们。我们用通用语争论,是为了相互理解。但对我来说,通用语是门外语,而且正变得越来越陌生。在我的母语里,'人口过剩'这个词根本不存在,'精灵过剩'更是匪夷所思。已故而可敬的蒂莎娅·德·维瑞斯关心平凡人类的命运,而我关心平凡精灵的命运。我很乐意为你'今日转瞬即逝,不妨着眼未来'的观点喝彩。但我要遗憾地告诉你,正是今天铺就了通往明天的道路,而没有明天,未来更是无从谈起。或许在你们人类看来,为一丛因战乱而烧毁的丁香花落泪简直荒谬可笑。毕竟丁香花到处都有,就算没了这一丛,也会有另一丛。哪怕丁香花一朵都没剩下,好吧,还有金合欢呢。请原谅我用植物打比方,但烦请记住,有些事在你们人类看来只是政治活动,但对精灵来说却生死攸关。"

"我对政治不感兴趣。"玛格丽塔·劳克斯-安蒂列,魔法学院的女校长大声宣布,"我只是不希望我的学生——我费尽心血教导的孩子们——因为这场战争而沦为雇佣兵,被所谓的爱国标语蒙蔽了双眼。她们的祖国是魔法,我也始终这么教导她们。如果有人让我的学生卷入战争,让她们站在新的索登山上,那么无论战斗的结果如何,她们都会迷失方向。我能理解你的顾虑,艾妮德,但我们来到这里是为谈论魔法的未来,不是种族纠纷。"

"我们要谈论的是魔法的未来,"萨宾娜·葛丽维希格复述道,"但魔法的未来又由巫师的地位决定——是我们的地位、我们的重要性、我们在社会中扮演的角色,还有获得的信任和尊敬:要让世人相信我们能带来益处,相信魔法不可或缺。我们面临的选择似乎很简单:要么放弃地位,隐居在象牙塔里,要么选择服务。即便是在索登山上,即便是作为雇佣兵……"

"那作为仆人和听差呢?"特莉丝·梅利葛德把她漂亮的红发甩到身后,插嘴道,"卑躬屈膝,对君王唯命是从?一旦尼弗迦德帝国征服北方诸国,这就将是那位伟大的皇帝赐予我们的地位。"

"如果事态演变至此,"菲丽芭用强调的语气说道,"我们就别无选择了,因为我们必须服务。但我们只能为魔法服务,不是为某个国王或皇帝服务,也不是为他们的政治活动服务,更不是为种族融合服务,因为这也是政治活动的目标之一。亲爱的女士们,我们成立协会,不是为让自己适应当今的政治活动和战局变化,也不是为了见风使舵,在眼下的局面求生。我们的协会必须采取主动,同时保持低调,为达成这个目的,我们必须用尽一切手段。"

"如果我没理解错,"席儿·德·坦沙维耶抬起头,"你是想说服我们主动影响事态的走向？还要不择手段？包括违法的手段？"

"你说'违法'是指什么法？统治暴民的法律？写在法典上、由我们起草，再口述给御用法学家的法律？能约束我们的只有一条律法——我们自己！"

"我懂了，"来自柯维尔的女术士笑道，"我们应当主动影响事态的走向，如果诸王的政治活动不合我们的心意，我们就直接改变它。菲丽芭，是这样吗？还是说，不如干脆推翻所有头戴王冠的蠢货，废黜他们，赶走他们，然后我们自己掌握权力？"

"在过去，我们扶植了给予我们方便的国王。不幸的是，我们没能让魔法坐上王位。我们没能赋予魔法绝对的权力。是时候纠正这个错误了。"

"你肯定是在说你自己吧？"萨宾娜·葛丽维希格身子前倾，"让你自己坐上瑞达尼亚的王位，对吗？菲丽芭一世女王陛下？再让迪杰斯特拉当你的配偶亲王？"

"我想的不是自己，也不是瑞达尼亚王国。我心里想的是北方王国，由如今的柯维尔壮大而成的王国。它的实力将足以与尼弗迦德抗衡，也能让极度动荡的世界恢复平衡。它将是一个由魔法统治的帝国，而我们只要让柯维尔的王太子与一位女术士成婚，就能将帝国的宝座收入囊中。是的，亲爱的姐妹们，你们没听错，你们看的方向也没有错。是的，就在这儿，就在这张桌子旁边，在这张空位上，我们将迎来协会的第十二位女术士。然后，我们会将她送上王座。"

席儿·德·坦沙维耶打破了随之而来的沉默。

"这的确是个野心勃勃的计划，"她的语气带着一丝嘲讽，"也的确没有浪费在座各位宝贵的时间。它切实证明了成立这种组织的正当性。说到底,任何不够崇高的使命——即使是现实度与可行性都微乎其微的那些——对我们来说都是个侮辱。就像用星盘来敲钉子。不,不,我们还是从这个绝不可能达成的使命开始吧。"

"为什么说绝不可能?"

"行行好吧,菲丽芭。"萨宾娜·葛丽维希格叹了口气,"没有哪个国王会跟女术士成婚的。也没有哪个国家会允许女术士坐上王位。古老的传统会阻挠你的计划。哪怕这传统很愚蠢,可它毕竟是传统。"

"除此以外,"玛格丽塔·劳克斯-安蒂列补充道,"还有我称之为'技术性'的阻碍存在。加入柯维尔王室的女术士需要遵守许多规矩,包括出于我们立场的规矩和柯维尔王室自身的规矩。而这些规矩会相互排斥,产生明显的矛盾。菲丽芭,难道你想不到这些吗?对我们来说,这人必须学过魔法,并能全身心投入其中。她要理解自己的身份,并能灵活巧妙地运用,同时又不会引起任何人的猜疑。她不需要指引或敦促,也不需要幕后的操纵者——因为一旦发生叛乱,这样的人会是反叛分子最痛恨的目标。柯维尔王太子本人必须亲自选她为妻,我们还不能在明面上向他施压。"

"这是当然。"

"所以,如果柯维尔王国有自由选择的机会,你觉得他们会选谁呢?当然是出身王室家族的女孩,其王室血统可以追溯到许多个世代之前。她还必须非常年轻,才能配得上年轻的王子。她必须有生育的能力,因为这关乎王朝的未来。这些先决条件首先就排除了你,菲丽芭。也排除了我和凯拉,甚至是我们当中最年轻的特莉丝。这些条件同样排除了我学院里的所有新生,不过反正也没人把她们当回事。现在的她们只是花蕾,花瓣的色彩还是个未知数。让她们当中的任何一个坐上那张空位都是不可想象的事。总而言之,就算柯维尔王国的人都发了疯,想让他们的王太子娶一位女术士,我们也找不到合适的人选。那么,能成为北方女王的人会是谁呢?"

"当然是个出身于王室家族的女孩。"菲丽芭平静地回答,"她的血管里流淌着王族血液,延续了好几个强大王朝的血统。她非常年轻,也有生育能力。这个女孩拥有出众的魔法与预言天赋,也像预言中所说的那样,是上古血脉的后裔。即使没人指引、敦促、奉承和幕后操纵,这个女孩也能泰然自如地演好自己的角色,因为这正是她的命运。只有我们知道这个女孩的真正能力——她就是希瑞菈,辛特拉公主帕薇塔的女儿,'辛特拉雌狮'卡兰瑟王后的外孙女。她是上古血脉之子,是北方的白焰,既是毁灭者又是重建者。她就是许多个世纪前预言里提到之人。辛特拉的希瑞,北方的女王。而她的血液将孕育出整个世界的女王。"

◆━┃━◆━┃━◆

见到耗子帮冲出埋伏圈,两名护送马车的骑手掉头就跑,可惜纯属徒劳。在瑞夫和伊思克菈的帮助下,吉赛尔赫截住两人的去路,并在短暂的搏斗后将他们砍成碎片。凯雷、埃瑟和米希尔攻向另外两人——他们打算拼死保护车厢和拉车的四匹马。希瑞感觉到深深的失望和难以遏制的怒火。他们一个也没留给她。她想杀人却找不到目标。

但不承想,稍远的前方还有一个骑手。他是这支队伍的前卫,身着轻甲,骑着快马。他本来可以逃跑的,现在却掉转马头,挥舞长剑,朝希瑞直冲过来。

她任由他靠近，甚至还放缓了马速。等他踩着马镫站起身，向她发起攻击时，她将身体探出马鞍，老练地避过锋芒，然后利用马镫一借力，重新坐正。那骑手身手敏捷，再次发起攻击。这一次她倾斜剑身，格开对方的攻击，并趁对方剑刃荡向一旁的机会，自下往上短促地刺出一剑，命中那人的手腕，紧接着朝他的面部虚晃一招。他不由自主地用左手挡住面门，她则敏锐地扭转剑身，砍伤了他的腋窝——这招是她在凯尔·莫罕花费好些钟头才练会的。尼弗迦德人滑下马鞍，坠落地面，然后跪坐起来，发出野兽般的哀号，拼命想要止住从断裂的动脉泉涌而出的鲜血。希瑞盯着他看了片刻，像以往一样，他人拼尽全力与死亡抗衡的景象令她着迷。她一直等到他因流血过多而死，才甩动缰绳，头也不回地离开了。

伏击战结束了，护卫队全军覆没。埃瑟和瑞夫拦住马车，抓住前面那两匹马的缰绳。左马驭者①是个身穿彩色制服的少年，被他们推下马背，正跪在地上哭泣求饶。车夫抛下缰绳，也在乞求饶命，他双手合十，好像是在祈祷。吉赛尔赫、伊思克菈和米希尔骑马慢慢走近，凯雷则跳下马鞍，拽开车门。希瑞策马靠近后也跳下马背，手里仍握着鲜血淋漓的长剑。

马车里坐着个身穿老式礼袍、头戴软帽的胖保姆，怀里抱个脸色发白、身穿蕾丝领黑裙的少女。希瑞注意到她的裙子上别着一枚胸针，非常漂亮的胸针。

"哦，斑点马！"伊思克菈看着拉车的马，大叫道，"真漂亮！这四

---

① 四匹马拉车行驶时，通常会有一名左马驭者负责拉住前方左边马的缰绳，以便控制马车前进的方向。

匹马肯定能换好几个弗罗林!"

"等我们给车夫和左马驭者绑上挽具,"凯雷冲胖保姆和女孩咧嘴一笑,"他们会把马车拉到镇上去的。爬坡时,这两位好心的女士应该也会帮忙!"

"好心的强盗先生们!"身穿老式礼袍的保姆呜咽道,比起希瑞手中血淋淋的钢剑,她显然更怕凯雷可怕的笑脸,"我恳求各位大人!千万不要侵犯这位年轻的小姐。"

"嘿,米希尔,"凯雷露出讥讽的笑,大喊道,"她在恳求我们这些大人呢!"

"闭嘴吧你。"吉赛尔赫骑在马上,皱着眉头说,"没人觉得你的笑话好笑。还有你,女人,冷静点儿。我们是耗子帮,从不伤害女人。瑞夫、伊思克菈,把挽具解开!米希尔,牵上马,我们要走了!"

"我们耗子帮从不伤害女人。"凯雷又咧嘴笑了笑,看着身着黑裙、脸色苍白的女孩,"我们只是偶尔跟她们找点乐子,只要她们愿意的话。所以,年轻的女士,你怎么说?你两腿之间是不是有点发痒?别害羞嘛,只要点点你的小脑袋就好。"

"放尊重点儿!"穿老式礼袍的胖女人尖叫道,尽管她的嗓音有些发抖,"你这强盗,竟敢用这种语气跟德高望重的男爵大人之女讲话!"

凯雷放声大笑,夸张地鞠了一躬。

"请原谅,我没有冒犯的意思。怎么,我连问问都不行吗?"

"凯雷!"伊思克菈喊道,"别磨蹭了,赶紧过来!帮我们解开挽具!法尔嘉!你也过来!"

希瑞的目光却无法离开车门上的纹章——黑色田野上的一只银色独角兽。一只独角兽,她心想,我见过这样的独角兽……但是在什么时候呢？另一段人生里吗？也许那只是个梦而已。

"法尔嘉！你怎么了？"

我是法尔嘉。但我并非一直都是法尔嘉。并非如此。

她振作精神，抿紧嘴唇。我对米希尔太不友好，她心想，我让她心烦了。我得想办法向她道歉。

她一只脚踩上车门前的台阶，眼睛盯着女孩衣裙上的胸针。

"交出来。"她直截了当地说。

"你好大的胆子！"胖保姆恼怒地说，"知道自己在跟谁讲话吗？她可是卡萨德伊男爵的女儿，出身高贵！"

希瑞四下张望，确保没人能听到她的话。

"男爵之女？"她嘶声道，"真是微不足道的头衔。就算这鼻涕精是个女伯爵，也该对我屈膝行礼——垂下脑袋，屁股贴到地面。把胸针给我！你还在等什么？要我连胸衣一起扯下来吗？"

◆━━◆━━◆

菲丽芭的宣言令沉默笼罩了圆桌，而这沉默又迅速被骚动取代。女术士争相表达自己的震惊和难以置信，也纷纷要求进一步的解释。有几位女术士显然十分了解这位预言中的北方女王希瑞菈，或者叫希瑞——但对其他人来说，这个名字未免有些陌生。芙琳吉拉·薇歌就对希瑞一无所知，但她很快便沉浸在自己的猜想和推测中。她的主要证据来自于一绺头发。可她低声向艾希蕾询问时，对方却一言不发，还暗示她也保持沉默。就在这时，菲丽芭·艾哈特再次站了起来。

"我们中的大多数都在仙尼德岛上见过希瑞。当时她在恍惚状态下作出预言,并引发了巨大的混乱。我们当中有些人认识她,甚至和她非常亲近。尤其是你,叶妮芙。轮到你发言了。"

◆━━◆━━◆

叶妮芙开始向与会者讲述希瑞的经历,特莉丝·梅利葛德则专注地看着她。叶妮芙语气平静,不带丝毫感情,但特莉丝认识叶妮芙太久,她太了解叶妮芙了,这种掩饰根本瞒不住她。她见过叶妮芙处于各种情绪下是什么状态,这其中也包括紧张——有些时候,紧张感会让她精疲力尽,甚至让她切身感受到痛楚。而现在,毫无疑问,叶妮芙又陷入到这种状态当中。她看起来既悲伤又疲惫,身体也极不舒服。

叶妮芙继续讲述,对故事的内容和主人公都十分了解的特莉丝开始小心翼翼地观察听众们的反应,尤其是两位来自尼弗迦德的女术士。艾希蕾·瓦·阿纳兴的外形大大变样,她盛装打扮了一番,但仍对自己的妆容和服饰缺乏信心。还有芙琳吉拉·薇歌,她年轻、友善、优雅又端庄,有一对绿色的眸子,光滑的直发跟叶妮芙同样乌黑,只是浓密程度和长度有所不及。

听到希瑞复杂的身世时,两个尼弗迦德女术士没表现出一丝一毫的困惑。叶妮芙的讲述冗长而混乱,她从辛特拉的帕薇塔与被魔法变成怪物"乌奇翁"的年轻人之间不光彩的爱情开始,详细讲述了杰洛特扮演的角色和意外律,以及将猎魔人和希瑞紧密联结在一起的离奇命运。叶妮芙提到希瑞与杰洛特在布洛克莱昂森林的第一次碰面;提到了战争;提到了希瑞离开杰洛特、又与他再次相逢;还提到了凯尔·莫罕;她提到了里恩斯和追捕女孩的尼弗迦德密探;提到了希瑞在梅里泰莉神殿所受的教育,还有她神秘莫测的魔法能力。

　　她们的表情真叫人费解,特莉丝看着艾希蕾和芙琳吉拉,心中暗想,就像两只斯芬克斯。但她们显然隐瞒了什么。会是什么呢?惊讶吗?因为她们这才知道被恩希尔带去尼弗迦德的人是谁?还是说她们一直都知道,甚至比我们更清楚?叶妮芙很快会讲到希瑞在仙尼德岛的事,还有她在恍惚中作出的引发混乱的预言。她会讲到加斯唐宫的血战——杰洛特因此身负重伤,希瑞也遭到诱拐。

　　然后掩饰便会结束,特莉丝心想,面具也会脱落。所有人都知道,尼弗迦德帝国是仙尼德事件的幕后黑手。等所有人的目光都看向你们时,尼弗迦德人,你们别无选择,只能开口。然后某些事会得到解释,而我或许可以查清更多的真相。比如叶妮芙是如何在仙尼德岛消失不见,又突然跟法兰茜丝卡一起出现在蒙特卡沃的。来自蓝山的'艾恩·萨维尼',女精灵艾达·艾敏究竟是谁?她又扮演了怎样的角色?为什么我觉得菲丽芭·艾哈特隐瞒了什么?她宣称自己热爱并忠实于魔法,而不是迪杰斯特拉……可她为何从始至终一直跟他保持着联络?

　　或许我终于可以弄清希瑞的真实身份了。对她们来说,希瑞是北方的女王。但对我来说,她只是凯尔·莫罕那个银灰色头发的猎魔人女孩。她永远是我的小妹妹。

　　　　　　＊＊＊＊＊＊＊

　　芙琳吉拉·薇歌听说过猎魔人:他们专以杀戮怪物和野兽为生。她仔细听着叶妮芙的讲述,倾听她的语气,观察她的表情。她没上当。叶妮芙与希瑞——那个让所有人着迷的女孩——之间牢固的情感纽带根本不言自明。有趣的是,女术士与她提及的猎魔人之间的感情也同样明显而强烈。芙琳吉拉开始思考,但马上被抬高的调门打断了思绪。

她已经推测出,这些与会者在仙尼德岛叛乱期间分属于对立的阵营,因此在叶妮芙发言时,各种饱含憎恶的尖刻评论也就不足为奇了。就在争吵看起来无法避免时,菲丽芭·艾哈特毫不客气地拍了拍桌子,让桌面上的杯盘叮当作响。

"够了!"她大喊道,"安静,萨宾娜!你也别受她的挑衅,法兰茜丝卡!仙尼德岛和加斯唐宫的事已经说得够多了。那些已经是历史了!"

历史,芙琳吉拉心想,突然意外地有些受伤。就算是历史,也是她们参与过的历史——尽管她们分属于不同的阵营。她们留下了自己的痕迹。她们知道自己在做什么,也知道为什么去做。可我们这些帝国的女术士却一无所知。我们真的就像一群听差,只知道主人命令自己做什么,却不明白原因。协会能成立真是件好事,她心想,鬼才知道最后会怎样,不过至少在此时此地,我们开始行动了。

"叶妮芙,继续吧。"菲丽芭说。

"我已经说完了。"黑发女术士平静地回答,"我重复一遍:是蒂莎娅·德·维瑞斯命令我把希瑞带去加斯唐宫的。"

"把责任推卸给死人当然容易。"萨宾娜·葛丽维希格吼道,但菲丽芭神情严厉地做了个手势,示意她闭嘴。

"我不想插手艾瑞图萨的事。"叶妮芙脸色苍白,显然心烦意乱,"我本想带希瑞离开仙尼德岛的。但蒂莎娅劝我说,女孩在加斯唐宫出现会让很多人震惊,她的预言也将阻止局面变得更加混乱。我不是在责怪她,因为当时的我也赞同她的看法。我们都犯了错,只是我的过错更为严重。如果我当时让丽塔照看希瑞……"

"覆水难收。"菲丽芭插嘴道,"谁都会犯错,即使是蒂莎娅·德·维瑞斯。蒂莎娅第一次见到希瑞是什么时候?"

"巫师集会召开的三天前,"玛格丽塔·劳克斯-安蒂列答道,"在苟斯·维伦。我也是那时认识她的。见到她的第一眼,我就知道她是个了不起的人物!"

"是非常了不起才对,"先前沉默不语的艾达·艾敏·爱普·西维尼说,"因为她身上流淌着非凡的血液。Hen Ichaer,上古之血。基因决定了携带者的超凡能力,决定了她将会扮演的重要角色。她必须扮演的角色。"

"因为在精灵的传说、神话和预言里是这么说的?"萨宾娜·葛丽维希格讥笑着问,"从最开始,这整件事就带有一股童话和幻想的味道!现在我可以肯定了。亲爱的女士们,我提议换个更重要、更理性和更真实的议题来讨论。"

"我要向你的理性、即你们种族力量与优越性的根源鞠躬致敬。"艾达·艾敏微笑着说,"但在这儿,面对一群能使用魔法的人——虽然魔法有时无法用理性来分析或解释——蔑视精灵的预言似乎不大妥当哦。我们的种族和魔法的力量都并非来自理性,尽管如此,它们仍延续了上万年的光阴。"

"但我们刚刚提到的名为'上古之血'的基因似乎就没那么长寿了。"席儿·德·坦沙维耶评论道,"即使是精灵的传说和预言——我对它们没有丝毫蔑视的意思——也认为上古血脉已经彻底凋零、灭绝了。艾达女士,我说得对吗?这个世界已经没有上古之血了。最后一位流淌上古之血的人是劳拉·朵伦·爱普·希达哈尔,而我们所有人都知道劳拉·朵伦与洛德的克雷格南的传说。"

"并非所有人。"艾希蕾·瓦·阿纳兴头一次开口,"我对你们的神话故事只是略有涉猎。我从没听说过这个传说。"

"这并不是神话传说,"菲丽芭·艾哈特说,"而是真实发生的事件。在我们当中,有个人不仅了解劳拉和克雷格南的故事,还知道接下来发生的事——我想你们应该都很感兴趣。法兰茜丝卡,你能为我们讲述一下吗?"

"从你的说法来看,"精灵女王微笑着说,"你对故事的了解程度丝毫不亚于我。"

"有可能吧。但我还是希望由你来讲。"

"以证明我对协会的诚实与忠心?"艾妮德·安·葛丽娜点点头,"好吧,请各位换个舒服些的姿势,因为这个故事不会太短。"

━━━◆◆◆━━━

"劳拉和克雷格南是真人真事,只是到了今天,他们的故事里充满了童话般的修饰,早已面目全非。人类和精灵的版本也有天壤之别:妄自尊大和种族仇恨充斥字里行间,两个版本都不例外。正因如此,我在讲述时会省略无谓的修饰,只叙述最基本的事实。洛德的克雷格南是个巫师。劳拉·朵伦·爱普·希达哈尔则是精灵女术士,是位艾恩·萨维尼,也就是通晓者,上古之血的后裔——即便对我们精灵来说,上古之血也是个不解之谜。他们的友谊及随后的恋情起初得到了双方种族的认可,但反对二人结合的声音也随之浮现。那些人对融合人类与精灵魔法的想法深恶痛绝,视之为严重的背叛。现在看来,让他们产生恨意的还包括人性的缺陷——嫉妒和羡慕。简而言之,克雷格南被人谋害,劳拉·朵伦也遭到追杀,并在荒郊野外产下一个女儿后力竭而死。那个孩子奇迹般地活了下来。瑞达尼亚王后瑟萝收养了她……"

"这只是因为瑟萝王后害怕劳拉对她的诅咒——她在当初那个风雪交加的冬日拒绝帮助劳拉,还将其赶出了王宫。"凯拉·梅兹插嘴道,"如果瑟萝不肯收养那个孩子,可怕的灾难就会降临在她和她全家人身上……"

"这些正是法兰茜丝卡省略的无谓的修饰。"菲丽芭·艾哈特打断她的话,"我们只要关注事实就够了。"

"流着上古之血的通晓者拥有预言能力就是事实。"艾达·艾敏抬起目光,看向菲丽芭,"出现在每个版本里的预言也都很耐人寻味。"

"现在如此,过去亦然。"法兰茜丝卡确认道,"关于劳拉诅咒的传闻始终没有彻底消失,甚至在十七年后卷土重来。雷安伦——瑟萝收养的小女孩——长成了年轻女子,在她面前,即便她母亲那传奇般的美貌也要相形失色。她拥有'瑞达尼亚公主'的正式头衔,许多王室家族都有迎娶她的打算。最后,雷安伦在众多求婚者里选中了泰莫利亚的年轻国王格伊德玛,甚至有关诅咒的流言也未能阻挠这桩婚姻。但让流言真正街知巷闻的,是在他们结婚三年后,也就是'法尔嘉叛乱'期间。"

从未听说过法尔嘉和那场叛乱的芙琳吉拉扬了扬眉毛。法兰茜丝卡注意到了她的表情。

"对北方诸国来说,"她解释道,"那是一系列悲惨而血腥的事件,尽管发生在一个多世纪以前,至今仍让人记忆犹新。由于当时的尼弗迦德帝国与北方诸国几乎毫无交流，那边的人多半不知道这件事，因此我冒昧地简单复述一下几个事实。法尔嘉是瑞达尼亚国王维瑞丹克之女，是他与离异的首任妻子所生，而他们之所以离异，正是因为维瑞丹克爱上了美丽的瑟萝——也就是后来收养劳拉之女的王后。有份文献留存至今，其中用冗长而又委婉的文字陈述了离婚的理由，但维瑞丹克首任妻子存留下来的一张小画像泄露了天机——画像上描绘的无疑是个柯维尔裔的女性半精灵贵族，外貌拥有显著的人类特征。在那张画像上，她的双眼就像个精神错乱的隐士，还长着浮尸般的乱发和蜥蜴似的嘴巴。长话短说吧，国王把这丑陋的女人和年仅一岁的女儿法尔嘉一道送回了柯维尔。不久之后，他就彻底忘掉了这两人。"

"二十五年后，"过了一会儿，山谷雏菊续道，"法尔嘉给了维瑞丹克国王一个记住自己的理由：她发动了一场叛乱，杀死了自己的父亲、瑟萝，还有她的两个异母弟弟，据说都是她亲自下的手。武装叛乱最初的目的，只是借助部分泰莫利亚和柯维尔贵族的支持，让她这位婚生长女夺取理应属于她的王位。但叛乱很快演变成规模庞大的农民起义，战争双方都犯下了可怕的暴行。法尔嘉成了传说中的嗜血恶魔，但事实上，她只是无法掌控战局和叛军旗帜上的标语而已。先是'打倒国王'、'打倒巫师'、'打倒牧师、贵族、上流人士和所有富人'，很快却变成了'打倒所有人、所有东西，打倒一切'。想要约束满手鲜血的恶毒暴民根本就是痴人说梦。叛乱随即蔓延到其他国家……"

"尼弗迦德的史学家也写过相关著作，"萨宾娜·葛丽维希格的语气带着明显的不屑，"艾希蕾女士和薇歌女士无疑也读过。抓住重点吧，法兰茜丝卡。讲讲雷安伦和霍特伯格的三胞胎。"

"当然。雷安伦——劳拉·朵伦的女儿，瑟萝的养女——当时是泰莫利亚国王格伊德玛的妻子，她意外地被法尔嘉的叛军抓获，被囚禁在霍特伯格城堡。她被捕时就怀有身孕。后来叛乱平息、法尔嘉伏法之后很久，那座城堡却依然没被攻陷。最终，格伊德玛在一个暴风雨之夜攻下了城堡，救出了自己的妻子——以及三个孩子：两个已经学会走路的女孩，一个正在蹒跚学步的男孩。而这时的雷安伦已经疯了。怒不可遏的格伊德玛严刑拷打所有俘虏，从他们夹杂着呻吟的零散供词中拼凑出一幅看似合理的画面。

"法尔嘉——她的外貌更像她的精灵外祖母，而非母亲——对所有指挥官都慷慨地展现了她的'魅力'，无论对方是贵族还是平民出身的恶棍，以确保他们对自己忠心不二。她最终怀了孕，并生下一个孩子；恰好在同时，被囚禁在霍特伯格的雷安伦也诞下了一对双胞胎。法尔嘉下令，将她自己的孩子送去跟雷安伦的孩子一同抚养。在传闻中，她亲口说道：只有王后才有资格当她私生子的乳母，而在她胜利之后，每位王后和公主都将迎来相同的命运。

"问题在于，所有人——包括雷安伦本人——都不清楚'三胞胎'中哪一个才是法尔嘉的孩子。据推测，最有可能的是两个女孩之一，因为据说雷安伦产下的是一子一女。我要重复一遍，只是'最有可能'，因为尽管法尔嘉夸下海口，喂几个孩子奶水的仍是个农家出身的普通乳娘。雷安伦恢复神志后，依然记不起当时的事。的确，她生下了两个孩子。的确，他们时不时把'三胞胎'抱到她床边给她看。但也仅此而已。

"格伊德玛召来了巫师，让我们检验那三胞胎，好弄清谁是谁的孩子。他坚持自己的打算，准备查出法尔嘉的私生子后便将其公开处死。

但我们不能允许这样的事发生。叛乱被镇压后,被捕的叛军遭受了无法形容的酷刑,现在是时候结束这一切了。处决一个不到两岁大的孩子?你能想象这一幕吗?这会引发多大的骚乱啊?当时早有传闻说,法尔嘉是因劳拉·朵伦的诅咒而诞生的怪物,当然这完全是胡说八道,因为法尔嘉在劳拉遇到克雷格南之前就已经出生了,只是没几个人愿意去核实年份。牛堡学院私下印刷了许多记载相关流言的小册子,还有些内容荒谬可笑的文献。不过我还是先说格伊德玛命令我们进行的检验吧……"

"'我们'?"叶妮芙抬起头,"'我们'具体指哪些人?"

"蒂莎娅·德·维瑞斯、奥古丝塔·瓦格纳、莱蒂西亚·沙博诺和亨·格迪米狄斯,"法兰茜丝卡平静地说,"我是后来才加入的。当时我还年轻,但我是个纯血精灵。而我父亲……与我断绝关系的生父……是个通晓者。我知道如何辨认上古之血的基因。"

"在察看那三个孩子之前,你先给雷安伦和国王做了检查,并在雷安伦身上发现了那种基因,"席儿·德·坦沙维耶说,"然后你又在其中两个孩子身上找到了同样的基因——尽管纯度有所不同——从而辨别出了法尔嘉的私生子。可你们是怎么保护那个孩子、让他免受国王的伤害的?"

"很简单,"女精灵笑了一下,"只要假装无知就好。我们告诉国王,情况非常复杂,我们还在检验的过程中,而这种检验需要时间……很长很长时间。格伊德玛暴躁易怒,但本质上仍是个善良高贵之人,他很快冷静下来,不再催促我们。而在此期间,三胞胎渐渐长大,他们在宫中到处转悠,为国王夫妇和整个宫廷带来了欢乐。亚玛维特、菲欧娜和阿黛拉,他们就像是三只小麻雀。当然了,依然有人警惕地监视他们,各种猜疑也层出不穷,尤其是在某个孩子闯祸的时候。菲欧娜曾站在窗边,把夜壶里的东西倒在楼下的总治安官身上。他叫她'恶魔的杂种',随后便遭到辞退。不久之后,亚玛维特往楼梯上涂了牛油,导致一位侍女摔断了手臂。她呻吟着说了些'受诅咒的血统'之类的话,很快也告别了宫廷。还有许多出身卑微却喜欢多嘴多舌的人被绑到鞭刑柱上,尝到了马鞭抽打的滋味,于是很快学会了管住自己的嘴巴。甚至有个出身古老家族的男爵,他被阿黛拉一箭射中屁股,只好躺在家里,足不出……"

"孩子们的恶作剧就说到这里吧。"菲丽芭·艾哈特插嘴道,"你们是在什么时候把真相告诉给格伊德玛的?"

"我们没告诉他。他也一直没问。"

"可你们知道哪个是法尔嘉的私生子?"

"当然。是阿黛拉。"

"不是菲欧娜?"

"不是。是阿黛拉。她后来死于瘟疫。在一次瘟疫流行期间,这个恶魔的私生女,拥有诅咒血统的法尔嘉的女儿不顾国王的劝阻,去城堡外的医院帮牧师们救助病患。她被自己照料的孩子传染了瘟疫,因此死去。当时她才十七岁。一年后,她'哥哥'亚玛维特与伯爵夫人安娜·卡梅奈私通,随后被安娜的丈夫雇佣的刺客暗杀。雷安伦因两个孩子的死伤透了心,也在同一年死去。紧接着,格伊德玛再次找到我们,因为辛特拉国王科拉姆对著名的三胞胎里幸存的那位——也就是菲欧娜公主——表现出极大的兴趣。他希望公主能嫁给他的儿子小科拉姆,但在听说那些谣言之后,他又对这桩婚事不大放心,生怕菲欧娜真是法尔嘉的私生女。我们用名誉向他担保,菲欧娜是雷安伦的亲生骨肉。我不知道他相不相信我们，但那对年轻人很合得来，于是雷安伦的女儿，也就是希瑞的曾曾曾外祖母，成了辛特拉的王后。"

"也将你们赞誉有加的基因引入了科拉姆王朝。"

"没有。"山谷雏菊平静地说，"菲欧娜并非上古血脉基因——我们后来称之为'劳拉基因'——的携带者。"

"此话怎讲？"

"因为携带劳拉基因的人是亚玛维特。我们的实验也因此才能持续下去。安娜·卡梅奈，间接导致自己的情人和丈夫双双殒命的伯爵夫人，在服丧期间诞下一对双胞胎。一男一女。他们的父亲肯定是亚玛维特，因为那个女孩拥有劳拉基因，她的名字是缪丽尔。"

"'不洁者'缪丽尔？"席儿·德·坦沙维耶吃惊地问。

"那是后来的事了。"法兰茜丝卡微笑着说，"她最初是'讨人喜欢的'缪丽尔。事实上，她确实是个可爱又迷人的孩子。在她十四岁那年，他们开始叫她'大眼睛'缪丽尔。被她那双大眼睛迷倒的男人不在少数。最后她嫁给了加拉莫尼的伯爵罗伯特。"

"那个男孩呢？"

"他叫克里斯平。他没有劳拉基因，因此我们对他不感兴趣。如果我没记错，他应该死在某个战场上，因为他崇尚武力。"

"稍等一下，"萨宾娜用力揉了揉头发，"'不洁者'缪丽尔不就是'先知'艾达莉亚的母亲吗？"

"没错。"法兰茜丝卡确认道，"艾达莉亚是个有趣的人物。她是位强大的魔源，在魔法方面天资绝佳。不幸的是，她不想当女术士。她更想当王后。"

"那基因方面呢？"艾希蕾·瓦·阿纳兴问道，"她有那种基因吗?"

"有趣的是,没有。"

"跟我想的一样。"艾希蕾点点头,"劳拉基因只能经由母系血统传递下去。一旦携带者是个男人,基因就会在两三代后消失。"

"等等……这种基因后来又出现了。"菲丽芭·艾哈特插嘴道,"没有基因的艾达莉亚是卡兰瑟的母亲,而希瑞的外祖母卡兰瑟却拥有劳拉基因。"

"她是雷安伦之后的第一任携带者。"席儿·德·坦沙维耶突然加入讨论,"你们弄错了,法兰茜丝卡。基因有两种。真正的基因具有潜伏性,而且倾向于静止。你们被亚玛维特强大而显著的基因欺骗了。亚玛维特携带的并非基因,而是催化剂。艾希蕾女士说得对。经由父系血统遗传的催化剂在艾达莉亚体内十分微弱,所以你们没能鉴别出来。艾达莉亚是'不洁者'缪丽尔的第一个孩子:她的弟弟或妹妹体内恐怕不会有哪怕一丝的催化剂。菲欧娜的潜在基因原本最多只能遗传给第二代男性后裔,但事实并非如此,而我知道原因。"

"活见鬼。"叶妮芙透过齿缝吐出一句。

"我都糊涂了,"萨宾娜·葛丽维希格说,"被这堆乱七八糟的基因和家谱搞糊涂了。"

法兰茜丝卡把一只果盘拉向自己。她伸出一只手,低声念出咒语。

"首先我要向各位致歉,因为我对心灵传动法术并不精通。"她让一只红苹果飘浮在桌面上方,然后笑着说,"但这颗水果能帮我证明你们的错误。红苹果代表劳拉基因,也就是上古之血。绿苹果代表潜在基因。石榴代表伪基因,也就是催化剂。我们开始吧。红苹果是雷安伦。石榴是她的儿子亚玛维特。亚玛维特的女儿缪丽尔,以及他的孙女艾达莉亚也是石榴，不过艾达莉亚的颜色已经非常淡了。这边这颗绿苹果则是雷安伦之女菲欧娜。她的儿子辛特拉国王考伯特也是绿苹果。考伯特与科德温公主伊伦生下的儿子达格拉德还是绿色。正如诸位所见，他们连续两代都是男性后裔，基因越来越弱。这样到最后，我们得到的是一只石榴和一只绿苹果——马里波公主艾达莉亚，以及辛特拉国王达格拉德。而这对夫妇的女儿就是卡兰瑟。一只红苹果。卷土重来、格外强大的劳拉基因。"

"菲欧娜的潜在基因，"玛格丽塔·劳克斯-安蒂列点头道，"借由近亲通婚与亚玛维特的催化基因相遇了。难道没人注意到他们的血缘关系？王室的纹章学家和编年史学家难道都没注意到这可耻的乱伦行为？"

"事实并没有我们所见的那么明显。毕竟，安娜·卡梅奈也没到处宣扬说她的双胞胎是私生子，因为这么一来，她丈夫的家人必定会夺走她和她孩子的纹章、头衔以及财富。当然了，流言始终存在，而且不仅局限在农夫之间。所以他们才会到遥远的艾宾——谣言还没传播到那里——为背负乱伦后裔污名的卡兰瑟寻找夫婿。"

"艾妮德，你的金字塔又可以加上两颗红苹果了。"玛格丽塔说，"正如机敏的艾希蕾女士指出的那样，我们可以看到，重生的劳拉基因沿着母系血统顺利地传了下去。"

"是啊。这是卡兰瑟之女帕薇塔，还有帕薇塔的女儿希瑞菈，劳拉基因的携带者，上古血脉的唯一继承人。"

"唯一继承人？"席儿·德·坦沙维耶突然开口了，"你还真够自信的，艾妮德。"

"你这话是什么意思？"

席儿突然站起身，朝那只果盘打了个响指，让剩下的水果也都悬浮在空中，扰乱了法兰茜丝卡的演示模型，让它一片混乱。

"就是这个意思。"她冷冷地说着，指了指空中杂乱无章的水果，"这就是所有可能的基因排列组合方式。我们所知的就跟现在看到的一样——换句话说，我们一无所知。你的错误带来了意想不到的后果，法兰茜丝卡，也就是海量的误差。劳拉基因在一个世纪后出现纯属巧合，而我们并不知道这段时间发生了什么，比如经过人为掩盖、不为人知的秘密事件。婚前子女、婚外子女、收养子女——甚至包括换生儿。乱伦、杂交、古老祖先的血脉在后代身上重现。简而言之：一百年前，劳拉基因曾与你近在咫尺，甚至就握在你手中，可你却放跑了它。这是你的错误，艾妮德，严重的错误！混乱太多，意外也太多，操控却太少，对于随机性的干涉更是少得可怜。"

"这又不是拿兔子做实验。"艾妮德·安·葛丽娜的声音穿过齿缝，"我们又不能把他们关进笼子，替他们选择交配的对象。"

循着特莉丝·梅利葛德的视线，芙琳吉拉看到，叶妮芙的双手突然攥紧了座椅的雕花扶手。

——◆——

难怪叶妮芙和法兰茜丝卡会走到一起，特莉丝避开叶妮芙的目光，愤怒地心想。她们已经算计好了。归根到底，兔子配种实验是避免不了的。说实话，她们为希瑞和柯维尔王太子所做的安排，尽管乍看之下荒谬可笑，可行性却相当之高。这种事又不是没有过先例。她们把心目中的人选送上王位，按自己的意愿和利益促成婚姻、创建王朝。

咒语、灵膏、催情药，能用的全都用上。女王和公主突然违背所有的安排和协议，与出人意表的对象结婚——双方往往门不当户不对。而在婚后，那些想要孩子、却不该有孩子的王室夫妇会不知不觉地服下避孕药剂。而那些不想要孩子、却必须有后代的王室成员却会从她们手中接过所谓的"避孕药"，但那实际上只是干草汁制成的安慰剂。通过这些办法，她们促成了那些天方夜谭般的婚姻。卡兰瑟、帕薇塔……现在轮到希瑞了。叶妮芙也卷了进来。现在她开始后悔了。她有理由后悔。该死，要是杰洛特也知道这些……

斯芬克斯，芙琳吉拉·薇歌心想。椅子扶手上刻的是斯芬克斯。是啊，这应该就是协会的标志了。睿智、神秘、沉默。她们都是斯芬克斯。她们可以轻易达成自己的目的。让柯维尔王太子迎娶她们所说的希瑞只是小事一桩。她们有这种力量。她们有必需的知识和手段。光是萨宾娜·葛丽维希格脖子上的钻石项链，其价值恐怕就抵得上科德温——那个到处是森林和石头的王国——全年的收入。她们可以轻易实现自己的计划。只是还有一块绊脚石……

啊哈，特莉丝·梅利葛德心想，终于要说回正题了。说回那个严峻而又令人丧气的事实：希瑞正在尼弗迦德，在恩希尔·瓦·恩瑞斯控制之下。离正在这里酝酿的计划远着呢……

"毫无疑问，"菲丽芭续道，"恩希尔多年来一直在搜寻希瑞菈。所有人都以为，他的目的是与辛特拉实现政治联姻，从而掌控她能合法继承的封地。然而，我们不能排除另一种可能性：恩希尔真正的目的并非政治联姻，而是上古之血。他想把上古之血引入皇室血统。如果恩希尔知道我们所知的这些事，他也许会想让预言在他的王朝中实现，让未来的世界女王出生在尼弗迦德帝国。"

"纠正一下，"萨宾娜·葛丽维希格插嘴道，"恐怕有这种想法的不会是恩希尔，而是尼弗迦德的巫师们。他们有能力追查基因，并让恩希尔意识到它的重要性。我相信在场的尼弗迦德女士们能确认我的看法，并对她们在阴谋中扮演的角色作出解释。"

"真是难以置信，"芙琳吉拉怒气冲冲地说，"你们总喜欢在遥远的尼弗迦德寻找阴谋的蛛丝马迹，尽管有证据可以证明，所谓的阴谋家和叛徒其实离你们更近。"

"她的回答虽然无礼，但却道出了重点。"萨宾娜刚想反驳，席儿·德·坦沙维耶便用眼神示意她闭嘴，"所有证据都暗示，关于上古之血的事实是从我们这边泄露到尼弗迦德帝国的。女士们，难道你们忘了威戈佛特兹吗？"

"我可没忘。"萨宾娜黑色的眸子里立刻闪现出仇恨之火，"我绝不会忘记！"

"说得好。"凯拉·梅兹不怀好意地露齿一笑，"不过眼下，我们该关心的不是他，而是尼弗迦德的皇帝恩希尔·瓦·恩瑞斯。他正把希瑞——也就是对我们至关重要的上古之血——攥在手心里呢。"

"皇帝的手心里什么也没攥着。"艾希蕾瞥了眼芙琳吉拉,平静地宣布,"有个女孩确实被软禁在达恩·罗万城堡,但她并不是什么非凡基因的携带者,而是个再平凡不过的普通人。毫无疑问,她不是辛特拉的希瑞,不是皇帝要找的女孩。他要找的女孩显然拥有劳拉基因——他手里甚至有她的头发。我曾对那绺头发做过检验,发现了一件令人费解的事。现在,谜团终于解开了。"

"就是说,希瑞不在尼弗迦德。"叶妮芙轻声道,"她不在那儿。"

"不在。"菲丽芭·艾哈特用严肃的语气重复道,"恩希尔被骗了。他得到的只是个冒牌货。这些我昨天就知道了,但艾希蕾女士的坦白让我很高兴。这代表我们的协会真正开始运作了。"

——◆——

叶妮芙简直难以控制颤抖的双手和嘴唇。*冷静点儿*,她告诉自己。*冷静,什么也别说,等待时机就好。继续听。收集信息。斯芬克斯。就像斯芬克斯那样。*

"那就是威戈佛特兹了。"萨宾娜一拳砸到桌上,"不是恩希尔,而是威戈佛特兹。那个迷人精。那个英俊的无赖!他欺骗了恩希尔,也欺骗了我们!"

叶妮芙做了几下深呼吸,努力让自己平静下来。艾希蕾·瓦·阿纳兴正在讲述一位尼弗迦德年轻贵族的事——看她的动作,她显然觉得身上的紧身裙穿着很不舒服。叶妮芙知道她说的人是谁,于是不由自主地攥紧了拳头。头戴翼盔的黑骑士,希瑞幻觉里的梦魇……她能感觉到法兰茜丝卡和菲丽芭都在看她,特莉丝却在回避她的目光。活见鬼,叶妮芙心想,努力让自己的表情保持冷漠,我已经彻底卷进来了。我究竟害那孩子陷入了怎样的困境?见鬼,我以后该怎么面对猎魔人杰洛特……

"如此说来,我们就有了绝佳的机会。"凯拉·梅兹兴奋地喊道,"在解救希瑞的同时,我们还可以好好报复一下威戈佛特兹。我们可以把那无赖屁股下的地面都烤成焦土!"

"想要烤焦威戈佛特兹屁股下的地面,我们必须先查明他的藏身之处。"席儿·德·坦沙维耶讽刺地说。叶妮芙始终对这位柯维尔女术士没什么好感。"但到目前为止,这事还没人能办到。尽管在场的几位女士花费了宝贵的时间,运用了非凡的能力去寻找,却始终一无所获。"

"威戈佛特兹有许多藏身处,我们找到了其中的两个。"菲丽芭·艾哈特冷冷地回答,"迪杰斯特拉正在努力寻找剩下的那些,而我不打算阻止他。有些时候,魔法做不到的事,密探和眼线却能达成。"

与迪杰斯特拉同行的一名密探往地牢里看了几眼,猛地后退几步,背靠墙壁,脸色惨白,看起来随时都会晕过去。迪杰斯特拉在心里盘算着,准备把这个软蛋送去蹲办公室。但等他亲眼看到牢房内部,便立刻改了主意。他感觉自己的胆汁涌上了喉咙口,但他不能在下属眼前丢面子。他不慌不忙地掏出一块洒过香水的手帕,捂住鼻子和嘴巴,朝躺在石头地板上的裸尸俯下身去。

"腹部和子宫被人切开,"他诊断道,努力保持镇定而冰冷的语气,

"技术娴熟,就像出自外科医师之手。女孩腹中的胎儿被人摘走了。取胎儿时她还活着,但手术不是在这儿进行的。她们全都这样吗?伦内普,我在问你话呢。"

"不是……"密探打了个寒战,将目光从那具尸体上移开,"其他人是被绞死的。她们没怀孕……不过我们可以尸检……"

"这样的女孩总共多少个?"

"除了这个,还有四个。我们还没能查出任何一人的身份。"

"这话可不对,"迪杰斯特拉的声音透过手帕,"我一眼就认出了这个女孩。她是朱莉,兰尼尔伯爵最小的女儿,于一年前神秘失踪。我这就去瞧瞧另外几个。"

"有几具尸体被烧焦了,"伦内普说,"想要辨认会很困难……不过阁下,除了这些……我们还找到了……"

"快说。别吞吞吐吐的。"

"井里有骸骨。"密探指了指地上那个硕大的窟窿,"大量的骸骨。我们还没能将其取出并进行检验,但可以肯定,全是年轻女子的尸骨。如果我们请求巫师的协助,也许就能辨认她们的身份……并通知那些仍在寻找失踪女儿的父母……"

"无论如何,"迪杰斯特拉转过身,"别把这里的发现泄露出去。对任何人都不能讲。尤其不能告诉那些巫师。看到这里的情况之后,我已经没法信任他们了。伦内普,上面几层也彻底搜查过了?找到对这次任务有帮助的东西没?"

"没有,阁下。"伦内普垂着头说,"接获线报之后,我们立刻赶到这座城堡。但我们来得太迟了。一切都被烧光了,被一场可怕的大火吞噬殆尽。毫无疑问,那是魔法火焰。只有在这儿,在这地牢里,咒语没能摧毁一切。我不清楚原因……"

"我清楚。点燃引信的不是威戈佛特兹,而是里恩斯或那巫师的另一个跟班。威戈佛特兹不会犯这种错误,他只会留下墙上的烟尘。哦,没错,他知道火焰除了净化之外……还能掩盖痕迹。"

"的确如此。"伦内普喃喃道,"我们没法证明威戈佛特兹来过这里……"

"那就伪造好了。"迪杰斯特拉收起手帕,"还要我教你怎么做吗?我知道威戈佛特兹来过这儿。除了这些尸体,地牢里还有人活下来吗?那扇铁门后面是什么?"

"这边走,阁下。"密探从一名助手手中接过火炬,"我来带路。"

毫无疑问,本该将地牢里的一切都烧成灰烬的魔法之火就从这里烧起,在这扇铁门后的宽敞房间里点燃。咒语的误差令其效果大打折扣,但当时的火势依然极为猛烈。火焰烧焦了摆在一堵墙边的架子,烧毁并融化了上面的玻璃器皿,只留下一团散发出焦臭味的垃圾。房间里没被烧毁的,只有一张金属面的桌子,以及两把固定在地上的椅子。它们式样古怪,但其功用却显而易见。

"这种构造,"伦内普咽了口口水,指着与椅子相连的卡环,"是为固定……分开的……双腿。大幅度分开的双腿。"

"杂种,"迪杰斯特拉咬牙切齿地说,"该死的杂种……"

"我们在这把木头椅子下面的沟槽里发现了血液、粪便和尿液。"密探轻声续道,"钢制的那把是全新的,可能完全没用过。我不知道这椅子是做什么用的……"

"我知道。"迪杰斯特拉说,"这把钢椅子是为某个特别的人打造的。某个被威戈佛特兹怀疑有特殊能力的人。"

"我不是看不起迪杰斯特拉和他的情报机构。"席儿·德·坦沙维耶说,"我也知道,找到威戈佛特兹只是时间问题。但抛开私人恩怨不谈——虽然在场的某些人似乎沉迷于此——我要冒昧地说一句:我们根本没法断定希瑞在威戈佛特兹手上。"

"如果不是威戈佛特兹掳走了她,那还能有谁?她当时就在岛上。就我所知,我们当中没有任何人把她传送走。她也不在迪杰斯特拉或某位国王手里,这点我们可以肯定。海鸥之塔的废墟里也没发现她的尸体。"

"托尔·劳拉,"艾达·艾敏缓缓地说,"曾经隐藏着一扇非常强大的传送门。女孩会不会通过传送门逃出了仙尼德岛?"

叶妮芙垂下头,用睫毛遮住眼睛,指甲埋进扶手上的斯芬克斯头像。*冷静点儿*,她暗想,*冷静*。她能感觉到玛格丽塔在看她,但她没抬头。

"如果希瑞走进了海鸥之塔的传送门,"艾瑞图萨的女校长语气一变,"恐怕我们就得忘掉这些安排和计划了。我们也许再也见不到希瑞了。托尔·劳拉传送门早就受过损害,如今更是完全毁坏。它已经扭曲了。使用它很可能带来致命的后果。"

"我们到底在讨论什么?"萨宾娜吼道,"要找到塔里的传送门,甚至只是看到它,都需要第四阶的魔法!想要启动传送门,更是需要极其强大的魔法能力!就连威戈佛特兹都未必做得到,更别提一个十三岁的小姑娘了。你们为什么会有这种猜想?在你们看来,那个女孩到底是什么人？她的身体到底能有多么特别？"

"邦纳特先生，"恩希尔皇帝的御用验尸官，外号"灰林鸮"的史提芬·史凯伦伸了个懒腰，"她有没有那么特别真的很重要吗？我倒宁愿她彻底消失。为了实现我这个愿望，我打算付你一百弗罗林。如果你觉得好奇，可以自己去确认一下——杀她之前还是之后都随你。但不管结果如何，我郑重地向你保证，我给你的酬劳都不会改变。"

"要是我把她活着交给您呢？"

"同样不变。"

名叫邦纳特的男人拧了拧自己灰色的胡须。他的个子高得惊人，身材却瘦得皮包骨。他的另一只手自始至终按在剑上，就像不想让史凯伦看到华丽的剑柄圆头似的。

"需要我把她的脑袋带给您吗？"

"不需要。"灰林鸮皱起眉头，"我要她脑袋做什么？浸在蜂蜜罐子里吗？"

"作为证据。"

"我相信你。众所周知，你很可靠，邦纳特。"

"感谢您的赏识。"赏金猎人笑了笑。看到他的笑容，史凯伦突然感觉脊背发凉——尽管他有二十名全副武装的士兵正候在酒馆外。"虽然我当之无愧，但赏识我的人真是少之又少。如果我不把耗子帮全体成员的脑袋带去，瓦恩哈根家和某位男爵老爷是不会付钱的。既然您不需要法尔嘉的脑袋，那我想，您应该不介意我拿去凑成一套吧。"

"好让你再拿一份赏金？你的职业道德去哪儿了？"

"尊贵的大人，"邦纳特眯起眼睛，"我赖以为生的手段不是杀戮，而是经由杀戮提供的服务。我只是在向您和瓦恩哈根家同时提供服务而已。"

"说得好。"灰林鸮赞同道，"那就按你觉得正确的方法去做吧。你什么时候来领赏？"

"很快。"

"这话怎么讲？"

"耗子帮正在赶往匪徒路，打算去山里过冬。我会在路上堵截他们。二十天内，不会更久。"

"你能肯定他们会去那边？"

"有人在芬·艾斯普拉附近见到了他们。他们在那儿抢了一支车队和两个商人。他们曾在泰菲附近出没，然后在杜鲁格逗留了一晚，去村子的集会跳了一场舞。最后他们出现在洛瑞多，法尔嘉在那儿把某个家伙砍成了碎片，手段之狠辣，让人提起当时的情景都会牙齿打战。所以我才想知道这个法尔嘉到底是何方神圣。"

"其实，她跟你应该很像。"史提芬·史凯伦嘲讽道，"不，请原谅。毕竟你赖以为生的手段不是杀戮，而是经由杀戮提供的服务。你是个货真价实的手艺人，邦纳特，真正的职业行家。就像其他行当一样，这也只是份工作而已，对吧？只要有人付账就行。大家都得混口饭吃，不是吗？"

赏金猎人严厉地盯着他看了很久，直到灰林鸮的假笑彻底消失。

"的确，"他说，"大家都得混口饭吃。有些人靠手艺赚钱，另一些人只能不择手段。不过话说回来，也没几个手艺人能像我这么走运：

我是当真喜欢自己谋生的行当。就连妓女都不敢这么夸口。"

◆──▶──◀──◆

听到菲丽芭提议暂时休会，好让大伙吃点儿东西，再润润因发言而干涸的喉咙，叶妮芙的心情既愉快又充满期待。但她的期待很快落了空。玛格丽塔显然想跟叶妮芙说说话，却被菲丽芭拖到了房间另一头。特莉丝·梅利葛德和法兰茜丝卡一起凑了上来。女精灵毫不客气地掌控了对话的走向，叶妮芙则在特莉丝浅蓝色的眸子里看到了焦虑。她敢肯定，就算法兰茜丝卡不在场，向特莉丝求助也是徒劳。特莉丝显然全心全意忠实于协会，而对方也肯定看出了叶妮芙仍在犹豫。

特莉丝努力给她打气，安慰她说杰洛特正待在安全的布洛克莱昂森林，在树精的照顾下逐渐康复。跟以往一样，她每次提到猎魔人的名字都会脸红。*他肯定让她很开心*，叶妮芙不无怨怼地心想。*她从没见过他那样的人，所以不可能很快就忘记他。真是太好了。*

面对特莉丝的安慰，她故作冷漠地耸了耸肩。至于特莉丝和法兰茜丝卡是否相信她真的冷漠，叶妮芙根本不在乎。她只想一个人待一会儿，也希望她们能看出这一点。

她们看出来了。

她挪到餐桌另一头，专心地吃着牡蛎。她的动作小心翼翼，因为压制带来的痛楚尚未消失。她不太敢喝酒，因为她不知道自己会有什么反应。

"叶妮芙？"

她慢慢地四下张望。芙琳吉拉·薇歌低头看看叶妮芙紧紧攥着的餐刀，露出微笑。

"我看得出，也感觉得到，"她说，"比起牡蛎，你宁愿用那把刀子对付我。依然对我没有好感吗？"

"协会只要求我们彼此忠诚，"叶妮芙冷冷地回答，"但没强迫我们必须成为朋友。"

"的确没有，也不应该这么规定。"尼弗迦德女术士扫视一眼会议厅，"成为朋友只有两种情况：一是长期相处，二是一见如故。"

"成为敌人也一样。"叶妮芙撬开一只牡蛎，把牡蛎肉连同少许海水一起咽下肚，"有时候，只要看上一眼，你就会立刻恨上某人——尤其是她马上就把你弄瞎了。"

"哦，成为敌人的情况要复杂得多。"芙琳吉拉眯起眼睛，"试想一下，你眼睁睁看着某人站在山顶，把你的朋友劈成了碎片。就算你之前从没见过她，也完全不认识她，但你还是会生出恨意。"

"是这样，没错。"叶妮芙耸了耸肩，"命运在捉弄人时很有一套。"

"命运的确很难捉摸，"芙琳吉拉轻声道，"就像一个淘气的孩子。朋友有时会对你置之不理，而敌人却能帮上你的忙。比方说，你可以跟她面对面谈话，却没人会来干涉，也没人会插嘴或偷听。所有人都会好奇，两个敌人之间有什么好谈的呢？肯定不是什么重要的事。哎呀，她们肯定是在说些陈词滥调，时不时掺上一两句讥讽。"

"毫无疑问，"叶妮芙点点头，"所有人都会这么想。而且她们的想法完全正确。"

"而这一来，"芙琳吉拉用轻松的语气说，"我也可以放心大胆地提及那件格外重要的事了。"

"你说什么?"

"关于你正在盘算的逃跑计划。"

叶妮芙刚好在撬另一只牡蛎,一听这话差点割伤手指。她悄悄地四下张望一番,然后借着睫毛的掩护瞥了眼尼弗迦德女术士。芙琳吉拉·薇歌微微一笑。

"请把刀子借我,我也要撬只牡蛎。你们的牡蛎真是太棒了,想在南方吃到可不容易。尤其是现在,战争封锁了国境……真是太糟了,不是吗?"

叶妮芙轻轻咳嗽一声。

"我注意到了。"芙琳吉拉咽下牡蛎肉,又伸手拿过一只,"没错,菲丽芭在看我们。还有艾希蕾。她多半正在担心我对协会的忠诚——我岌岌可危的忠诚。她可能觉得我会同情你。让我们瞧瞧……你的心上人受了重伤。你视同己出的女孩失踪了,很可能已经被人囚禁……恐怕还有生命危险。又或者,她卷进了某个阴谋?说实话,换作是我,肯定忍受不了。我会立刻逃跑。请把刀子拿回去吧。牡蛎吃得够多了,我还得保持体形呢。"

"如你所言,"叶妮芙看着尼弗迦德女术士的双眼,低声说道,"封锁国境的确是件非常糟糕的事。简直令人愤慨。它让人没法去做自己想做的事。但如果有相应的……手段,想打破封锁也并不难。可惜我没有类似的手段。"

"你指望我会帮你吗?"尼弗迦德女术士打量着手中粗糙的牡蛎壳,"哦,不,没门。我忠于协会,而协会不希望你匆忙赶去救助你的爱人。更重要的是,我是你的敌人。叶妮芙,你怎么能忘记这一点呢?"

"的确。我怎么能忘呢?"

"如果我面对的是朋友，"芙琳吉拉轻声道，"我会警告她，就算她得到了传送法术所需的材料，也不可能神不知鬼不觉地穿过封锁。这样的行动耗时很长，而且很容易引起注意。使用不起眼但能量充足的吸引子反而会好一些。我重复一遍——只是好一些而已。无疑你也明白，使用非正规吸引子的传送法术是很危险的，后果往往无法预料。如果我面对的是朋友，我会劝她不要冒险。好在你不是我朋友。"

芙琳吉拉将牡蛎壳里的少许海水倒在桌面上。

"说到这里，我们也该结束这场老套的对话了。"她说，"协会只要求我们彼此忠诚，但没强迫我们必须成为朋友。"

"她已经传送离开了。"等叶妮芙的消失引发的混乱平息之后，法兰茜丝卡·芬达贝用冰冷而不带感情的语气陈述道，"没什么好激动的，女士们。而且我们现在已经无能为力了。她离我们太远了。这是我的错。我怀疑她的黑曜石掩盖了魔法回音……"

"可她是怎么办到的？"菲丽芭大喊道，"她当然可以掩盖回音，这并不难，但她是怎么打开传送门的？蒙特卡沃是有封锁的！"

"我从没喜欢过她。"席儿·德·坦沙维耶耸了耸肩，"我也一直不认可她的生活方式。但我从没质疑过她的能力。"

"她会把一切都讲出去的！"萨宾娜·葛丽维希格喊道，"关于协会的一切！她会直接赶去……"

"胡说八道。"特莉丝·梅利葛德看着法兰茜丝卡和艾达·艾敏，大声打断萨宾娜的话，"叶妮芙不会背叛我们。她逃跑也不是为了出卖我们。"

"特莉丝说得对。"玛格丽塔·劳克斯-安蒂列附和道,"我知道她为什么逃跑,也知道她想去救谁。我见过她跟希瑞在一起时的样子。所以我明白。"

"可我一点儿都不明白!"萨宾娜大吼道。场面再次变得混乱。

艾希蕾·瓦·阿纳兴侧过身,凑近她的朋友。

"我不会问你为什么这么做。"她低声说,"也不会问你是怎么做到的。我只想问:她去哪儿了?"

芙琳吉拉·薇歌微微一笑,用手指抚摸着椅子扶手上的斯芬克斯浮雕。

"我怎么知道?"她低声反问道,"话说这些牡蛎产自哪片海岸?"

伊丝琳，又名伊丝琳妮·艾格里，是传说中的精灵医师、占星师及预言家艾维尼恩的女儿，以其预测、占卜和预言为人所知——其中最知名的便是《Aen Ithlinnespeath》，亦即《伊丝琳妮预言》。这篇预言经过多次抄录，更以多种形式印刷出版。该预言在某些时期极其盛行，而其附录的注释、提示和说明会根据同时代事件进行修改，使人愈发相信《伊丝琳妮预言》的精准性。

人们尤其相信，《伊丝琳妮预言》预测了北方战争（1239—1268年）、大瘟疫（1268年、1272年与1294年）、双独角兽血战（1309—1318年）以及哈卡人入侵（1350年）。据说《伊丝琳妮预言》还预测了从十三世纪末便开始观测到的气候变化——"白霜"。流行的迷信说法始终将"白霜"称为世界末日的征兆，并将其与预言中"毁灭者"的到来联系到一起。《伊丝琳妮预言》中的相应段落还引发了臭名昭著的女巫狩猎运动（1272—1276年），导致了许多被误认为是毁灭者化身的女性死亡。而在当今，许多学者认为，伊丝琳妮只是虚构出来的传奇人物，并将她的"预言"视为后人捏造的诡诈骗局。

——《世界最大百科全书》第九卷
艾芬伯格与塔尔伯特　著

第七章

孩子们围住说书人博格沃兹，用刺耳的吵闹声表达着他们的不满。最后，铁匠的儿子康纳——他是这群孩子中最年长、最强壮也最勇敢的一个，也是他给说书人端来了一大锅卷心菜汤，还有配上煎熏肉片的土豆——走上前来，作为代表陈述大家一致的看法。

"这算什么？"他大声问道，"你说'就到这里'是什么意思？这么结尾真的好吗？你在吊我们的胃口吧？我们想知道接下来发生了什么！我们可不想等你下次来村子再听，那没准儿一晃就是六个月甚至一整年！继续讲！"

"太阳都下山了，"老人答道，"该上床了，小家伙们。如果你们明天干活儿时打哈欠，你们的父母会怎么说？我知道他们会说：'老博格沃兹给他们讲故事讲到半夜，让他们满脑子都是歌谣，还不准他们上床睡觉。下次他再经过这村子，啥东西都别给他。不管荞麦粥、土豆还是咸肉，都别给。直接赶跑那个老混球就好，他的故事只能带来麻烦和灾难……'"

"他们不会这么说的！"孩子们齐声高喊，"再多讲点儿吧！

拜托！"

"唔唔。"老人嘟囔着，看了看消失在雅鲁加河对岸树梢下的夕阳，"那好吧，不过有个条件：你们得选个人跑回自己家里，拿点乳酪来给我润润嗓子。至于剩下的人，你们得商量好要听谁的故事，因为就算我讲到明天早上，也没法讲完所有人。这次想让我讲谁的故事？你们得作出选择。其余的就得等下一次了。"

孩子们又大呼小叫起来，像在比赛谁的嗓门更亮。

"安静！"博格沃兹晃了晃手杖，大吼道，"我是要你们作选择，不是像松鸦一样呱呱叫！你们决定好没？到底想听谁的故事？"

"叶妮芙的。"妮妙尖叫道——她是听众里年纪最小的，因为身量娇小得到个外号叫"小矮子"——她摸了摸在自己膝头酣睡的小猫咪，"告诉我们，那个女术士后来怎么样了？她是怎么用魔法逃出秃山的女巫集会去救希瑞的？我想听这个。等我长大了，我也要当个女术士！"

"没戏的！"磨坊主的儿子布罗尼克大叫道，"你还是先把鼻涕擦干净吧，小矮子。女术士不收鼻涕精当学徒！至于你，老头子，别讲叶妮芙了，先讲希瑞和耗子帮的故事吧。他们跑去抢劫，然后痛殴……"

"安静。"康纳阴沉着脸说，"你们都蠢透了。既然今晚只能再听一个故事，那你们都给我规矩点儿。老头子，给我们讲讲猎魔人和他伙伴的故事，他们从雅鲁加河畔出发，然后……"

"我想听叶妮芙。"妮妙尖声说。

"我也是。"她姐姐奥菈插嘴道，"我想听她与猎魔人的爱情故事。我想听听他们彼此间的爱。结局一定很美好吧？他们肯定不会死吧？"

"闭嘴，你们这两个蠢货，谁在乎爱情啊？我们要听战争和打架！"

"还有猎魔人的剑!"

"不不,讲希瑞和耗子帮!"

"都给我闭嘴!"康纳凶狠地四下扫视,"不然我找根棍子来,狠狠教训你们这些小鼻涕精!我说了:都给我规矩点儿。让他继续讲猎魔人的故事,讲他和丹德里恩,还有米尔瓦……"

"没错!"妮妙又尖叫起来,"我也想听米尔瓦的故事。米尔瓦!要是女术士不收我当学徒,我就去做弓箭手!"

"就这么决定了。"康纳说,"瞧瞧他,垂着脑袋,鼻子一点一点的,活像一只秧鸡……喂,老头子!醒醒!给我们讲讲猎魔人的故事。我是说,猎魔人杰洛特的故事。从他在雅鲁加河畔与同伴们出发开始。"

"可首先,"布罗尼克插嘴道,"为了缓解我们的好奇心,先讲点儿其他人的事吧。讲讲他们的遭遇。这样的话,等你再回来把故事讲完之前,我们心里就没那么难熬了。只要再讲一点儿叶妮芙和希瑞的事就好。拜托。"

"叶妮芙,"博格沃兹咯咯地笑了起来,"利用咒语飞出了名为秃山的魔法城堡,然后扑通一声掉进了海里。掉进了波涛汹涌的大海,周围只有粗糙的礁石。不过别担心,这对女术士来说算不了什么。她没淹死。她登上史凯利格群岛,在那儿找到了盟友。你们肯定知道,她对那个叫威戈佛特兹的巫师恨之入骨。她认定是他绑架了希瑞,因此发誓要找到他,无情地实施复仇,并将希瑞解救出来。就这样。下次有机会我再详细讲。"

"那希瑞呢?"

"希瑞还在跟耗子帮四处游荡,自称'法尔嘉'。她喜欢上了强盗的生活。虽然当时无人知晓,但那女孩心中潜藏着愤怒与残忍。潜藏在她内心深处的所有阴暗面全都浮了上来,慢慢占据了上风。哦,凯尔·莫罕的猎魔人真不该教她如何杀戮!但在散播死亡的同时,希瑞完全没想到死神也正紧随身后。可怕的邦纳特正在跟踪她、追捕她。这两个人——邦纳特和希瑞——的对决是不可避免的。但他们的故事还是下次再讲吧。今晚你们将听到的是猎魔人的故事。"

孩子们安静下来,紧紧围着老人坐成一个圈,竖起了耳朵。夜幕正在降下。生长在小屋周围的大麻丛、覆盆子丛和蜀葵丛在白天显得那么友好,现在却变成一片片险恶而异样的森林。有什么东西在沙沙作响。是老鼠弄出的动静?还是眼神凶狠、相貌骇人的精灵?又或是渴望吞吃孩童血肉的吸血妖鸟或女巫?在牛棚里跺脚的究竟是牛,还是像一百年前那次一样,再次跨越雅鲁加河的入侵者的战马?从茅草屋顶飞过的到底是夜鹰,还是渴求鲜血的吸血鬼?又或是位美丽的女术士,正借助咒语飞向远方的海洋?

"猎魔人杰洛特,"说书人再次开口,"带着他的伙伴朝安格林的沼泽和森林进发。要知道,当时的安格林可有真正的原始森林。唉,哪像现在,那样的森林只剩下布洛克莱昂了……他们一行人向东方跋涉,奔向雅鲁加河上游,朝人迹罕至的黑森林进发。开始的时候一切顺利,但后来,老天啊……你们马上就能知道后来发生了什么……"

说书人将那久远的过去娓娓道来。孩子们听得聚精会神。

◆━━◆━━◆

猎魔人坐在崖顶的一根圆木上。从这里放眼望去,能看到雅鲁加河沿岸的大片湿地与芦苇滩。夕阳正在西沉,野鹤从沼地间飞起,成群结队地翱翔在空中。

一切都完蛋了,猎魔人看看樵夫小屋,再看看从米尔瓦点燃的篝火上升起的稀薄烟柱。一切都乱了套,尽管原本很顺利。我的同伴是些怪人,但至少他们支持我。我们有想共同达成的目标——近在眼前、清晰而又现实的目标。穿过东边的安格林,向凯德·杜进发。我们进展顺利。可到头来,事情还是乱套了。这到底是厄运,还是早已注定?

野鹤发出军号般的哀鸣。

爱米尔·雷吉斯·洛霍雷克·塔吉夫-哥德弗洛伊骑在队伍最前面,胯下是猎魔人在阿梅利亚附近缴获的枣红色尼弗迦德战马。尽管这匹马起初有些厌恶吸血鬼和他身上的草药味,但它很快就习惯了他,造成的麻烦也不比走在一旁、动不动就拱起脊背尥蹶子、像被马蝇蛰了似的洛奇更多。丹德里恩骑着珀迦索斯跟在他们身后,头上绑着绷带,一副雄赳赳气昂昂的架势。在骑马前行途中,诗人写了一首颂赞英雄的歌谣,而伴着曲调和韵律的,正是他最近的各种冒险经历。这首歌谣明显在暗示,其作者和演唱者是冒险队伍中最勇敢的人。米尔瓦和卡西尔·莫瓦·迪弗林·爱普·契拉克负责殿后。卡西尔骑着失而复得的栗色马驹,一只手还牵着一匹灰马,灰马背上驮着他们的一部分装备。

他们终于离开了河岸沼泽,朝丘陵绵延的旱地高处走去。从那里向南眺望,能看到广阔的雅鲁加河闪闪发光的水面,北边则是通往玛哈坎山脉的山路。天气晴朗，阳光明媚，总在他们耳边转悠的蚊虫不见了，他们的靴子和裤子也都晒干了。在阳光照耀的山坡上，黑刺莓丛结满了果实，马儿也能找到可吃的青草。清澈的溪流自山上流下，溪水间有许多鳟鱼游来游去。等到夜幕降下，他们生起营火，躺在火边。简而言之，一切都那么美好，他们的心情也本该愉快起来。但事实并非如此。在他们第一次扎营休息时，原因就已显而易见。

◆━━◆━━◆

"等等，杰洛特。"诗人看了看周围，清了清嗓子，"别这么急着回营地。米尔瓦和我想跟你私下谈谈。关于……呃，你知道的……关于雷吉斯。"

"哦？"猎魔人把一堆柴火放到地上，"这么说你们害怕了？现在可有点儿晚了。"

"别这么说嘛。"丹德里恩苦着脸说，"我们承认他是同伴，他也主动要求帮我们找到希瑞。他救了我的命，这一点我一辈子都不会忘。但该死的，我们确实有种类似恐惧的感觉。这让你很惊讶吗？你这辈子不都在追捕和猎杀他那样的生物吗？"

"我不会杀他，目前也没这个打算。这样的声明足够吗？如果还不够，就算我心里对你充满同情，也没法治好你的焦虑。讽刺的是，我们当中只有雷吉斯才会治病。"

"够了。"诗人恼怒地说，"你不是在跟叶妮芙说话，所以省省这些拐弯抹角的说辞吧。对于简单的问题，你只要给出简单的回答就好。"

"那就问吧。省去那些拐弯抹角的说辞。"

"雷吉斯是个吸血鬼。谁都知道吸血鬼吃什么。在他极度饥饿的情况下会发生什么？是啊，是啊，我们见过他喝鱼汤，而且从那之后，他也跟我们一起吃喝，就像平常人一样。可是……他到底能不能控制住他的……杰洛特，你非要让我把那个词儿说出来吗？"

"你的脑袋鲜血横流时，他控制住了自己的欲望。给你缠好绷带之后，他甚至没去舔自己的手指。当初那个满月之夜，我们畅饮他的曼德拉私酿，睡在他的小屋里，他有绝佳的机会吸干我们的血。可你在自己优雅的脖子上找到牙印了吗？"

"别嘲笑我们了，猎魔人。"米尔瓦咆哮道，"你比我们更了解吸血鬼，可你却在嘲笑丹德里恩。我在森林里长大，我没上过学，我很无知，但这不是我的错，所以你也没资格嘲笑我。说起来惭愧，但我的确也有点害怕……害怕雷吉斯。"

"你们害怕也很正常。"杰洛特点点头，"他是所谓的'高等吸血鬼'，十分危险。如果他是我们的敌人，我也会害怕他。可是，活见鬼，不知道为什么，他成了我们的同伴。此时此刻，他正带着我们前去凯德·杜见德鲁伊，而他们或许能告诉我关于希瑞的消息。我已经走投无路了，所以决定牢牢抓住这次机会。也正因如此，我才同意让一个吸血鬼跟我们同行。"

"只有这一个原因？"

"不。"杰洛特的回答有些不情不愿，最后终于决定坦白，"还有别的。他……他的举止很正派。在难民营的女巫审判上，他出手相助时毫不犹豫。虽然他知道，这么做会暴露他的真实身份。"

"他从火堆里取出了烧红的马蹄铁。"丹德里恩回忆道，"嘿，他直接用手拿了那玩意儿好几秒钟,眉头都不皱一下。我们当中没人能做到这种事,就算把马蹄铁换成烤土豆都不行。"

"火伤不到他。"

"他还能做什么?"

"他可以随意隐形,可以用目光施展魔法,让人陷入沉睡。在维赛基德的营地里,他就是这么对付守卫的。他可以变成蝙蝠的外形,然后飞起来——我怀疑他只能在满月之夜这么做,但我的想法未必准确。他都让我吃惊好几回了,谁知道他还藏着什么把戏。我猜即使在吸血鬼当中,他也算是个异类。他能完美地模仿人类,而且模仿了很多年。他的草药从不离身,为的是借助草药味骗过能察觉他真实身份的马和狗。我的徽章对他没有反应,这种情况相当反常。要我说的话,他可不是能轻易分类的家伙。如果你们还想知道更多,不如直接去问他。他是我们的同伴,我们之间应该无话不谈,相互怀疑和惧怕反而不合适。回营地吧。帮我搬柴火。"

"杰洛特?"

"说吧,丹德里恩。"

"如果……我是说,理论上……如果……"

"我不知道。"猎魔人诚实而坦白地回答,"我不知道自己能不能杀死他。而且说实话,我也不想走到那一步。"

丹德里恩听取了猎魔人的建议,决定消除误会,驱散心中的疑惑。出发后不久,他用一贯的手法采取了行动。

"米尔瓦!"他突然喊道,随后偷偷瞥了眼吸血鬼,"你干吗不带上弓箭到前面去,帮我们猎一头幼鹿或野猪呢?我吃够该死的黑莓、蘑菇、鱼肉和贻贝了。我想吃点儿真正的肉换换口味。雷吉斯,你觉得呢?"

"抱歉,你说什么?"吸血鬼在马颈旁抬起头。

"肉!"诗人强调道,"我正在劝米尔瓦去打猎。想尝尝新鲜的肉吗?"

"想啊。"

"还有血。要来点儿新鲜的血吗?"

"血?"雷吉斯咽了口口水,"算了,血就免了。如果你自己有兴趣,不用介意我。"

杰洛特、米尔瓦和卡西尔见证了这尴尬而阴郁的沉默。

"我明白你的用意,丹德里恩。"雷吉斯缓缓地说,"那就让我打消你的疑虑吧。我是个吸血鬼,但我不吸血。"

沉默重得像铅。可丹德里恩要能忍住不说话,他就不是丹德里恩了。

"你肯定误会我了。"他故作轻松地说,"我的意思不是……"

"我不吸血。"雷吉斯打断他的话,"已经很多年了。我早就放弃了。"

"你说'放弃了'是什么意思?"

"就是字面上的意思。"

"我当真没明白……"

"请原谅。这是我的私事。"

"可是……"

"丹德里恩,"猎魔人在马鞍上转过身,大吼道,"雷吉斯的意思是叫你滚蛋。他只是说得比较礼貌而已。行行好,闭嘴可以吗?"

◆━┃━◆━┃━◆

然而,担忧和怀疑的种子已经生根发芽。直到一行人停下来过夜,气氛依然凝重,就连米尔瓦在河边射下的白颊黑雁都没能缓和他们之间的紧张。他们给那只鸟抹上泥巴,架在火上烤熟,美餐了一顿,连最小的几块骨头上的肉都剔得干干净净。饥饿得到了缓解,但焦虑仍在持续。尽管丹德里恩努力活跃气氛,他们之间的对话仍很尴尬。诗人的唠叨变成了独白,最后连他自己都察觉到了,只好闭上了嘴巴。唯有马儿咀嚼干草的声音扰乱了营火周围死一般的宁静。

夜色已深,但所有人都没有睡意。米尔瓦用锅在火上煮了开水,就着蒸汽梳理起皱的箭羽。卡西尔在修理一只靴子的搭扣。杰洛特削着一块木头。雷吉斯的目光依次扫过所有人。

"好吧,"最后他说,"看来是不可避免了。有几件事,我在很久以前就该向你们解释清楚……"

"没有人指望你解释清楚。"杰洛特回答。他把自己辛苦削了半天的木头丢进火里,抬起头。"我不需要什么解释。我是个守旧派。如果我朝别人伸出手,接纳他做我的同伴,那么对我来说,其意义胜过在公证人监督下签署的合同。"

"我也是守旧派。"卡西尔继续修理他的靴子,头也不抬地说。

"我不知道还有这么个传统。"米尔瓦干巴巴地说,将另一支箭放到蒸汽里。

"别在意丹德里恩的自言自语。"猎魔人补充道,"他只是忍不住而已。你也用不着向我们坦白或解释任何事,毕竟我们也没向你坦白。"

"但我还是觉得,"吸血鬼微笑着说,"你很想听听我打算说什么,虽然没人强迫我开口。我只是觉得,既然你们接纳我为同伴,我也有必要对你们开诚布公。"

这一次,没人再多说什么。

"我首先要说,"片刻后,雷吉斯说道,"所有与我的吸血鬼身份相关的担忧都是毫无理由的。我不会袭击任何人,也不会在夜里四处游荡,把牙齿插进某人的脖子。我指的不仅仅是在座几位在守旧方面与我不相上下的同伴。我一直滴血不沾。今后也不会。我不再吸血,是因为它给我带来了麻烦。非常棘手、难以解决的麻烦。

"事实上,这个麻烦的出现和产生负面影响的过程,简直就像教科书上写的一般。"过了一会儿,他续道,"就算是我,年轻时也喜欢……呃……交友。在这方面,我跟大多数同龄人没什么不同。你们应该明白的,毕竟你们也曾年轻过。只不过,人类有复杂而繁多的规定和规矩:父母的权威,监护人、长辈与上级的约束——还有最重要的,道德。而我们没有类似的枷锁。我们的年轻人能享受到彻底的自由,并加以利用。他们会形成自己的行为模式,当然都很愚蠢,名副其实的年少无知。'你不喜欢吸血?你真是吸血鬼吗?''他不吸血?千万别邀请他,不然聚会的气氛就全毁了!'我不想破坏气氛,光是想到可能失去社会认可就让我惊恐万分。于是我开始参加聚会。寻欢作乐,彻夜畅饮。每个月圆之夜,我们都会飞去村子,吸食遇见的每个人的血。哪怕最低劣、最污秽的……呃……体液。只要有……呃……血红蛋白，对我们来说都没有区别。没有血怎么能叫聚会？而且面对吸血鬼女孩时，我总是特别害羞，只有吸过血才能有所好转。"

雷吉斯沉默下来，陷入了沉思。没人催促他。杰洛特突然觉得自己也想喝点儿什么。

"随着时间的推移，我变得越来越野蛮，"吸血鬼续道，"聚会的场面也越来越不堪。我不时去参加狂欢，然后连续三四个夜晚不回墓穴。只要喝上一小滴那种体液，我就会失控。当然了，这并不能阻止我继续参加聚会。至于我的朋友们，好吧，你们也知道朋友都是什么样子。其中有几个劝我别再去了，但这让我很生气。另一些对我只有不好的影响，他们会拽着我去墓穴外狂欢，嘿，甚至给我安排过几个……呃……玩物，然后取笑我出丑的样子。"

仍在整理箭羽的米尔瓦恼火地嘟囔一声。卡西尔修好了靴子，似乎正在打瞌睡。

"后来，"雷吉斯继续讲述，"令人担忧的症状出现得越来越多。聚会和交友都不再重要了。我发现自己已经不再需要这些。我需要的只有血，真正重要的也只有血，即便……"

"自己对着镜子喝？"丹德里恩插嘴道。

"比那还惨，"雷吉斯平静地回答，"因为我压根没有影子。"

他又沉默了半晌。

"然后我遇上了一个特别的吸血鬼女孩。我们开始认真地交往——至少我是认真的。我过上了安定的生活。但那生活没能持续太久，因为她离开了我。于是我比先前吸得更凶了。你们也知道，失望和悲伤是最好的借口。所有人都觉得自己明白这个道理，我也觉得自己明白。我所做的只是把理论付诸实践而已。你们是不是已经听烦了？那我尽量长话短说吧。最后我开始干些不受欢迎的活儿，没有吸血鬼愿意干的活儿。我开始给其他吸血鬼跑腿。有天晚上，他们派我去个村子弄点儿血，而我的攻击失了准头，跟一个走向水井的女孩擦身而过。我就这么全速撞上了井口……那些村民差点杀死我，不过还好，他们不清楚到底该怎么做……他们用木桩把我刺穿，砍掉了我的头，用圣水洒遍我的全身，然后把我埋进土里。你们能想象我醒来后的感觉吗？"

"我能。"米尔瓦审视着手里的箭。所有人都用怪异的目光看着她。女弓手咳嗽一声，转过头去。雷吉斯露出微笑。

"我就快讲完了。"他说，"在坟墓里，我有充足的时间反思……"

"充足？"杰洛特问，"有多充足？"

雷吉斯看着他。

"你这算是职业病吗？大概五十年。等重新长出身体，我决定控制住自己。这并不容易，但我做到了。从那以后，我再没吸过血。"

"一次也没有？"丹德里恩欲言又止。但最后，他的好奇心还是占了上风。"一次也没有？从没有过？可是……"

"丹德里恩，"杰洛特略微扬起眉头，"去边上自己想。别说话。"

"请原谅。"诗人嘟囔道。

"不用道歉。"吸血鬼安抚他道，"还有你，杰洛特，别为难他了。我理解他的好奇。我——说得更明确些：我虚构出来的人类身份——也拥有跟他一样的人类的恐惧。指望人类能彻底摆脱恐惧，完全是异想天开。恐惧在人心中占据的地位比其他任何情绪都重。没有恐惧的心灵是残缺的。"

"照这么讲，"丹德里恩恢复了镇定，"如果我不怕你了，会不会说明我就是残缺的了？"

有那么一瞬间,杰洛特以为雷吉斯会亮出獠牙,治好丹德里恩所谓的残缺。可他错了。这位吸血鬼显然并不喜欢戏剧化的举动。

"我说的是扎根于意识和潜意识深处的恐惧。"他平静地解释道,"请别介意我的比喻:如果乌鸦能克服恐惧,落在稻草人身上,它就不会再怕挂在木棍上的帽子和外套。但风吹动稻草人时,乌鸦还是会仓皇飞走。"

"乌鸦的行为可以看作是为生存而自保。"卡西尔在暗处评论道。

"乌鸦聪明着呢。"米尔瓦不屑地说,"乌鸦才不怕稻草人,它怕的是人,因为人会朝它丢石头或射箭。"

"为生存而自保,"杰洛特点点头,"是所有生物的本能,无论人类还是乌鸦。谢谢你的解释,雷吉斯,我们完全接受。但你别再去人类的潜意识深处翻找原因了。米尔瓦说得对。看到饥渴的吸血鬼时,人类的恐慌并非毫无来由,而是求生意志导致的结果。"

"专家如是说。"吸血鬼朝他微微欠了欠身,"一位出于职业自豪感、不愿收钱去跟虚构的怪物搏斗的专家。这位怀有自尊的猎魔人只会与真正危险的邪恶生物搏斗。但不知这位专家是否愿意解释一下:为什么吸血鬼比巨龙或野狼威胁更大?别忘了,后两者也有獠牙。"

"或许是因为,后两者使用獠牙只为捕食和自卫,而不是为了找找乐子,好融入朋友的社交圈,或是克服对异性的羞涩。"

"但人类对此一无所知。"雷吉斯反驳道,"你是早就知道了,可其他的同伴都是刚刚才得知真相。普罗大众深信吸血鬼吸血并非为了取乐,而是以血为食,并且除此以外什么都不碰。不用说,我指的是人类的血。血是供应生命的液体,失血会导致身体虚弱,生命力流失。因此你们的理论是:让我们流血的生物就是我们的死敌,以我们血液为食的生物更是邪恶百倍。它们夺走我们的生命，却让自己的生命力得以增长。只要它们种族繁荣，我们就必将衰落。这样的生物终究会沦为被你们人类排斥的对象。可要知道，尽管你们清楚血液有供应生命的特质，但你们依然厌恶血液本身。你们有人愿意饮血吗？我很怀疑。有些人一见到血就浑身无力，甚至晕厥。在某些社会里，人们相信女人每个月都有几天是'不洁'的，还会将她们隔离起来……"

"只有蛮族才会这样吧。"卡西尔插嘴道，"而且我认为，只有北方人才一见到血就头晕。"

"跑题了。"猎魔人抬起头，"本来只是个简单直接的话题，却被我们绕成了复杂的哲学讨论。雷吉斯，就算人类知道，你们只把他们看作酒吧里的酒而非猎物，这又有什么区别？吸血鬼会喝人血，这是不容置疑的事实。被吸血鬼当作伏特加痛饮的人类会失去力量，这也是事实。这么说吧，一个人的血被吸光，那他肯定会失去生命。他会死。很遗憾，不过你不能把对死亡的恐惧和对血液的厌恶——无论是不是经血——相提并论。"

"你们的对话太深奥了，搅得我头都晕了。"米尔瓦讽刺地说，"还有这些关于女人裙底的睿智言论。可悲的哲学家们。"

"那我们暂时抛开血液的象征意义吧，"雷吉斯说，"虽然这些传闻是有事实根据的。我们可以把重点放在一些普遍公认却毫无根据的传闻上。所有人都听说过：被吸血鬼咬过却没死的人，自己也会变成吸血鬼。没错吧？"

"没错。"丹德里恩说，"甚至有首歌谣……"

"你懂最基本的算术吗？"

"我学过所有的七门文科课程，还拿到了最优等生的称号。"

"'天球交汇'之后，留在这个世界的高等吸血鬼大概有一千两百个。其中有许多禁血主义者——就像现在的我；也有不少过量吸血者——比如过去的我。不过前者的数量远远大于后者。不管怎么说吧，从统计学的角度看，正常的吸血鬼会在每个满月之夜吸血，因为满月那天对我们来说是个神圣的日子，而我们庆祝的方式通常都是……呃……喝上一小口。按照人类的历法，每年有十二个满月之夜，那么理论上，每年就该有一万四千四百人被咬。从天球交汇之日算起——依然是按你们的律法——大概过去了一千五百年。那么，哪怕只是简单的计算，我们也能知道，此时此刻，世界上应该有两千一百六十万个吸血鬼。如果再算上指数增长……"

"够了够了。"丹德里恩叹了口气，"我没有算盘，但我能想象这个数字有多大。事实上，我完全想象不出，但我明白你的意思：这种传闻只能是荒谬的编造。"

"谢谢。"雷吉斯鞠了一躬，"我们接着讨论下一个传闻吧。传说吸血鬼原本是死掉但没死透的人类。他在坟墓里没有腐烂，也没化作尘土。他躺在那儿，脸色红润，精神抖擞，随时准备吸别人的血。这种传闻不正来自你们潜意识里不愿与挚爱分开的念头吗？你们崇拜并怀念死者，又梦想着永生不死。在你们的神话传说里，永远都有死而复生、征服死亡的人。可如果你们德高望重的曾曾祖父当真钻出坟墓，要人拿酒来喝，带来的后果就只有恐慌了。我对此并不意外。生命进程结束之后，有机物会分解，其外观会令人相当厌恶，尸体会散发臭气，溶解为烂泥。你们的传说故事里不可或缺的'不朽灵魂'会嫌恶地抛弃臭气熏天的躯壳，'灵'走高飞——请原谅我的俏皮话。灵魂是纯粹的，值得尊敬。但接下来，你们又发明了另一种行为叛逆的灵魂，它不会飞走，也不会抛弃死尸，嘿，而且被它占据的尸体居然不会发臭。这简直反常到令人厌恶！在你们看来，活死人是所有畸形怪物中最令人作呕的。某个蠢货甚至发明了'不死者'这种词，而你们尤其喜欢用这个词称呼我们。"

"人类，"杰洛特微微一笑，"是个原始而又迷信的种族。如果有这么一种生物，他的身体被木桩刺穿、脑袋被砍掉，还被埋在土里整整五十年却仍能复活，他们根本没法理解，更没法给出恰当的命名。"

"真的不能吗？"吸血鬼对猎魔人的嘲弄无动于衷，"你们人类的手指甲、脚趾甲、头发和表皮都能再生，你们却无法理解在这种方面更加优于你们的物种？你们的错误不是因为原始。恰恰相反，真正的理由是自大，是因为你们坚信自己才是最完美的。比你们更加完美的东西必定是可憎的怪物，而这也正好符合社会学上的目的。"

"见鬼，我一个字也听不懂。"米尔瓦用箭头撩开额头的发丝，平静地说，"我只听到你们在讲传说故事。虽然我是个来自森林的蠢丫头，可就连我也听过一些传说。所以看到你不怕太阳，雷吉斯，当真让我吃了一惊。在传说故事里，阳光会把吸血鬼烧成灰。这个说法也是虚构的？"

"当然。"雷吉斯确认道，"你们相信吸血鬼只在夜晚才能构成威胁，相信阳光会将我们烧成灰烬。归根结底，这些传说源自你们的祖先在营火旁讲述的故事，源自你们的'阳光情结'，也就是你们对温暖的热爱。毕竟你们的昼夜节律以白昼活动为主。对你们来说，夜晚寒冷、幽暗而又骇人，而且充满危险。朝阳则代表了生命里的又一场胜利，代表了崭新的一天和存在的延续。太阳会送来阳光，而阳光在激励你们的同时，还能摧毁对你们怀有敌意的怪物。在阳光之下，吸血鬼会化为灰烬，巨魔会变成石头，狼人会变回人类，侏儒会捂住眼睛逃之夭夭，夜行的猛兽也会躲进巢穴，不再威胁你们。直到日落之前，世界都是属于你们的。我要再强调一遍：这些传说源自你们的祖先在营火旁讲的故事。而今天，它就只是传说而已，因为现在，你们的住处也能提供光和热。尽管你们依然受到昼夜节律的支配，却成功地适应了夜晚。同样，我们高等吸血鬼也离开了古老的墓穴，适应了白天。完美的类比。亲爱的米尔瓦，我这样解释，能让你满意吗？"

"满意个头，"弓手又抽出一支箭，"但我确实听懂了。我也在学习。我早晚能当上个学者。社会学、神话学、狼人学、狗屁学。在学校里，他们会训斥你，会用教鞭抽你的屁股，但跟你们学习就愉快多了。我的头有点儿疼，但屁股至少完好无损。"

"有件事毋庸置疑，而且显而易见。"丹德里恩说，"阳光没能把你晒成灰烬，雷吉斯。你能赤手空拳从火里取出烧红的马蹄铁，太阳的温度自然更不会对你造成影响。但还是说回你的类比吧：对我们人类来说，白天始终是适合活动的时间，夜晚则更适合休息。这是我们的生理结构决定的。比方说，我们在白天比在晚上看得清楚。当然杰洛特除外，他什么时候都能看得一清二楚，但他是个变种人。你们能适应白天，也是因为基因突变吗？"

"可以这么讲吧。"雷吉斯承认道，"虽然我更想说，如果基因突变持续得够久，它就不再是突变，而是进化了。对我们来说，适应阳光的确是迫不得已的手段。为了生存下去，我们必须在这方面效仿人类。但我更喜欢称之为'拟态'。因为这么做也会带来相应的后果。打个比方吧，我们就像躺在病榻上。"

"什么意思？"

"我们有理由相信,从长远来看,阳光对所有生物都是致命的。有种理论认为,据保守估计,大概五千年后,这个世界将只剩下在晚间活动的夜行生物。"

"还好我不会活那么久。"卡西尔叹了口气,又打了个呵欠,"我不清楚你们怎么样,但昼夜节律提醒我该睡觉了。"

"我也是。"猎魔人伸了个懒腰,"再过几个钟头,杀人不眨眼的太阳就要升起来了。但在睡意征服我们之前……雷吉斯,以科学和传播知识的名义,再驳斥几个关于吸血鬼的谣言吧。我敢打赌,你至少还留着一个没讲。"

"的确。"吸血鬼点点头,"还有一个,也是最后一个,但其重要性绝不亚于先前那些。就是由你们的性恐惧造就的传说。"

卡西尔哼了一声。

"我把这个传说留到最后,"雷吉斯上下打量他一番,"因为我本来没打算提。但既然杰洛特向我发出了挑战,那就别指望我会放过你们了。源自性的恐惧对人类影响颇深。处女被吸血时,会在吸血鬼怀中昏厥过去;年轻男子则会落入女性吸血鬼的魔爪,被她的嘴唇吻遍全身。你们就是这么想象的。即所谓的'口奸'。吸血鬼利用恐惧,让猎物无法动弹,然后强迫他们给自己口交。或者说,某种对口交的拙劣模仿。这样的性交方式令人厌恶,因为说到底,它与生殖本身没有半点关系。"

"是你自己的看法而已。"猎魔人嘟囔道。

"这种行为与生殖无关,为的只是感官的愉悦。"雷吉斯续道,"而你们却把它改编成了恶毒的谣言。你们自己的男男女女会不知不觉梦到类似的事,却不敢跟你们的爱侣这么玩,于是只好推到吸血鬼头上。这就是你们虚构出来的吸血鬼——一种令人着迷的邪恶象征。"

"我说什么来着?"等丹德里恩向米尔瓦解释完雷吉斯刚才的话,她立刻大叫起来,"你们的脑子就不能装点别的?刚开始还假装又睿智又高深,结果转来转去又说回到女人的裙底!"

远方的鹤鸣缓缓消失。

到了第二天,猎魔人回忆道,我们出发时心情愉快了许多。可随后发生的事彻底出乎了我们的意料:我们再一次卷入了战争。

他们穿过一片毫无战略意义又空无一人的乡村地带,这里覆盖着大片浓密的森林,对入侵者来说毫无吸引力。尽管尼弗迦德帝国就在不远处,只有大雅鲁加河宽阔的水面挡在他们与帝国领土之间,但这段路却相当难走。也正因如此,他们才会如此震惊。

在布鲁格和索登,战争的景象蔚为壮观,地平线每晚都会被火光照亮,白天则能看到分割蓝天的一道道黑色烟柱。而在安格林,风景就没那么美好了。这里的战况更加惨烈。他们突然看到一群乌鸦在森林上空盘旋,发出令人毛骨悚然的哀叫。没过多久,他们就看到了死人。尽管尸体都被剥去了衣物,难以辨认身份,但从清晰的伤痕判断,显然并非自然死亡。这些人是战死的,而且已经死了一阵子。大部分尸首都倒在灌木丛间,还有些残缺不全的尸块挂在树上,躺在燃烧殆尽的柴堆上，或被木桩刺穿。尸体散发着恶臭。整个安格林都弥漫着可怕而可憎的暴行气息。

又没过多久，他们被迫躲进了溪谷和浓密的灌木丛。因为在他们的前后左右，大地因战马的蹄声而颤抖。越来越多的军队从他们藏身处附近经过，掀起阵阵尘云。

• ─◆─ •

"又是这样，"丹德里恩摇着头说，"我们都不清楚谁在打谁。我们不知道后面是谁，前面是谁，也不知道他们要去往什么方向。不知道谁在进攻，谁在撤退。但愿瘟疫带走他们所有人！我忘了有没有跟你们说过，在我看来，战争就像一座着火的妓院……"

"你说过了。"杰洛特打断他，"说过一百遍了。"

"他们到底在争夺什么？"诗人吐了口唾沫，"刺柏丛和野草莓吗？我是说，像这种乡下地方，也就只剩这些东西了。"

"灌木丛里还有精灵的尸体。"米尔瓦说，"跟以往一样，松鼠党突击队也在往这边进军。多尔·布雷坦纳和蓝山的志愿兵正通过这条路线去泰莫利亚。但有人想拦住他们。这就是我的想法。"

"有这可能。"雷吉斯承认道，"泰莫利亚军确实有可能在这儿埋伏，准备对付松鼠党。但要我说，这一带的士兵太多了。我猜尼弗迦德人已经跨过了雅鲁加河。"

"我也这么想。"猎魔人看了看表情僵硬的卡西尔，皱起眉头，"看看今早发现的那些尸体的伤痕，杀死他们的应该是尼弗迦德士兵。"

"两边都一样坏，"米尔瓦厉声说道，她竟出人意料地站到了卡西尔这一边,"所以别再敌视卡西尔了,因为你们都有过同样的经历。如果他落到尼弗迦德人手里,他会死;而你们不久前才刚刚从泰莫利亚人的绞架上逃脱。现在没必要分清谁在跟谁打了。谁是伙伴,谁是敌人,谁好谁坏都无所谓。因为现在,不管他们穿着什么颜色的制服,他们都是我们的对头。"

"说得对。"

"真奇怪。"丹德里恩说。此时已是第二天,他们正藏在另一条溪谷里,躲避另一支从旁经过的骑兵队。他又补充道:"军队浩浩荡荡开过,雅鲁加河边的樵夫却在若无其事地砍树。你们听到没?"

"也许他们不是樵夫,"卡西尔猜测,"应该是军队的工兵。"

"不,是樵夫。"雷吉斯说,"很显然,什么也阻止不了他们开采安格林的黄金。"

"什么黄金?"

"仔细看看这些树吧。"吸血鬼的语气就像一位无所不知、高高在上的圣人,正为头脑简单的凡人指点迷津。他经常用这种语气说话,让杰洛特有些恼火。"这些树,"雷吉斯重复道,"是雪松、悬铃木和安格林松。都是昂贵的木材。这里到处都是木料码头,他们会把砍倒的圆木放进河里,顺流漂下。他们四处砍伐树木,斧子日夜不停。我们亲眼所见并亲身感受到的这场战争开始有了意义。你们也知道,尼弗迦德已经征服了雅鲁加河口、辛特拉、维登及上索登地区。眼下或许还要加上布鲁格和下索登的一部分。这就意味着从安格林漂流而下的木材都供应给了帝国锯木厂和造船厂。北方诸国想阻断木材的运输,尼弗迦德人想尽可能砍伐并运走木材。"

"而我们一如既往地陷入了困境。"丹德里恩点点头,"因为我们必须穿过安格林和这场木材战争的正中央,才能赶到凯德·杜。就没有别的路能走吗?"

◆━━┥　┝━━◆

等到马蹄声消失在远处,周围安静下来,我们也终于可以继续赶路了,凝视着雅鲁加河上方的落日,猎魔人回忆起来,我问了雷吉斯同样的问题。

* * * * * * *

"另一条去凯德·杜的路?"吸血鬼沉吟道,"好绕过山丘、避开士兵?是有这么一条路。不算特别好走,也不算安全,而且路程更长。不过我向你保证,那条路上不会有任何士兵。"

"继续说。"

"我们可以转道向南,试着穿过雅鲁加河的河曲低地。走伊格斯。猎魔人,你知道伊格斯吧?"

"知道。"

"你在那片森林里骑过马吗?"

"当然。"

"听你平静的语气,"吸血鬼清了清嗓子,"你好像赞同这个主意。

好吧,我们有五个人,包括一个猎魔人、一名士兵和一位弓箭手。我们有经验,外加两把剑和一张弓。这点实力没法对付尼弗迦德的突袭部队,但穿过伊格斯应该足够了。"

伊格斯,猎魔人心想。方圆超过三十里的沼泽和烂泥,其间点缀着小湖。还有将沼泽分割开来的昏暗森林,里面长满了诡异的树木。有些树树干上长着鳞片,根部是洋葱一样的球茎形状,自下往上越来越细,最后是浓密而平坦的树冠。其余树木低矮畸形,树根如章鱼触手般扭曲,树身覆盖着胡须般的苔藓,光秃秃的枝头挂着干枯的沼泽地衣。这些"胡须"摇摆不止,但不是因为风,而是因为有毒的沼气。伊格斯的意思是"泥坑"。更贴切的名字应该是"臭泥坑"。

那些长满浮萍与水草的沼泽、小湖和水道看起来生机盎然,但栖息在伊格斯的并不只有河狸、青蛙、乌龟和水鸟。这里还聚集着许多危险的生物,它们有钳子、触手和能抓握的肢体,能捕捉、伤害、撕碎或溺死猎物。这样的生物实在太多,没人能彻底辨别和分类。就连猎魔人都做不到。杰洛特很少来伊格斯追捕猎物,他更没到过下安格林。这儿地广人稀,沼泽边缘为数不多的人类居民早已习惯将怪物们看作地貌的一部分。他们与之小心地保持着距离,也很少会想到雇个猎魔人消灭这些怪物。很少,但不代表没有。所以杰洛特了解伊格斯和它的危险之处。

两把剑,一张弓,他心想,还有我的猎魔人技艺和经验。如果齐心协力,我们应该能顺利通过。我会骑马走在最前面,仔细观察每一样东西。腐烂的树干、茂盛的野草、矮树丛,还有其他的植物,包括兰花。因为在伊格斯,有时看起来像是兰花的东西,其实是剧毒的蟹蜘蛛。我还得管住丹德里恩,确保他什么都别碰。因为这里什么都缺,却唯独不缺想用肉类补充养分的植物。这些植物的芽与皮肤接触后，其毒性堪比蟹蜘蛛的毒液。当然了，还有沼气。更别提毒烟了。我们得想个办法捂住口鼻……

"怎么样？"雷吉斯打断了他的沉思，"你赞成这个计划吗？"

"赞成。我们走吧。"

◆━━◆━━◆

出于某些原因，猎魔人继续回忆，我不想把穿过伊格斯的计划告诉给队伍里的其他人。我还要求雷吉斯也不要提。我不知道自己为什么不想说。到了现在，一切都彻底搞砸了，我完全可以说自己当时察觉到了米尔瓦的异样，察觉到了她的不安，还有她显而易见的症状。但这些不是事实：我什么都没察觉到，即使察觉到了一些也选择视而不见。我就像个白痴。于是我们继续往东，拖延着转向沼泽地带的时机。

但从另一个角度看，幸好我们选择了拖延，他一边想，一边拔出剑，用拇指拂过剃刀般锋利的剑刃。如果当初，我们径直赶去伊格斯，我也就得不到这件武器了。

◆━━◆━━◆

天亮以后，他们再没看到军队的身影，也没听到行军的声音。米尔瓦骑马走在前面，跟其他人拉开了一段距离。雷吉斯、丹德里恩和卡西尔边走边聊天。

"我只希望德鲁伊能放下架子，帮我们寻找希瑞。"诗人担忧地说，"我见过德鲁伊教徒，相信我，他们就是一群执拗、沉默、冷淡又古怪的隐居者。他们也许根本就不会跟我们讲话，更别提用魔法帮助我们了。"

"雷吉斯认识凯德·杜的德鲁伊。"猎魔人提醒他。

"你确定这段友谊不是三四个世纪前的事？"

"我们的友谊比你想象的近得多。"吸血鬼露出神秘的微笑，向他们保证说，"而且德鲁伊往往很长寿。他们常年待在户外，被原始又无污染的大自然包围，而这一切会对健康产生神奇的功效。深呼吸，丹德里恩，让你的肺充满森林的空气，你也能健康起来的。"

"在这荒山野岭再多待一阵子，我身上都能长毛了。"丹德里恩用讽刺的口吻说，"睡觉时我会梦到酒馆、美酒和公共浴室。让原始的瘟疫带走这原始的大自然吧！我当真怀疑它对健康会不会真有什么神奇的功效，尤其是心理健康。我们刚刚提到的德鲁伊教徒就是最佳的例子，因为他们是一群古怪的疯子。他们对自然的保护极其狂热。我见过他们向当权者请愿，次数多到我都数不清。不要打猎、不要砍树、不要把污水倒进河……还有类似的胡言乱语。最愚蠢的当属他们派去希达里斯王宫请愿的代表，他的脖子上戴着槲寄生环。当时我碰巧在场……"

"他要请什么愿？"杰洛特好奇地问。

"你们也知道，希达里斯的大多数百姓都以捕鱼为生。德鲁伊要求国王下令，只准使用规定网眼大小的渔网，并严惩用细眼网捕鱼的人，这让埃塞因王的下巴都快掉下来了。然后，那个戴着槲寄生环的家伙解释说，限制网眼大小是防止鱼群灭绝的唯一办法。国王领着他走上阳台，手指海洋对他说，王国最勇敢的水手曾经向西航行两个月，最后因淡水不足被迫返回，可仍没能在海平线上发现任何陆地的踪迹。他问德鲁伊，在如此辽阔的海洋里，鱼群真有可能灭绝吗？当然可能，德鲁伊回答。虽然作为从自然界获取食物的直接手段，海洋渔业可以存在很久，但总有一天，鱼儿会被捕捞殆尽，而人类也将面临饥荒。所以使用大网眼的渔网捕鱼是完全必要的，这样就只能捕到发育成熟的鱼，小鱼苗则能幸免。埃塞因王问德鲁伊，在他们看来，可怕的饥荒时代何时才会到来。他说根据预计，大约会在两千年之后。于是国王礼貌地向他道别，叫德鲁伊过一千年再来找他，他会用这段时间认真考虑。戴着槲寄生环的家伙没能理解他的笑话，开始抗议，于是国王叫卫兵把他赶出了王宫。"

"德鲁伊全都这个样子，"卡西尔附和道，"在我的家乡尼弗迦德……"

"逮到你了！"丹德里恩得意地喊道，"'在我的家乡尼弗迦德'！就在昨天，我叫你尼弗迦德人，你的反应还像被黄蜂蜇了一样！你是该好好决定自己到底是哪儿的人了，卡西尔。"

"对你们来说，"卡西尔耸耸肩，"我当然是尼弗迦德人。我也看出来了，我根本没法说服你们。但为准确起见，你们应该明白，在南方帝国，'尼弗迦德人'这个称呼专属于首都及其周边地区，也就是阿尔巴河下游河段附近的居民。而我的家族发源于维可瓦罗，所以……"

"都给我闭嘴！"走在最前面的米尔瓦突然粗鲁地下令。

他们立刻闭上嘴巴，勒停了马。根据先前的经验，他们知道女孩看到、听到或本能地感觉到了危险，或者是什么猎物，而且是能悄然接近并用箭放倒的猎物。米尔瓦的确抬起了弓，摆出准备放箭的架势，但她没下马。这说明她发现的不是猎物。杰洛特小心翼翼地向她靠近。

"烟。"她直截了当地说。

"我没看见。"

"用鼻子闻。"

尽管烟味非常微弱,但弓手的嗅觉没搞错。这烟也不是从他们身后的火场飘过来的。

这股烟味,杰洛特心想,闻起来很香。好像是营火,而且正在烤东西。

"要绕过去吗?"米尔瓦轻声问。

"先去看看再说。"猎魔人下了马,把缰绳交给丹德里恩,"最好弄清我们要绕开什么。顺便弄清我们后面是哪边的军队。跟我来,米尔瓦。其他人待在马背上。保持警惕。"

在森林边缘的灌木丛里,可以看到一片开阔的空地,地上摆放着成堆的圆木,木材堆间升起一股细细的烟柱。杰洛特稍稍放下了心,因为他的视野里没有东西在动。木堆之间的空间也很小,藏不下太多人。米尔瓦跟他看法相同。

"没有马。"她小声说道,"所以肯定不是士兵。我猜是樵夫。"

"我也这么想。但我要过去确认一下。掩护我。"

他轻手轻脚绕过木材堆,谨慎地靠近,耳边突然听到了说话声。他又走近了些,不由大吃一惊。与此同时,话语清晰无误地传到他耳中。

"梅花一对儿!"

"方块小满贯!"

"桶子!"

"过。你们先出！亮手牌！把牌放桌上！这他妈……"

"哈哈哈！只有一张J和几张小牌。这下你们惨喽！不等你们拿到小满贯，俺就叫你们好好吃点苦头！"

"走着瞧。我出J。什么？有人压我？嘿，亚松，你他妈真是个废物！"

"蠢货，你干吗不出Q？呸，俺真该拿棍子抽你……"

也许猎魔人本该再谨慎些。说到底，会玩桶子牌的人并不在少数，名叫亚松的人恐怕也有很多。但在这时，一个熟悉而粗哑的叫声打断了牌手激动的对话。

"真他妈带劲儿！"

"你们好啊，伙计们。"杰洛特从木材堆后钻了出来，"见到你们活蹦乱跳可真高兴。尤其是你们都在，包括那只鹦鹉。"

"活见鬼！"卓尔坦·齐瓦惊讶地丢下手里的牌，猛地跳起身，吓得蹲在肩头的陆军元帅话篓子翅膀拍打、尖叫不止。"真没想到，居然是猎魔人！俺不是见到幻觉了吧？珀西瓦尔，俺看到了猎魔人，你也看到他了？"

珀西瓦尔·舒腾巴赫、芒罗·布吕伊、亚松·瓦尔达和菲吉斯·梅卢卓围住杰洛特，与他连连拥抱，用力拍打他的后背。等到猎魔人的其他同伴从木堆后面走出来，欢呼声更是此起彼伏。

"米尔瓦！雷吉斯！"卓尔坦大叫着，给了每人一个紧紧的拥抱，"还有丹德里恩，虽然脑袋缠着绷带，却还活得好好的！你对眼下这老套的戏剧性场面有什么看法？看起来，现实的确跟诗歌不一样！你知道为什么吗？因为它能承受所有的批评！"

"卡莱布·斯特拉顿去哪儿了？"丹德里恩四下张望。

卓尔坦等人闭上嘴巴，表情也变得严肃起来。

"卡莱布，"最后，矮人吸着鼻子说，"正睡在一片赤杨林里，远离了他挚爱的卡本山。黑色大军在艾娜河边发起进攻时，他的腿脚不够快，没能逃进森林……他的脑袋中了一剑。等他倒下之后，他们用猎熊的长矛解决了他。好了，不用伤心，俺们已经为他哀悼过了，这样就够了。俺们应该高兴，毕竟你们都活着逃出了那个营地。嘿，你们的人数好像还变多了。"

面对矮人锐利的目光，卡西尔略微点了点头，但什么话也没说。

"来吧，快坐下。"卓尔坦邀请他们，"俺们正在烤一只羊羔。俺们几天前发现了这只孤单又悲伤的小东西。是俺们让它不用悲惨地饿死，也不至于被狼吃掉。最后，俺们好心地宰了它，让它变成了有用的食物。坐下吧。俺想跟你聊几句，雷吉斯。还有杰洛特，如果你不介意的话。"

木材堆后面还坐着两位妇人，其中一位正给一个婴儿喂奶。看到他们走过来，她难为情地转过身。不远处还有个年轻女孩，胳膊上缠着一块算不上干净的破布，正跟两个孩子在沙地上玩耍。等她抬起头，用朦胧而茫然的眼睛看向他们时，猎魔人立刻认出了她。

"俺们给她解开了绳子，把她从着火的马车上救了下来。"矮人解释道，"她差点就遂那个牧师的意了。你们知道的，就是想要她命那个。不过她也的确通过了火之洗礼。当时火烧到她身上，把她的皮肤都烧焦了。俺们尽最大努力给她包扎了伤口，还给她涂上猪油，结果搞得乱七八糟的。理发医师，你能不能……"

"我这就去。"

雷吉斯试图剥下绷带，女孩却呜咽着往后退，用没受伤的手遮住面孔。杰洛特走上前，想按住她，却被吸血鬼用手势阻止。雷吉斯凝视着女孩空洞无神的双眼，女孩立刻平静下来，不再紧张，脑袋缓缓垂向胸口。他小心翼翼地剥下那块脏布，又将某种散发着强烈怪味的油膏抹在她烧伤的手臂上，而她连动都没动一下。

杰洛特转过头，用下巴指了指两个妇人和那两个孩子，然后看向矮人。卓尔坦清了清嗓子。

"俺们在安格林遇见了这些小鬼和女人。"他压低声音说，"他们在逃跑时迷了路，孤单、惊恐又饥饿，于是俺们带上他们，照看他们。一切都顺理成章。"

"顺理成章。"杰洛特微微一笑，"你真是个不可救药的利他主义者，卓尔坦·齐瓦。"

"咱们都有点儿毛病。俺是说，你不也一心一意想救你那个丫头吗？"

"的确。虽然情况比从前复杂了许多……"

"因为那个尼弗迦德人？就是先前跟着你们、现在又加进来的那个？"

"他只是一部分原因。卓尔坦，这些难民是从哪儿来的？他们在逃离谁的部队？尼弗迦德人，还是松鼠党？"

"很难说。俩孩子屁都不懂，两个女人也算不上健谈，而且总是没来由地害羞。只要俺们在她们旁边骂人或者放屁，她们的脸就红得跟甜菜根似的……所以你们最好也矜持点儿。不过俺们也见过别的难民——一群樵夫——他们说尼弗迦德人正在附近转悠。也许就是咱们的老朋友，在西边攻击营地的家伙们。不过说起来，这儿好像还有从南边来的部队。来自雅鲁加河对岸。"

"他们在跟谁打仗?"

"这就不知道了。樵夫提到一支部队,领头的叫什么'白女王'之类。她在跟黑色大军作战。据说她和她的军队还开到过雅鲁加河对岸,攻击了帝国的领土。"

"会是哪里的军队呢?"

"不清楚。"卓尔坦挠了挠耳朵,"你瞧,每天都有部队从这儿经过,马蹄把道路踩得乱七八糟。俺们一直藏在灌木丛里,没敢问他们是谁……"

雷吉斯正在一旁处理女孩手臂上的烧伤,这时插了一嘴。

"包扎伤口的纱布必须每天更换。"他对矮人说,"我会把油膏留给你,还有这种不会黏住伤口的纱布。"

"谢谢,理发医师。"

"她的胳膊会痊愈的。"吸血鬼看向猎魔人,轻声说道,"再过一段时间,她年轻的肌肤甚至不会留下伤疤。但这可怜女孩脑子里的伤就严重多了。我的油膏治不好她。"

杰洛特一言不发。雷吉斯用破布擦了擦手。

"简直就像诅咒。"他低声说,"我能察觉到她血液里的疾病,能察觉它的本质,却没法治好它……"

"的确。"卓尔坦叹了口气,"治疗烧伤是一回事,但脑子里的问题连你也没辙。俺能做的就是忘掉这事,好好照顾她们……谢谢你的帮助,理发医师。俺发现你也加入了猎魔人的队伍。"

"顺理成章而已。"

"唔。"卓尔坦摸了摸胡子,"你们要走哪条路去找希瑞?"

"我们正要去东边的凯德·杜,打算去德鲁伊石环那里。希望德鲁伊能帮助我们……"

"不会有帮助,"女孩的手臂上缠着绷带,开始用清脆并带有金属质感的嗓音说道,"不会有帮助。只有流血。还有火之洗礼。火能净化,也能杀戮。"

卓尔坦目瞪口呆。雷吉斯抓住矮人的胳膊,示意他安静。杰洛特认出了这种由催眠引发的恍惚状态,但他既没说话,也没有其他举动。

"洒下鲜血之人,啜饮鲜血之人,"女孩依然低垂着头,"必将以血偿还。不出三天,一人将在另一人之中死去,而每人都会有一部分死去。一寸一寸、一点一点地死去……待铁靴磨穿,眼泪流干,无人可以幸存,即便不死之物亦将死去。"

"继续说,"雷吉斯语气轻柔,"你看到了什么?"

"迷雾。迷雾里的高塔。雨燕之塔……坐落于冰封的湖面。"

"你还看到了什么?"

"迷雾。"

"你感觉到了什么?"

"痛苦……"

雷吉斯没时间问她下一个问题了。女孩猛地昂起头,疯狂地尖叫一声,随后呜咽起来。等她再次抬起头,眼里真的只剩下了迷雾。

——◆——

那次事件之后,杰洛特用手指拂过刻有符文的剑刃,回忆着,卓尔坦对雷吉斯的态度恭敬了不少,先前那种随意的语气更是再也没出现过。

雷吉斯叫他们不要把这桩怪事告诉给其他人。猎魔人倒不特别担心，因为他以前见过类似的恍惚状态。他觉得，人被催眠时说出的胡言乱语并不一定就是预言，更有可能是在复述催眠师的暗示，或是从催眠师那里截获的想法。当然了，这一次并非催眠，而是吸血鬼魔法的效果。杰洛特不由好奇，如果恍惚状态再多持续一会儿，女孩会从雷吉斯身上得出怎样的思绪呢？

※　※　※

他们和矮人及几位妇孺一起走了半天。然后卓尔坦·齐瓦示意大家停下，把猎魔人拉到一边。

"是时候分道扬镳了。"他简要地说，"俺们已经决定了，杰洛特。玛哈坎就在北面，这片山谷直通玛哈坎山脉。俺们已经冒够了风险，最终决定要回家了。回卡本山。"

"我明白。"

"唉，你能明白就好。俺祝你和你的同伴好运。说实话，你们这组合真够奇怪的。"

"他们想帮我，"猎魔人轻声回答，"这对我来说倒是件新鲜事。所以我决定不追问他们的动机。"

"聪明的做法。"卓尔坦从背后取下裹着斑猫皮、插在涂漆剑鞘里的矮人符文剑，"给你，拿着吧。趁咱们还没道别。"

"卓尔坦……"

"啥也别说，拿着就是。俺们会留在山里等战争过去，所以俺们不需要武器。不过嘛，光是想想这把在玛哈坎铸造的希席尔剑握在合适的主人手里,为了正义的事业而挥舞,俺就十分欣慰了。等你找到迫害希瑞的家伙,并用这剑屠杀他们的时候,别忘记替卡莱布·斯特拉顿解决一个。也别忘了卓尔坦·齐瓦和矮人的熔炉。"

"放心吧。"杰洛特接过希席尔,背到身后,"我一定不会忘记。在这堕落的世界,卓尔坦·齐瓦的善良、诚实和正直更值得人铭记。"

"这倒没错。"矮人眯起眼睛,"所以俺也不会忘记你和森林空地上的强盗,还有雷吉斯和火堆里的马蹄铁。说到互惠互利……"

他顿了顿,咳嗽一声,往地上吐了口痰。

"杰洛特,俺们曾在迪林根附近打劫了一个商人。一个做二道贩子发家的有钱人。他把金银珠宝都装上马车,逃出城,俺们在半道上堵住了他。他为了他的财宝凶狠地拼命,还大声求救,不过等脑袋被斧柄砸了几下,他就温驯得像头羊羔了。你还记得那口箱子吧?俺们先是自个儿背着,然后装上运货马车,最后埋到了欧河,那里面就装着他的财宝。俺们打算用那些赃物打造俺们的未来。"

"卓尔坦,干吗跟我说这些?"

"因为俺觉得,你还在被假象误导。你认为善良和正直的家伙,其实早就躲在漂亮的假面具后面堕落了。你太容易受骗,猎魔人,因为你从不追究动机。但俺不想欺骗你。所以别光看到那些女人和孩子……就觉得站在你面前的矮人既善良又高贵。俺其实是个窃贼兼强盗,大概还是个杀人犯。因为俺不清楚,被俺们暴打的二道贩子有没有死在迪林根大路旁的水沟里。"

随之而来的是一阵漫长的沉默。两人同时看向北方,看向包裹在云团里的遥远群山。

"再会了,卓尔坦。"杰洛特最后开口,"也许命运之力——我慢慢开始相信它的存在了——会允许我们在某天再次相遇。希望这一天真能到来。我很乐意让希瑞跟你见见面。就算那天始终不会到来,也别忘记,我不会忘了你。再会了,矮人。"

"你愿意握握俺的手吗?俺这窃贼兼强盗的手?"

"我不会有丝毫犹豫。我也不会像过去那样容易上当了。尽管我仍不会追究别人的动机,但我慢慢学会了如何看穿别人的假面具。"

杰洛特挥动希席尔剑,将一只飞蛾斩成两截。

与卓尔坦等人分别后,他继续回忆,我们遇见了一群在森林里徘徊的农夫。其中一些见到我们转身就跑,但米尔瓦用弓箭威胁另外几个停下脚步。原来这些农夫在不久前还是尼弗迦德人的俘虏,一直被迫砍伐雪松。不过几天前,一队士兵击溃了看守他们的部队,解救了他们,现在他们正在回家的路上。丹德里恩坚持要他们描述一下救星们的长相。他咄咄逼人地追问他们,不断提出各种尖锐的问题。

"那些士兵,"农夫重复道,"是白女王的手下。他们狠狠教训了黑色大军!他们说,他们要对敌人的后方进行'鼬鼠作战'。"

"啥?"

"我不是说了吗?鼬鼠作战。"

"让鼬鼠见鬼去吧。"丹德里恩苦着脸挥了挥手,"好乡亲们……

我是问你们：那支军队穿着什么服色？"

"大人，那可有好几种呢。他们大部分是骑兵。步兵的衣服好像是深红色。"

农夫捡起一根树枝，在沙地上画了个菱形。

"菱形花纹。"精通纹章学的丹德里恩惊讶地说，"不是泰莫利亚的百合图案，而是菱形。利维亚的纹章。有意思。这儿离利维亚足有两百里远呢。再说莱里亚和利维亚的军队早就在多尔·安哥拉和艾德斯伯格的战斗中全军覆没了，尼弗迦德人也已经占领了那个国家。真叫人想不通！"

"想不通很正常。"猎魔人打断道，"话说得够多了。我们该出发了。"

◆━━◆━━◆

"哈！"诗人大喊道。他一直在思索并分析那些农民给出的信息。"我明白了！不是鼬鼠作战——是游击作战！敌后游击队！你们明白没？"

"明白。"卡西尔点点头，"换句话说，北方人的一支游击队正在这个区域内活动。他们很可能是莱里亚和利维亚联军在艾德斯伯格败落后的残存兵力。被松鼠党抓住时，我听说了那次战斗。"

"我相信这是个可喜的消息。"丹德里恩大声说道。他还在为自己解开了鼬鼠之谜而扬扬自得。"哪怕那些农夫记错了纹章，我们也不大可能再碰到泰莫利亚的军队了。而且嘛，'两个间谍刚刚逃离了维赛基德元帅的绞架'这类流言应该还没传到利维亚游击队的耳中。就算我们遇见了游击队员,也有可能蒙混过关。"

"是啊,有可能……"杰洛特一边安抚又开始蹦蹦跳跳的洛奇,一边附和道,"不过说实话,我们还是别总想着碰运气为好。"

"可他们是你的同乡啊,猎魔人。"雷吉斯说道,"他们不都叫你'利维亚的杰洛特'吗?"

"纠正一下,"猎魔人冷冷地回答,"我这么自称是为让名字更体面些。这样一来,雇主也会更信任我。"

"我懂了。"吸血鬼露出微笑,"那你为什么会选择利维亚呢?"

"我找来几根木棍,写了几个听上去很有气势的名字,然后抽签。这是导师给我的建议,不过那都是后话了。一开始我坚持取名叫'杰洛特·罗杰·埃里克·杜·豪特-贝勒嘉德'。但维瑟米尔觉得这名字简直荒谬、自大、愚蠢到极点。我得说,他是对的。"

丹德里恩响亮地哼了一声,意味深长地看向吸血鬼和尼弗迦德人。

"我的名字虽然很长,"雷吉斯的语气有些不悦,"但那是我的真名。完全符合吸血鬼的传统。"

"我的也是。"卡西尔连忙解释道,"莫瓦是我母亲的教名,而我祖父叫迪弗林。这一点也不可笑,诗人。顺便问一句,你的名字呢?丹德里恩肯定是艺名吧?"

"我既不能使用,也不能泄露我的真名,"诗人故作神秘而傲慢地回答,"因为它太有名了。"

"最让我恼火的,"一直在旁闷闷不乐的米尔瓦突然加入对话,"是别人用'玛雅'、'曼雅'或'玛丽卡'这种名字称呼我。外人听到这种名字,总会觉得可以随便捏我的屁股。"

天色渐暗。鹤群越飞越远,鸣唳声也渐渐消失。从山岭方向吹来的风止息了。猎魔人将希席尔收回鞘中。

那是今天上午的事了。今天上午。而到下午,一切就都乱套了。

我们早该察觉的,他心想。但除了雷吉斯,谁又懂得这种事?当然了,所有人都看到米尔瓦经常在早上呕吐,但我们都因为食物呕吐过。丹德里恩也吐过一两次。卡西尔有一回拉得特别厉害,甚至担心自己患了痢疾。除此之外,女孩还频繁下马跑进树丛,我却以为她得了膀胱炎……

我真是个白痴。

看起来,雷吉斯知道真相,但他却选择了隐瞒。直到再没办法隐瞒下去为止。等我们停止赶路,准备在废弃的樵夫小屋里过夜时,米尔瓦拉着他走进森林,跟他谈了好久,期间还好几次提高了调门。最后,吸血鬼一个人回来了。他熬了些草药,然后把我们全都召进小屋。他一开始的措辞相当含糊,用的还是那种降尊纡贵的恼人口气。

* * * * * * *

"我要告知各位,"雷吉斯说,"说到底,我们既然是同伴,就背负着共同的责任。虽说那个……直接责任人不在我们当中,但这也不会改变什么。"

"有话不妨直说,该死的!"丹德里恩十分恼火,"什么同伴?什么责任?……米尔瓦到底怎么了?她生了什么病?"

"她没生病。"卡西尔轻声说。

"严格意义上讲,确实没有。"雷吉斯补充道,"米尔瓦怀孕了。"

卡西尔点点头,表示正如他所料。丹德里恩目瞪口呆。杰洛特咬住嘴唇。

"多久了?"

"她拒绝给出日期,也拒绝透露上一次来经的日子。她的用词相当粗鲁。但我毕竟也算是个专家。应该有十周了。"

"那就省省你那套关于责任的夸张说辞吧。"杰洛特表情阴沉地说,"因为罪魁祸首显然不在我们当中。哪怕你先前有过怀疑,现在也可以打消了。不过说到'共同责任',这点倒没错。她是我们的同伴。我们竟突然间担负起了丈夫和父亲的责任。现在,让我们听听医师的意见吧。"

"规律进食。保证健康。"雷吉斯罗列道,"不能有压力。充足的睡眠。而且,她很快就不能再骑马了。"

他们沉默了好一阵子。

"我们听懂你的话了,雷吉斯。"丹德里恩最后说道,"诸位先生、丈夫和父亲们,这个问题亟待解决。"

"其实这问题既严重,"吸血鬼说,"也不严重。完全取决于立场。"

"我不明白。"

"你应该明白。"卡西尔嘀咕道。

"她的要求是,"片刻后,雷吉斯续道,"叫我给她配一份强效……药剂。她认为这就是解决方案。她已经下定决心了。"

"你给她配药了?"

雷吉斯笑了一下。

"不告诉其他'父亲'就作决定?当然不会。"

"她问你要的那种药剂,"卡西尔平静地说,"不是什么神奇的万灵药。我有三个姐妹,所以我知道自己在说什么。在我看来,她以为今晚喝下药汁,明早就能跟我们一起骑马赶路。但这根本不可能。她至少十天完全不能骑马。在你给她喝药之前,雷吉斯,你必须给她讲清楚。如果她真想服药,我们还得先给她找张床。一张干净的床。"

"我懂了。"雷吉斯点点头,"一人赞同。你呢,杰洛特?"

"我?"

"先生们,"吸血鬼用黑色的双眸扫视他们,"别假装听不懂了。"

"在尼弗迦德,"卡西尔突然垂下头,脸色发红,"这种事是由女人自己决定的。任何人都无权叫她改变主意。雷吉斯说过,米尔瓦已经决定服用这种……药剂。正因为这个理由,我才认为这已是既成的事实,转而开始考虑后果。但我是个外乡人,我并不清楚……抱歉,我不该多管闲事的。"

"抱什么歉?"诗人吃惊地问,"尼弗迦德人,你以为我们都是野蛮人吗?就像对萨满祭司唯命是从的原始部族?很显然,这种事只能由女人自己来做决定。这是她不可剥夺的权利。既然米尔瓦决定……"

"闭嘴,丹德里恩。"猎魔人吼道,"请你闭嘴吧。"

"你不同意?"诗人也来了脾气,"你是打算阻止她还是……"

"给我闭上你那张该死的嘴,不然后果自负!雷吉斯,你是在让我们投票?为什么?你才是医师。她要的那种合剂……没错,合剂,我现在不想用'药'这个词……只有你会制作那种合剂。等她再次开口管你要合剂,你就可以去调制了。不要拒绝她。"

"合剂我已经调好了。"雷吉斯给他们看了看一只黑色玻璃小瓶,"如果她再管我要,我不会拒绝。只要她再管我要。"他强调了一遍最后一句。

"那讨论这些又是为了什么?达成一致?全体通过?你到底想问什么?"

"你很清楚这是为什么。"吸血鬼答道,"你也察觉到有件事非做不可。但既然你问起了,我就回答你吧。是的,杰洛特,我为的就是这个。没错,这正是我们该做的。还有,想弄清这些的不光是我。"

"你能说得再清楚点儿吗?"

"不,丹德里恩,"吸血鬼厉声道,"我没法说得更清楚了。因为没有必要。对吧,杰洛特?"

"对,"猎魔人双手交扣顶住额头,"对,太他妈对了。可你干吗看着我?你希望我去?我不知道该怎么说。我办不到。我完全不适合这种角色……完全不适合,你明白吗?"

"不,"丹德里恩插嘴道,"我完全不明白。卡西尔,你明白吗?"

尼弗迦德人看了看雷吉斯,又看看杰洛特。

"我想,"他缓缓地说,"我想我明白。"

"哦。"吟游诗人点点头,"哦,杰洛特马上就明白了,卡西尔也认为自己明白。我自然而然地要求解释,却总被人要求闭嘴,然后又有人说我没必要明白。多谢了。我为诗歌奉献了二十年青春,足以让我明白一个道理:有些事你立刻就会明白,甚至不用多说一个字;而另一些事你一辈子也不会明白。"

吸血鬼笑了。

"在我见过的人里，"他说，"也只有你能把这道理解释得如此贴切。"

天完全黑了。猎魔人站起身。

死就死吧，他心想。不能再逃避了。拖延也毫无意义。这件事非做不可。也该做个了结了。

米尔瓦独自坐在一根倒伏的树干上，远离其他同伴所在的樵夫小屋。树根离地后留下了一个小土坑，正好让她能在里面生堆小火。听到猎魔人的脚步声，她一动没动，好像早就知道他会来一样。她在树干上挪了挪身子，给他让出个位置。

"怎么？"不等他说话，她就用粗鲁的语气问道，"我们有麻烦了，对吗？"

他没答话。

"我们出发时，你没料到会发生这种事，对吧？我要加入的时候，你只在心里想：'就算她是个农家女，是个愚蠢的乡下丫头，那又怎样？'然后你就同意了。'我不会在路上跟她谈费脑子的事，'你心想，'不过她也许能派上用场。她是个健康又结实的姑娘，箭术不错，骑马也不会喊屁股痛。就算发生什么意外，她也不会吓尿裤子。她会派上用场。'结果你发现她根本没用，只是个累赘。只是个负担。只是个标准的女人而已！"

"那你为什么跟着我？"他柔声问道，"你为什么不留在布洛克莱昂？你肯定早就知道……"

"我当然知道。"她打断他，"我是说，我跟树精住在一起。只要是女人的问题，她们立刻都能发觉。你在她们身边根本藏不住秘密。她们比我自己发觉得还早……但我没想到这么快就会不舒服。我以为喝点麦角之类的药，你们就不会察觉，也根本不会猜到……"

"没这么简单的。"

"我知道。吸血鬼告诉我了。我拖延、思考并犹豫了太久。现在确实没这么简单了……"

"我不是这个意思。"

"胡说八道。"过了一会儿，她说，"你知道吗，我也有过别的打算……我知道丹德里恩只是在装勇敢，其实他软弱无力，吃不惯苦头。我只是在等他放弃而已。如果状况有什么不对，我可以跟丹德里恩一起回去……结果现在，丹德里恩成了英雄，我却……"

她的嗓音突然嘶哑起来。杰洛特一把抱住了她。他立刻明白了，她正在等的就是这个举动，她无比需要的也是这个举动。布洛克莱昂森林里那个粗鲁又坚强的女弓手不见了，只剩下一个满心惊恐、浑身颤抖的柔弱女孩。但到最后，打破漫长沉默的人也是她。

"在布洛克莱昂……你说……说我需要帮助……可以倚靠的肩膀。说我只要在夜里呼唤你的名字……你就会来的。现在我能感觉到你的手臂就在身边……可我，我还是想尖叫……天啊，天啊……你为什么发抖？"

"没什么。只是想起了一些事。"

"我会变成什么样?"

他没有答话。因为他知道,她并不是在问他。

"我爸曾让我看过……在我家乡的河边,我看到一只黑色的胡蜂在活毛毛虫体内产卵。小胡蜂在毛毛虫体内孵化……活活吃掉了它……就像我肚子里的东西一样。它在我的身体里,在我肚子里。它在生长,不断长大,总有一天会把我活活吃掉……"

"米尔瓦……"

"玛利亚。我叫玛利亚,不是米尔瓦。我算什么'红赤鸢'?我就是只怀蛋的母鸡,不是赤鸢……米尔瓦会与树精们在战场上哈哈大笑,会从血淋淋的尸体上拔出箭头。好箭杆和好箭头可不能浪费!如果有人还在喘气,她会用刀子割断他的喉咙!米尔瓦背信弃义,她领人去送死,还哈哈大笑……现在她要血债血偿了。血债就像胡蜂的剧毒,正在玛利亚体内吞噬她。玛利亚在为米尔瓦还债。"

他保持沉默。主要因为他不知道该说什么。女孩紧紧依偎在他怀里。

"在六月份,夏至前的星期天,"她轻声说,"我带着一支突击队去布洛克莱昂森林。我们在焦树桩与追兵战斗,最后只剩七个人骑马逃走。五个精灵,一个女精灵,还有我。那儿离缎带河大概只有半里路,但我们前后都是骑兵,四周乌漆墨黑,只有沼泽和泥塘……到了夜里,我们藏在柳树林里,让人和马匹能休息一下。后来,那个女精灵一言不发地脱光衣服,躺了下来……然后,一个精灵躺倒在她身边……我愣住了,不知道该怎么办……是该走开,还是假装什么也没看见?我的血直冲上太阳穴,额角跳个不停。这时那女精灵说:'谁知道明天会发生什么?谁能跨过缎带河?谁又将入土埋葬? **En'ca**

Minne.'En'ca Minne，意思是'一点点爱'。'只有这样，'她说，'才能挫败死亡，还有恐惧。'他们很害怕，她很害怕，我也很害怕……于是我也脱了衣服，铺开一张毛毯，在旁边躺下……头一个精灵抱住我时，我咬紧牙关，因为还没做好心理准备。我吓得魂不守舍，而且那里很干……但他很聪明——毕竟他是个精灵，只是看起来很年轻而已……他聪明……温柔……身上满是苔藓、野草和露珠的味道……然后，我主动朝第二个伸出双臂……想要……多一点点爱？天知道其中有多少爱和多少恐惧，但我敢肯定，还是恐惧的成分居多……因为爱是伪装出来的。也许伪装得很好，但依然是伪装。这就像一场哑剧：只要演员的演技够好，你就会混淆表演和现实。但其中仍有恐惧。货真价实的恐惧。"

杰洛特依然保持沉默。

"但我们没能挫败死亡。第二天黎明，在我们抵达缎带河之前，又有两个精灵遇害了。活下来的那几个我此后也没再见过。我妈总是告诫我，如果怀孕了，一定要弄清肚子里怀的是谁的种……可我不知道。我连那几个家伙的名字都不清楚，又怎么可能知道孩子的父亲是谁？怎么可能？"

他一言不发，只用手臂的动作代替了言语。

"话说回来，我有必要知道吗？吸血鬼很快就会调完药……然后你们就可以找个村子把我留下……不，什么也别说。安静，听我讲。我知道你是什么样的人。你甚至不肯抛弃容易受惊的母马，你不会丢下它，不会拿它换别的马，虽然你嘴上总这么说。你不是会抛下别人的人，可你现在别无选择。等我喝了药，我连马都没法骑了。不过记住，等我康复之后，我会立刻出发追上你们。因为我希望你能找到你的希瑞,猎魔人。我希望你能找到她,带她回去,而且是在我的帮助之下。"

"这就是你跟着我的原因。"他擦了擦额头,"为了这个。"

她垂下头。

"所以当时你会骑马追上来。"他继续说道,"你是为了解救别人的孩子。你想补偿:补偿你在出发时就打算欠下的债……用别人的孩子换你自己的孩子,一命换一命。我答应过,会在你需要的时候帮助你。但米尔瓦,这事我帮不了你。相信我,我做不到。"

这次换成她沉默了。猎魔人却没法再沉默。他非说不可。

"在布洛克莱昂森林,我欠了你的人情,我也发誓会报答你。但这么做既不明智,又很愚蠢。你在我迫切需要时帮了我。这样的人情我永远无法还清。无价的东西是没法报答的。有人说过,这世界上所有的东西——每一样东西,没有例外——都有价码。这话不对。有些东西是无价的,无法衡量。但你要到以后才会明白:当你失去了某样东西,你便彻底失去了它,无论再用什么方法都找不回来。我失去过很多类似的东西。所以今天,我帮不了你。"

"你已经帮了。"她的回答异常平静,"你甚至不知道自己是怎么做到的。好了,拜托你走吧。让我一个人待一会儿。走吧,猎魔人。趁你还没摧毁我的整个世界,快走吧。"

◀━━▶ ━━▶

他们在次日黎明出发,米尔瓦骑着马走在前面,脸色平静,面带微笑。丹德里恩骑马跟在她身后,拨弄着鲁特琴弦,而她则伴着旋律吹起了口哨。

杰洛特和雷吉斯负责殿后。有那么一会儿,吸血鬼转头看向猎魔人,露出微笑,赞许而又钦佩地点点头。他什么也没说,只从药包里取出一只黑色的玻璃小瓶,拿给杰洛特看,然后笑了笑,把瓶子扔进了灌木丛。

猎魔人始终一言未发。

◆━━▶┃◀━━◆

停下来饮马时,杰洛特拉着雷吉斯走到一旁的僻静处。

"计划有变。"他简短地说,"我们不走伊格斯了。"

吸血鬼沉默片刻,用黑色的双眼凝视着他。

"身为猎魔人,"雷吉斯最后说,"你只会担心真正的威胁。如果我不知道这一点,多半会以为你是在担心那个疯女孩的胡话。"

"可你知道。所以拜托你,考虑事情的时候有点逻辑。"

"当然了。但有两件事我希望你能考虑一下。首先是米尔瓦的身体状况:她既没生病,也没残疾。她必须照看好自己,不过她的身体既健康又强壮。要我说,简直健康得非比寻常。她的激素分泌……"

"别再用这种教训小孩的语气了。"杰洛特插嘴道,"你都快惹毛我了。"

"这是头一件。"雷吉斯续道,"第二件就是:如果米尔瓦察觉到你的过度保护,意识到你对她的紧张和过度关心,她会特别生气。然后她会感觉到压力。而压力对她没有任何好处。杰洛特,我不是在教训你,我只是在理性分析。"

杰洛特没有回答。

"还有第三件事。"雷吉斯的目光依然紧盯着猎魔人,"我们选择穿过伊格斯,不是因为对冒险的热情或渴望,而是出于实际考虑。有士兵在这山岭间出没,而我们必须赶到凯德·杜的德鲁伊那里。我明白,现在时间紧迫,你需要尽快获得信息,然后出发去救你的希瑞。"

"是啊。"杰洛特转过头,"我迫切需要信息。我想解救希瑞,带她回来。直到不久前,我还以为自己可以不惜一切代价。但是不行。有些代价我不能付,有些风险我也不能冒。我们不能走伊格斯。"

"那你的打算是?"

"去雅鲁加河对岸。我们沿河往上游走,远离那片沼泽,然后在凯德·杜附近再次渡河。如果那边不方便渡河,就由你和我去见德鲁伊。我可以游过去,你可以变成蝙蝠飞。干吗用那种眼神看着我?我知道,说吸血鬼怕河水又是一个迷信的谣言。难道我弄错了?"

"不,你没弄错。但我只在满月时才能飞,别的时候不行。"

"只剩两个星期了。等我们找到合适的位置,差不多也就到满月了。"

"杰洛特,"吸血鬼的目光依然不离猎魔人,"你真是个怪人。澄清一下,我不是在批评你。那么好吧,我们不走伊格斯了,那儿对怀孩子的女人来说太危险。我们渡过雅鲁加河,到你觉得更安全的对岸去。"

"我有能力判断危险的程度。"

"这点我不怀疑。"

"别跟米尔瓦或其他人提一个字。如果他们问起,就说这是计划的一部分。"

"当然。那就开始找船吧。"

他们没花太长时间，寻找的结果也大大出乎他们的预料。他们找到的不光是船，还是条渡船。它就藏在柳树之间，用树枝和几捆芦苇巧妙地伪装了起来，但船边一条与左岸相连的牵引缆绳暴露了它的位置。

他们还找到了船夫。一行人靠近时，船夫迅速藏进了灌木丛，但米尔瓦发现了他，揪着衣领把他拖了出来。她还轰出了船夫的帮工，那家伙体格健壮，肩膀像食人魔一样宽，但长着一张笨蛋的脸。船夫吓得瑟瑟发抖，两颗眼珠转个不停，活像空谷仓里的两只老鼠。

"去对岸？"搞清楚对方的来意，船夫哀号起来，"想都别想！那儿可是尼弗迦德的领土。现在还在打仗！他们会逮住我们，把我们串到木桩上！我可不去！就算杀了我我也不去！"

"我们可以杀了你。"米尔瓦咬牙切齿地说，"也可以先揍你一顿。再多说一句，看我怎么修理你。"

"我相信，打仗不会影响走私。"吸血鬼看向那个船夫，"是这样吧，这位先生？说到底，你把渡船藏在远离泰莫利亚和尼弗迦德税务官的地方，不就出于这个目的吗？我说得对吗？好了，把船推下水吧。"

"放聪明点儿。"卡西尔抚摸剑柄，补充道，"如果你再犹豫不决，我们可以自己划船过河，然后你的渡船就会留在对岸。想把船弄回来，你就自己游过去吧。但如果你把我们送过去，稍后你就可以把船划回来。只要担惊受怕一个钟头,你就可以把这事完全忘掉。"

"你再顽固不化,"米尔瓦厉声道,"我就狠狠揍你,叫你直到明年冬天都忘不了我们!"

面对无可选择的事实,船夫终于屈服了。不久之后,他们便全体登上了渡船。其中有几匹马——尤其是洛奇——死活也不肯上船,但船夫和他迟钝的帮手用上了一种拿木棍和绳子做成的工具。他们安抚马匹的手法尤其熟练,足以证明他们绝不是第一次将偷来的坐骑运送到雅鲁加河对岸。蠢笨的大汉拧动转轮,渡船随之前行。

驶到相对平静的水域,微风徐徐吹来,这让他们的心情好转了许多。横渡雅鲁加河是桩新鲜事,也是不容置疑的里程碑,标志着他们的远行取得了进展。在他们前方,是属于尼弗迦德帝国的河岸,是前线和边界,但他们却突然高兴起来,情绪甚至影响到了船夫的蠢帮工,让后者哼起了愚蠢的小调。就连杰洛特都觉得莫名的愉快,仿佛希瑞随时有可能钻出对岸的赤杨林,冲着他快活地大喊大叫。

真正大喊大叫的却是船夫,而且他一点儿也不快活。

"诸神在上!我们完蛋了!"

杰洛特看向他所指的位置,立刻咒骂起来。对岸的赤杨林间能看到闪烁的盔甲,响亮的马蹄声也随之传来。片刻后,左岸的河堤上就挤满了骑兵。

"黑骑兵!"船夫脸色发白地尖叫道,双手放开了转轮,"尼弗迦德人!我们死定了!诸神啊,救救我们!"

"牵住马,丹德里恩!"米尔瓦高叫道,试图用单手取下马鞍上的弓,"牵住马!"

"不是帝国军队。"卡西尔说,"我觉得不是……"

他的声音被河堤上骑兵的呼喊和船夫的尖叫盖了过去。在叫声催促下，蠢帮工抄起一把短柄斧，用力砍向牵引缆绳。船夫扑上前去，抓过另一把斧头从旁协助。河堤上的骑手发现他们的举动，开始大喊。其中几个骑马下水，想抓住缆绳。其他人则朝渡船游来。

"别碰缆绳！"丹德里恩喊道，"他们不是尼弗迦德人！别砍断……"

但为时已晚。断开的绳索重重地沉入水中，渡船转动几下，开始朝下游漂去。河岸上的骑手们同声大叫。

"丹德里恩说得对，"卡西尔脸色阴沉地说，"他们不是帝国军队……他们在尼弗迦德的河岸上，但不是尼弗迦德人。"

"当然不是！"丹德里恩喊道，"我认出了他们的制服！老鹰和菱形花纹！是莱里亚的纹章！他们是莱里亚游击队！嘿，你们……"

"快趴下，你这白痴！"

跟以往一样，与听取警告相比，诗人更乐意弄清楚状况。就在这时，箭矢破空而来。有几支伴着沉闷的响声钉进船身侧面，还有几支飞过甲板上方，落进水里。另有两支朝丹德里恩径直飞去，但猎魔人已握剑在手，他猛冲向前，迅疾绝伦地将那两支箭同时挡下。

"伟大日轮在上，"卡西尔嘀咕道，"他挡开了两支箭！了不起！我从没见过这么精彩的……"

"你以后也见不着了！这是我头一次成功挡下两支箭！好了，赶紧趴下！"

河堤上的士兵却停止了射箭，因为水流正将渡船送向他们所在的河岸。在下水的战马身边，河水泛起白沫。渡口的骑兵更多了，看样子至少有两百人。

"帮帮我们!"船夫大喊道,"快拿撑篙,大人们!我们要被水流带到对岸了!"

众人立刻反应过来,幸好船上的撑篙数量够多。雷吉斯和丹德里恩牵住马,米尔瓦、卡西尔和猎魔人则帮船夫和蠢帮工撑船。在五根撑篙的推动下,渡船掉转方向,加速朝河中央驶去。河岸上的士兵又开始喊叫,也再次举起了弓。幸好这时,渡船转入一股更加湍急的水流,以更快的速度远离了对岸,也离开了弓箭的有效射程。

他们漂浮在河中央的水面上,渡船像陀螺似的转个不停,马儿嘶鸣跺脚,拉扯着丹德里恩和吸血鬼手里的缰绳。左岸的骑兵大喊大叫,朝他们挥舞拳头。杰洛特突然注意到,其中有个白马骑手正在挥动长剑,发号施令。片刻后,骑兵队退入森林,沿着对岸纵马飞驰。他们的铠甲在河畔的灌木丛间不时闪现。

"他们没打算放过我们。"船夫呻吟道,"他们知道,弯道的急流会把我们推向岸边……大人们,别放下撑篙!等船头转向右岸,我们就帮这条老破船冲破水流,让它回去……不然我们死定了……"

渡船在水中漂浮,略微转向右岸:那是一片陡峭的山崖,长满了枝干扭曲的松树。离他们越来越远的左岸却逐渐变得平坦,还有一处半圆形的沙角探入河中。骑手们飞快地跑上沙角,一股脑冲入水中。沙角旁边明显有块浅滩,骑手们驱马继续前进,直到河水没过马腹。

"我们进入射程范围了。"米尔瓦脸色阴沉地说,"趴下。"

箭矢再次破空而来,有几支扎进了木板。水流在将他们推离浅滩的同时,也带着渡船朝右边的急弯冲去。

"拿起撑篙!"颤抖不止的船夫命令道,"卖点儿力。我们得在被急流卷走之前靠岸!"

这话说着简单，做起来却很难。水流湍急，河水深邃，渡船却又庞大又笨重。起先他们的努力毫无效果，不过最后，他们的撑篙在河床上找到了支点。眼看就要成功了，米尔瓦却突然丢下撑篙，无言地指着右岸。

"这次……"卡西尔擦了擦额头的汗水，"肯定是尼弗迦德人了。"

杰洛特也看到了。突然出现在右岸的骑兵穿着黑色和绿色的斗篷，马匹戴着尼弗迦德军特有的眼罩。至少上百人。

"这下真的死定了……"船夫呜咽起来，"妈呀，是黑骑兵！"

"撑篙！"猎魔人大吼道，"拿起撑篙，快撑船！远离岸边！"

这项任务同样艰难。靠近右岸的水流更急，将渡船径直冲向峭壁下方，他们甚至听到了尼弗迦德士兵的呼喊。片刻过后，倚着撑篙的杰洛特抬起头，看到了上方的松树枝。一支箭从崖顶射下，几乎以垂直的角度穿透了渡船甲板，距他仅有两步之遥。他挥动长剑，挡开了向卡西尔射去的另一支箭。

米尔瓦、卡西尔、船夫和蠢帮工奋力撑船——借力点不是河床，而是山壁。杰洛特丢下长剑，也抄起一根撑篙，渡船再次朝平静的水域漂去。但他们与右岸的距离依然危险，追兵也仍在岸边策马飞驰。没等他们拉开距离，山崖就到了尽头，尼弗迦德人开始涌上长满芦苇的平坦河岸。箭矢呼啸飞来。

"趴下！"

船夫的帮工突然发出一声古怪的咳嗽，将撑篙丢进了河水。杰洛特看到一支染血的箭头和四寸长的箭杆从他背后穿出。卡西尔的栗色马人立而起，痛苦地嘶鸣起来，摇晃着被箭射穿的脖子，撞倒了丹德里恩，然后跃出船去。其他马儿也嘶鸣和挣扎起来，马蹄踩得渡船震颤不止。

"牵住马!"吸血鬼大喊道,"牵……"

他突然停了口,身体倒向船舷,整个人坐到甲板上,无力地垂着头。一支黑羽箭深深埋进了他的胸口。

米尔瓦看到这一幕,愤怒地尖叫一声,抄起她的弓,跪在甲板上,将箭囊里的箭全都倒了出来。她开始搭弓射箭,速度飞快,一支接一支,而且例无虚发。

右岸陷入混乱,尼弗迦德人退进森林,将死伤者留在芦苇丛中。他们躲进灌木丛,继续射箭,但箭矢只能勉强够到正被急流带向河面中央的渡船。这么远的距离,尼弗迦德弓手很难保住准头,但对米尔瓦来说却不算太难。

尼弗迦德人的队伍中突然出现一名军官,他身披黑色斗篷,头盔上装饰着渡鸦的羽翼。他挥舞钉头锤,大喊大叫,不时指向河下游。米尔瓦勇敢地站起身,将弓弦拉到耳边,飞快地瞄准目标。她的箭矢破空而去,那军官在马鞍上往后一仰,身子无力地倒在旁边的士兵怀里。米尔瓦再次挽弓,松弦。其中一名抱着军官的尼弗迦德人发出撕心裂肺的惨叫,翻身落马。其余士兵匆忙躲进森林。

"好精湛的箭术。"雷吉斯在猎魔人身后平静地说,"但我更希望你拿起撑篙。我们离岸边还是太近,而且正被水流带向浅滩。"

弓手和杰洛特同时转身。

"你没死?"二人异口同声地问道。

"你们以为,"吸血鬼把那支黑羽箭拿给他们看,"就这么一根破木头也能伤到我?"

他们没时间吃惊了。渡船在水面再次转向,沿着平静的水域前进。

但河流弯道处又现出一片沙滩,岸边也再次挤满黑盔黑甲的尼弗迦德人。其中一些策马下水,做好了放箭的准备。所有人——包括丹德里恩在内——都匆忙拿起撑篙。在他们的共同努力下,渡船终于朝更加湍急的水域驶去。

"很好,"米尔瓦喘着粗气,放下撑篙,"这下他们抓不到我们了……"

"有一个已经跑到沙滩上了!"丹德里恩喊道,"他要放箭了!快躲起来!"

"他射不着。"米尔瓦冷冷地说。

箭矢落进水中,距船头有两寻远。

"又要放箭了!"吟游诗人把脑袋探出船舷,大喊道,"当心!"

"他射不着。"米尔瓦拉直左前臂上的护腕,"他拿着一把好弓,但他射箭的水平还比不上我奶奶。他兴奋过头了,每次放箭身体都抖得厉害,就像屁股上挂了只鼻涕虫。牵好马,别让它们撞到我。"

这一次,尼弗迦德人的箭飞得太高,径直越过了渡船。米尔瓦在船舷旁站定,抬起弓,弓弦飞快地挽到面颊旁边,然后手指缓缓放开。米尔瓦的姿势丝毫不变。那尼弗迦德人却如遭到雷击般翻身落马,尸体顺水飘远。他的黑斗篷在水面上鼓起,仿佛一只气球。

"这才是正确的姿势。"米尔瓦说着,放下弓,"可惜他想学也已经晚了。"

"其他人还在追赶我们。"卡西尔指了指右岸,"我敢保证,他们不会善罢甘休,因为米尔瓦射死了他们的军官。这条河河道曲折,水流在下一个弯道又会把我们带向他们那边。他们很清楚,所以肯定会等在那儿……"

"我们还有一件事需要担心。"船夫呻吟着站起身,把死掉的帮工推下河,"水流会先把我们送去左岸……诸神在上,我们被两面夹击了……都因为你们!这都是你们欠下的血债……"

"闭嘴,好好撑船!"

平坦的左岸离他们更近了,岸边挤满了骑兵——丹德里恩曾声称他们是莱里亚的游击队。对方正在高声呼喊,挥舞手臂。杰洛特注意到其中又有个白马骑手。虽然不能完全肯定,但他觉得那人是个女的。那是个身穿铠甲、没戴头盔的金发女人。

"他们在喊什么?"丹德里恩竖起耳朵仔细听,"是不是'女王'什么的?"

左岸的呼喊声更响亮了。他们还听到了清晰的金铁交击声。

"那边在打仗。"卡西尔直截了当地说,"瞧,森林里有帝国部队,北方人正在逃跑,现在他们被困住了。"

"逃出困境的办法,"杰洛特朝河面啐了口唾沫,"就是这条渡船。我想他们是打算至少保住女王和军官,让他们坐渡船到对岸去。可这船在我们手里。哦,不,不,他们肯定不会感激我们的……"

"他们应该感激的!"丹德里恩说,"这条船救不了任何人,只会把他们直接送进右岸那些尼弗迦德人的手掌心。我们也别靠近右岸。跟莱里亚人还有得谈,可黑色大军二话不说就会杀了我们……"

"水流越来越急了。"米尔瓦也朝河面啐了一口,看着唾沫迅速漂远,"我们正好在河道当中,所以让两支军队都他妈见鬼去。这里没有急转弯,河岸也很平坦,而且长满了柳树。我们可以沿雅鲁加河一直往前漂,他们追不上我们,很快就会放弃。"

"别胡扯了。"船夫呻吟道,"前面就到红码头了……那儿有架桥!

还有浅滩!渡船会搁浅的……如果他们追上来……"

"北方人不会追赶我们。"雷吉斯在船尾指了指左岸,"他们有自己的事要操心。"

的确,左岸正在进行一场激烈的战斗。大部分搏杀发生在森林里,只有战吼声不时传来,但在靠近河岸的水边,也有穿着黑色盔甲和彩色制服的骑兵在相互缠斗,不断有尸体落入雅鲁加河。渡船平稳而迅速地朝下游驶去,呼喊声和金铁交击声渐渐变小。

他们继续行驶在水道中间。终于,草木丛生的河岸上没有了士兵的影子,追兵的声响也消失了。就在杰洛特以为大伙已经渡过难关时,他们看到了一条横跨两岸的木桥。河水从桥下流过,经过几个沙洲和小岛——其中几个最大的小岛支撑着桥墩——右岸则是木料码头,堆着足有几千根圆木。

"这儿到处都是浅滩。"船夫喘着粗气说,"我们只能从正中间穿过。走那个岛右边。水流会带着我们前进,不过先别放下撑篙,万一搁浅,兴许还用得着……"

"桥上有士兵。"卡西尔手搭凉棚,"桥上,还有码头……"

其他人也都看到了士兵。而且从码头后面的森林里,又涌出许多身穿黑盔甲和绿斗篷的骑兵。他们离码头已经很近了,足以听到厮杀声。

"尼弗迦德军,"卡西尔干巴巴地确认道,"他们一直在追赶我们。也就是说,码头上的是北方人……"

"拿起撑篙!"船夫喊道,"趁他们狗咬狗,我们悄悄溜过去!"

可惜他们没能办到。渡船距桥梁已经很近了,就在这时,桥身突然因飞奔的士兵而颤抖起来。那些步兵穿着白色的束腰外衣,锁甲上装饰着红色的菱形图案。大部分士兵取下背后的十字弓,架上栏杆,瞄准了正在接近桥梁的渡船。

"别放箭,伙计们!"丹德里恩声嘶力竭地大喊,"别放箭!自己人!"

士兵们没听见,也可能根本就不想听。

这轮齐射造成了惨痛的后果。虽然众人当中,只有船夫被弩箭射中,但他努力用撑篙控制着渡船的方向。卡西尔、米尔瓦和雷吉斯及时俯身,躲到了舷板后面。杰洛特挥起长剑,挡开一支流矢,但飞箭的数量实在太多。最神奇的是,丹德里恩虽然一直在大喊大叫、双臂乱挥,竟然毫发无损。箭雨之下,他们的马匹伤亡惨重。驮东西的灰马身中三箭,无力地跪倒在地。米尔瓦的黑马倒在甲板上,四腿踢打不止。雷吉斯的枣红马也栽倒了。洛奇肩胛骨中箭,它人立而起,纵身跳进了河水。

"别射了!"丹德里恩大吼道,"是自己人!"

这次的努力终于有了点效果。

渡船被水流带向一片沙堤,伴着刮擦声停了下来。众人纷纷跳下船,有的上了岸,有的蹦进水里,拼命躲避因愤怒而甩动的马蹄。米尔瓦是最后一个下船的,她的动作突然慢得可怕。**她中箭了**,猎魔人心想。他看到女孩笨拙地翻过船舷,无力地倒在沙堤上。他朝她跑去,但还是吸血鬼动作更快。

"我的肚子……像要裂开了。"米尔瓦的语速慢得不自然,用双手捂住了下腹。杰洛特看到,她的羊毛裤被血染成了深红色。

"把这个倒在我手上。"雷吉斯从药包里取出一个小瓶子,递给杰洛特,"倒在我手上,快。"

"她怎么了?"

"流产了。给我把刀,我得割开她的衣服。你先走远点儿。"

"不。"米尔瓦说,"我希望他……留下……"

一滴泪水顺着她的脸颊流下。

他们头顶的桥梁上响起雷鸣般的脚步声。

"杰洛特!"丹德里恩大喊道。

吸血鬼赶紧给米尔瓦做急救,猎魔人窘迫地转过头去。他看到穿着白色外衣的士兵正飞快地跑过桥梁。右岸那边,木料码头的骚动声清晰可闻。

"他们在逃跑。"丹德里恩气喘吁吁地朝杰洛特跑来,扯了扯他的袖子,"尼弗迦德人攻到了右边的桥头!战斗还没结束,可大部分士兵已经逃去左岸了!你听到了吗?我们也得逃命了!"

"我们不能走。"猎魔人咬牙切齿地说,"米尔瓦流产了。她没法走路。"

丹德里恩咒骂起来。

"我们抬她走。"他大声喊道,"这是我们唯一的机会。"

"还有个办法。"卡西尔说,"杰洛特,上桥。"

"你说什么?"

"我们可以拦住这些逃兵。只要北方人能顶住右边的桥头,他们就可以带米尔瓦从左岸逃走。"

"你打算怎么拦住他们?"

"别忘了,我可是个军官。沿着桥墩爬上去!"

爬到桥上,卡西尔证明了自己所言非虚:在让恐慌的士兵恢复镇定这方面,他的确经验老到。

"渣滓们，你们要去哪儿？去哪儿，你们这群杂种？"他每吼一声便会挥出一拳，将一名逃跑的士兵打倒在桥面上。"停下！快停下，你们这些该死的猪猡！"

一部分逃兵——当然不会是全部——停下了脚步，被卡西尔的怒吼和利剑吓得不敢动弹。还有一些试图从他背后溜过去，但杰洛特也拔出剑来，加入了表演。

"你们想去哪儿？"他大吼着伸出一只手，抓住一名朝他跑来的士兵，将其扔了回去，"去哪儿？不许逃跑！回去！"

"尼弗迦德人来了，大人！"士兵尖叫道，"这是一场屠杀！放过我们吧！"

"懦夫！"丹德里恩也爬到桥上，用杰洛特从未听过的威严嗓音大吼道，"卑劣的懦夫！胆小鬼！你们逃跑就是为了保命吗？为了在耻辱中度过一生？你们这群混蛋！"

"他们人数太多了，骑士阁下！我们没机会的！"

"百夫长死了……"另一个士兵呻吟道，"十夫长逃跑了！我们都会死的！"

"我们必须逃命！"

"你们的战友，"卡西尔挥起手中的长剑，大吼道，"还在桥头和码头奋战！他们没有放弃！难道你们不想支援他们吗？真替你们害臊！都跟我来！"

"丹德里恩，"猎魔人低声道，"到下面的岛上去。你和雷吉斯想办法把米尔瓦送到左岸。喂，你还在等什么？"

"给我上，伙计们！"卡西尔挥舞长剑，重复道，"不想被诸神唾弃的家伙，都随我来！去木料码头！干掉那群恶棍！杀！"

有几名士兵也挥舞起武器,跟着他呼喊起来,但大小不同的嗓门暴露了他们信心的差异。大概十来个士兵已经跑开了,这时也羞愧地转过身,加入到桥上的杂牌军——一支由猎魔人和尼弗迦德人领导的部队。

他们正向木料码头挺进,桥头间突然充斥了骑兵队的黑色斗篷。尼弗迦德人已经攻破防线,冲到了桥上,马蹄铁敲打着桥面的木板。刚刚才回心转意的几个士兵调头就跑,其余那些也开始犹豫。卡西尔咒骂一声,用的是尼弗迦德语。但除了猎魔人,没有任何人留意。

"做事必须有始有终。"杰洛特攥紧手中的希席尔,厉声道,"我们去干掉他们!必须鼓励这些士兵加入战斗。"

"杰洛特,"卡西尔停下脚步,犹豫不决地看着他,"你要我……屠杀自己的同胞?我没法……"

"我半点也不关心这场战争,"猎魔人咬着牙说,"但想想米尔瓦吧。你是我们的同伴,你必须作出选择。是跟我来,还是加入对面的黑色大军?快点决定!"

"我跟你一起。"

于是猎魔人和尼弗迦德人同声狂吼,擎起手中的利剑,不假思索地向前冲去——他们是战友,是盟友,更是同伴——他们面对共同的敌人,开始了一场实力悬殊的较量。这就是他们的"火之洗礼"。同生死,共进退,一场喷涌着愤怒、疯狂和死亡的洗礼。他们以为自己会死在这里。至少他们自己是这么想的。因为当时两人还不知道,他们不会死在这一天,不会死在这架横跨雅鲁加河的桥上。他们不知道自己注定会以另一种方式死去,但并非此时,也并非此地。

尼弗迦德士兵的袖子上佩有银蝎子的刺绣图案。卡西尔飞快地挥舞长剑，将其中两人砍倒在地。杰洛特用希席尔解决了另外两人。紧接着，他跳上桥梁的栏杆，在飞奔的同时向其他敌人发起猛攻。他是个猎魔人，保持平衡对他只是小菜一碟，但这杂耍般的表演却令敌人目瞪口呆。他的矮人利刃划开了对方的锁甲，就像割开羊毛衣料一样轻松。尼弗迦德人的鲜血泼洒在桥梁光滑的木板上。直到被夺走性命的那一刻，敌人依然没能回过神。

看到两位指挥官战斗的英姿，桥上的北方士兵们发出一阵欢呼。这时，他们的规模又壮大了不少，也终于找回了士气和斗志。原本惊慌失措的逃兵向尼弗迦德人发起恶狼般的攻势。他们用长剑和战斧劈砍，用长矛和长戟戳刺，用木棍和钉头锤敲打。护栏断裂，战马带着身披黑袍的骑兵坠入河水。咆哮的步兵冲向桥头，簇拥着他们的临时指挥官往前挤，让杰洛特和卡西尔再也无法后退。本来他俩还想悄悄溜回来，好把米尔瓦送到左岸去。

木料码头上的战斗还未结束。尼弗迦德军队本已包围了没能逃跑的士兵，截断了他们与桥梁间的后路。北方士兵躲在用雪松和松木搭成的路障后面，奋力抵抗，看到援军赶来，不由欢声雷动。可惜他们太心急了。增援部队凭借紧密的楔形队列击退了桥上的尼弗迦德军，可就在这时，侧翼又出现一队骑兵，一场反击战随即在桥头打响。要不是那些路障和木材堆，步兵早就被冲散了——它们在妨碍北方士兵逃跑的同时，也影响了骑兵部队的机动性。士兵们死守在木材堆周围，展开激烈抵抗。

杰洛特还是头一回见识到这样的场面。他从没像这样打过仗。此时此刻，剑术根本派不上用场，他只能跟人毫无章法地贴身肉搏，不断挡开来自四面八方的利刃。当然了，身为指挥官，他也能享受到一些特权——虽然这并不是他应得的。簇拥他的士兵会掩护他的侧翼,护住他的身后,清扫他的前方,为他创造出攻击与杀敌的空间。但这空间也变得越来越狭窄。猎魔人率领他的增援部队,与沾满鲜血、精疲力竭的士兵们——大部分还是些矮人雇佣兵——肩并肩作战,共同守卫路障。他们奋勇搏杀,却被重重包围。

就在这时,大火烧了起来。

在路障旁边,红码头和桥梁之间,原本摆放着一大堆松枝,就像一只巨大的刺猬,构成了马匹和步兵都无法逾越的屏障。如今这堆树枝着了火,因为有人把点燃的火把丢了进去。在火焰和烟雾的侵袭下,守军开始后退。他们挤在一起,无法视物也难以行动,在尼弗迦德军的攻击下接连丧命。

又是卡西尔挽救了战局。他靠着自己的军事常识,没让跟随他的士兵遭到包围。敌人原本切断了他和杰洛特小队之间的道路,但现在他又杀了回来。他甚至还抢了匹套着黑色马衣的战马,此刻正挥舞长剑,冲向敌人的侧翼,四下砍杀。在他身后,束腰外衣上有着红色菱形图案的长戟手和长矛手强行攻进了缺口。

杰洛特手指并拢,使出阿尔德法印击中了燃烧的树枝。他并不指望能有多大的效果,毕竟他已有好几周没服用过猎魔人的药剂。但他还是成功了。树枝爆散开来,雨点般的火星洒向四周。

"跟我来!"他大吼着挥出一剑,劈中一个想要突破路障的尼弗迦德士兵的额角,"跟我来!穿过火焰!"

士兵们跟着他。有人用长矛拨开仍在燃烧的柴堆,还有人徒手捡起燃烧的树枝,朝尼弗迦德人的战马扔去。

火之洗礼,猎魔人一边心想,一边凶狠地格挡并攻击。*我注定要*

为了希瑞接受火之洗礼。我正在一场完全无意参加的战斗中穿过火焰。我完全无法理解这场战斗的意义。火焰本该净化我，现在却只在烧灼我的面孔和头发。

鲜血飞溅，嘶嘶作响，化作蒸汽。

"冲啊，伙计们！卡西尔！过来！"

"杰洛特！"卡西尔将另一个尼弗迦德人斩落马下，"上桥！强行突围，到桥上去！我们必须收拢队伍……"

他没能说完，因为有个身穿黑色胸甲、没戴头盔、满头是血的骑兵冲破烟幕，朝他疾驰而来。卡西尔挡开骑兵的长剑，却被冲力撞下了马，他的坐骑也跪倒在地。那尼弗迦德人探出身子，打算一剑将倒在地上的卡西尔刺穿。但他没能下手。他的剑停住了。他胸甲上的银蝎子闪闪发光。

"卡西尔！"他吃惊地喊道，"卡西尔·爱普·契拉克！"

"莫坦森……"卡西尔躺在地上，惊讶之情毫不亚于对方。

跟在杰洛特身边的一个矮人雇佣兵——他那被火烧得焦黑的束腰外衣上有个红色的菱形图案——却没浪费时间去吃惊。他用长矛猛地刺进尼弗迦德骑兵的腹部，利用前冲之势将其撞落马下。他再次扑上前去，用沉重的靴子踩住倒地骑兵的黑色胸甲，把矛尖刺进了对方的喉咙。尼弗迦德人喘息着吐出鲜血，靴子上的马刺刮擦着沙地。

与此同时，有个极其沉重，又极为坚硬的东西打中了猎魔人的后背，令他的膝盖一阵发软。在倒地的同时，他听到一阵响亮而得意的欢呼声。他看到身披黑斗篷的骑兵逃进了森林。他听到有骑兵队从左岸赶来，马蹄踩踏桥面，发出隆隆的巨响。他看到了他们举的旗帜——上面有只被红色菱形围绕的老鹰。

对杰洛特来说，这场雅鲁加河桥上的大战就此宣告落幕。而后世的史学家也对这场战斗只字未提。

------◆—————◆------

"别担心，高贵的阁下。"军医拍了拍猎魔人的后背，"桥已经拆毁了，我们不会再遭到南边的攻击了。您的同伴和那位女士也平安无事。她是您妻子？"

"不是。"

"哦，我还以为……太糟了，大人，怀孕的女人在战争中总会吃更多苦……"

"拜托，别再提这事了。那是谁的旗帜？"

"您不知道自己在为谁而战？真是难以置信……那是莱里亚军的旗帜。您瞧，莱里亚的黑鹰和利维亚的红色菱形。好了，您的伤已经处理完了。只是青肿而已，您的背会有点儿痛，但没什么大碍，您很快就会康复的。"

"多谢。"

"我应该感谢您才对。要不是您守住桥梁，尼弗迦德人会在对岸屠杀我们，迫使我们退进河里。那我们就无路可逃了……是您救了女王！好吧，再会了，大人。我得走了，还有别人需要我处理伤口呢。"

"多谢。"

他坐在码头的一根木桩上，独自一人，疲惫、疼痛又冷漠。卡西尔不知去哪儿了。金绿色的雅鲁加河在断桥的桥墩间流淌，西沉的夕阳下，河水熠熠生辉。

他听到了脚步的踢踏声、蹄铁的咔嗒声和铠甲的铿锵声,于是抬起头。

"就是他,陛下。我来扶您下马……"

"浪开。"①

杰洛特抬起目光。他面前站着一位身穿铠甲的女人。她发色苍白,几乎与他相仿。但他注意到,她那种白色更接近于灰,而不是银白,尽管女人的面孔丝毫看不出老态。的确,她很成熟,但并不老。

女人将一块带蕾丝褶边的细棉布手帕按在唇边。手帕上染满了血。

"请站起来,大人。"侍立在旁的一位骑士轻声告诉杰洛特,"表达您的敬意。这位可是女王。"

猎魔人站起身,忍着后背的痛楚,鞠了一躬。

"四你抱户了则座桥?"

"抱歉,您说什么?"

女人挪开手帕,吐出一口血。几滴殷红点缀在她华美的胸甲上。

"莱里亚和利维亚的统治者,米薇女王陛下,"一位紫色斗篷上有金色刺绣的骑士说道,"在问你,是不是您领导了守卫桥梁的英勇战斗?"

"只是顺理成章而已。"

"胜理成章?"女王本想大笑,可惜没能成功。她皱起眉头,含混地咒骂一声,又吐出一口血。在她遮住自己的嘴唇之前,他看到一道吓人的伤口,也注意到她缺了几颗牙。她对上他的目光。

"四的,"她直视他的双眼,透过手帕说道,"由个勾凉养的打中

---

① 此处非错别字,见后文提示。下文同理。

了我的连。但则无关紧要。"

"米薇女王陛下，"身披紫色斗篷的骑士宣布道，"在最前线，像男人和骑士一样英勇作战，对抗尼弗迦德的优势兵力！伤口会带来痛楚，但不会让她丢脸！而您解救了她和她的部队。在有些叛徒劫持了渡船之后，这座桥就成了我们唯一的希望。是您英勇地保护了它……"

"别缩了，奥多。里叫什么名字，英雄？"

"我的名字？"

"当然是问您。"紫衣骑士严厉地看着他，"您是怎么回事？受伤了？被人打到头了？"

"没有。"

"那就回答女王的问题！您也看到了，她的嘴受了伤，光是说话都很困难！"

"别缩了，奥多。"

紫衣骑士鞠了一躬，再次看向杰洛特。

"您的名字是？"

好吧，他心想。*我受够了。我再也不想说谎了。*

"杰洛特。"

"来自哪儿的杰洛特？"

"来自无名之地。"

"有没有人艘予过你骑四爵位？"米薇说着，又用混了鲜血的唾沫装饰了一下脚下的沙地。

"您说什么？不，不。没有。陛下。"

米薇拔出宝剑。

"跪下。"

他不敢相信眼前的状况，但还是照办了。他在想米尔瓦，还有刚刚经历的一切，为了避开伊格斯沼泽而经历的这一切。

女王转向紫衣骑士。

"套话你来缩。我缺了牙。"

"为了嘉奖你在正义之战中的杰出表现，"紫骑士用强调的语气说道，"为了嘉奖你展现出的美德、荣誉和对王室的忠诚，我，米薇，诸神认可的莱里亚与利维亚之女王，凭我的权力与特权，在此册封你为骑士。忠诚地侍奉我们吧。承此一剑，不再受痛。"

杰洛特的肩膀感觉到剑身的碰触。他看向女王淡绿色的双眼。米薇吐出一团红色的血污，用手帕捂住嘴巴，朝他眨了眨眼。

紫骑士朝她走去，低声说了句什么。猎魔人只听到几个字眼，好像是"封号"、"利维亚菱形"、"旗帜"和"美德"什么的。

"也就是缩，"米薇点点头。她逐渐克服了痛楚，用舌头抵住牙齿缺失留下的豁口，咬字也越来越清晰。"你带领利维亚的四兵守住了桥梁，英勇的无名之地的杰洛特。胜理成章，哈哈。好吧，我要为你的功绩赐你一个封号——利维亚的杰洛特。哈哈。"

"鞠躬吧，骑士阁下。"紫骑士嘶声道。

刚刚获封的骑士、利维亚的杰洛特站起身，朝他的"封君"米薇女王陛下深鞠一躬，以免对方看到自己忍不住露出的微笑——苦涩的微笑。

卷五完

上古之血的传承
◆ 希瑞的家谱 ◆

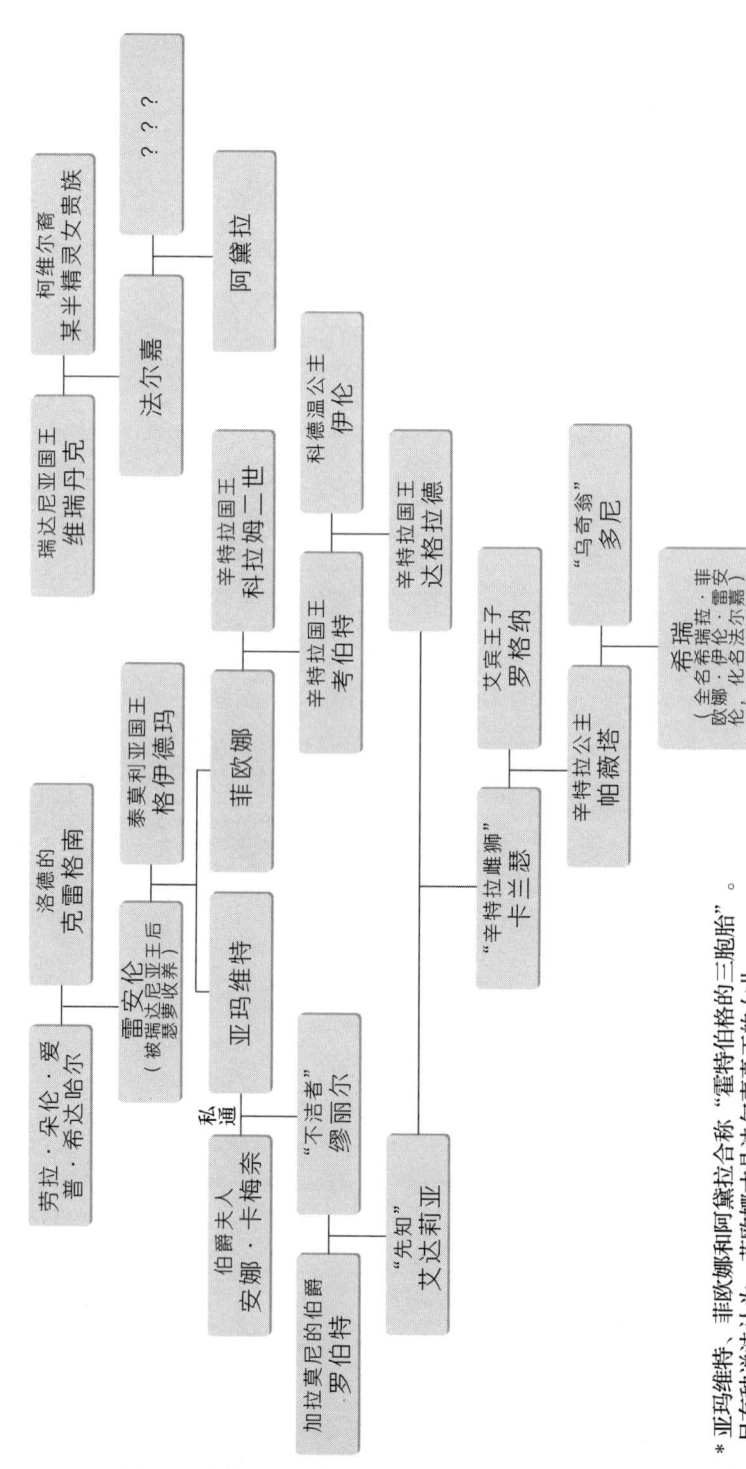

```
                                                    柯维尔裔
                                                    某半精灵女贵族 ─── ？？？
                                瑞达尼亚国王           │
                                维瑞丹克 ─────────────┘
                                                    │
                                                   法尔嘉
                                                    │
                                                   阿黛拉

                                          科德温公主
                                          伊伦
                                           │
                        辛特拉国王          │
                        科拉姆二世 ─────────┤
                                           │
                                          辛特拉国王
                                          考伯特
                                           │
           洛德的                          │
           克雷格南 ───┐                   │
                      │                   │
   劳拉·朵伦·爱       │  莱莫利亚国王       │
   普·希达哈尔        │  格伊德玛           │
                      │   │                │
                      │   │                │
                     雷安伦 ──────────── 菲欧娜
                     （被瑞达尼亚王后      │
                      瑟瑞萝梦收养）      │
                                          │
                     亚玛维特              │
                       │                  │
                 私通  │                  辛特拉国王
                       │                  达格拉德
        伯爵夫人      "不洁者"              │
        安娜·卡梅奈 ── 缪丽尔             艾宾王子
                       │                  罗格纳
                       │                   │
                      "先知"               │  "辛特拉雌狮"
                      艾达莉亚             ├─ 卡兰瑟
                                           │
        加拉莫尼的伯爵                     辛特拉公主
        罗伯特                             帕薇塔
                                           │
                                          "乌奇翁"
                                          多尼
                                           │
                                          希瑞
                                          （全名希瑞拉·菲
                                          欧娜·伊伦·雷安
                                          娜，化名法尔嘉）
```

* 亚玛维特、菲欧娜和阿黛拉合称"霍特伯格的三胞胎"。另有神说法认为，菲欧娜才是法尔嘉真正的女儿。